KB186836

셰익스피어

안토니우스와 클레오파트라

윌리엄 셰익스피어 William Shakespeare, 1564~1616

영국 최고의 시인이자 극작가이다. 1564년 4월 26일 영국 중부의 스트랫포드어폰에이번에서
아버지 존 셰익스피어와 어머니 메리 아든의 장남으로 태어났다.
비교적 부유한 환경에서 어린 시절을 보냈으므로, 라틴어를 중심으로 한 기본적인 교육을 받았다.
1577년 경부터 가세가 기울어 학업을 중단했으며, 1580년대 후반에는 집안을 돕기 위해 런던으로 상경했다.
1592년, 뛰어난 극작가로 인정을 받은 그는 평생을 연극인으로서 충실하게 보내며 극단을 위해 힘썼다.
1616년 4월 23일 53세의 나이로 사망하여 스트랫포드 홀리 트리니티 교회에 안장되었다.

셰익스피어 안토니우스와 클레오파트라

초판 발행 | 2008년 7월 22일

개정판 발행 | 2011년 4월 7일

지은이 | 윌리엄 셰익스피어

옮긴이 | 셰익스피어연구회

펴낸이 | 김형호

펴낸곳 | 아름다운날

주소 | (121-837) 서울시 마포구 서교동 351-10 동보빌딩 103호

전화 | 02) 3142-8420

팩스 | 02) 3143-4154

출판 등록 | 1999년 11월 22일

E-메일 | arumbook@hanmail.net

ISBN 978-89-93876-14-7 (03830)

Shakespeare

셰익스피어

안토니우스와
클레오파트라

셰익스피어연구회 옮김

아름다운날

머리말

고전이란 당대를 대표하면서도 후세 사람들에게 모범이 될 만한 가치를 지닌 문학작품을 뜻합니다. 세대가 지나면 드높았던 인기도 덧없어지고 마는 대중문학과 달리 고전 문학은 시공간을 초월하여 변함없이 많은 사람들에게 깊은 감동과 울림을 전합니다. 세계의 다양한 고전 문학 가운데서도 셰익스피어의 작품은 나라와 언어와 인종을 초월하여 가장 사랑받는 명작이며, 한 편 한 편 모두가 곱씹을수록 깊은 맛이 우러나오는 고유한 삶의 철학과 세계관을 담고 있습니다.

셰익스피어가 세상을 떠난 지 수백 년이 지난 지금 그의 희곡들은 문학적 위대성을 뛰어넘어 하나의 문화로 자리잡았습니다. 실천에 앞서 지나치게 심사숙고하여 우유부단해보이기 십상인 인간을 햄릿형 인간이라 일컬으며, "사느냐 죽느냐, 그것이 문제"라는 유명한 대사가 햄릿의 독백임을 알아차리는 것은 더 이상 대단한 지식이 아닙니다.

제국주의의 열기가 한창이던 19세기에 영국인들이 가장 소중히 여기던 식민지 인도와도 바꿀 수 없는 존재로 극찬했던 셰익스피어는 싫든 좋든 서양 문화와 함께 전 세계인의 삶에 깊은 울림을 주는 문화로 침투했습니다. 우리는 미처 출처도 알지 못하면서 셰익스피어의 주옥 같은 대사들을 일상에서 읊조리게 된 것이지요. 물론 문화로 정착했으니 무작정 받아들여야 한다는 의미는 아닙니다. 비판을 하거나 배척을 하더라도 제대로 실체를 알 필요가 있으며, 그러기 위해 감탄을 금할 수 없는 문학 자체로서의 아름다움까지 감상하는 기회를 갖자는 것입니다.

37편에 달하는 셰익스피어의 희곡 가운데서 『재미있는 셰익스피어 이야기』에 실린 작품들은 특별하고 매혹적인 4편의 이야기를 모은 것입니다.

비극적 역사극이자 로맨스극인 『안토니우스와 클레오파트라』, 원수 집안을 사랑하는 한 쌍의 연인을 둘러싼 절망적이고 빛나는 사랑 이야기 『로미오와 줄리엣』, 신분의 장벽을 뛰어넘어 사랑을 쟁취하는 매혹적인 여성 이야기 『끝이 좋으면 다 좋아』, 스펙터클

하고 환상적인 이야기로 독자를 매료시키는『태풍』은 손에서 책을 놓지 못하게 하는 마력이 있습니다.

　셰익스피어가 왜 그토록 위대한 작가로 칭송되며, 무대에서나 문학 작품으로 현대인들에게 사랑을 받는지는 읽어본 사람만이 알 수 있을 것입니다.『재미있는 셰익스피어 이야기』는 셰익스피어 작품을 맨 처음 접하는 청소년이나 초보 독자라도 쉽게 몰입할 수 있도록 딱딱한 문어체를 가능한 한 입에 익은 말투로 둥글려 다듬어, 읽기 쉬울 뿐만 아니라 연극적인 느낌에도 손색이 없도록 기획하였습니다. 상상력을 최대한 동원하여 주인공들의 절박한 심정을 마음으로 접한다면, 독자 여러분도 이내 셰익스피어와 깊은 교감을 나눌 수 있으리라 믿습니다.

셰익스피어연구회

차 례

SHAKESPEARE

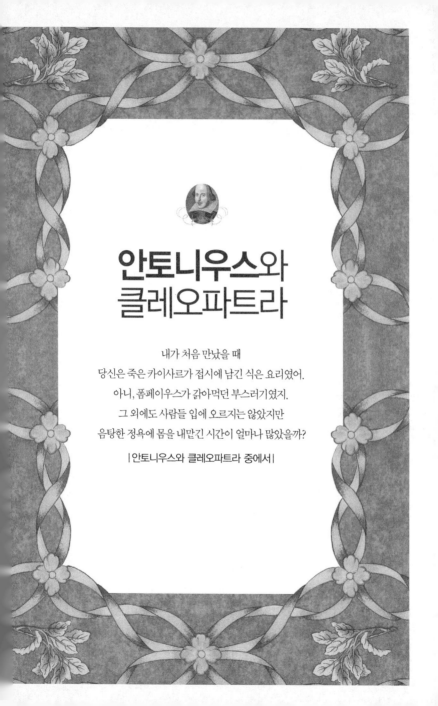

안토니우스와 클레오파트라

내가 처음 만났을 때
당신은 죽은 카이사르가 접시에 남긴 식은 요리였어.
아니, 폼페이우스가 갉아먹던 부스러기였지.
그 외에도 사람들 입에 오르지는 않았지만
음탕한 정욕에 몸을 내맡긴 시간이 얼마나 많았을까?

| 안토니우스와 클레오파트라 중에서 |

■등장인물

마르쿠스 안토니우스 ┐
옥타비아누스 카이사르 ├ 로마의 세 집정관
이밀리어스 레피두스 ┘
섹스투스 폼페이우스   로마의 장군
도미티우스 에노바르부스 ┐
벤티디우스 ┤
에로스 ┤
스카루스 ┤ 안토니우스의 지지자들
데크레타스 ┤
데메트리우스 ┤
필로 ┘
마이케나스 ┐
아그리파 ┤
돌라벨라 ┤
프로쿨레이우스 ┤ 카이사르의 지지자들
티디아스 ┤
갈루스 ┘
메나스 ┐
메네크라테스 ├ 폼페이우스의 지지자들
바리우스 ┘
타우루스   카이사르의 부관
카니디우스   안토니우스의 부관
실리우스   벤티디우스 군대의 장교
에우프로니우스   안토니우스로부터 카이스르에게 파견된
               사절

10

클레오파트라　　　　　　이집트의 여왕
알렉사스
마르디안(내시)
셀레우쿠스　　　　　　　클레오파트라의 시종들
디오메데스
점쟁이
어릿광대
옥타비아　　　　　　　　카이사르의 누이이자 안토니우스의 아내
카르미안
이라스　　　　　　　　　클레오파트라의 시녀

그 밖의 장교, 병사, 전령, 시종 등

■장소

로마 제국 내의 각지

■줄거리

『안토니우스와 클레오파트라』는 1606~7년경에 씌어진 작품으로 1623년에 출간되었다. 노스가 번역한 『플루타크 영웅전』에서 모티브를 얻어 B.C.40년부터 B.C. 30년까지의 로마 역사를 다루고 있다. 이 극은 사극이자 비극이며 로맨스극이다. 브루투스 일파를 제거하고 옥타비아누스(카이사르), 레피두스 등과 제3차 3두정치를 조직한 집정관 안토니우스는 이집트의 여왕인 클레오파트라의 매력에 빠져 로마로 돌아가지 않고 이집트에 머문다. 그러나 아내의 죽음과 내란의 조짐 등으로 잠시 로마에 돌아간 그는 정국을 안정시키고 카이사르와의 불화도 누그러뜨리려고 그의 누이 옥타비아와 결혼함으로써 일시적으로 화해 무드가 조성된다.

그러나 안토니우스는 클레오파트라를 잊을 수 없어 다시 이집트로 가자 옥타비아누스 카이사르는 이를 구실로 안토니우스 군대를 악티움 해전에서 격파한다. 이때 클레오파트라가 자살했다는 거짓 정보를 믿게 된 안토니우스는 자살로 생을 마감한다. 그리고 카이사르에게 포로가 될 운명에 처한 클레오파트라 역시 독사에게 물려 자살한다.

이 작품은 매혹적인 캐릭터인 클레오파트라를 그려내는 데 성공했으며, 남녀의 사랑의 심리와 정치의 세계, 정욕과 이성, 꿈과 현실을 이집트와 로마의 대립을 통해 극명하게 보여주고 있다.

제1막

제1장 알렉산드리아. 클레오파트라의 궁전 안의 한 방

데메트리우스와 필로 등장.

필로 요즘 장군님이 사랑에 빠져 정신을 못 차리는 모양인데 문제는 조금 지나치단 말씀이야. 군신처럼 만군을 호령하던 빛나던 눈동자가 거무튀튀한 면상이나 들여다보는 데 빠져 있으니! 대전투 중에도 가슴의 쬠쇠가 끊어져 나갈 정도로 용맹스럽던 그분의 심장이 이제 자제력을 잃고 집시 여인의 음탕한 욕정을 식혀주는 풀무로 전락했으니 말씀이야.

트럼펫 연주소리와 함께 안토니우스와 클레오파트라 등장.

자, 보시오! 저기들 오시는군. 조금만 세심하게 살펴보면 천하의 세 기둥 중의 하나인 장군이 하찮은 창녀의 광대로 전락했다는 걸 알 수 있을 것이오.

클레오파트라 당신 사랑이 어느 정도인지 말씀해 보세요.

안토니우스 가늠할 수 있는 것이라면 쓰레기나 마찬가지라오.

클레오파트라 하지만 알고 싶어요.

안토니우스 그걸 알게 된다면 당신은 새로운 세상을 보게 되겠지.

전령 한 사람 등장.

전령 로마에서 소식이 왔습니다.

안토니우스 귀찮다! 요점이나 빨리 말하라.

클레오파트라 안토니우스 장군, 사절을 만나 이야기를 들어보세요. 혹시 폴비아(안토니우스의 부인) 부인께서 화가 나 계신지도 몰라요. 아니면 아직 수염도 안 난 카이사르가 엄명을 보냈는지 누가 알아요? 「이렇게 해라, 저렇게 해라, 그 왕국을 빼앗고 백성을 해방시켜주어라. 명령을 이행하지 않으면 엄벌에 처하리라.」 라고 말예요.

안토니우스 오, 내 사랑이 어찌하여 그런 소릴?

클레오파트라 혹시나 해서 말씀이에요. 제 생각이 틀림없어요. 카이사르로부터 소환장이 왔을 터이니 이젠 더 이상 여기 머무셔서는 안 돼요. 폴비아의 소환장은 어디 있을까? 사절들을 불러들이세요. 어머, 당신이 얼굴을 붉히시네. 그게 바로 카이사르를 두려워한다는 증거예요. 아니면 입이 험한 폴비아의 꾸지람에 당혹감을 느끼고 있는 거예요. 어서 사절들을!

안토니우스 로마여, 티베르 강에 잠겨버려라! 웅장한 건축물이여, 무너져버려라. 이곳은 나의 영역이다. 왕국은 한줌의 흙덩어리에 불과해. 똥냄새 나는 대지는 사람이든 짐승이든 가리지 않고 먹여주지 않는가! 인생의 숭고함은 뜨겁게 사랑하는 한 쌍의 연인이 이렇게 얼싸안을 수 있는 데 있다. 제아무리 무서운 벌을 내린다 할지라도 우리야말로 이 세상에 둘도 없는 고귀한 사람임을 알려야 해.

클레오파트라 어머나, 아내인 폴비아를 사랑하지 않는다는 걸 믿으라고요?

안토니우스 당신에게 휘둘리지만 않는다면야. 자, 사랑의 여신이 주는 이 귀중한 시간을 입씨름으로 낭비하지 맙시다.

클레오파트라 사절이 와 있어요.

안토니우스 또 그 소리! 그러나 당신은 뭘 하든 멋져 보이오. 꾸짖는 것도, 웃는 것도, 우는 것도. 그 모든 걸 우아하게 보이려고 필사적으로 노력하는 것 같거든. 당신이 보낸 사절 이외에는 어떤 사절도 만나지 않으리다. 오늘밤은 단둘이서 거리를 산책하면서 민정이나 시찰합시다. (안토니우스와 클레오파트라, 시종들과 함께 퇴장)

데메트리우스 우리 장군님이 어찌 저리도 카이사르를 모멸할 수 있단 말인가?

필로 글쎄, 정신을 잃을 때면 가끔 저러신다니까. 항상 지니셔야 할 기본적인 덕목을 잊어버리시다니!

데메트리우스 참으로 유감이군. 로마에서 돌고 있는 풍설이 거짓은 아니군. (두 사람 퇴장)

제 2 장 궁전 안의 다른 방

에노바르부스와 다른 세 사람의 로마인이 점쟁이와 이야기를 나누며 나온다. 잠시 후 클레오파트라의 종들이 등장한다.

카르미안　정말이지 흔치 않게 늠름하신 알렉사스 나리, 전하께 침이 마르도록 칭찬하신 그 점쟁이는 어디 있죠? 저도 남편 될 사람에 대해 알고 싶어서 그래요.

알렉사스　점쟁이!

점쟁이　네.

카르미안　바로 이분인가요? 앞날을 척척 알아맞힌다는 분이?

점쟁이　자연의 신비를 읽어낸다고나 할까?

알렉사스　손을 보여봐요.

에노바르부스　속히 주안상을 들여오너라. 술은 넉넉히 가져오고. 클레오파트라 여왕 전하의 만수무강을 위해 축배를 들어야겠으니.

카르미안　여보세요! 제게 행운을 주세요.

점쟁이　난 운수를 봐드릴 수는 있지만 행운을 드릴 순 없소이다.

카르미안　저의 앞날은 어떤가요?

점쟁이　앞으로 훨씬 더 고와질 거요.

카르미안 살이 찐다는 얘기겠지?

이라스 늙으면 주름살을 감추느라 화장을 한단 말이지.

카르미안 맙소사, 주름살은 질색이야!

알렉사스 쉿! 조용히.

점쟁이 당신은 사랑을 받는 편이라기보다 줄 팔자군.

카르미안 남자를 사랑하느니 차라리 술로 가슴을 데우는 게 나아. 자, 길운에 대해 말해봐요! 아침나절에 세 분의 국왕과 혼인했는데 그들이 다 작고하고 과부가 될 운세라든가, 쉰 살이 되어 유대의 헤로데스 왕이 와서 경배를 올릴 아이를 하나 낳게 된다든가, 아니면 카이사르와 결혼하여 우리 전하와 당당하게 맞설 운세가 혹시 손금에 나타나 있지 않은가요?

점쟁이 아가씨가 섬기는 여왕 전하보다 더 장수할 운입니다.

카르미안 좋아요! 난 무화과보다 더 오래 살길 원해요.

점쟁이 그런데 유감스럽게도 앞날은 불행의 연속입니다.

카르미안 그렇다면 사생아를 낳는단 말이에요? 그럼 난 아들 딸 두루 몇 명이나 두게 될까요?

점쟁이 아이를 갖고 싶을 때마다 잉태하고 그때마다 생산한다면 아마 백만 명쯤은 되겠지요?

카르미안 빌어먹을 소릴 하시네!

알렉사스 음란한 비밀을 알고 있는 건 이부자리뿐이라고 생각하나 본데.

카르미안 그럼 이라스의 운세를 봐줘요.

이라스   다른 건 몰라도 이건 순결을 나타내는 손금이에요.

카르미안   나일강의 홍수가 기근의 징후이거나 한 것처럼?

이라스   시부렁대지 마! 이 노망 든 색마야. 그 꼴에 무슨 예언을 한다고 그래.

카르미안   왜 이래, 손바닥에 기름이 흐르는 여자는 자식을 펑펑 낳을 팔자란 것쯤 누가 모를까봐? 그러니까 가려운 귓구멍이라도 쑤시는 거지. 제발이지 저애한테 그렇고 그런 얘기나 들려줘요.

점쟁이   당신들의 운세는 비슷하군.

이라스   내 운수가 저애랑 같다고?

카르미안   글쎄, 네 운수가 나보다 조금이라도 좋다면…… 그 조금이라는 건 뭘 의미하는 걸까?

이라스   네 남편의 코가 한 치 높다는 것이겠지.

카르미안   어머나, 그런 망측한 건 생각하고 싶지 않아. 알렉사스 님 차례지. 자, 이분의 운수를 맞혀보세요. 제발 이분은 석녀와 결혼한다고 해주세요! 그리고 그 아내를 죽게 하고, 다음에는 더 고약한 여자를 아내로 삼는다고 해주세요!

이라스   아멘, 사랑하는 여신이시여, 우리의 기도를 들어주소서! 잘난 남자가 서방질하는 아내와 사는 꼴은 생각만 해도 가슴이 찢어지는 일이지만, 지지리 못난 놈이 서방질을 당하지 않는 것 역시 서글픈 일입니다. 그러니 아이시스의 여신이시여, 저의 소원을 들어주소서!

카르미안   아멘.

알렉사스 자기네들의 바람기를 위해 날 오입쟁이로 만들 셈이군.

에노바르부스 쉿! 안토니우스 장군님이 오셔.

카르미안 아닙니다. 여왕님이십니다.

클레오파트라 등장.

클레오파트라 장군님을 보지 못했나?

에노바르부스 네, 못 뵈었습니다.

클레오파트라 술자리에서는 흥이 나셨는데 갑자기 로마 생각이 나셨는지 기분이 언짢아지신 모양이다. 이봐요, 에노바르부스!

에노바르부스 네, 전하!

안토니우스, 전령과 몇몇 시종들을 거느리고 등장.

클레오파트라 만나고 싶지 않구나. 모두 날 따르라.

전령 폴비아 마님께서 출전하셨다고 합니다.

안토니우스 내 동생 루키우스를 치려고?

전령 그러하옵니다. 그런데 그 전쟁은 바로 끝났습니다. 사태가 급변하여 두 분은 화해를 하고 병력을 합쳐 카이사르를 공격했습니다만 카이사르는 첫 번째 싸움에서 승리하고, 두 분을 이탈리아에서 추방해 버렸습니다.

안토니우스 알겠다. 한데 나쁜 소식이란 뭔가?

전령 나쁜 소식이란 전하는 사람이 미움을 받게 마련입니다.

안토니우스 그건 듣는 사람이 바보나 겁쟁이일 때 하는 이야기다. 어서 대답을 하라!

전령 아뢰옵기 황송한 소식입니다마는 레피두스께서 파르티아 군을 이끌고 유프라테스 강을 넘어 아시아 일대를 점령했습니다. 승리의 깃발은 시리아로부터 리디아를 거쳐 이오니아에까지 휘날리고 있습니다. 그러하오나…….

안토니우스 '그럼에도 안토니우스는이라고 말하고 싶겠지?'

전령 오, 장군님!

안토니우스 솔직히 털어놔 봐. 나에 대한 세상의 풍문을 어물쩍 넘길 필요는 없다. 클레오파트라도 로마에서의 별명 그대로 불러라. 폴비아의 말투를 흉내내어 말해도 좋다. 그리고 나의 과오를 진실과 악의가 표현할 수 있는 최대한의 자유를 가지고 책망해 다오. 아, 사람이 무위도식하고 있으면 마음속에 잡초가 생기는 법! 만일 그럴 때 죄과를 지적해준다면 새로이 농지를 경작하는 것처럼 잡초는 모두 뽑아버릴 텐데. 잠시 물러나거라.

전령 분부대로 하겠나이다.

안토니우스 시키온에서 온 사절은 어떤 소식을 가져왔느냐!

시종 1 시키온에서 온 사절 거기 있소?

시종 2 대령하고 있습니다.

안토니우스 (방백) 이집트의 이 억센 족쇄를 부숴버리지 않는 한 사랑에 넋을 잃어 내 일신을 망치고 말 것 같아.

전령 2, 편지를 가지고 등장.

넌 무슨 소식을 가져 왔느냐?

전령 2 폴비아 왕비께서 시키온에서 돌아가셨습니다. 병환의 경과와 그 밖에 알아두셔야 할 중요한 용건들이 모두 이 편지에 적혀 있습니다.

안토니우스 혼자 있고 싶다. (전령과 시종들 퇴장) 위대한 넋이 눈을 감아버렸구나! 그걸 바라긴 했지만. 인간이란 늘 멸시하며 버린 것을 다시 갖고 싶어 한단 말이야. 지금의 쾌락도 운명의 수레바퀴가 역전하면 그 반대인 고통이 되는 법! 세상을 떠나고 나니 그 여자가 좋은 아내였다는 생각이 드는군. 될 수만 있다면 아내를 밀어냈던 이 손으로 다시 끌어당기고 싶다. 내 마음을 홀리는 요부 같은 여왕과는 이제 인연을 끊어야 해. 지금의 타락한 생활은 상상도 못할 끔찍한 해악을 빚어낼 거다. 여보게, 에노바르부스! (에노바르부스 등장)

에노바르부스 장군님, 왜 그러십니까?

안토니우스 급히 여길 떠나야겠소.

에노바르부스 그러시면 여자들을 전부 죽이는 것과 마찬가지의 치명상을 입힙니다.

안토니우스 무슨 일이 있어도 난 떠나야 하오.

에노바르부스 부득이한 경우에는 여자들을 죽게 내버려둘 수도 있습니다. 큰 뜻 앞에 여자들 쯤이야 별 문제가 되지 않겠지만 아무것도 아닌 일에 여자들을 버린다는 건 매우 측은한 일입니다. 아마 클레오파트라 여왕께서는 이런 소문만 들어도 기절해 죽을 겁니다. 아무것도 아닌 일에 기절하는 걸 저는 스무 번이나 보았으니까요. 죽음의 신이란 게 사랑의 열기가 있어서 그런지 그녀를 꼬드기는가 봅니다. 걸핏하면 그렇게 죽으려 드는 걸 보면.

안토니우스 그녀는 남자 쪄먹을 여자요.

에노바르부스 여왕의 사랑은 순수 그 자체입니다. 그녀가 토해내는 비바람을 한숨과 눈물이라고 할 수는 없습니다. 그건 천지개벽 이래 처음 있는 대폭풍우입니다. 어찌 그것이 그분의 잔꾀라고 할 수 있겠습니까. 만약 그것이 잔꾀라면 그분도 제우스신처럼 비를 내리게 할 힘이 있다고 해야 할 겁니다.

안토니우스 어쨌든 그녀를 만나지 말았어야 했어!

에노바르부스 아, 그리 되었다면 장군님께서는 조물주가 창조한 경이로운 걸작품을 못 보실 뻔했죠. 그런 복을 받지 못하고 귀국하셨다면 어찌 널리 원정하신 보람이 있었겠습니까!

안토니우스 폴비아가 죽었다네.

에노바르부스 그렇다면 신들에게 감사의 제물을 바쳐야겠군요. 신들이 한 남자에게서 아내를 빼앗아간다는 건 이 지상에 재봉사가 있다는 걸 보여주기 위한 것입니다. 헌옷이 해지면 새 옷감이 얼마든지 있다는 뜻입니다. 만일 이 세상에 폴비아 부인 한 사람밖에 여자가 없다면 이 소식은 장군님에게 비탄스러운 일일 겁니다. 그러나 이러한 슬픔도 얼마 후엔 기쁨으로 바뀔 것입니다. 낡은 속옷 대신 새 속옷을 갖게 될 테니까요. 이 정도 가지고 흘리는 눈물은 양파로도 할 수 있는 일이니까요.

안토니우스 아내가 일으킨 정치적 사건을 무마하려면 내가 가야 해.

에노바르부스 장군님께서 클레오파트라 여왕님과 하신 일도 장군님이 계셔야만 해결됩니다.

안토니우스 버릇없는 대꾸는 집어치워. 장병들에게 나의 뜻을 전하거라. 곧 여왕에게 귀국하게 된 사유를 밝히고 작별을 할 것이다. 폴비아의 죽음도 그렇지만 그보다 더 긴급한 일이 날 재촉하고 있어. 로마에서 나와 뜻을 같이하던 동지들이 편지로 나의 귀국을 호소하고 있어. 섹스투스 폼페이우스는 카이사르에게 도전하여 현재 해상 지배권을 장악했어. 경박한 민중들은 영웅이 공적을 세웠을 때는 외면하다가 시일이 한참 지난 다음에야 비로소 그 공로를 칭송하는 법이오. 그러니 민중들도 이제 대폼페이우스의 명성과 온갖 칭호를 아들 섹스투스에게 던져주고 있소. 그자는 지금 명성과 권력이 하늘을 찔러 천하의 영웅으로 거들먹거리고 있지. 그러니 그자의 야망을 꺾지 않는다면 로마 제국의 화근이 될지도 모를 일이야. 그러나 물속에서 뱀으로 둔갑한다는 말의 털처럼 이제 겨우 생명만 얻었을 뿐 아직 뱀의 독은 갖지 못하고 있다. 직속 부하들에게 이곳을 즉시 떠나야 한다는 나의 명령을 전하라.

에노바르부스 분부대로 전하겠습니다. (두 사람 퇴장)

제3장 같은 곳, 다른 방

클레오파트라, 카르미안, 이라스, 알렉사스 등장.

클레오파트라 장군은 어디 계시지?

카르미안 한참 동안 뵙지 못했습니다.

클레오파트라 (알렉사스에게) 어디서, 누구와, 무얼 하고 계시는지 보고 오되 내가 널 보낸 걸 눈치 채게 해서는 안 된다. 울적해하시거든 내가 춤을 추고 있다고 전해라. 만일 즐거워하시거든 내가 갑자기 병이 났다고 전해라. (알렉사스 퇴장)

카르미안 전하, 장군님을 진정으로 사랑하신다면 매사를 그분 뜻대로 하시게 놔두세요. 거역하시면 안 됩니다.

클레오파트라 바보 같은 소릴 다하는구나. 그랬다가는 그분에게 버림받고 말 거다.

카르미안 도발적인 행동은 자제하세요. 너무 귀찮게 굴면 싫증이 나기 쉽거든요.

안토니우스 등장.

클레오파트라 왜 이렇게 몸이 무겁고 기분이 언짢을까?

안토니우스 말을 꺼내기가 좀 그렇지만 털어놓아야 할 게 있소.

클레오파트라 카르미안, 날 좀 부축하고 안으로 들어가자. 기절할 것만 같아 서 있을 수가 없어.

안토니우스 왜 이러시오, 내 사랑 여왕이시여!

클레오파트라 당신 눈이 모든 것을 말해 주고 있어요. 좋은 소식이 있죠? 부인께서 돌아오시라고 하나요? 애당초 부인께서 당신을 이곳에 못 오도록 했다면 좋았을 텐데. 제가 당신을 이곳에 붙잡아둔 것처럼 부인께 오해받고 싶진 않아요. 난 당신에게 아무런 영향력도 없어요. 당신은 부인 거니까.

안토니우스 신들께 맹세하지만!

클레오파트라 아, 자고로 여왕의 몸으로 이렇듯 무자비하게 배반을 당한 사람이 있을까! 당신에게 배반당하리라는 건 첫눈에 짐작했었어요. 아무리 당신이 옥좌에 앉은 신들을 흔들어놓을 만큼 큰 소리로 맹세해도 온전하게 내 것이 될 수 있으리라고는 생각하지 않았어요. 부인께마저 불성실한 당신인걸요. 부인과 굳게 맹세한 그 입으로 식은 죽 먹듯 깨뜨리는 그 맹세를 믿었다니, 내가 미쳤지!

안토니우스 아, 사랑하는 여왕!

클레오파트라 아니에요. 출발에 대한 변명 같은 건 늘어놓지 마세요. 여기 머물고 싶다고 간청하시던 무렵에는 말씀에도 기품이 있었습니다. 그랬기에 떠나시리라곤 꿈도 못 꾸었지요. 당신의 입술과 눈에는 영원이 깃들고 눈썹 그늘에는 더할 수 없는 행복이 있었으며,

당신의 몸 구석구석에서는 하늘의 그윽한 향기가 넘쳐흘렀습니다. 그런데 달라진 점이 있다면 천하의 대장군인 당신이 최고의 거짓말 쟁이로 변해버렸다는 거죠.

안토니우스 왜 이러는 거요, 여왕!

클레오파트라 저도 당신처럼 키가 컸으면 좋겠어요. 그렇다면 이집트 여왕에게도 용기가 있음을 보여드릴 텐데.

안토니우스 부탁이오. 내 말 좀 들어봐요. 긴박한 사태가 날 부르고 있어 잠시 조국으로 돌아가는 것뿐이오. 그러나 나의 마음은 전부 당신에게 맡기고 가오. 나의 조국 이탈리아에서는 내란의 피바람이 불고 있소. 섹스투스 폼페이우스가 이미 로마의 항구까지 쳐들어왔다고 하오. 국내의 양대 세력이 서로 팽팽하게 맞서고 있소. 이런 시기에는 당연히 기회주의자가 생기게 마련이고, 미움을 받던 자들도 세력을 형성하면 영향력이 생기는 법이오. 추방당한 후 탄핵을 받던 폼페이우스는 그의 부친의 명예를 등에 업고 현 정부에 불만을 품은 자들의 마음을 휘어잡아, 이제 그 병력이 무시 못할 정도가 되었소. 뿐만 아니라 오랜 평화가 민중의 마음에 무기력증을 일으켜 거센 변화는 필요악이 되었소. 그리고 나의 귀국을 안심해도 좋은 건 폴비아가 죽었다는 사실이오.

클레오파트라 뭐 폴비아가 죽었다고요?

안토니우스 정말 그녀는 죽었소. 폴비아가 어떤 분란을 일으켰는지 한가로울 때 이 편지를 읽어봐요. 맨 마지막에 가장 좋은 소식인 그녀가 죽은 날짜와 장소를 확인할 수 있을 것이오.

클레오파트라 아, 믿지 못할 분! 슬픈 눈물을 담을 신성한 눈물단지는 어디에 두었나요? 아, 이제야 알겠어요, 알고말고요. 폴비아의 죽음을 보면 내가 죽어서 어떤 대우를 받을 것인지 뻔해요.

안토니우스 내 계획의 실행 여부는 당신 충고에 달려 있소. 나일강의 진흙에서 생명을 태동시키는 타오르는 태양에 걸고 말하지만 나는 당신의 병사이자 시종으로서 이 땅을 떠나고, 전쟁과 평화 어느 길을 택하든 당신의 뜻에 따르겠소.

클레오파트라 이 끈을 풀어다오. 카르미안, 어서. 그만 둬라. 내 기분은 갑자기 나빠졌다 좋아졌다 한단 말이야. 안토니우스 장군의 사랑처럼 변덕이 심하지.

안토니우스 여왕, 이 대장부의 사랑을 믿어주시오. 진정한 사랑인지 아닌지를 증명해주리다.

클레오파트라 폴비아의 죽음이 모든 걸 말해주고 있어요. 자, 저쪽으로 돌아서서 그 여자를 위해 통곡하세요. 그 다음에 제게 작별인사를 고하며 그 눈물은 이집트 여왕을 위해 흘렸다고 말하세요. 아주 그럴싸한 연극의 한 장면이 되겠군요. 어느 모로 보나 진실하기 그지없게 받아들일 수 있도록 말이에요.

안토니우스 정말 내 분통을 터지게 할 거요? 제발 그만하시오.

클레오파트라 어머, 좀 더 잘하실 수 있을 텐데. 지금 연기도 봐줄 만하긴 하지만.

안토니우스 자, 내 칼에 걸고.

클레오파트라 그리고 방패에도 걸고 맹세하세요. 정말 멋지군요.

하지만 최고라고는 할 수 없어요. 자 봐라, 카르미안! 역정을 내는 역엔 헤르클레스의 피를 받은 이 로마인이 정말 잘 어울리신다.

안토니우스 이만 떠나겠소, 여왕.

클레오파트라 잠깐, 한 마디만 하겠어요. 장군, 당신과 나는 헤어져야 돼요. 한데 말씀드리고 싶은 건 그게 아니에요. 장군, 당신과 난 서로 사랑했지만 이 말을 하자는 것도 아니죠. 그건 당신이 더 잘 알고 계실 거예요. 아니, 내가 무슨 말을 하려고 했지? 아, 내 건망증 좀 봐. 안토니우스 장군과 똑같아. 모든 걸 잊어버리니.

안토니우스 여왕인 당신이 신하들처럼 그렇게 경박하게 굴면 난 당신을 호들갑스럽다고 볼 수밖에 없어요.

클레오파트라 아, 제발 절 용서하세요. 어떤 매력도 당신 눈에 아름답게 비치지 않는다면 그건 나에게 치명적인 고통의 씨앗이에요. 당신의 명예가 이곳을 떠나라고 소리치고 있어요.

안토니우스 그럼 떠나리다. 자아, 우리들의 이별은 같이 있는 것이기도 하고 떠나 있기도 하는 그런 것이오. 비록 당신은 여기 머물고 있지만 마음은 나와 함께 떠나고, 난 여길 떠나지만 마음은 당신과 함께 여기 남는다오. (모두 퇴장)

제4장 로마, 카이사르 저택의 한 방

옥타비아누스 카이사르, 편지를 읽으면서 레피두스와 등장. 시종들도 등장.

카이사르   레피두스, 당신도 보아서 잘 알겠지만 이 카이사르는 태어날 때부터 악덕과는 인연이 먼 사람이오. 그런데 알렉산드리아에서 온 보고를 볼 것 같으면 안토니우스는 허구한 날 낚시질에 술잔치를 베풀며 환락에 빠져 있다고 하지 뭡니까. 이건 클레오파트라보다 한수 위라고 할 수 있지요. 사절을 보내도 접견을 해주지 않고 동료가 있다는 것도 잊은 것 같소. 인간이 범하는 죄의 집합체를 보는 것 같소.

레피두스   그분의 미덕을 몽땅 뭉개버릴 정도로 죄가 크다고 생각해서는 안 되지요. 그분의 과오는 밤하늘의 별과 같은 것으로, 세상이 어두워서 뚜렷이 비치는 것이거든요. 그것은 배워서 얻은 것이 아니라 선천적인 것이어서 스스로도 어찌할 도리가 없는 겁니다.

카이사르   당신은 지나치게 관대하시군요. 가령 그가 프톨레마이오스의 침상에 기어드는 것도 잘못이 아니라고 칩시다. 하룻밤의 환락을 위해서 한 왕국을 던져주는 것도 좋다고 칩시다. 노예들과 앉아서 술잔을 기울이거나 땀내 나는 건달패들과 주먹다짐을 하는 것까지도 다 이해한다고 칩시다. 사실 그런 행위가 문제가 되지 않는 사람이라면 참으로 보기 드문 큰 인물이라 해야겠지만 그러나 안토니우스의 그런 경박한 행동 때문에 우리가 무거운 짐을 짊어지게 된다면 스스로에 대해 어떤 변명도 할 수 없을 것이오. 그가 지속적으로 주색에 빠져서 지낸다면 악성 위장병이나 매독으로 보상을 받게 될 것이 확실하지만 그러나 그의 것이자 동시에 우리 것이기도 한 국가 대사가 북을 울려 그로 하여금 방탕에서 깨어나기를 요구하는 이때 조차 이 귀중한 시간을 헛되이 낭비한다면 견책을 받아 마땅하지요. 젊은이들은 분별력을 갖춰 성숙해졌지만 눈앞의 쾌락을 위해 도리에 어긋나는 짓을 하는 것과 같은 맥락이라고 할 수 있지요.

전령 두 사람 등장.

레피두스 소식이 또 왔군요.

전령 1 카이사르 각하, 각하의 분부대로 모든 걸 거행했습니다. 앞으로는 세계 정세를 시시각각 보고하겠습니다. 폼페이우스는 해상의 병력을 증대하고 있으며, 지금까지 각하를 두려워하던 자들도 그를 따르고 있는 것 같습니다. 항구란 항구에는 불평분자들이 떼거리로 모여들어 그가 부당한 대우를 받고 있다고 떠들어대고 있습니다.

카이사르 그만한 건 이미 예상했어야 했지. 오랜 역사가 말해 주는 바이지만 때를 만나 권력에 오른 자는 그 자리를 유지하고 있을 때까지만 지지를 받고, 세력이 기운 자는 존경할 만한 가치가 없어질 때까지는 냉대를 받다가 막상 죽게 되면 비로소 사랑을 받게 되지. 민중의 마음이란 마치 흐르는 물에 떠도는 수초와 같아서 조류의 방향에 따라 이리저리 떠밀려 다니다가 결국은 썩어버리는 법이지.

전령 2 카이사르 각하! 악명 높은 해적 메네크라테스와 메나스 두 사람이 해상에서 횡포를 부리고 있습니다. 그들은 지금 이탈리아 곳곳에서 맹렬한 공격을 가하고 있습니다. 바닷가 주민들은 공포에 파랗게 질려 있으며 혈기 넘치는 청년들은 다투어 폭도로 변하고 있습니다. 또 항구 밖으로 배가 얼씬만 해도 나포당하고 맙니다. 폼페이우스라는 이름은 그의 병력 이상으로 위력을 발휘하고 있습니다.

카이사르 안토니우스여! 그 음탕한 주연을 걷어치우지. 일찍이 그대가 두 집정관 히르티우스와 판사를 죽인 다음 모데나에서의 싸움에 패하여 퇴각했을 때의 이야기다. 그때 기근이라는 대적이 뒤따라왔지. 그렇지만 그대는 애지중지 자라난 귀한 신분이면서도 야만인조차도 감내할 수 없을 정도의 배고픔을 이를 악물고 버티며 싸우지 않았던가. 그대는 말오줌은 물론, 짐승도 토해 버릴 정도의 지저분한 웅덩이의 물을 마시지 않았던가? 더러운 생울타리에 열린 떫은 열매를 달갑게 먹기도 했지. 또 눈으로 하얗게 뒤덮인 초원을 헤매는 사슴처럼 나무 껍질조차 마다하지 않았으며, 알프스에서는 보기만 해도 사람이 죽는다는 괴상한 날고기를 먹었다고 하더군. 그대는 참으로 씩씩한 무인으로 어떤 어려움 속에서도 강인함을 잃지 않았다.

레피두스　　내일이면 정확한 정보를 보고할 수 있으리라 생각하오. 해상과 육상에서 현재의 이 긴급한 사태에 대처하기 위해 어느 정도의 병력을 소집할 수 있을지 말이오.

카이사르　　나 역시 그걸 알아보리다. 그럼 잘 가시오.

레피두스　　또 뵙지요. 그동안 국외의 동정에 대한 정보를 입수하시면 제게도 알려주시기 바랍니다.

카이사르　　염려 마시오. 그건 내 의무이니. (모두 퇴장)

제 5 장　알렉산드리아, 클레오파트라의 궁전

클레오파트라, 카르미안, 이라스, 마르디안 등장.

클레오파트라　　카르미안! 수면제 좀 가져오너라.

카르미안　　전하, 왜 그러시옵니까?

클레오파트라　　안토니우스 장군이 없는 길고 지루한 시간을 잠이나 푹 자고 싶다.

카르미안　　그분 생각에 너무 깊이 빠져 계시면 아니 되옵니다.

클레오파트라　　환관 마르디안은 들거라.

마르디안　네, 뭐든 분부하시옵소서!

클레오파트라　지금은 네 노래를 듣고 싶지 않아. 나에게 내시가 할 수 있는 건 아무것도 없다. 넌 거세를 한 덕분에 방종스런 마음이 공연스레 이집트 밖으로 날아가는 일도 없을 테니. 한데 네게도 정욕이란 게 있느냐?

마르디안　있다 뿐이겠습니까?

클레오파트라　그게 사실이렷다?

마르디안　황공하오나 전하, 행동으로는 불가능하옵니다. 그저 정절을 꼭 지키는 것 이외에는 무능하기 짝이 없습니다. 그렇지만 소인에게도 세찬 정욕이 있어 늘 생각합니다. 저 아름다운 비너스 여신이 마르스를 상대로 무엇을 했는지를.

클레오파트라　오, 카르미안! 장군님의 말은 행복하기도 하겠구나. 안토니우스를 등에 싣고 있으니 말야! 말아, 잘 모셔라! 넌 네가 태운 분이 누군지 아느냐? 이 세계의 절반을 등에 짊어지신 영웅이시며, 그분은 인간의 칼이요, 투구이시다. 안토니우스는 지금 이렇게 속삭일지도 몰라. "나일 강의 내 뱀은 어디 있는가?"라고. 그분은 항상 날 그렇게 부르셨어. 난 지금 달콤한 독을 마시고 있어. 태양의 신에게 너무나 큰 사랑을 받아 온몸이 거무튀튀하게 타고, 세월이 흘러 깊은 주름살이 팬 날 그분은 잊어버리신 게 아닐까? 이마가 훤한 카이사르, 당신이 이 세상에 살아 계셨을 때 난 제왕에게 드려도 창피스럽지 않은 공물이었지요. 그리고 저 폼페이우스 대왕은 우뚝 서서 내 얼굴에 시선을 못박고 생명도 내던지겠다는 태세였지.

알렉사스, 안토니우스의 사자로 등장.

알렉사스 전하, 만수무강하소서!

클레오파트라 넌 어째서 안토니우스 장군과 그렇게 딴판이냐! 그래, 안토니우스 장군님은 어떻게 지내시더냐?

알렉사스 장군님께서 마지막으로 하신 일은 광채 나는 이 동방의 진주에다 입을 맞추신 것입니다. 그러면서 하신 말씀이 지금도 이 가슴에 못이 박혀 있습니다.

클레오파트라 내 귀가 네 가슴에서 그 말을 뽑아야겠다.

알렉사스 이렇게 말씀하셨습니다. "자, 진실한 로마인이 대이집트 여왕께 이 진주를 선물한다고 전하라. 그리고 이 선물 외에 전하의 화려한 옥좌에 여러 왕국을 바쳐 전하의 풍요로운 옥좌를 더욱 찬양할 것이라"고.

클레오파트라 그분은 침울하시더냐, 기뻐하시더냐?

알렉사스 삼복더위와 동지섣달 추위 한중간쯤처럼 침울하지도 기뻐하지도 않으셨습니다.

클레오파트라 아, 어쩌면 그렇게도 균형이 잡힌 성품이실까! 봐라, 카르미안! 그게 바로 그분이시다. 침울하지 않으셨다지? 그건 쉽게 기쁨과 슬픔에 사로잡히는 병사들에게 즐거운 얼굴을 보여주고 싶었기 때문이야. 그리고 지나친 기쁨은 보여주지 않으셨다지? 그건 그분께서 가장 좋아하는 사람과 함께 이 이집트에 있다는 증거를 보이신 것이다. 내가 보낸 전령들은 만났느냐?

알렉사스 네, 스무 명을 모두 만났습니다. 왜 그렇게 연달아 전령을 보내셨습니까?

클레오파트라 내가 안토니우스에게 전령을 보내는 것을 잊는다면 이 세상에 생명을 부여받은 자는 모두 거렁뱅이가 되어 죽으리라. 카르미안, 잉크와 종이를 가져온. 그런데 카르미안, 내가 카르사르 도 그토록 사랑했던가!

카르미안 아, 훌륭하신 카이사르!

클레오파트라 또다시 그따위 찬사를 해봐라, 숨구멍을 틀어막아 버리겠다! 훌륭하신 안토니우스라고 말해.

카르미안 용감하신 카이사르!

클레오파트라 아이시스 신에게 맹세코 내 너의 입을 찢어놓고야 말겠다. 사나이 중의 사나이신 내 사랑을 카이사르와 비교하다니.

카르미안 전하의 흉내를 내보았을 뿐이옵니다.

클레오파트라 내가 그런 말을 한 것은 분별력이 없고 정열도 없던 철부지 시절의 일이다. 자, 안으로 들어가자. 잉크와 종이를 가져오너라. 매일매일 그분에게 편지를 써야겠다. 이집트 백성을 모두 동원해서라도 말이다. (일동 퇴장)

제 2 막

제 1 장 메시나, 폼페이우스 저택의 한 방

폼페이우스, 메네크라테스, 메나스 무장을 하고 등장.

폼페이우스 신들이 공정하시다면 반드시 선한 사람들을 도와주실 거요.

메나스 위대한 폼페이우스 장군님! 신의 가호가 조금 늦어진다고 해서 버림받았다고 할 수는 없습니다.

폼페이우스 하지만 우리가 신들의 옥좌에 탄원하고 있는 동안 우리가 추구하는 대상은 썩어 문드러지고 말 거요.

메나스 대부분의 사람들은 자기 자신을 알지 못하여, 스스로 화를 불러들이지만, 현명한 신들은 우리들을 위해서 거절하십니다. 그래서 기도가 이루어지지 않아 오히려 이득을 본답니다.

폼페이우스 성공은 내 편이다. 민중은 나를 향해 있고, 제해권도 내 손 안에 있어. 나의 병력은 초승달과 같아 길조를 말해주고 있는데, 안토니우스는 이집트의 향연에 빠져 싸울 생각도 않는다. 게다가 카이사르는 돈을 긁어모으는 데 혈안이 되어 인심을 잃고 있고 레피두스는 두 사람에게 열심히 아첨을 하고, 두 사람 역시 그자에게 아첨을 하고 있지만 서로 신뢰하는 사이는 아니지.

메나스 실비우스가 말하길 카이사르와 레피두스는 대병력을 거느리고 벌써 싸움터에 출전해 있다고 합니다.

폼페이우스 그자는 꿈을 꾼 모양이군. 사실 두 사람은 로마에서 안토니우스가 합세해 주기를 기다리고 있어. 탕녀 클레오파트라여, 온갖 사랑의 마법으로 색정의 힘을 총동원하거라! 그 탕아를 술자리에 묶어놓고 골통까지 술기운이 꽉 차게 해다오. 천하의 일류 요리사는 싫증 안 나는 양념으로 그자의 식욕을 무섭게 돋워서 자고 먹고, 먹고 자게 해서 자신의 명예를 망각의 강물에 흘려버리게 해주려무나.

바리우스 등장.

그래, 바리우스! 어찌 됐소?

바리우스 전해 드릴 정보는 정확한 것입니다. 지금 로마에서는 안토니우스가 도착하기를 학수고대하고 있답니다. 이집트를 떠났는데 도착할 날짜가 한참 지났답니다.

폼페이우스 사소한 일은 불쾌하지 않지. 메나스, 난 그 색정에 푹 빠진 자가 이런 시시한 전쟁에 투구를 쓰고 나설 줄은 몰랐소. 그자의 전력은 다른 두 사람의 곱절이긴 하지만 그 호색가 안토니우스가 이집트 과부의 무릎을 박차고 나섰다는 것은 놀라운 일이오.

메나스 카이사르와 안토니우스가 화해하기란 쉽지 않습니다. 그자의 죽은 부인은 카이사르에게 반역했고, 그의 동생은 카이사르에게 싸움을 걸지 않았습니까?

폼페이우스 그렇지만 메나스! 작은 반목은 큰 반목을 위해 양보하는 법이오. 만일 우리가 전쟁을 일으키지 않았더라면 그들 세 사람은 자기들끼리 싸웠을 거요. 서로 칼을 빼어들 근거를 충분히 갖고 있으니까. 그러나 지금은 우리가 두려워서 서로 뭉친 것이겠지. 아직은 모르는 일이오. 그것은 신의 의사에 맡기기로 합시다! 지금 우리는 목숨을 걸고 싸워야 하오. 자, 메나스. (모두 퇴장)

제 2 장 로마, 레피두스의 저택

에노바르부스와 레피두스 등장.

레피두스 에노바르부스, 자네의 장군에게 될 수 있는 대로 부드럽고 점잖게 진언하는 것은 자네의 임무라 할 수 있겠지?

에노바르부스 부탁드리지요. 자신의 위대함에 걸맞게 응하도록. 만약 카이사르가 감정을 건드리는 말을 하면 안토니우스 장군은 상대의 머리통을 쏘아보면서 군신처럼 호통을 칠 겁니다. 제우스신에게 맹세하지만 제가 만일 안토니우스 장군의 수염을 갖고 있다면 오늘은 결코 그걸 깎지 않고 카이사르를 만나러 갈 것입니다.

레피두스 하지만 작은 일은 큰일을 위해 길을 비켜줘야 한다네.

에노바르부스 작은 일은 선결 문제가 아니라면서요?

레피두스 그러나 다 꺼진 불씨를 다시 되살리지는 말게. 아, 저기 안토니우스 장군이 오는군.

안토니우스와 벤티디우스, 이야기를 하며 등장. 카이사르, 마이케나스, 아그리파 다른 문으로 등장.

안토니우스 여기서 합의를 보게 되면 파르티아로 떠나지. 벤티디우스, 귀를 좀······.

카이사르 잘 모르겠군, 마이케나스. 아그리파에게 물어보게.

레피두스 두 분께 말씀드리겠습니다. 우리들을 결속시킨 것은 나라의 위급한 사정 때문이니 사소한 일로 분열되어서는 안 됩니다. 불편한 일이 있으면 서로 대화로 풉시다.

안토니우스 동감이오. 적을 앞에 두고 진두에 서서 싸워야 할 경우라도 난 이렇게 하리다. (서로 포옹한다)

카이사르 로마로 온 걸 환영합니다.

안토니우스 고맙소.

카이사르 우선 앉으시지요.

안토니우스 듣자니 당신은 좀 오해를 하고 계신 것 같던데, 모든 일은 당신과는 상관없는 일이오.

카이사르 만약 별것도 아닌 일로 내가 당신을 비난했다면 내 잘못이지요. 더욱이 나 자신과 아무런 이해관계도 없는데 당신 이름을 들먹이며 헐뜯었다면 더 큰 조롱을 받아 마땅하지요.

안토니우스 그렇다면 나의 이집트 체류가 당신과 상관이 있소?

카이사르 내가 로마에 있는 것이 이집트에 있는 당신과 아무런 관계가 없듯이 아무 상관이 없습니다. 하지만 거기서 뭔가 모사를 꾸몄다면 당신의 이집트 체류는 날 몹시 신경 쓰이게 하겠지요?

안토니우스 모사라니 그게 무슨 말이오?

카이사르 이곳에서 내가 겪은 사건으로 추측이 갈 텐데요? 당신의 부인과 동생이 우리 쪽에 싸움을 걸어왔소. 그 목적은 당신을 위해서였소. 당신의 이름이 싸움의 명분이었어요.

안토니우스 그건 당신의 오해요. 당신 진영에서 싸운 사람한테서 들었는데, 내 아우는 우리 두 사람 모두의 권위를 떨어뜨리는 짓을 한 거요. 나는 당신과 같을 길을 걷고 있는데, 아무것도 모르는 동생이 싸움을 일으킨 거요. 그러니까 내 아우가 일으킨 싸움은 내게도 화살을 당긴 셈이지. 이 점에 대해서는 앞의 편지로 충분히 해명이 됐을 터인데, 당신은 그 전쟁의 진상을 이리저리 꼬아서 동기를 조작하려 드는데, 완벽한 자료를 제시해 보시오.

카이사르 당신은 내가 판단을 그르친 것처럼 몰아붙이고, 스스로를 변호하고 있군.

안토니우스 아니, 천만에! 나는 당신이 적대시하던 대의에 있어선 당신의 맹우지만 나의 평화에 도전하는 것은 선의로써 받아들일 수 없소. 그리고 세계의 3분의 1인 당신의 영토를 고삐 하나로 가볍게 통제하려는 아내를 가졌다면 몹시 힘들걸요.

에노바르부스 (방백) 우리가 모두 그런 아내를 갖는다면 얼마나 좋을까. 남자들은 부인과 싸움터에 같이 나갈 수 있을 테니!

안토니우스 다루기가 몹시 어려운 여자였어요. 가랑잎에 불붙는 듯한 성미를 가진 내 아내가 심술궂은 책략을 써서 심로를 끼쳐 드린 것은 미안하오.

카이사르 당신이 알렉산드리아에서 흥청거리고 있을 때 내가 편지를 보냈었지. 그런데 당신은 그걸 읽지도 않고 주머니 속에 처넣어 버렸소. 그뿐인가! 사절을 제대로 접견도 하지 않고 욕설로 쫓아내 버렸지 뭐요.

안토니우스 그때 그 사절은 내 허락도 받지 않고 들이닥쳤소. 그때는 세 국가의 왕들에게 향연을 베풀고 난 다음이라 맑은 정신이 아니었소. 그러나 다음날 전날의 내 사정을 설명했으니 그건 용서를 빈 것이나 다름없지 않소.

카이사르 당신은 맹약의 조항을 깨뜨렸소. 설마 그게 나의 책임이라고 하지는 않겠지요?

레피두스 카이사르 장군, 고정하시오!

안토니우스 내게 신의가 없다고 생각하는 모양인데 신의란 신성한 명예요. 장군, 어서 말을 계속하오. 그래, 파악한 조항은?

카이사르 무기와 원병을 보내달라고 요청했을 때 거절했소.

안토니우스 장시간 취흥에 사로잡혀 소홀했던 것은 사과하오. 이러한 솔직함이 내 위신을 떨어뜨리지는 않을 테지? 사실 내 힘의 근원은 솔직함이니까. 폴비아가 반란을 일으킨 것은 나를 이집트로부터 끌어낼 속셈이었지. 그 문제는 내 명예를 걸고 사과하겠소.

레피두스 참으로 훌륭한 말씀이십니다.

마이케나스 죄송하오나 두 분은 이제 노여움을 푸소서. 당면한 긴급 사항이 두 분의 화해를 외치고 있다는 걸 생각하신다면 과거지사는 깨끗이 잊어버릴 수도 있지 않겠습니까?

레피두스 맞는 말씀이오, 마이케나스!

에노바르부스 일단 폼페이우스를 쳐부순 뒤에 다시 말씀을 나누시지요. 한가해지면 얼마든지 다툴 시간이 있으니까요.

안토니우스 당신은 일개 군인에 지나지 않아. 입 닥쳐.

에노바르부스 진실을 말해선 안 된다는 교훈을 깜박 잊었습니다.

안토니우스 많은 사람이 있는 자리에서 무엄하오!

에노바르부스 그럼 이제부터는 돌부처가 되겠습니다.

카이사르 저 사람의 이야기 내용은 나쁘지 않아. 다만 표현 방법이 문제지. 우리들의 기질이 이렇게 다르니 우정을 지속하기가 어려울 것 같군.

아그리파 카이사르 각하! 외람된 말씀이오나 저도…….

카이사르 말해보게, 아그리파.

아그리파 각하에게는 어머님의 피를 받으신 누님이 한 분 계시잖습니까. 칭찬이 자자한 옥타비아님 말씀입니다. 그런데 안토니우스 장군은 현재 독신으로 계시고요.

카이사르 행여 그런 말은 입 밖에 꺼내지도 말게, 클레오파트라 귀에 들어가면 당장 꾸지람을 들을 테니.

안토니우스 카이사르 장군, 아그리파의 말을 더 들어봅시다.

아그리파 두 분이 형제의 의를 맺어 굳은 결의가 다시 풀리지 않도록 안토니우스 장군께서 옥타비아를 부인으로 맞으십시오. 그분은 훌륭하고 잘생긴 사내대장부를 남편으로 삼을 만한 자질이 충분히 있습니다. 이 결혼이 이루어진다면 지금은 커 보이는 의혹도, 또 지금은 해롭다고 느끼는 두려움도 없어지고 말 겁니다.

안토니우스 카이사르, 당신의 의견은 어떻소?

카이사르 안토니우스 장군, 당신의 생각을 먼저 듣고 싶소.

안토니우스 만일 내가 "아그리파, 잘 부탁하네."라고 말한다면 이 일을 주선할 권한이 아그리파에게 있는 것이오?

카이사르 나의 권한을 맡기지요. 그리고 옥타비아의 권한까지도.

안토니우스 장래를 위한 이 경사스러운 제안에 마가 끼어들 리 만무하오! 자, 손을 잡아봅시다. 이 시각부터는 형제지간의 사랑으로 힘을 합쳐 위대한 국가의 대업을 이룩해 나갑시다.

카이사르 자, 내 손을 잡으시오. 내 누이를 당신께 드리겠소. 내 누이야말로 우리의 영지와 마음을 결합시켜 줄 최고의 매개체요.

안토니우스 내가 폼페이우스에게 칼을 뽑는다는 건 생각지도 못했소. 그자는 최근에 대단한 친절을 보여왔으니까. 그러니 감사의 말을 일단 보낸 후에 공격을 하고 싶소.

레피두스　시간이 급박하오. 급히 폼페이우스의 거처를 찾아 공격을 해야지, 그러지 않으면 우리가 공격을 받게 됩니다.

안토니우스　그자는 지금 어디 있소?

카이사르　미세눔 산 부근이오.

안토니우스　그쪽의 병력은?

카이사르　육상은 대부대인데 날로 증가하고 있으며, 바다에서도 절대적인 패권을 쥐고 있소.

안토니우스　풍문은 들었소. 한 번 맞서보고 싶소! 그런데 무장을 하기 전에 결의한 혼사 문제부터 매듭지읍시다.

카이사르　나도 동감이오. 우선 내 누이를 만나보시오.

안토니우스　레피두스, 당신도 같이 갑시다.

레피두스　내 설령 병중이라 해도 가지 않을 수 있겠소? (트럼펫의 화려한 연주. 카이사르, 안토니우스, 레피두스 퇴장)

마이케나스　이집트에서의 귀국을 진심으로 축하합니다.

에노바르부스　카이사르의 심복 마이케나스! 나의 친구 아그리파!

아그리파　에노바르부스!

마이케나스　일이 잘 되어 참으로 기쁘군. 자네도 이집트 체재 중에 재미 좀 보았겠지.

에노바르부스　여부가 있나. 밤낮 술잔치로 밤을 새웠다고 할 수가 있지.

마이케나스　아침식사에 멧돼지 여덟 마리를 통째로 구워서 두 사람이 먹었다던데 그게 사실인가?

에노바르부스 아무튼 굉장한 향연이었다고 할 수 있지.

마이케나스 그 여왕이 아주 대담하다면서?

에노바르부스 처음 시드누스 강에서 안토니우스 장군을 만났을 때, 그녀가 각하의 마음을 단번에 사로잡았지 뭔가.

아그리파 그녀는 정말 굉장했다고 하던걸. 누가 만들어낸 소문이 아니라면.

에노바르부스 그래, 내 얘길 해주지. 여왕이 탄 배는 빛나게 닦은 황금 옥좌처럼 찬란하게 빛났지. 고물 선미의 갑판에는 황금 마루가 깔렸고, 돛은 자줏빛이었는데 어쩌나 향기를 풍기는지 바람도 사랑에 빠진 듯 허느적거렸지. 수많은 노는 온통 은빛이고, 피리소리에 맞춰 가지런히 노를 저어 나가자 갈라지는 물결도 연정에 못 이기는지 뒤쫓아오더란 말이야. 여왕의 자태는 필설이 무색할 지경이었어. 금실을 섞어 짠 얇은 비단 차일 아래 비스듬히 누워 있는 모습은 그림 속의 비너스보다도 몇 배나 더 아름다웠고, 오목 팬 보조개는 미소년 큐피드를 능가하였으며, 오색이 영롱한 부채를 들고 쉴 사이 없이 부채질을 하면 두 볼엔 홍조가 황홀하게 빛나더란 말이야.

아그리파 아, 안토니우스 장군은 얼마나 감격하셨을까!

에노바르부스 바다의 요정 같은 시녀들이 인어떼처럼 여왕 앞에 허리를 굽히고 서서 시중드는 모습은 여왕을 한층 더 아름답게 장식했지. 배에서는 말할 수 없이 신기한 향기가 근처의 해안에 모인 사람들의 코를 찔렀지. 그리고 근처 사람들이 모두 여왕을 보러 쏟아져

나왔고, 안토니우스 장군은 광장에 홀로 정좌하고 하늘을 향해 휘파
람을 불고 있었지.

아그리파   정말 황홀한 여왕이시군!

에노바르부스   여왕이 상륙하자 안토니우스 장군은 전령을 보내 만
찬에 초대하셨지. 그런데 여왕은 도리어 안토니우스 장군을 국빈으
로 모시겠다는 간청을 보내왔지 뭔가. 예절 바른 안토니우스 장군은
열 번이나 얼굴을 다듬고 향연에 참석했지. 식사 때는 그 대가로 심
장을 지불했을 거야. 하긴 그의 눈이 먹어치운 것이기는 하지만.

아그리파   어쨌든 굉장한 여인이라고 하더군! 카이사르는 장검을
침대에다 내동댕이치고 여왕을 경작하였고, 여왕은 그 수확을 거둬
들였지.

에노바르부스   내 언젠가 여왕이 대로를 마흔 걸음이나 뛰다시피 달
리는 걸 보았는데 숨이 턱에 차서 헐떡거리면서 겨우 말을 잇는 그
기이한 모습은 미의 극치였어.

마이케나스   이제 안토니우스 장군은 그녀와 깨끗이 헤어져야 해.

에노바르부스   천만의 말씀! 버릴 수 없을걸. 나이를 먹어도 시들지
않고, 사귀면 사귈수록 익힌 재주가 무궁무진하여 항상 새로운 변화
를 보이는걸. 다른 여자들은 남자에게 만족을 주고 나면 염증을 느
끼게 만드는데 여왕은 포식했을 때 더욱 욕구를 느끼게 하지. 세상
에서 가장 야비한 짓도 여왕이 하면 근사하게 보이지. 그래서 거룩
한 사제들도 그녀의 방종을 오히려 축복한다더군.

마이케나스   미모와 부덕과 정절이 안토니우스의 마음을 붙잡을 수

있다면 옥타비아야말로 그분에게는 행운의 여신이 되겠지.

아그리파   자, 그럼 갑시다. 에노바르부스, 이곳에 체류하는 동안은 우리 집 손님이 되어주게.

에노바르부스   그러지, 고맙네. (모두 퇴장)

제 3 장 로마, 카이사르의 저택

안토니우스와 카이사르 사이에 끼여 옥타비아 등장.

안토니우스   일이 때로는 나를 당신 곁에서 떼어놓기도 할 거요.

옥타비아   그런 때는 신 앞에 무릎을 꿇고 오직 당신을 지켜주시도록 기도드리겠습니다.

안토니우스   편히 쉬시오, 카이사르 장군. 그리고 옥타비아, 세상에 떠도는 나의 소문은 믿지 마시오. 지금까진 생활이 단정하지 못했지만 앞으로는 만사를 규율에 맞게 해나가리다. 자, 옥타비아! 당신도 가서 쉬어요.

옥타비아   편히 쉬십시오.

카이사르   편히 쉬시오. (카이사르, 옥타비아를 대동하고 퇴장)

점쟁이 등장.

안토니우스 여보게, 자넨 이집트로 돌아가고 싶지?

점쟁이 저는 이곳으로 오지 말았어야 했습니다. 장군님도요!

안토니우스 왜 그런가?

점쟁이 어쨌든 한시바삐 이집트로 돌아가십시오.

안토니우스 어느 편의 운이 더 좋은지 말해보게. 카이사르인가, 나인가?

점쟁이 카이사르입니다. 그러니 그 양반 곁에 있어선 안 됩니다. 장군님의 정령 즉 장군님의 수호신은 카이사르만 없으면 훌륭하고 용감하고 숭고하여 아무도 맞설 수 없습니다. 그러나 카이사르와 가까이 있으면 짓눌려서 공포의 화신이 되어버립니다.

안토니우스 그따위 소리는 그만둬.

점쟁이 장군님 이외에는 아무에게도 말하지 않았습니다. 그분과 어떤 승부를 겨뤄도 장군께서는 패하시고 맙니다. 타고난 운세 덕분에 그분은 아무리 불리한 싸움에서도 승리하지요. 그분이 빛을 뿜으면 장군님은 빛을 잃고 맙니다. 그러나 그분에게서 떨어져 있으시면 용맹을 되찾으실 수 있습니다.

안토니우스 물러가게. 벤티디우스에게 할 말이 있으니 오라고 하게. 그자를 파르티아로 보내야지. (점쟁이 퇴장) 신통력인지 우연인지 몰라도 어쨌든 그자 말이 귀신같이 맞아. 주사위까지도 카이사르의 뜻대로 나오질 않았는가. 어떠한 시합을 해도 솜씨는 내가 더 나은데 카이사르의 운에는 도통 맥을 못 추거든. 메추라기를 새장 속에 넣어 싸움을 붙여봐도 형편없는 것이 내 걸 때려잡는단 말이야. 이 집트로 돌아가자. 평화를 위해 결혼을 했지만 내 기쁨은 동방에 있다.

벤티디우스 등장.

아, 벤티디우스, 파르티아로 좀 가줘야겠네. 사령장은 이미 준비되어 있으니까 날 따라와서 받게. (두 사람 퇴장)

제 4 장 같은 곳. 거리

레피두스, 마이케나스, 아그리파 등장.

레피두스 이젠 염려는 그만하고 속히 두 장군의 뒤를 쫓아가시오.
아그리파 안토니우스 장군님께서 옥타비아 부인과 키스하시면 우리들은 바로 출발하는 겁니다.
레피두스 다음에 만날 땐 두 분께서 무장한 모습을 대하게 되겠군요. 잘 어울릴 겁니다. 그럼 그때까지 잘들 계십시오.

마이케나스   레피두스 장군님, 제가 여정을 따져보니 우리가 장군님보다 앞서 산에 도착할 것 같습니다.

레피두스   두 분의 가는 길이 보다 가깝습니다. 게다가 난 볼일이 있어서 부득이 돌아가야 할 거요. 그러니 두 분은 나보다 이틀 먼저 닿을 것이오.

마이케나스
아그리파   ⎤ 무운을 빌겠습니다!

레피두스   그럼 잘들 가오! (모두 퇴장)

제 5 장 알렉산드리아, 클레오파트라의 궁전

클레오파트라, 카르미안, 이라스, 알렉사스 등장.

클레오파트라   음악 좀 들려다오. 음악은 사랑하는 사람들의 서글픈 양식이니라.

일동   자, 풍악을 울려라!

내시 마르디안 등장.

클레오파트라 음악은 그만 두어라. 당구나 한 판 치자. 카르미안.

카르미안 팔을 다쳐서요. 마르디안과 치는 게 나을 것 같군요.

클레오파트라 하기야 여자가 여자와 하는 거나 내시와 하는 거나 마찬가지지 뭐. 마르디안, 나하고 한판 해볼까?

마르디안 네, 하지요.

클레오파트라 미진한 부분이 있어도 그 의미만 보이면 배우는 대중의 용서를 얻을 수 있는 법! 당구는 하지 않겠어. 낚싯대를 가지고 강에나 가자. 멀리서 음악이 들려오게 하고, 지느러미 누런 물고기들이나 낚아 보자꾸나. 그놈들의 미끈한 주둥이를 꼬부라진 낚싯바늘로 낚아챌 때마다 한 마리 한 마리를 안토니우스로 생각하고 "하하하, 당신은 잡혔어요!" 하고 외치겠다.

카르미안 그땐 참 재미있었어요. 두 분이 낚시내기를 하셨지요? 잠수부를 시켜 그분의 낚싯바늘에다 물고기를 매달아놓으면 그분께서 신이 나서 낚아 올리셨거든요.

클레오파트라 아, 그런 때가 있었지! 그때 내가 그분을 보고 자꾸만 웃어었더니 그만 성을 발칵 내셨어. 그런데 그날 밤에는 웃음으로 그분의 기분을 다독거렸지. 그리고 다음날 아침에는 아홉 시도 되기 전에 술을 주어 만취한 채 주무시게 했어. 그러고는 내 머리장식과 웃옷을 그분에게 입히고는 내가 그분의 명검 필리퍼를 허리에 찼었지.

전령 한 사람 등장.

그래, 이탈리아에서 왔느냐! 네 푸짐한 희소식을 오랫동안 기다린 굶주린 내 귓속에 그걸 부어 넣어다오.

전령 전하, 소식 아뢰옵니다

클레오파트라 안토니우스 장군께서 서거하셨습니다! 하고 아뢰면 너야말로 천하에 둘도 없이 고얀놈이랄 수 있다. 그러나 그분이 평안하시다고 아뢴다면 금은보화를 하사하고 많은 왕들이 입맞추며 몸을 부르르 떨던 내 손의 파란 동맥에 입을 맞추게 해주마.

전령 전하, 장군님께서는 평안하십니다.

클레오파트라 그럼 내 더욱 많은 황금을 주마. 아냐, 여봐라! 흔히 죽은 사람들을 평안하다고 말하는 예가 있지 않느냐? 만일 그런 뜻으로 갖다 붙인 말이라면 지금 주겠다고 한 금은보화를 녹여서 흉악한 말을 내뱉은 네 목구멍 속에 다 퍼부으리라.

전령 황공하오나 소신의 말씀을 들어보십시오.

클레오파트라 좋다, 어디 들어보자. 그나저나 어쩐지 벌레 씹은 표정이구나! 만일 그분께 무슨 변이 있으시다면 인간의 탈이 아니라 머리 위에 독사가 우글거리는 복수의 신의 탈을 쓰고 왔을 게 아니냐.

전령 소신의 말씀을 들어보십시오.

클레오파트라 말을 들어보기 전에 너에게 주리를 안겨주고 싶다. 그러나 만일 네가 안토니우스 장군께서 생존해 계시고 안녕하시며 카이사르와 우의가 두터우시고 절대로 그분의 포로가 되지 않으셨다고 말한다면 네게 황금 소나기를 쏟아지게 하고 값진 진주 우박을 뿌리겠다.

전령　전하, 안토니우스 장군께서는 무사하시고 카이사르 장군하고도 화해하셨습니다. 카이사르 각하와의 우의는 어느 때보다도 돈독하십니다.

클레오파트라　내 너에게 한 재산 주리라.

전령　그러하오나 여왕 전하!

클레오파트라　'그러하오나' 라니, 난 그 말이 싫다. 제발 어떤 소식이든 모조리 내 귀에다 부어다오. 카이사르와는 화해하고 건강하시다고 말하려는 거지? 그리고 자유의 몸이시라고 그랬지?

전령　전하, 자유의 몸은 아닙니다. 그분께서는 옥타비아님과 관계가 있어서.

클레오파트라　관계라니?

전령　원앙금침 속에서 산다는 그 관계 말입니다.

클레오파트라　아, 졸도할 것 같구나, 카르미안.

전령　여왕 전하, 안토니우스 장군께서는 옥타비아와 백년가약을 맺었습니다.

클레오파트라　네이놈! 염병이나 걸려버려라! (전령을 때려눕힌다)

전령　제발 고정하십시오, 전하!

클레오파트라　뭐라고! 썩 꺼져버려라. 꺼지지 않으면 네 눈동자를 뽑아 공처럼 냅다 던지겠다. (전령의 머리칼을 잡아당긴다) 이놈을 철사회초리로 갈겨 소금물에 끓인 뒤 독한 초에 절여서 곤죽을 만들어놓을 테다.

전령 여왕 전하! 소신은 소식을 전하러 왔을 뿐 중매를 선 건 아니올습니다.

클레오파트라 방금 한 말은 거짓말이라고 해라. 그러면 네게 땅뙈기를 떼어주고 떵떵거릴 수 있는 신분을 주겠다. 날 화나게 한 것은 네가 얻어맞은 것으로 용서해줄 뿐 아니라 지나친 청만 아니면 무엇이든지 소원을 들어주겠다.

전령 안토니우스 장군님께서는 결혼하셨습니다, 전하!

클레오파트라 이 헛바닥을 뽑아놓을 놈! 더 이상 살려두지 않겠다. (칼을 뺀다)

전령 소신은 물러가겠습니다. (전령 달아난다)

카르미안 고정하십시오, 전하! 전령은 아무 죄가 없습니다.

클레오파트라 죄 없는 자라고 벼락을 피할 수는 없다. 이 이집트란 나라는 나일 강에나 빠져버려라! 그리고 거기 사는 온순한 동물들은 모조리 뱀이 되어버려라! 그놈을 다시 내 앞에 불러들여라. 내 비록 천불이 나지만 그놈을 물어뜯어 죽이지는 않을 테다. 어서 불러라!

카르미안 그자는 어전에 나서기를 두려워하고 있습니다.

클레오파트라 내 그놈을 더 이상 상대하지 않을 것이니라. (카르미안 퇴장) 체통 없게도 내 손이 그런 천한 사람에게 손찌검을 하다니…… 죄는 내게 있는데 말이다.

카르미안, 전령과 함께 다시 등장.

자, 이리 오너라. 아무리 정직한 사람이라도 불길한 소식을 아뢰는 건 좋지 못하느니라. 반가운 소식은 수다를 떨어도 좋다만 흉측한 소식은 스스로 알게 하는 것이 좋지.

전령 소신은 소신의 의무를 다했사옵니다.

클레오파트라 그래, 안토니우스 장군께서 결혼을 하셨다고? 네가 또 '네' 하고 대답하더라도 이제 더 이상 널 증오하지는 않겠다.

전령 네, 결혼하셨습니다.

클레오파트라 이런 천벌을 받을 놈 같으니! 아직도 네란 말이냐?

전령 그럼 소신더러 거짓말을 하란 말씀이십니까?

클레오파트라 아, 차라리 그랬으면 좋다. 내 이집트 왕국의 절반이 바다 속에 가라앉고, 비늘 돋친 뱀이 우글거리는 곳이 되어도 말이다! 어서 물러가라. 네 얼굴이 설령 나르시스처럼 미남이라 해도 네놈 꼴은 보기 싫다. (전령 퇴장)

카르미안 전하! 고정하소서.

클레오파트라 안토니우스 장군을 추어올리는 바람에 카이사르를 헐뜯고 말았어.

카르미안 네, 가끔 그러셨어요.

클레오파트라 이제 내가 그 보복을 받는가보다. 날 안으로 들어갈 수 있게 부축해 다오. 오, 이라스, 카르미안! 이젠 괜찮다. 알렉사스, 그자한테 가서 옥타비아의 용모를 물어보고 오너라. 나이, 성품, 그리고 머리 빛깔까지도 빼놓지 말고. 이젠 그분을 영원히 잊어버려야 돼! 아니, 죽어도 그럴 순 없어. 카르미안, 그분은 어찌 보면 괴물 고르곤같이 보이기도 하고, 또 어떤 때는 군신 마르스 같기도 해. 마르디안, 넌 알렉사스에게 그 여자의 키를 보고하게 하라. 카르미안, 나야말로 가엾은 여자야. (모두 퇴장)

제 6 장 멀리 바다가 보이는 미세눔 산 부근

한쪽에서 폼페이우스와 메나스가 고수, 나팔수와 함께 등장하고 다른 한쪽에서는 카이사르, 안토니우스, 레피두스, 에노바르부스, 마이케나스, 아그리파가 군사를 거느리고 등장.

폼페이우스   나에겐 그쪽 인질이 있고, 그쪽엔 우리 인질이 있으니 개전하기 전에 일단 담판을 지읍시다.
카이사르   좋소이다. 모든 사정을 설명하기 위해 우리의 의중을 미리 편지로 보냈소. 그러니 그 편지를 제대로 읽었다면 불만의 칼을 도로 칼집에 꽂고 혈기에 찬 젊은이들을 시칠리아로 이끌고 돌아갈 것이오. 안 그러면 용사들은 개죽음을 당할 것이니 말이오.

폼페이우스 이 광활한 지상의 통치자이며, 신들의 대리라는 세 분에게 묻고 싶소. 내 선친에게는 아들과 친구들이 있는데 어찌 원수를 갚는 자가 없는지를! 율리우스 카이사르는 필리피에서 브루투스 앞에 유령이 되어 나타났을 때 당신들이 복수의 수고를 아끼지 않는 걸 보았소. 얼굴이 창백한 캐시어스가 음모를 꾸민 건 무엇 때문이었소? 덕망이 높고 고결한 브루투스가 무장한 동지들과 의사당을 피로 물들인 건 무엇 때문이었겠소? 오로지 인간이 인간다운 대접을 받도록 하기 위해서였소. 내가 해군을 이끌고 온 것도 같은 뜻이 있어요. 지금 바다에 우리 함대가 떠 있는데, 성난 파도가 거품을 뿜고 몰려오고 있소. 난 이 함대로 나의 선친을 모욕한 로마 사람들의 배신에 철퇴를 가할 작정이오.

카이사르 좀 더 신중히 생각해보도록 하시오.

안토니우스 폼페이우스, 우리는 당신의 함대를 두려워하지 않소. 바다 위에서 얘기를 나누도록 합시다. 육지에서는 우리 쪽의 힘이 우세하다는 것을 당신도 알고 있을 테니까.

폼페이우스 사실 육지에서는 당신이 우세했소. 당신에게 속임수를 당하여 선친의 저택을 억울하게 빼앗겼으니 말이오. 뻐꾹새는 본래 제 집을 짓지 않는 법! 그러나 귀하는 그 집을 길이길이 간직하시지.

레피두스 우리가 듣고 싶은 것은 우리의 제안을 어떻게 생각하고 있는가요.

안토니우스 우리 쪽에서 원해서 간청하는 건 아니니 얼마만한 이득이 있겠는지 곰곰이 생각해보도록 하시오.

카이사르　지나치게 욕심을 부리면 어떻게 되는지도 생각해보오.

폼페이우스　당신들이 시칠리아와 사르데냐를 주는 대신 나는 모든 해역에서 해적을 소탕하고 얼마간의 밀을 로마로 보내는 것, 이 조건에 합의를 보게 되면 쌍방은 서로 칼날의 이를 부러뜨리지 않고 군대를 철수시키자는 것이었지요.

카이사르
안토니우스　┤　그것이 우리의 제안이오.
레피두스

폼페이우스　실은 나는 그 제안을 받아들일 생각으로 여기에 왔소. 그러나 안토니우스의 말에 몹시 화가 났소이다. 내가 그 말을 입에 올리면 지금껏 쌓아올린 보람을 잃게 되겠지만 말을 안 할 수도 없소. 카이사르와 귀하의 아우가 싸우고 있을 때 귀하의 모친께서는 시칠리아로 피신해 오셔서 내게 극진한 환대를 받았소.

안토니우스　폼페이우스, 그 얘기는 나도 들었소. 내가 입은 은혜에 대해 뜨거운 감사 표시를 할 생각이었소.

폼페이우스　그럼 악수나 합시다. 여기서 귀하를 만나뵐 줄은 꿈에도 생각지 못했소.

안토니우스　동방의 침대는 포근하오. 귀하 덕분에 의외로 빨리 이곳에 오게 된 데다가 아내까지 얻었으니 말이오.

카이사르　지난번 뵈었을 때보다 많이 달라지셨소.

폼페이우스　글쎄올시다! 매정한 운명이 내 얼굴에다 무엇을 새겨놓았는지 모르겠소만 그것이 내 가슴 속에 멋대로 파고들어 와서 내 마음을 그녀의 노예로 만들지는 못할 것이오.

레피두스   그나저나 만나서 반갑소이다.

폼페이우스   나 역시 그렇게 생각하오, 레피두스. 이렇게 합의가 된 이상 조항을 문서로 만들어 조인하시기 바랍니다.

카이사르   그렇게 합시다.

폼페이우스   헤어지기 전에 축하연을 베풀기로 합시다. 순번은 제비를 뽑아 정합시다.

안토니우스   폼페이우스, 그럼 나부터 시작하리다.

폼페이우스   아니오, 안토니우스. 순번은 제비로 정합시다. 누가 먼저 하건 나중에 하건 조만간 귀하의 굉장한 이집트식 요리는 명예를 더욱 높여줄 것이오. 들리는 말에 율리우스 카이사르도 이집트에서의 향연 덕분에 비곗살이 올랐다고 하더군요.

안토니우스   모르는 것이 없군그려.

폼페이우스   난 나쁜 뜻으로 한 말이 아니오.

안토니우스   사용하는 어휘는 고상하기까지 하지.

폼페이우스   게다가 이런 얘기까지 나돌고 있소. 아폴로도루스란 자가 운반을 했다고…….

에노바르부스   그런 얘기는 그만둡시다, 운반을 하긴 했지만. (소곤거린다)

폼페이우스   어떻게 운반을 했다는 거지?

에노바르부스   어떤 여왕을 새털 요에 싸서 카이사르에게로 짊어지고 간 거죠.

폼페이우스 이제야 당신이 누군지 알겠군그래. 잘 있었나, 병사?

에노바르부스 잘 있었습니다. 게다가 앞으로 네 번이나 주연이 벌어질테니 더욱 좋아질 것 같군요.

폼페이우스 악수를 하세. 난 자네를 한번도 미워한 적이 없네. 싸움터에서의 자네를 봤을 땐 비록 적이었지만 감탄을 했었다네.

에노바르부스 장군, 전 장군을 그리 좋아하진 않습니다. 하지만 제가 평가한 것보다 열 배나 훌륭한 일을 하셨을 때는 칭찬을 했지요.

폼페이우스 솔직하군. 그게 자네의 매력이라고 할 수 있지. 자, 여러분을 나의 배로 초대합니다. 어서 가시지요.

카이사르
안토니우스 ┤ 안내해 주시오.
레피두스

폼페이우스 이리로. (메나스와 에노바르부스만 남고 모두 퇴장)

메나스 (방백) 폼페이우스님! 당신의 아버님이었다면 이따위 거래는 맺지 않았을 겁니다. (에노바르부스에게) 당신과는 초면이 아닌 것 같은데.

에노바르부스 해상에서 만난 것 같군요.

메나스 맞아. 그런 것 같군요.

에노바르부스 해상에서는 싸움 솜씨가 대단했었지요?

메나스 당신은 육지에서 그랬고.

에노바르부스 그런 날 칭찬해 주는 사람을 나 역시 칭찬하고 싶소.

메나스 내가 바다에서 세운 무공도 무시할 수 없지요.

60

에노바르부스 당신의 안전을 위해서라도 좀 겸손해지는 게 좋을 거요. 당신이야말로 바다의 대도적이었으니까.

메나스 당신은 육지의 대도적이었잖소.

에노바르부스 뭐 그건 부인하고 싶소. 어떻든 악수나 합시다. 메나스, 만일 우리들의 눈이 경찰관이라면 이렇게 두 도적이 정답게 악수하는 걸 보자마자 당장 손목에 수갑을 채울 거요.

메나스 사람들이란 너나없이 상판대기만은 그럴듯한 참한 인상을 하고 있지. 손목이야 무슨 짓을 했든 간에.

에노바르부스 하지만 미녀치고 정직한 얼굴을 한 여자는 만나기 힘들지요.

메나스 그야 당연하지요. 미녀의 얼굴은 남자의 마음을 훔치는 도구니까.

에노바르부스 우리들이 여기 온 건 당신네들과 싸우기 위해서인데.

메나스 싸움이 술잔치로 변해버린 것이 심히 유감이군. 폼페이우스는 오늘 일생에 한번 만나볼까말까한 행운을 한바탕 웃음으로 내던져버리는군요.

에노바르부스 그렇다고 울음으로 되찾을 수는 없지요.

메나스 지당한 말씀입니다. 그런데 우린 안토니우스가 이곳에 오리라고는 꿈에도 생각 못 했소. 이봐요, 그래 그분이 클레오파트라와 결혼했단 말이 사실이오?

에노바르부스 카이사르에게는 옥타비아란 누이가 있어요.

메나스 그래, 그 여자는 카이우스 마르켈루스의 부인이었지.

에노바르부스 하지만 지금은 안토니우스의 부인이오.

메나스 그렇다면 카이사르와 안토니우스는 영원히 떨어질 수 없게 되는 셈이군.

에노바르부스 이번 회합에 대해 날더러 앞날을 예언하라면 그렇게 점치지는 않겠소.

메나스 그 결혼은 정략적인 의미가 숨어 있는 것 같군.

에노바르부스 아시는군요. 얼마 후면 그들의 우정을 동여맨 끈이 결국 두 사람 사이의 화합을 조르는 끈이 되리라는 것을 알게 될 거요. 옥타비아는 진실되고 조용하고 말수가 적은 여자요.

메나스 모든 남자가 바라는 이상형 아니오?

에노바르부스 취향이 독특한 남자는 다를 수도 있소. 안토니우스가 바로 그런 사람이오. 그분은 이집트의 진수성찬 쪽으로 다시 돌아갈 게 틀림없소. 그렇게 되면 옥타비아의 한숨은 카이사르의 가슴에 불을 댕기게 될 것 아니오. 그리하여 우정의 근원은 결국 불화의 불씨가 될 것이오. 이번 결혼은 각자 잇속을 차리기 위해서였소.

메나스 그럴지도 모르겠군. 자, 배 안으로 가서 당신의 건강을 위해 축배를 듭시다.

에노바르부스 기꺼이! 이집트에서 목을 제대로 단련시켜놨으니까.

메나스 자, 갑시다. (두 사람, 일동의 뒤를 따라 퇴장)

제 7 장 미세눔의 폼페이우스의 배 갑판 위

음악이 흐르는 가운데 하인 두세 명이 술상을 들고 등장.

하인 1 이 사람아, 그분들이 이리로 오실 걸세. 몇 사람은 벌써 다리가 휘청거리지 뭔가. 바람이 조금만 불어도 쓰러질 걸세.

하인 2 레피두스 장군은 얼굴이 홍당무가 됐더군.

하인 1 다른 사람 몫을 모두 마셨거든.

하인 2 고집을 부리다가 싸움이 벌어지면 그분이 끼어들어 "그만들 두시오." 하고 화해를 시켰으니 결국 화해술까지 그분에게 갈 수밖에 없었지.

하인 1 그 때문에 감정과 분별력 사이에서 큰 싸움이 벌어졌겠지.

하인 2 암, 그렇고말고! 실력도 갖추지 않은 상태에서 걸출한 사람들 축에 끼이면 그렇게 된다니까. 나 같으면 들어올릴 수도 없는 큰 창보다는 차라리 아무 쓸모도 없는 갈대를 택하겠네.

하인 1 광활한 우주 속에 뛰어들었다면 별이 빛을 반짝거려야지. 그렇지 않다면 눈알이 없는 눈구멍 같아서 그 꼴이 얼마나 우스꽝스럽겠나?

카이사르, 안토니우스, 폼페이우스, 레피두스, 아그리파, 마이케나스, 에노바르부스, 메나스 및 기타 장교들 갑판 위에 등장. 폼페이우스, 레피두스를 부축하고 있다.

안토니우스 (카이사르에게) 그렇소. 그쪽 사람들은 나일강의 수위를 피라미드에 새긴 눈금으로 재오. 수위가 높은가 낮은가 혹은 중간인가에 따라서 풍년이 올지 흉년이 올지를 가늠하지요. 나일 강의 수위가 높으면 높을수록 풍작을 거둘 가능성이 크다고 하오. 물이 빠진 뒤에 끈적끈적한 진흙에다 씨를 뿌려 놓으면 얼마 안 가 많은 열매를 거두어들인다오.

레피두스 그곳엔 괴상한 뱀들이 많다지요?

안토니우스 그렇소.

레피두스 이집트의 뱀은 햇볕의 작용으로 나일강의 진흙 속에서 불쑥 태어난다고 하던데? 악어도 마찬가지고.

폼페이우스 앉으시오. 자, 실컷 마십시다. 레피두스 장군의 건강을 위해 건배!

레피두스 기력은 좋지 못하지만 술이라면 사양하지 않는다오.

에노바르부스 술과 사생결단할 작심이군그래.

레피두스 그건 그렇고, 프톨레마이오스의 피라미드는 아주 굉장한 거라고 하더군.

메나스 폼페이우스 장군, 한 말씀만! (귓속에 대고 소곤댄다) 자리를 잠깐 옮겨주십시오, 긴히 여쭐 말씀이 있습니다.

폼페이우스 잠깐만 기다리게. (큰 소리로) 이 잔은 레피두스를 위해!

레피두스 악어란 놈은 대체 어떻게 생겼습니까?

안토니우스 원래의 그 꼬락서니대로 생겼고, 넓이는 제 넓이만큼 넓고, 키는 제 키만큼 크고, 제 팔다리로 움직이지요. 그리고 자기가 먹은 자양분으로 살고, 그 몸에서 생명을 유지시키는 영양분이 빠져버리면 싹 환생을 하지요.

레피두스 빛깔은 어떻습니까?

안토니우스 역시 자신과 같은 빛깔이지요.

레피두스 이상한 뱀이로군요.

안토니우스 그렇소! 그런데 그놈의 눈은 항상 축축하단 말이오.

카이사르 그런 설명으로 만족하기 어려운데?

안토니우스 폼페이우스의 축배까지 있었는데 만족하지 않는다면 주제넘는다고 할 수 있소. (메나스가 폼페이우스를 한쪽 구석으로 끌고 가서 속삭인다)

폼페이우스 (메나스에게) 예끼, 어디다 대고 그따위 소리를 해! 저리가! 어서 가라는데. 내가 가져오란 술잔은 어디 있지?

메나스 (폼페이우스에게) 저의 공적을 생각해 주신다면 제발 자리를 떠주십시오.

폼페이우스 (메나스에게) 자네 혹시 돈 게 아닌가? 도대체 무슨 얘긴가? (일어서서 한쪽 구석으로 걸어간다)

메나스 저는 장군의 운수 앞에 늘 머리를 숙여온 사람입니다.

폼페이우스 자네가 충성을 바쳤다는 건 나도 잘 아네. 그래서 어떻

다는 건가? (큰 소리로) 여러분, 실컷 즐깁시다. (하인이 레피두스의 잔에 술을 따른다)

안토니우스　레피두스, 이 술은 흘러내리는 모래와 같소! 삼가지 않으면 배가 가라앉아버릴 거요.

메나스　(폼페이우스에게) 장군께서는 전 세계를 제패할 제왕이 되고 싶지 않으십니까? 세계를 제패할 왕이 되고 싶지 않으시냐고요. 지금 두 번째 말했습니다.

폼페이우스　그게 무슨 말인가!

메나스　그럴 마음이 있으시냐고요. 장군께서는 저를 하잘 것 없는 놈으로 생각하시지만 저란 사람은 온 천하를 각하께 바칠 수도 있습니다.

폼페이우스　완전히 취했군.

메나스　아니옵니다. 술잔은 입에도 대지 않았습니다. 장군은 마음만 잡수시면 이 지상의 조브 신이 될 수 있습니다. 태양이 둘러싸고 창공을 품은 온 영토가 장군의 손아귀에 들어오게 됩니다.

폼페이우스　그럼, 어떻게 하란 말인가?

메나스　전 세계를 분담하고 있는 저들 세 사람이 지금 이 배에 타고 있습니다. 제가 닻줄을 끊도록 허락해주십시오. 그리고 육지를 떠나 배가 바다 밖으로 나가거든 그들의 목을 치는 것입니다. 그러면 이 세상은 장군의 것이 됩니다.

폼페이우스　아! 그건 자네가 입 밖에 내지 않고 해치웠어야 할 일이었다. 내가 하면 비겁한 짓이지만, 자네가 하면 충신이 되는 거야.

이보게, 난 개인적 이득보다는 명예를 존중하네. 자네 혀가 행동에 앞선 것을 두고두고 후회하게 될 거네. 자네가 나도 모르게 그걸 해치웠다면 후에 잘했다고 칭찬했을 걸세. 하지만 지금은 꾸짖지 않을 수 없네. 포기하고 술이나 들게나.

메나스 (방백) 이제 더 이상 이런 허약한 운세의 길동무는 되어주지 않을 테다. 탐을 내면서도 주겠다는데 받지 않는다는 자에겐 두 번 다시 기회는 오지 않는 법!

폼페이우스 레피두스의 건강을 위해 건배!

안토니우스 레피두스를 육지로 데려다주시오. 내가 그 술잔을 대신 받겠소.

에노바르부스 자, 메나스여, 건배!

메나스 좋소, 에노바르부스!

폼페이우스 정말 힘센 장사군, 메나스! (레피두스를 업고 나가는 하인을 가리킨다)

메나스 장사라니?

에노바르부스 천하의 삼분의 일을 메고 가는 것이 보이지 않나?

메나스 그렇다면 천하의 삼분의 일이 취한 셈이군. 세 사람 모두 곤드레가 된다면 세상은 빙빙 잘 돌아갈 거야!

에노바르부스 자, 마셔요. 취해서 세상이 빙빙 돌아가도록 말야.

메나스 자아, 오라고!

폼페이우스 알렉산드리아식 술잔치를 따르려면 아직은 어림도 없소이다!

안토니우스 차차 이력이 날 겁니다. 여봐라, 술통을 열어라! 자, 카이사르를 위하여!

카이사르 이제 그만두겠소. 머리를 술로 씻어봤자 더욱 어지러워질 뿐이오.

안토니우스 시류를 따르도록 하시오.

카이사르 시류를 지배하라고 말하고 싶소. 하루에 이토록 많이 마시느니 차라리 나흘 동안 단식을 하는 편이 낫겠소.

에노바르부스 (안토니우스에게) 오, 용감하신 황제 폐하! 이집트식 주신제의 춤을 추어 오늘 이 자리를 축하할까요?

폼페이우스 어디 한 번 해보시오, 용사!

안토니우스 자, 손에 손을 잡고 춤을 춥시다. 몸과 마음이 기분 좋게 취해 달콤한 망각의 강물에 빠질 때까지.

에노바르부스 모두 손을 잡으시오. 음악을 크게 울려. 귀가 따가울 정도로. 그동안 제가 여러분의 자리를 정해 드리고, 저 소년이 노래를 부르게 하지요. 후렴은 옆구리가 터질 정도로 높은 소리를 하고.

(음악이 흐르자 에노바르부스가 사람들의 손을 잡게 한다)

오소서, 오소서! 포도의 대왕이여!
눈동자도 초롱초롱한 바쿠스의 신이여!
부어라 마셔라 세상이 돌 때까지
부어라 마셔라 세상이 돌 때까지!

(모든 후렴을 부르면서 돛대를 돈다)

카이사르 폼페이우스 장군, 안녕히 주무시오. 안토니우스 장군, 우리도 그만 물러갑니다. 중대한 임무를 수행해야 할 우리가 이렇게 술에 엉망으로 취하면 체통을 잃게 되오. 여러분! 그만 작별합시다.

폼페이우스 이다음에는 육지에서 맞서봅시다.

안토니우스 그렇게 합시다. 손을 주시오.

폼페이우스 아, 안토니우스! 당신은 내 아버지의 저택을 차지했소. 아니, 그만둡시다. 우린 서로 친구잖은가? 자, 배에 오릅시다.

에노바르부스 넘어지지 않도록 조심하시오. (에노바르부스와 메나스만 남고 모두 퇴장) 메나스, 난 상륙하지 않겠소.

메나스 좋소! 내 선실로 가서 마십시다. 북, 트럼펫, 퉁소들! 다들 어떻게 된 거냐? 저 위대한 분들과의 작별을 소리 높여 해왕께 알려드려라. (악사들, 북소리와 함께 트럼펫 연주를 한다)

에노바르부스 야호, 신난다! 내 모자 보이나? (모자를 공중에 올려 던진다)

메나스 오! 장군 나리, 이리 오시오. (두 사람 퇴장)

제 3 막

제 1 장 시칠리아의 들판

벤티디우스가 파코루스의 시체를 앞세우고 승리자의 모습으로 등장. 실리우스와 로마 병사들이 뒤따른다.

벤티디우스 창던지기 선수인 파르티아여, 넌 패망했다. 운명의 여신이 도와준 덕분에 이제 나는 마르쿠스 크라수스의 원수를 갚았다. 왕자의 시체를 우리의 진두에 세워라. 오로데스여, 너의 아들 파코루스의 죽음은 마르쿠스 크라수스에 대한 대가다.

실리우스 벤티디우스님, 당신의 검이 파르티아인들의 피로 뜨거운 이때 패주하는 파르티아군을 추격하십시오. 메디아와 메소포타미아의 패주병들이 숨을 만한 곳을 모두 찾아 박살을 내십시오. 그러면 안토니우스 장군께서 당신을 개선전차에 태우시고 머리엔 승리의 화관을 씌워주실 겁니다.

벤티디우스 오, 실리우스! 난 이 정도면 족하다. 부하가 지나친 공을 세우는 건 좋지 않아. 잘 기억해 둬. 상사가 없을 땐 너무 큰 공을 세워 지나친 명성을 얻으느니보다는 가만히 있는 것이 일신상 안전한

법이지. 카이사르와 안토니우스도 스스로의 힘이라기보다 부하의 힘으로 전승했다고 할 수 있지. 시리아에서 나와 같은 지위에 있던 안토니우스의 부관 소시어스도 계속 공을 세워 명성을 떨쳤지만 결국 그 때문에 안토니우스의 총애를 잃고 말았지. 싸움터에서 상사의 재능을 능가하는 자는 그 장군의 장군이 되거든. 그러니까 야심을 가진 자는 자신의 처지를 위태롭게 하는 승리보다는 오히려 패배를 택하는 법이야. 나는 안토니우스를 위해서는 얼마든지 더 공을 세울 수 있지만, 그렇게 하면 그분의 감정을 상하게 하게 될 것이고, 감정을 상하게 하면 내 공은 사라져 버리지.

실리우스 벤티디우스 부관님, 참으로 현명하십니다. 그런 현명함이 없다면 무인이 칼과 다른 점이 무엇이겠습니까? 이제 안토니우스 장군님께 보고서를 내시겠습니까?

벤티디우스 겸허한 말투로 보고할 생각일세. 싸움터에선 마법과 같은 힘을 가진 안토니우스 장군님의 이름으로 혁혁한 전과를 거두었노라고. 영광스런 그분의 깃발과 넉넉한 보수를 받는 군사들의 힘으로 패배를 모르는 파르티아의 기병대를 전장에서 몰아냈다고.

실리우스 장군님은 어디 계십니까?

벤티디우스 아테네를 향해 행진중이지. 우리도 가지고 갈 무거운 짐이 있기는 하나 장군님보다 앞서 도착해야 하네. 자, 진군이다!

(모두 퇴장)

제 2 장 로마, 카이사르의 저택

한쪽 문으로 아그리파, 다른 문으로 에노바르부스 등장.

아그리파 어떤가, 형제(안토니우스와 카이사르)들은 다 떠났소?

에노바르부스 폼페이우스와의 담판이 끝났으니 그자는 돌아갔고 세 분은 지금 협정을 맺고 있는 중이오. 로마를 떠난다며 옥타비아가 울고 있자 카이사르는 침울해 있소. 메나스의 말로는 레피두스가 폼페이우스의 향연 이후 줄곧 빈혈이랍니다. 상사병으로 여윈 아가씨처럼.

아그리파 레피두스는 고상한 데가 있지.

에노바르부스 그렇다마다. 그분은 카이사르를 열정적으로 사랑하고 있다오!

아그리파 아니, 안토니우스도 대단히 사모하고 있지요!

에노바르부스 카이사르로 말하자면 인간 세계의 주피터라 할 만하오.

아그리파 안토니우스는 어떻고요? 그는 주피터가 절을 하는 신인걸요.

에노바르부스 카이사르를 칭찬할 때는 '카이사르'라고만 하면 되오. 그 이상의 말이 필요 없소.

아그리파 어쨌든 레피두스는 두 분에게 최고의 찬사를 자주 퍼붓는
다오.

에노바르부스 하지만 카이사르를 가장 사랑하고 있어요. 안토니우
스도 사랑하고 있지만. 맞아요. 그런데 마음도, 혀도, 숫자도, 글자
도, 노래도, 시도 안토니우스에 대한 걸 표현하는 데는 벽에 부딪친
단 말이오. 그러나 카이사르에 대해서는 그저 무릎을 꿇고 경탄하는
걸로 모든 것이 해결되지요.

아그리파 그분께서는 두 사람을 다 사랑하신다오.

에노바르부스 그분을 딱정벌레에 비한다면 두 사람은 날개요. 들어
봐요, 트럼펫 소리가 울리지 않습니까! 아, 저건 말을 타란 신호요.
그럼 안녕히 계시오, 아그리파!

아그리파 행운을 빌어요, 에노바르부스! 잘 가시오.

카이사르, 안토니우스, 레피두스, 옥타비아 등장.

안토니우스 자, 이제 그만 들어가시죠.

카이사르 당신은 내 몸의 귀중한 한 부분을 가져가는 거요. 날 봐서
소중히 해주시오. (옥타비아에게) 누님, 아무쪼록 내가 생각하는 만큼
의 아내, 내가 보증할 수 있는 아내가 되어주십시오. 안토니우스 장
군, 부덕이 높은 이 숙녀가 우리의 우정을 굳게 유지시켜주는 접착
제 구실을 할 텐데 그 우정의 요새를 때려부수는 망치가 되지는 마시
오. 우리가 서로 이 요새를 소중히 여기지 않는다면 이와 같은 중개

자가 존재하지 않는 편이 오히려 우정을 더욱 도탑게 할 테니까.

안토니우스 매우 걱정이 되는 것 같은데 곧 모든 걸 알게 될 거요. 그럼 신의 가호가 있고 로마인의 마음이 당신의 뜻에 따르기를 기원하오! 자, 여기서 작별합시다.

카이사르 누님, 안녕히 가세요. 바람도 순풍이고 물결도 좋군요.

옥타비아 소중한 내 동생!

안토니우스 당신 두 눈에는 4월의 비가 깃들어 있구려. 그것은 사랑의 샘으로, 그 물보라가 사랑을 가져다줄 것 같소. 힘을 내시오.

옥타비아 부디 남편의 집을 잘 돌봐주세요. 그리고……

카이사르 말해 보세요, 누님!

옥타비아 귀를 좀.

안토니우스 (방백) 그녀의 혀는 마음을 따르려 하지 않고 마음은 혀를 인도하지 못하는군. 백조의 솜털이 만조의 수면 위에 떠 있는 것처럼 어느 쪽으로도 기울지 못하는 거지.

에노바르부스 (아그리파에게 귀엣말로) 카이사르가 울먹이는 거요?

아그리파 (에노바르부스에게 귀엣말로) 얼굴에 먹구름이 드리웠소.

에노바르부스 (아그리파에게 귀엣말로) 말이라면 심술사나운 얼굴이었을 텐데. 사람이라서 저 정도지 뭐요.

아그리파 (에노바르부스에게 귀엣말로) 이봐요, 안토니우스는 율리우스 카이사르가 죽은 걸 보고 땅을 치며 통곡했잖소. 그리고 필리피에서 브루투스가 살해된 것을 봤을 때도 그랬고.

에노바르부스 (아그리파에게 귀엣말로) 사실 그해엔 그분이 눈물병에 걸렸었나 봐요. 자기가 죽여놓고 통곡을 했거든. 나까지 따라 울었을 정도니까.

카이사르 누님, 자주 소식을 전해 드리지요. 한시도 누님을 잊지 않겠습니다.

안토니우스 자, 카이사르! 그럼 이만. 자, 이렇게 포옹하고(카이사르를 포옹한다) 이렇게 놔드리겠소. 신의 가호가 있기를…….

카이사르 안녕히 가시오, 행운을 빕니다!

레피두스 하늘의 별들이여! 두 분의 여행길을 환히 비춰주소서.

카이사르 잘 가요, 잘 가! (옥타비아에게 키스한다)

안토니우스 안녕히 계십시오. (트럼펫의 연주소리가 들리며 모두 퇴장)

제 3 장 알렉산드리아. 클레오파트라의 궁전

클레오파트라, 카르미안, 이라스 및 알렉사스 등장.

클레오파트라 그자는 어디 있느냐?

알렉사스 어전에 나오기를 두려워합니다.

클레오파트라 바보 같은 소리!

지난번의 전령 등장.

이리 가까이 오너라.

알렉사스 가령 유대의 폭군 헤로데스 왕이라 해도 여왕 전하께서 기분이 좋으실 때가 아니면 감히 우러러 뵈옵지 못할 것입니다.

클레오파트라 바로 그 헤로데스의 모가지가 내겐 필요하지만 안토니우스 장군이 안 계시니 어떻게 해야 한다? 그가 있어야 명령을 내릴 텐데. 가까이 오너라.

전령 황공하옵니다

클레오파트라 그래, 옥타비아를 보았느냐?

전령 로마에서 보았습니다.

클레오파트라 내 키만 하더냐?

전령 아닙니다, 여왕님.

클레오파트라 그녀의 목소리는 높더냐 낮더냐?

전령 낮았습니다.

클레오파트라 신통치 않군. 그분이 오래 좋아하실 리는 없겠다.

카르미안 어머나, 좋아하다뇨! 오, 아이시스의 신이시여! 있을 수 없는 일입니다.

클레오파트라 카르미안, 나도 그렇게 생각한단다. 두꺼비 같은 목소리에 난쟁이 같아서야 뭐. 걸음걸이에 위엄은 있더냐? 생각해 보아라. 위엄이라는 것을 본 일이 있거든 말이다.

전령 꼭 기어가는 것 같다더군요. 움직여도 가만히 있는 것과 다름

없었답니다. 산 사람이 아니라 송장이나 다름없는 물체, 숨 쉴 줄도 모르는 조각 같았습니다.

클레오파트라 그게 정말이렷다?

전령 그것이 거짓이라면 저는 눈이 없다고 봐야지요.

카르미안 이집트인 세 사람을 합친다 해도 이 남자의 혜안을 따르진 못합니다.

클레오파트라 옥타비아는 별 볼일 없는 여자인가보구나. 이자는 분별력은 있다고 할 수 있지. 나이는 얼마나 되어보이더냐?

전령 여왕 전하, 그분은 과부로, 서른 살쯤 되어보였습니다.

클레오파트라 얼굴은 길더냐, 둥글더냐?

전령 끔찍할 정도로 둥글었습니다.

클레오파트라 얼굴이 둥근 여자는 대개 얼뜨기야. 머리칼은 무슨 빛깔이더냐?

전령 갈색이었습니다. 이마는 체신머리없을 정도로 좁고요.

클레오파트라 자, 네게 황금을 주마. 아까 너무 심하게 한 걸 언짢게 생각지는 마라. 내 널 다시 전령으로 보내야겠다. 이제 보니 네가 전령 역할을 아주 잘 수행하고 있구나. 어서 다시 떠날 준비를 해라. 내 편지를 곧 쓰마. (전령 퇴장)

카르미안 올곧은 사람이군요.

클레오파트라 맞아. 그 사람을 괴롭혀준 게 후회가 된다. 으음, 전령의 말을 들으니 그 여자는 그리 대단한 것 같지가 않구나.

카르미안 그렇다마다요, 전하.

클레오파트라　그자가 위엄 있는 사람을 더러 봤으니 잘 알 거다.

카르미안　그럼요. 그렇게 오랫동안 전하를 섬겨왔는데요!

클레오파트라　카르미안, 그자에게 물어볼 말이 한 가지 더 있는데……. 내가 편지를 쓰는 방으로 그자를 데리고 오너라. 만사가 다 잘 될 테지.

카르미안　여부가 있겠습니까. (모두 퇴장)

제 4 장　아테네, 안토니우스 저택의 한 방

안토니우스와 옥타비아 등장.

안토니우스　아니, 옥타비아! 그뿐이 아니오. 그 정도 같으면 용서할 수도 있소. 그 일과 비슷한 일이 천 가지 더 있어도 너그럽게 봐줄 수 있소. 그러나 그는 폼페이우스에게 새로운 전쟁을 선포했소. 그리고 유언장을 작성해가지고 민중 앞에서 읽었단 말이오. 내게는 거의 말을 하지 않았고, 부득이 경의를 표해야 할 경우에는 냉담하게 입을 열었고, 날 칭찬할 만한 상황에서는 그저 우물우물했소.

옥타비아　아, 여보, 너무 화내지 마세요. 만일 이 일이 불화의 불씨라도 된다면 저는 중간에 끼여 양편을 위해서 기도를 해야 하니 그보다 불행한 여자가 이 세상에 어디 있겠어요? "오, 저의 주인이며 남편에게 영광을 주소서!" 하고 빌고 나서 똑같은 소리로 "오, 제 동생에게 영광을 주소서!" 하고 앞서 한 기도를 취소한다면 신들조차도 저를 조소할 거예요. '남편이 승리하기를!' 하고 빌었다가 '동생이 승리하기를!' 하고 비는 건 그 기도를 깨뜨리는 게 돼요. 이 양극단 사이에는 가운데 길이 절대로 없어요.

안토니우스　옥타비아! 뜨거운 사랑은 당신을 소중히 여기는 사람에게 베풀어야 하오. 내가 명예를 잃는다는 건 나 자신을 잃은 거나 진배없어요. 명예를 잃고 당신의 남편이 되니 차라리 헤어지는 편이 낫지 않겠소? 그러나 굳이 중재를 하고 싶다면 말리지는 않겠소. 그동안 나는 당신 동생을 섬멸하기 위해 전투 준비를 하겠소. 어서 빨리 떠나시오. 당신 소원대로 하시오.

옥타비아　고마워요. 전능하신 제우스신이시여! 부디 이 연약한 아녀자를 두 사람의 조정자가 되게 하시옵소서! 두 사람이 전쟁을 벌이는 것은 온 세상을 두 쪽으로 쪼개는 것과 다름없사옵니다. 그리고 그 틈바구니를 전령들로 메우게 될 것입니다.

안토니우스　우리 둘 중 어느 편이 먼저 싸움을 걸어왔는지 알게 되면 그쪽에 원한을 쏟구려. 양편이 똑같이 잘못했을 리는 만무하지 않소? 하지만 양쪽 모두에 애정을 가지고 떠날 채비를 하구려. 동행할 사람도 선택하고, 비용도 마음대로 쓰도록 해요. (두 사람 퇴장)

제 5 장 아테네, 안토니우스 저택의 다른 방

에노바르부스와 에로스 등장.

에노바르부스   여어, 에로스! 별일 없었나?

에로스   이상한 소문을 들었다네.

에노바르부스   어떤 소문?

에로스   카이사르와 레피두스가 폼페이우스와 전쟁을 시작했다는 소문 말이네.

에노바르부스   뭐 이상할 것도 없지. 그런데 결과는 어찌 됐나?

에로스   폼페이우스와의 전쟁에서 카이사르는 레피두스를 이용하고는 승전의 영광은 혼자서 차지했다지 뭐가. 그것으로도 모자라 그자가 예전에 폼페이우스에게 발송한 편지 일로 자기 손으로 그 자를 체포했다는 거야. 그러니 가엾게도 천하의 삼분의 일이라 할 수 있는 장군이 옥에 갇힌 신세가 됐네. 아마 죽어서나 자유의 몸이 될 거야.

에노바르부스   그렇다면 천하여, 그대는 이제 위아래 두 턱밖에 안 남았군그래. 그러니 천하의 모든 음식을 거기에 처넣으면 위아래 턱이 쉴 새 없이 갈고 씹을 것 같군. 안토니우스는 어디 있지?

에로스   정원을 걷고 있다네. 눈앞에 보이는 것은 무엇이든 발길로 걷어차면서, "머저리 같은 레피두스!" 하고 외치며 폼페이우스를 죽인 자기 부하를 작살내겠다고 호통을 치고 있지.

에노바르부스 아군의 대함대는 이미 출전 준비가 끝났네.

에로스 이탈리아의 카이사르를 향해서야. 할 이야기는 더 있지만 우리 장군님이 자네를 만나자고 하니 내 이야기는 후에 하겠네.

에노바르부스 뭐 대단한 일은 아닐 거야. 어쨌든 가보세. 안토니우스 장군이 계신 곳으로 안내해주게.

에로스 자, 따라오게! (모두 퇴장)

제 6 장 로마, 카이사르의 저택

카이사르, 아그리파, 마이케나스 등장.

카이사르 이런 짓을 하며 그는 로마를 경멸했어. 그뿐 아니라 알렉산드리아에서는 그 이상의 일도 했어. 시장 한복판에 은제단을 쌓고 클레오파트라와 함께 제위에 오른 황제처럼 단 위의 황금 의자에 앉았지. 그리고 그 발밑에는 사람들이 내 아버님(옥타비아누스 카이사르는 율리우스 카이사르의 양자)의 아들이라 부르는 카이사리온과 그 후 두 사람의 정욕이야합해서 낳은 불륜의 자식들을 앉혔지. 그리고 그는 그 여자에게 이집트의 왕권을 넘기면서 시리아의 낮은 지대와 키프로스 및 리디아를 통치하는 여왕으로 받들었어.

마이케나스 그런 짓을 대중 앞에서 했습니까?

카이사르 공공장소에서 했소. 거기서 자기 아들을 제왕의 왕이라 선포한 다음 메디아, 파르티아, 아르메니아를 알렉산더에게, 또 프톨레마이오스에겐 시리아, 실리시아, 페니키아를 주었소. 클레오파트라는 그날 여신 아이시스 차림으로 나타났다고 하오. 그전에도 종종 그런 차림으로 사람들의 알현을 허락했다는 거요.

마이케나스 로마 시민들에게 있는 그대로 알리셔야 합니다.

아그리파 그자의 오만불손함에는 이미 구역질이 나 있을 터이니까 그자의 인기는 이제 땅에 떨어질 것입니다.

카이사르 시민들은 벌써 알고 있소. 지금쯤 접수됐을 거요. 그가 낸 고발장도.

아그리파 그가 누구를 고발했단 말입니까?

카이사르 이 카이사르지. 고발의 골자는 우리가 시칠리아에서 섹스투스 폼페이우스를 파멸시키고도 섬의 일부를 자기 몫으로 주지 않았다는 것, 그리고 자기가 빌려준 선박을 내가 돌려주지 않았다는 것, 끝으로 삼두정치를 이끈 사람 중 한 명인 레피두스를 제거하고, 내가 그의 모든 재산을 몰수했다는 거요.

아그리파 그 점에 대해서는 해명을 해줘야 됩니다.

카이사르 벌써 해명을 했소. 전령을 보냈으니까. 내가 답하기를

「레피두스는 최근 말할 수 없이 잔학해져서 국가의 대권을 멋대로 남용했으니 그를 처단한 것은 당연하다. 또 내가 정복한 영토에 관해서는 그에게 일부분 양도하되 그 대신 그가 정복한 아르메니아와 다른 왕국들에 대해서도 같은 권리를 요구한다.」고 말해 주었지.

마이케나스   그는 절대 그 요구에 응하지 않을 겁니다.

카이사르   그렇다면 나 역시 양보할 수 없지.

옥타비아, 수행원들을 거느리고 등장.

옥타비아   모든 영광이 있기를 카이사르! 그리고 여러분, 잘 있었어요?

카이사르   설마 소박맞고 돌아온 건 아니겠지요?

옥타비아   그렇지 않아요, 또 그럴 염려도 없고.

카이사르   어째서 이렇게 은밀히 오셨어요? 이건 저의 누님답지 않은 행차시지 뭡니까. 적어도 안토니우스의 영부인이시라면 군대를 앞세우고, 도착하시기 전에 말울음 소리로 소식을 알렸어야 하는데. 한데 누님께서는 장 보러 온 촌색시처럼 하고 오셨군요. 누님의 귀국 때는 바다며 육지의 요소요소마다 많은 사람을 보내 그야말로 인산인해의 환영객을 파견하고 싶었는데 말입니다.

옥타비아   동생, 이렇게 온 것은 내 자유의 의지입니다. 남편이 전쟁 준비를 하고 있는 동생 소식을 알려주어 몹시 염려가 되어 돌아온 것입니다.

카이사르 옳아! 그래서 말이 떨어지자마자 승낙했군요. 그렇게 해야만 자기의 욕정을 쉽게 채울 수 있을 테니까.

옥타비아 그게 아니에요.

카이사르 난 그 사람을 늘 감시하고 있습니다. 그의 모든 것은 바람을 타고 들려오지요. 지금 그 사람은 어디 있습니까?

옥타비아 아테네에 있을 거예요.

카이사르 누님, 누님은 큰 모욕을 당하셨습니다. 클레오파트라가 그 사람을 불러들였어요. 그는 자기의 제국을 갈보에게 넘겨주었습니다. 그 두 사람은 지금 전쟁 준비를 서두르고 있습니다. 이미 모인 국왕만 해도 리비아 왕 보쿠스, 카파도키아의 왕 아르켈라우스, 파플라고니아의 왕, 트라키아의 왕 아달라스, 아라비아의 왕 만쿠스, 폰트의 왕, 유대 왕 헤로데스, 코마게네의 왕 미트리다테스, 메디아 왕 폴레몬과 리카오니아 왕 아민타스, 그밖에 많은 왕들이 집합해 있습니다.

옥타비아 아, 난 정말 비참한 신세야. 사랑하는 두 사람이 싸우는 틈바구니에 끼여 내 마음은 두 갈래로 찢어지는구나.

카이사르 누님의 편지를 읽고 얼마나 수모를 당하고 있을까 생각하니 분노를 누를 길이 없었습니다. 자, 기운을 내세요. 비록 긴박한 상황이기는 하지만 너무 심려하진 마세요. 이미 결정된 일은 그냥 운명에 맡기세요. 어쨌든 누님이 이루 말할 수 없는 모욕을 받고 계신 것은 틀림없습니다. 그래서 신들은 누님의 원수를 갚기 위해 나와 누님을 사랑하는 모든 사람들을 그 집행자로 삼았으니 마음을 편안히 가라앉히고 우리들의 환대를 받으십시오.

마이케나스 로마 사람들은 한결같이 부인을 사랑합니다. 음탕한 저 방탕아 안토니우스만이 뭘 모르고 내쫓은 겁니다. 게다가 권력을 창녀에게 맡겨 우리의 분노에 불을 댕기고 있습니다.

옥타비아 그게 정말이에요?

카이사르 틀림없습니다. 부디 마음을 달래십시오. (모두 퇴장)

제 7 장 악티움·안토니우스의 진영

클레오파트라와 에노바르부스 등장.

클레오파트라 너를 가만두지 않을 테니 어디 두고 보자.

에노바르부스 아니, 왜 이러시는 거죠?

클레오파트라 그대는 내가 전쟁에 출전하는 게 온당치 않다고 했어.

에노바르부스 그럼 온당하다고 생각하십니까?

클레오파트라 그런데 어째서 출전을 하지 말란 말이냐?

에노바르부스 (방백) 대답이야 간단하지. 수말과 암말이 함께 출전하는 날엔 수말이 질 수밖에. 암말은 군인도 태우지만 수말도 태울 테니 말야.

클레오파트라 대체 무슨 말을 중얼거리는 거냐?

에노바르부스   전하께서 함께 출전하시면 안토니우스 장군께서는
반드시 곤욕을 치르게 될 겁니다. 싸움터에서 정말 필요한 그분의
마음과 머리와 시간이 전하께 빼앗기게 되니 말입니다. 그렇잖아도
장군님께서는 경박하다는 비난을 받고 계실 뿐 아니라 내시 포티누
스와 시녀들이 겨우 전쟁을 지휘하고 있다는 평판이 로마에 파다합
니다.

클레오파트라   전쟁 비용은 내가 대고 있다. 그러니 내 왕국을 다스
리는 사람으로서 당당히 출전할 것이다.

에노바르부스   더 이상 아무 말씀 않겠습니다. 장군께서 납십니다.

안토니우스와 카니디우스 등장.

안토니우스   참 이상한 일이군, 카니디우스! 타렌툼이나 브룬디시
움에서 출범한 적의 배들이 어느 사이에 이오니아 해를 건너 벌써 토
린을 점령했다니 말일세. 당신도 들었소?

클레오파트라   태만한 사람일수록 남의 신속함에 빨리 감탄하는 법
이지요.

안토니우스   멋진 비난이시군. 게으름뱅이를 타이르는 말 치고는 정
말 현자에게나 어울릴 법한 말이군그래. 카니디우스, 우리는 바다
에서 그를 맞아 싸우기로 하지.

86

카니디우스　왜 바다에서 싸우시려는 겁니까?

안토니우스　적이 바다에서 싸움을 걸어오니까.

에노바르부스　각하께선 육상전에서의 단판 승부를 제의했잖습니까?

카니디우스　그렇습니다, 율리우스 카이사르가 폼페이우스와 싸웠던 파르살루스에서 이번 결전을 하자고 했습니다. 그런데 그자는 자기에게 불리한 것을 알고 거절해 버리지 않았습니까. 그러니 장군님께서도 장소가 불리하면 거절하는 것이 좋습니다.

에노바르부스　아군의 함대는 질적으로 적에 비해 떨어집니다. 우리의 수군들이라야 갑자기 징발한 마부와 농사꾼이 전부입니다. 그런데 카이사르의 함대는 폼페이우스와 자주 해전을 치러온 자들입니다. 육상전에는 만반의 준비가 되어 있는 만큼 해전은 거절하시는 게 나을 듯합니다.

안토니우스　해전이다, 해전!

에노바르부스　장군님, 해전은 육상전에서 세우신 혁혁한 전공을 내던져 버리시는 셈이나 마찬가지입니다.

안토니우스　어쨌든 난 바다에서 싸우겠어.

클레오파트라　나에게 육십 척의 배가 있어요. 카이사르는 나보다 많지 않아요.

안토니우스　적의 함대보다 많은 여분의 배는 모조리 불살라 버리겠다. 그리고 나머지 배들로 무장하여 공격해 오는 카이사르를 악티움에서 무찔러버릴 테다. 만일 패한다면 그때 가서 육지에서 격퇴시키면 된다.

전령 등장.

무슨 일이냐?

전령 장군님. 카이사르의 군대가 이미 토린을 점령했습니다.

안토니우스 그 사람이 나타났단 말이냐? 그럴 리가 없다. 적군이 벌써 그곳까지 쳐들어오다니, 이상한 일이다. 카니디우스, 그대는 19개 군단과 기병 1만2천을 육지에서 지휘하라. 나는 바다를 지휘할 테니. 자, 간다, 바다의 여신 테티스여!

병사 한 사람 등장.

상황이 어떠냐?

병사 오, 황제 폐하, 바다에서 싸우지 마십시오. 썩은 판자대기를 배라고 믿어서는 안 됩니다. 이 칼과 이 상처들을 믿지 못하시겠습니까? 물오리놀이는 이집트인들과 페니키아인들에게나 하게 내버려두십시오. 저희들은 땅에 발을 디디고 서서 맞붙어 싸워 이기는 일에 익숙해져 있습니다.

안토니우스 알았다, 알았어! 자, 가십시다. (안토니우스와 클레오파트라를 뒤따라 에노바르부스 퇴장)

병사 헤르쿨레스에게 맹세하지만 내 생각은 틀림없어.

카니디우스 병사, 네 말이 옳다. 한데 장군님은 여자한테 지휘당하고 있는 상황이다. 그러니 우리들도 결국 여자의 부하지 뭐냐?

병사 장군님께서는 군단과 기병을 전부 거느리고 육지전을 지휘하신다죠?

카니디우스 그렇다. 마르쿠스 옥타비아누스, 마르쿠스 유스테이우스 그리고 푸블리콜라와 실리우스가 해전에 참전하지만 우리들은 전부 육지에서 싸운다. 카이사르가 이렇게 빨리 쳐들어올 줄은 미처 몰랐다.

병사 카이사르가 로마에 있는 동안 이미 병력을 야금야금 투입시켰기 때문에 우리 스파이들도 그만 속아 넘어간 겁니다.

카니디우스 적의 참모가 누군지 아나?

병사 타우루스라고 합니다.

카니디우스 그래? 그자라면 내가 좀 알지!

전령 등장.

전령 황제께오서 카니디우스님을 부르십니다.

카니디우스 시간은 새로운 사건을 탄생시키는 진통에 끊임없이 시달리면서 시시각각으로 무엇인가를 쥐어짜내고 있구나. (모두 퇴장)

제 8 장 악티움 부근의 벌판

카이사르와 타우루스, 군사들을 거느리고 진군하면서 등장.

카이사르 타우루스 장군!

타우루스 네. 전하!

카이사르 육상전에서는 싸우지 말고 해전이 끝날 때까지 병력이 분산되지 않도록 하시오. 이 두루마리에 적힌 지령을 어기면 안 되오. 우리의 운명은 이번 싸움에 달려 있으니까. (모두 퇴장)

제 9 장 같은 평야의 다른 곳

안토니우스와 에노바르부스 등장.

안토니우스 우리 군대는 카이사르 군대가 눈앞에 보이는 저 언덕 너머에다 진을 치게 하오. 거기에서는 적의 함대 수를 볼 수 있어 작전을 세우기가 쉬우니까. (두 사람 퇴장)

제 10 장 앞장과 같은 곳

한쪽에서 카니디우스가 그의 군대를 거느리고 무대를 가로질러 퇴장. 다른 쪽에서서는 타우루스가 같은 모습으로 나왔다가 퇴장. 그들이 퇴장한 후 해전의 함성이 들려온다. 에노바르부스 등장.

에노바르부스 틀렸다, 다 틀렸어! 눈을 뜨고 볼 수 없구나. 육십 척의 함대를 이끈 이집트의 기함 안토니우스아드 호가 방향을 돌려 달아나다니. 그 꼬락서니를 바라보자니 내 눈알이 터져버릴 지경이다.

스카루스 등장.

스카루스 오! 천상에 계신 모든 신들이여!
에노바르부스 무얼 그리 개탄하오?
스카루스 천하의 절반 이상을 어처구니없는 바보짓으로 잃고 말았소. 그 많은 왕국과 영토를 창녀와 입맞추다 날려버렸단 말이오.

에노바르부스 전황은 어떻고?

스카루스 아군은 붉은 반점이 나타나는 흑사병에 걸려 있어 조만간 몰사할 게 뻔해. 그 이집트의 색골은 문둥병에나 걸리면 체증이 풀리겠지! 글쎄, 한창 싸우는 판에, 그것도 양편의 형세가 쌍둥이처럼 똑같을 때, 아니 오히려 우리 편이 우세한 때, 등에 물린 암소같이 꼬리에 돛을 올리고 도망쳐버리는 거야.

에노바르부스 나도 봤소. 그 꼴을 보니 눈이 뒤집히더군.

스카루스 계집이 뱃머리를 바람 부는 쪽으로 돌리자마자 그 계집에게 혼을 뺏긴 안토니우스는 돛을 펄럭거리면서 암컷에게 반한 수오리처럼 전투를 팽개치고 여왕을 뒤따라 달아나더군. 이런 수치스런 전쟁은 내 평생 본 일이 없소. 경험, 용기, 명예를 그토록 더럽힌 적이 있을까?

에노바르부스 아, 그럴 수가!

カニディウス 등장

카니디우스 우리의 운명은 바다에서 영면에 들게 되었소. 예전의 안토니우스 장군님이었다면 이런 처절한 꼴은 당하지 않았을 거요.

에노바르부스 아, 당신도 그렇게 생각하시오? 그렇다면 모든 게 끝났구나.

카니디우스 다들 펠로폰네소스로 달아났어요.

스카루스 그렇다면 나도 그리로 가서 사태를 관망하겠소.

카니디우스 난 내 군단과 기병을 카이사르에게 양도하겠소. 벌써 여섯 나라의 왕들이 항복하는 걸 보았다오.

에노바르부스 나의 이성은 반대하지만 난 운이 기울어진 안토니우스 장군을 따르리다. (모두 퇴장)

제 11 장 알렉산드리아, 클레오파트라의 궁전

안토니우스, 시종들과 함께 등장.

안토니우스 오! 대지는 나에게 두 번 다시 발을 딛지 말라고 한다. 날 떠받쳐주는 걸 창피하게 생각하는 모양이야. 이 세상의 나그네길 은 이미 날이 저물어 길을 잃고 말았다. 나에게 황금을 실은 배 한 척 이 있으니, 그것을 나눠가지고 도망을 쳐 카이사르와 화해하라.

시종들 도망치라고요? 그렇게는 못합니다.

안토니우스 나는 도망을 쳤다. 적군에게 등덜미를 보이는 비겁한 꼴을 가르쳐준 셈이다. 물러들 가거라. 난 결심을 했다. 이젠 너희 들이 필요치 않다. 항구에 내 보물이 있으니 그걸 나누어 갖도록 해.

아, 난 보기만 해도 치욕스런 여자의 꽁무니를 쫓아왔다. 내 머리칼
조차 서로 아귀다툼을 하는구나. 흰 머리칼은 갈색 머리칼을 경박하
다고 꾸짖고, 갈색 머리칼은 흰 머리칼에게 겁쟁이에다 색에 미쳤다
고 대든다. 모두들 가라. 내가 편지를 써줄 테니 그것을 가지고 내
친구에게로 가면 너희들을 돌봐줄 것이다. 제발 슬픈 표정일랑 짓지
말고 싫다고 하지도 마라. 절망이 주는 기회를 놓치지 마라. 자포자
기한 자는 내버리고 곧장 바다로 가라. 배에 실린 보물은 모두 너희
들 것이다. 제발 물러들 가라. 자, 부탁이다. 난 이제 명령할 권리도
없다. 그러니 부탁한다. 후에 다시 만나자.

클레오파트라, 카르미안과 이라스에게 부축을 받으며 등장. 그 뒤
를 에로스가 따른다.

에로스   전하, 장군님을 위로해 드리십시오.

이라스   그렇게 하십시오, 전하!

클레오파트라   좀 앉아야겠다. 아아, 주노 여신이여!

안토니우스   아니야, 아니야! 이젠 글렀어.

에로스   이쪽을 좀 보시지요.

안토니우스   에잇, 속이 뒤집힌다, 바보, 등신! 내가 필리피 전쟁에
서 저 말라빠지고 주름살투성이인 캐시어스를 칠 때 그자(카이사르)는
칼을 무희처럼 허리에 차고만 있었지. 그리고 저 미친 브루투스를
친 것도 나다. 그자는 부하를 시켜서 싸웠어. 직접 전투를 한 일이

없어. 그나저나 이젠 다 지난 일이다.

클레오파트라 아! 좀 도와다오.

에로스 여왕님께서 오셨습니다.

이라스 여왕 전하께 위로의 말씀을 드리십시오. 치욕감에 제정신이 아니십니다.

클레오파트라 날 부축해 다오. 아아!

에로스 장군님, 여왕님께서는 머리를 떨어뜨리시고 지금이라도 숨을 거두실 것 같습니다. 장군님의 위로의 말씀만이 여왕님을 구해낼 수 있습니다.

안토니우스 난 명예를 더럽혔다. 부끄럽기 짝이 없는 과오를 저질렀단 말이다. 아, 이집트의 여왕, 당신은 날 어디로 끌고 왔소? 당신에게 치욕을 숨기려고 과거로 도망쳐 들어가, 불명예스럽게도 거기에 남겨놓은 붕괴의 자취를 응시하고 있던 중이오.

클레오파트라 아, 장군님이 뒤따라오실 줄은 꿈에도 몰랐어요.

안토니우스 이집트 여왕이여, 내 마음은 당신 배의 키에 꽁꽁 묶여 있어 당신이 이끄는 대로 가고 말았소. 내 영혼은 완전히 당신의 종이 되어 신의 명령조차 거부하고 당신에게로 달려갈 태세요.

클레오파트라 아, 용서해 주세요!

안토니우스 이제 나는 그 애송이에게 머리를 낮춰 강화를 청하고, 천한 자들이 곧잘 쓰는 속임수를 쓰거나 어물어물 속여 넘기는 짓을 해야겠소. 천하의 반을 떡 주무르듯 한 내가 말이오. 하지만 이제 사랑 때문에 완전히 약해져서 무슨 일이건 애정이 명령하는 걸 따르게 되었소.

클레오파트라 용서하세요, 용서하세요!

안토니우스 눈물을 흘리지는 마시오. 그 한 방울 한 방울은 내가 잃고 얻었던 모든 것처럼 소중한 것이오. 키스해 주오. 그것만이 모든 것에 대한 보상이라오. 애들 선생을 사절로 보냈는데 돌아왔소? 지금 내 마음은 납덩이처럼 무겁소. 여봐라, 누가 있거든 주안상을 가져오너라! 운명의 여신도 알고 있겠지? 그녀가 우리를 가장 심하게 학대할 때 우리도 그녀를 가장 크게 비웃으리라는 것을. (모두 퇴장)

제 12 장 이집트, 카이사르의 진영

카이사르, 아그리파, 돌라벨라, 티디아스, 그 밖의 사람들 등장.

카이사르 안토니우스에게서 온 전령을 들어오게 하시오.

돌라벨라 카이사르 각하, 그자는 안토니우스의 아이들 교사입니다. 이렇게 하찮은 전령을 보낸 걸 보면 그자도 이젠 새가 됐다는 증거입니다. 몇 달 전만 해도 남아돌 만큼 많은 왕을 전령으로 보내던 그였는데 말입니다.

안토니우스의 사절인 교사 등장.

카이사르 이리 가까이 오시오.

교사 보잘것없는 이 사람은 안토니우스 장군의 사절로 왔습니다. 주인님의 대양과 같은 큰 뜻에 비한다면 저야 도금양 잎에 맺힌 아침이슬 정도밖에 안 되는 하찮은 자입니다.

카이사르 그건 그렇고, 어서 용건을 말해 보오.

교사 안토니우스 장군께서는 각하를 운명의 주인으로 생각하시니 이집트에서 살 수 있도록 윤허해주시옵소서. 그것이 허용되지 않을 경우에는 소원을 줄여 그저 아테네의 한 시민으로 천지간에 숨이나 쉴 수 있도록 허락해 주시옵소서. 그리고 클레오파트라께서도 각하의 위력에 복종하시겠답니다. 바라옵건대 프톨레마이오스 조의 왕관만은 그녀의 자손들에게 물려주도록 해주십사고 각하의 자비심에 매달리고 있습니다.

카이사르 안토니우스의 청은 들어줄 귀가 없다. 여왕에게는 접견도 허락하고 소원도 들어줄 수 있다. 다만 조건이 있다. 명예를 땅에 던진 그 애인을 이집트에서 추방하든지 목숨을 빼앗든지 해야 한다. 내 말을 두 사람에게 전하시오.

교사 행운을 기원하나이다.

카이사르 이 사람을 경호해서 진중을 통과시켜주어라. (교사 퇴장) (티디아스에게) 이제야말로 자네의 능변을 시험해 볼 때가 왔네. 한시바삐 안토니우스에게서 클레오파트라를 빼앗아야만 하네. 여왕의 소망은 무엇이든지 들어준다고 내 이름으로 약속해 주게. 아냐, 자네 재량에 따라 더 좋은 조건을 제공해도 좋아. 여자란 행운의 절정에 있을 때조차 군세지 못한 법인데 곤경에 빠지면 제아무리 순진무구한 처녀라도 맹세를 깨뜨리게 마련이지. 티디아스, 수완을 십분 발휘해 보게. 자네가 수고한 보상은 바라는 만큼 써 내게. 그걸 법률로 실행해주겠으니.

티디아스 카이사르 장군님, 그럼 출발하겠습니다.

카이사르 안토니우스가 역경에 어떻게 대처하는지 샅샅이 관찰하도록 하게.

티디아스 알겠습니다. (모두 퇴장)

제 13 장 알렉산드리아. 클레오파트라의 궁전

클레오파트라, 에노바르부스, 카르미안, 이라스 등장.

클레오파트라 에노바르부스, 도대체 어떻게 하면 좋을까?

에노바르부스 깊이 생각해 보시고 목숨을 끊으십시오.

클레오파트라 이번 일은 안토니우스의 잘못이오, 아니면 나요?

에노바르부스　잘못은 안토니우스 장군에게 있습니다. 정욕을 이성의 상전으로 삼으려 했으니 말입니다. 양쪽 군대의 함대가 서로 대치하여 상대방을 위협하는 일대 해전이 벌어지고 있을 때, 도주하는 전하의 뒤를 그분이 뒤따랐으니 말입니다. 천하를 가를 사생결단을 낼 싸움에서 뒤끓는 욕정 때문 지휘관의 책무를 헌신짝처럼 포기하시다니 말이나 됩니까?

클레오파트라　제발 그만 지껄여.

안토니우스, 교사와 함께 등장.

안토니우스　그게 네놈의 답변이냐?

교사　그러하옵니다.

안토니우스　날 볼모로 넘겨주면 여왕을 후대해 주겠다고?

교사　네, 그렇습니다.

안토니우스　그녀에게 알리도록 하라. 그 애송이 카이사르에게 머리가 희끗희끗한 이 목을 보내면 그녀의 소망을 넘칠 정도로 채울 수 있을 것이라고.

클레오파트라　당신의 목을?

안토니우스　다시 한 번 가서 그자에게 전하라. 그자는 지금 한창 피어나는 장미처럼 빛나고 있으니 세상 사람들은 그자에게 비범한 공적을 기대할 것이다. 그자가 가진 화폐나 군함이나 군대 같은 건 겁쟁이들도 가질 수 있는 것들이다. 또 그자 밑에 있는 대장들도 카이사르의 지휘가 아니라 어린이가 부려먹어도 승리를 거둘 만한 자들이다. 그러니 모든 허식을 치워버리고 영락한 나와 단둘이서 칼과 칼로 한판 승부를 내자고 전해라. 내 편지를 써줄 터이니 따라오너라. (교사와 함께 퇴장)

에노바르부스 (방백) 홍, 대군을 호령하는 카이사르가 일개 검객과 싸우는 구경거리가 되어줄 리가 없지. 인간의 분별력이란 운명과 밀접한 관련이 있는 법! 불운한 환경이 내면을 질질 잡아끌어 운명이 곤두박질치면 분별력도 맥을 못 추는가보군. 길운을 잡은 카이사르가 헛된 자기의 도전에 응해 주리라는 꿈을 꾸다니! 카이사르여, 당신은 안토니우스의 분별력마저 정복하셨군!

하인 등장.

하인 카이사르의 사절이 왔습니다.

클레오파트라 아니, 이젠 예의범절도 잊었느냐? 보아라, 꽃봉오리 때에는 무릎을 꿇던 자들이 활짝 핀 장미 앞에서는 코를 틀어막는구나. 들어오라 하라.

에노바르부스 (방백) 내 명예심이 나와 대판 싸움을 벌이는군. 천치바보에게 충성을 바치면 그 충성심마저 바보짓이 되고 마니. 그렇지만 몰락한 상전을 충절로써 따르는 사람은 자기 주인을 정복한 셈이 되어 역사에 그 이름을 남기게 되지.

티디아스 등장.

클레오파트라 카이사르의 생각은?

티디아스 사람들을 물려주셨으면 합니다.

클레오파트라 내 심복들만 있으니 염려 말고 말하시오.

티디아스 당신의 심복은 안토니우스의 심복들이기도 하겠군요.

에노바르부스 안토니우스 장군에게도 카이사르처럼 심복이 필요하
오. 카이사르가 원한다면 우리 주인은 당장이라도 그리로 뛰어갈 것
이며, 우리들은 주인이 상전으로 섬기는 사람의 부하가 될 것이오.
즉 카이사르의 부하가 된다 이 말이오.

티디아스 그건 그렇고 카이사르 각하께서 말씀하시길 현재 처하신
입장을 생각하지 마시고 오직 카이사르를 카이사르로만 여겨달라고
하십니다.

클레오파트라 계속하시오. 참으로 제왕다운 말씀이오.

티디아스 여왕 전하께서 안토니우스를 품안에 받아들인 건 그를 사
랑했기 때문이 아니라 두려웠기 때문이라고 하셨습니다.

클레오파트라 아아!

티디아스 이번 여왕 전하의 명예 손상은 강요된 치욕이라고 인정하
시며 몹시 동정하고 계십니다.

클레오파트라 그분이야말로 신이시오. 어쩌면 그렇게 진실을 정확
히 꿰뚫고 계실까? 내 명예는 강탈당한 것이오.

에노바르부스 (방백) 그게 사실인지 안토니우스 장군에게 물어봐야

겠다. 아, 이토록 심한 침수에는 침몰할 수밖에 없겠군. 진정 사랑하던 사람마저 헌신짝처럼 장군님을 버리니 말이야. (모두 퇴장)

티디아스 여왕 전하의 소청이 있으시다면 무엇이든지 카이사르 각하께 아뢸까 합니다. 만일 전하께서 의지할 곳을 그분의 번창하는 행운 가운데서 찾겠다고 하신다면 크게 기뻐하실 것입니다. 게다가 전하께서 안토니우스를 버리고 온 세계의 지배자인 카이사르의 날개에 의탁할 것이라는 보고를 드리면 정말 흐뭇해하실 겁니다.

클레오파트라 당신의 성함은 무엇이오?

티디아스 티디아스라 합니다.

클레오파트라 위대하신 카이사르에게 이렇게 아뢰주오. 답례로 정복자이신 그분의 손에 내가 입을 맞춘다고. 그리고 나의 왕관을 그분의 발밑에 바치며, 무릎을 꿇겠노라고 말씀하세요. 그리고 온 천하의 만백성이 좋아하는 그분의 목소리에 이집트 여왕의 운명을 맡기노라고.

티디아스 정말이지 현명하신 처사입니다. 지혜와 운이 서로 맞설 때 지혜가 혼신의 힘을 다해 밀어붙이면 어떠한 운명도 불행으로 떨어지는 법은 없습니다. 전하의 손에 경의를 표하는 영광을 허락해주십시오.

클레오파트라 카이사르의 선친께서도 여러 왕국을 정복할 생각에 골몰하고 계실 때면 하찮은 이 손에 키스의 소낙비를 퍼부으셨소. (손을 내준다)

안토니우스와 에노바르부스 다시 등장.

안토니우스 저 친절에 조브신의 노여움이 있으라! 네놈은 누구냐?
티디아스 최대이자 최고이신 분의 명령을 수행하러 온 전령입니다.
에노바르부스 (방백) 너는 곤장을 좀 맞아야겠구나.
안토니우스 거기 아무도 없느냐! (클레오파트라에게) 아, 이 매춘부야! 에잇, 빌어먹을! 내 위신은 땅에 떨어졌구나. 최근까지만 해도 내가 "야!" 하고 한 번 소리를 지르면 여러 나라의 왕들이 장난감을 보고 달려드는 어린아이처럼 뛰어와서 "왜 그러십니까?" 하고 소란을 피웠는데.

시종들 황망히 등장.

이놈들아, 귀가 먹었느냐? 난 안토니우스다! 이 뻔뻔한 놈을 저리로 끌고 가서 곤장을 마구 쳐라.
에노바르부스 (방백) 다 죽어가는 늙은 사절보다 젊은 새끼 사절과 노는 것이 더 좋겠다.
안토니우스 저놈을 매우 쳐라! 카이사르에게 항복하고 공물을 바치는 20개국의 왕이라 할지라도 어찌 오만불손하게 이 여자의 손을 만지는가! (클레오파트라를 가리키며) 전엔 클레오파트라였지만 지금은 이름이 무엇이냐? 여봐라, 이놈을 몹시 쳐라! 어린애처럼 얼굴을 일그러뜨리고 살려 달라고 외칠 때까지.

티디아스 마르쿠스 안토니우스 각하!

안토니우스 저리 끌고 가서 곤장을 친 후에 다시 데려오너라. 이 카이사르의 종놈에게 보낼 편지가 있으니! (시종들, 티디아스를 데리고 퇴장) 내가 당신을 알기 이전에 당신은 이미 반은 시들어 있었소…… 그래, 내가 부덕이 있는 아내를 로마에서 독수공방하게 만들어 자식도 낳지 못하게 내버려둔 건 적의 시종에게 추파나 던지는 계집에게 배신당하기 위해서였을까!

클레오파트라 아, 여보!

안토니우스 너는 옛날부터 바람기가 있었지. 우리가 악덕에 돌진하면서 그것은 더욱 위력을 발휘했어. 그러자 신들은 우리의 명석한 판단력을 진창 속에 쏟아넣어 버리고는 그걸 비웃었어.

클레오파트라 정말이지 이렇게 나오시긴가요?

안토니우스 내가 처음 만났을 때 당신은 죽은 카이사르가 접시에 남긴 식은 요리였어. 아니, 폼페이우스가 갉아먹던 부스러기였지. 그 외에도 사람들 입에 오르지는 않았지만 음탕한 정욕에 몸을 내맡긴 시간이 얼마나 많았을까? 당신은 정절이 무엇인지 짐작은 할지 모르지만 그것이 뭔지도 모르는 여자요.

클레오파트라 왜 그런 말씀을 하세요?

안토니우스 내 소중한 놀이동무였던 그 손, 왕의 봉인이며 고귀한 마음의 서약인 그 손! 하필이면 거기에 적선을 받고는 "신의 은총이 내리시길!" 이라고 뇌까리는 자에게 거침없이 그것을 내밀다니! 아, 바산 언덕에라도 올라가서 뿔 돋은 소떼들보다 더 큰 소리로 울부짖고 싶구나. 지금 내게 점잖게 말하라는 것은 교수형에 처해질 운명에 놓인 인간이 집행인에게 빨리 목을 졸라주는 것에 감사하라고 하는 것과 같다.

시종들, 티디아스를 데리고 다시 등장.

매질을 했느냐?

시종 1 널브러지도록 때렸습니다, 장군님.

안토니우스 울던가? 용서를 빌던가?

시종 1 자비를 간청했습니다.

안토니우스 만일 네놈의 아비가 살아 있다면 네놈을 딸로 낳지 않은 것을 후회하게 하련만. 그리고 카이사르가 개선했다고 따라다닌 것을 뉘우쳤으리라. 그자를 따른 죄 때문에 매를 맞은 것이니. 앞으로 귀부인의 흰 손만 봐도 사시나무 떨 듯 할 게다. 카이사르에게로 돌아가서 네가 받은 대접을 그대로 보고하라. 그자는 날 노하게 했다. 하기야 나를 노하게 하는 것은 지금이 가장 적절한 때지. 아닌 게 아니라 나를 행운으로 이끌어주던 별들도 지금은 다 궤도를 벗어나 그 빛을 지옥의 심연 속에 떨어지게 했으니까. 만약 내가 한 말과 행동을 못마땅하게 여기거든 내가 해방시켜준 노예 히파르쿠스란 자가 그곳에 가 있으니 내 대신 그자를 때리든지 목을 조르든지 마음대로 해서 나에게 보복하라고 전하렷다! 채찍질 자국을 지닌 채 돌아가란 말이다. (티디아스 퇴장)

클레오파트라 이젠 끝났나요?

안토니우스 아, 이 땅의 달님도 월식으로 빛을 잃었구나. 이건 이 안토니우스의 파멸을 알리는 징조이다.

클레오파트라 진정될 때까지 기다려야겠다.

안토니우스 카이사르에게 아첨하려고 그자의 바지 끈이나 매어주는 하인놈에게까지 추파를 보냈단 말이오?

클레오파트라 아직도 제 마음을 모르세요?

안토니우스 얼음처럼 차가워진 당신 마음 말이오?

클레오파트라 아, 만일 그것이 진실이라면 하늘이여, 내 차디찬 마음이 독을 넣은 우박이 되어 그 첫 알이 내 목줄기를 때리게 하소서. 그리고 그것이 녹으면 내 생명도 끝나게 하소서! 그 다음에는 내 아들 카이사리온의 목을 때려주소서! 그리고 다음에는 내 몸을 가르고 나온 자식들은 물론이고 이집트 백성 전부를 폭풍 속에서 죽게 해주시옵소서. 그리고 그들의 시체는 나일 강의 파리와 각다귀 떼의 먹이가 되어 그들의 뱃속에 매장되게 하소서!

안토니우스 이젠 의심이 풀렸소. 지금 카이사르는 알렉산드리아를 포위하려 하고 있소. 난 거기서 그자와 맞서 운명을 겨뤄보리다. 우리 육군은 여전히 건재할 뿐 아니라 곳곳에 흩어졌던 우리 해군은 다시 집결해 바다에서 그 위세를 떨치고 있소. 내 심장이여! 어디에 있었더냐? 여보, 내 말이 들리오? 만일 내가 또다시 전쟁에서 살아 돌아와 당신 입술에 입맞출 땐 적의 피로 피투성이가 되어 있을 거요. 하지만 나의 칼은 역사에 이름을 남길 거요. 아직 희망은 있소.

클레오파트라 참으로 용감하십니다.

안토니우스 근육과 심장과 호흡을 세 배로 강하게 해서 악마처럼 싸울 결심이오. 순풍에 돛을 달고 지내던 시절엔 농담 한 마디에 대한 보상으로 목숨을 살려준 일도 있지만 지금은 날 방해하는 놈들은 모조리 지옥으로 보내겠소. 자, 다시 한 번 멋진 하룻밤을 보냅시다. 비탄에 젖은 부대장들을 전부 불러다주구려. 서로 술잔을 기울이면서 심야의 종소리를 비웃어봅시다.

클레오파트라 오늘이 바로 제 생일이에요. 조촐하게 보낼 생각이었지만 당신이 다시 안토니우스로 돌아오신 이상 저도 다시 클레오파트라가 되겠어요.

안토니우스 우리 잘해 봅시다.

클레오파트라 부대장들을 장군님 앞으로 불러오도록 하겠어요.

안토니우스 내 그들에게 할 말이 있소. 오늘밤엔 그들의 상처에서 술이 샘물처럼 솟아나올 만큼 곤죽이 되도록 마시게 하리다. 오, 나의 여왕! 아직 희망은 있어. 이번의 싸움에는 죽음의 신이 나에게 반할 만큼 멋지게 해낼 거요. (에노바르부스만 남고 모두 퇴장)

에노바르부스 저 눈초리에는 번갯불도 오금을 못 펼 게다. 발작적인 분노는 공포심에서 나오는 당황망조로, 그런 정신 상태가 되면 비둘기조차도 타조에게 덤벼드는 법이지. 우리 장군은 두뇌가 약해진 것을 심장으로 메우려나보다. 용기가 이성을 잡아먹을 때에는 싸움에서 휘두르는 칼마저 녹슬게 되지. 어떻게든 그분하고 인연을 끊을 방법을 생각해봐야겠어.

제4막

제1장 알렉산드리아의 카이사르 진영

카이사르, 아그리파, 마이케나스 군대를 이끌고 등장. 카이사르, 편지를 읽고 있다.

카이사르　그자는 날 풋내기라고 무시하며 이집트에서 격퇴시킬 힘을 갖고 있다고 큰소릴 치고 있군. 그리고 내가 보낸 전령을 매질까지 했다고? 어디 그뿐인가! 나와 단둘이 결투를 하자고 요청해왔군 그래. 이 카이사르가 안토니우스와 1대 1 결투! 그 늙은 악당에게 알려줘야겠다. 그밖에도 죽는 방법은 수없이 많다고.

마이케나스　카이사르 각하! 신중히 생각하십시오. 그만한 인물이 미쳐 날뛸 때는 쓰러질 때까지 날뛸 겁니다. 그러니 숨 쉴 틈도 주지 마십시오. 격노한 자는 허점을 많이 보이게 마련입니다.

카이사르　부대장들에게 내일은 최후의 결전을 하게 된다고 알리시오. 우리 군단 안에는 최근까지 안토니우스를 섬기던 자들이 많이 있어 그자들만으로도 안토니우스를 생포하기에 충분하오. 내 명령을 분명히 전달한 후 전군을 모아 잔치를 베푸시오. 한심한 안토니

108

우스! (모두 퇴장)

제 2 장 알렉산드리아. 클레오파트라의 궁전

안토니우스, 클레오파트라, 에노바르부스, 카르미안, 이라스, 알렉사스 그 밖의 사람들 등장.

안토니우스 도미티우스, 그자는 나와 맞싸우지 않겠단 말이지?

에노바르부스 네.

안토니우스 어째서?

에노바르부스 자기가 운이 스무 배는 더 좋으니까, 이십 대 일이라고 생각하나봅니다.

안토니우스 나는 내일 바다와 육지 양쪽에서 싸울 테다. 이겨 살아남든가 패하면 죽어가는 명예를 피에 적셔 내 이름을 청사에 남길 것이다. 자네도 힘껏 싸워주겠지?

에노바르부스 싸우고말고요. "마지막 승부다" 하고 소리치겠습니다.

안토니우스 말 한 번 잘했다. 자자, 하인들을 모두 불러내게. 오늘밤은 실컷 먹고 마시자고.

하인 3, 4명 등장.

자, 악수를 하자. 너희들은 정말이지 충성을 다해주었다.

클레오파트라 (에노바르부스에게) 왜 저러시는 거요?

에노바르부스 (클레오파트라에게) 슬픔이 마음에서 분출하면 저런 이상한 연극이 되기도 하지요.

안토니우스 그리고 너 역시 충성을 다해 주었다. 내가 너희들 한 사람 한 사람으로 나누어지고, 너희들이 한데 뭉쳐 이 안토니우스가 된다면 내가 너희들에게 받은 만큼 보답할 수 있을 텐데.

일동 별 말씀을 다하십니다!

안토니우스 오늘밤은 내 술잔이 마르지 않게 해다오. 내 제국이 내 명령대로 되던 때와 똑같이 말이다.

클레오파트라 (에노바르부스에게) 왜 저러시는 걸까?

에노바르부스 (클레오파트라에게) 부하들을 울리려는 속셈인가봅니다.

안토니우스 오늘밤 시중을 드는 것이 아마 최후의 충성이 될지 모른다. 혹시 내일 다시 만나더라도 그때는 처참하게 상처 입은 유령을 보게 될 것이니. 내일이면 너희들은 다른 상전을 섬기게 될 것이다. 아, 충직한 친구들, 나는 너희들의 충성과 혼인한 주인이니 죽을 때까지 같이 있고 싶다. 오늘밤 두 시간만 시중을 들어다오.

에노바르부스 장군님, 어쩌자고 이러십니까? 모두를 이렇게 울먹이게 하니 말입니다. 바라옵건대 저희들을 여자로 만들지 마십시오.

안토니우스 핫하하! 내가 그런 뜻이었다면 마녀가 데려가도 좋다. 너희들의 눈물이 떨어지는 곳에 신의 은총이 자라날 것이다. 오, 나의 친구들이여! 그대들은 내가 한 말을 지나치게 슬픈 뜻으로 받아들이는 게 문제다. 난 너희들을 위로해 주려고 오늘밤은 횃불을 켜놓고 밤새도록 술을 마시자고 한 것뿐이다. 친구들이여, 내일 일은 조금도 염려 마라. 전사해서 명예를 얻으니 살아서 승리의 영광을 얻도록 하겠다. 자, 연회석으로 들어가자. 그리고 쓸데없는 근심은 술잔 속에 다 처넣고 잊어버리자. (모두 퇴장)

제 3 장 알렉산드리아, 궁전 앞의 망대

병사 두 사람 등장.

병사 1 이봐, 잘 있었나? 내일이야말로 결전의 날이군.

병사 2 밥이 되든 죽이 되든 결판이 나겠지. 용감히 싸우세. 거리에서 무슨 이상한 소문 듣지 못했나?

병사 1 못 들었는걸. 무슨 소문을 들었는데?

병사 2 필시 뜬소문이겠지. 그럼.

병사 1 자, 나중에 봐.

병사들, 망대의 네 구석에 자리잡고 있다.

병사 2 우리는 여기서 지키세. 내일 일이네만 만일 우리 쪽 해군이 이기면 육군도 힘을 낼 거라고 생각되는군.

병사 1 육군은 용감하니까. 그리고 투지가 만만하지. (무대 밑에서 오보에 소리가 들려온다)

병사 2 쉿! 무슨 소리지?

병사 1 공중에서 들려오는데.

병사 3 땅 밑이야.

병사 4 좋은 징조군. 안 그래?

병사 3 아닌 것 같아!

병사 1 조용하라니까!

병사 2 이건 틀림없이 안토니우스 장군님이 숭앙하던 헤르쿨레스 신이 장군님한테서 떠나가는 것 같아.

병사 1 저쪽 병사들에게도 들리는지 알아보세.

병사 2 이봐, 자네들!

일동 (동시에) 응, 그래!

병사 1 이상한 소리 들리지 않나?

병사 3 자네들도 들리나?

병사 1 망대 끝까지 소리를 따라가 보세. 소리가 어떻게 그치는지 알아보자고.

일동 그러지. 참 이상한 일이군. (모두 퇴장)

제 4 장 클레오파트라의 궁전

안토니우스, 클레오파트라, 카르미안, 그 밖의 시종들 등장.

안토니우스 에로스! 내 갑옷을 다오.

클레오파트라 푹 주무세요.

안토니우스 아니, 괜찮소. 에로스, 어서 내 갑옷을 가져오라니까.

에로스, 갑옷을 들고 등장.

어서 입혀다오. 만일 오늘 운명의 여신이 우리 편에 서지 않는다면 그건 우리가 그를 무시했기 때문이다. 어서 옷을 입혀줘.

클레오파트라 저도 거들어드리지요. 이건 어떻게 하는 거죠?

안토니우스 당신은 내 마음에 갑옷을 입히시오.

클레오파트라 제가 해드릴게요. 이렇게 하는 거지요?

안토니우스 그래, 그래! 이번엔 우리가 이길 거다. 자, 어떠냐? 너도 갑옷을 입고 오너라.

에로스 네, 곧 입고 오겠습니다.

클레오파트라 쬠쇠는 이렇게 하면 되나요?

안토니우스 됐어. 훌륭해! 내가 갑옷을 벗고 쉬기 전에 쬠쇠를 푸는 자가 있다면 벼락을 맞을지어다. 에로스, 너는 솜씨가 어째 무디구나. 여왕이 너보다 훨씬 낫다. 아, 여보! 오늘 내가 용감하게 싸우는 모습을 당신에게 보여주어 나의 실체를 알도록 해야 하는데! 당신이 진짜 싸움의 명장을 볼 수 있을 테니 말이오.

무장병사 등장.

어서 오게. 자넨 군인의 직책에 충실하군그래. 좋아하는 일을 하러 갈 때는 일찍 일어나서 즐겁게 나가게 마련이지.

병사 아직 이른 아침입니다만 천 명의 병사가 완전 무장을 하고 성문 앞에서 장군님을 기다리고 있습니다. (함성이 들린다.)

부대장들이 병사들을 거느리고 등장.

부대장 날씨가 정말 좋습니다. 장군님, 안녕히 주무셨습니까?

일동 장군님, 안녕히 주무셨습니까?

안토니우스 날씨가 마치 공명을 떨치기로 결심한 씩씩한 젊은이의 심장과 같다. 여왕, 잘 있으시오. 앞으로 내가 어떻게 되든 이건 한 용사의 키스요. (키스한다) 더 이상 인사말을 장황하게 늘어놓는다면 조롱거리가 될 거요. 난 용사답게 그만 작별을 하리다. 싸울 결심을 한 장병들은 내 뒤를 바싹 따르라. 출발이다. (클레오파트라와 카르미안만 남고 모두 퇴장)

카르미안 방으로 돌아가시죠.

클레오파트라 그분은 출정하셨다. 그분과 카이사르 단둘이서 결판을 냈으면 오죽이나 좋겠느냐! 그러면 안토니우스가…… 하지만 지금은…… 아냐, 어서 가자. (두 사람 퇴장)

제 5 장 알렉산드리아. 안토니우스의 진영

트럼펫 소리. 안토니우스와 에로스 등장. 병사 한 사람이 다가온다.

병사 신이시여! 안토니우스 장군께 행운이 있게 하소서!

안토니우스 아, 너와 네 칼자국이 권한 대로 육지에서 싸웠더라면 좋았을 것을!

병사　그렇게 하셨더라면 반역한 왕들과 오늘 아침 탈주한 군인도 장군님의 뒤를 따랐을 겁니다.

안토니우스　오늘 아침에 탈주한 자라니?

병사　항상 장군님 가까이 있던 자입니다. 에노바르부스를 불러보십시오. 대답이 없을 겁니다.

안토니우스　그게 정말이냐?

에로스　소지품과 금품은 남겨두고 갔습니다.

안토니우스　정말 가버렸단 말이냐?

병사　틀림없습니다.

안토니우스　에로스! 그자의 소지품을 보내주게. 하나도 남겨놓지 말고 전부를. 그리고 편지도 써보내게. 서명을 해줄 테니 잘 지내라고 하게. 그리고 앞으로는 주인을 바꾸는 일이 없기를 바란다고 하게. 아, 내 불운이 정직한 사람들마저 타락하게 했구나! 가여워라, 에노바르부스! (모두 퇴장)

제 6 장 알렉산드리아, 카이사르의 진영

카이사르, 아그리파, 에노바르부스, 그 밖의 사람들 등장.

카이사르 아그리파, 전투를 개시하라. 내가 원하는 것은 안토니우스를 생포하는 것이다. 전 장병들에게 그 사실을 알려라.

아그리파 분부대로 거행하겠습니다. (퇴장)

카이사르 천하태평의 시대가 눈앞에 왔군. 이번 전투에서 승리한다면 올리버나무잎이 세계만방을 뒤덮을 것이다.

전령 등장.

전령 안토니우스가 출진했습니다.

카이사르 아그리파에게 전하라. 안토니우스를 배반하고 온 자들을 선두에 세우라고. 그들을 보면 분노로 치를 떨 것이니라. (에노바르부스만 남고 모두 황급히 퇴장)

에노바르부스 알렉사스도 그를 배반했다. 안토니우스의 특사로 유대에 가 있던 자가, 거기서 헤롯 대왕을 충동질해서 주인 안토니우스를 버리게 하고 카이사르 편에 서게 했지. 그런데 카이사르는 그 공로로 놈을 교수형에 처했지! 카니디우스와 탈주한 몇 놈이 한자리 얻기는 했지만 절대적인 신임은 못 받고 있어. 난 실수를 했다. 아, 가책 때문에 견딜 수가 없어. 이제 내 생애에 즐거움이란 더 이상 없을 것 같다.

카이사르의 군사 한 사람 등장.

병사 에노바르부스, 안토니우스가 자네 소지품 전부를 보내줬네. 게다가 하사품까지. 내가 파수를 설 때 전령이 찾아왔네. 지금 자네 군막 앞의 노새 등에서 짐을 풀어내리는 중이야.

에노바르부스 자네나 갖게.

병사 농담하지 말게, 에노바르부스! 전령을 부대 밖까지 전송해 주는 게 좋을 걸세. 파수 당번만 아니면 내가 해주었으면 좋겠지만. 자네 대장은 아직도 조브 신인 것 같네. (퇴장)

에노바르부스 나는 이 세상에서 가장 나쁜 놈이다. 아, 안토니우스 장군님, 당신은 하해와 같이 너그러우신 분! 내가 비열한 행동을 했음에도 이렇게 황금의 영광을 주시니 내가 충성을 다했더라면 어떤 보수를 주셨을까! 가슴이 찢어질 것 같다. 뉘우침이 내 가슴을 터지게 하지 못한다면 빠른 방법으로 쳐부숴야 될 것 같다. 내가 그분과 대적해서 싸우다니, 안 될 말이다. 어디 도랑이라도 찾아가서 빠져 버리자. 내 생애의 최후는 더러운 하수구가 가장 적합해. (퇴장)

제 7 장 두 진영 중간의 전장

경보와 함께 북과 트럼펫 소리 들리고, 아그리파가 부대를 이끌고 등장.

아그리파　후퇴다. 우리가 너무 깊숙이 쳐들어왔다. 카이사르 각하
도 고전중이시다. 이렇게 고전할 줄은 몰랐다. (모두 퇴장)

경보. 안토니우스와 부상당한 스카루스 등장.

스카루스　오, 위대하신 황제 폐하! 참으로 멋진 싸움이었습니다.
처음부터 이렇게 싸웠더라면 적들은 온통 머리에 붕대를 감고 쫓겨
갔을 겁니다.

안토니우스　자네 출혈이 심하군.

스카루스　처음에는 상처가 'T' 자 모양이었는데, 지금은 'H' 자 모
양으로 변했습니다.

안토니우스　적이 퇴각하는군.

스카루스　적들을 똥통에다 처박아주지요. 전 아직도 여섯 부대 정
도는 더 물리칠 수가 있으니까요.

에로스 등장.

에로스　적들이 도망치고 있습니다. 이 기회를 잘 잡으면 승리는 우
리 것이 틀림없습니다.

스카루스　적들의 등판을 찔러 토끼를 잡듯 목덜미를 낚아챕시다.

달아나는 적을 때려잡는 것은 신명나는 일이지요.

안토니우스　날 격려해 준 공로로 상을 내리겠네. 그리고 자네 용기에는 그 열 배의 상을 내리겠네. 자, 가보세.

스카루스　절뚝거리긴 하지만 따라가겠습니다. (모두 퇴장)

제 8 장 알렉산드리아 성벽 밑

경보. 안토니우스와 스카루스, 개선한 군대를 이끌고 돌아온다.

안토니우스　우리는 적들을 그들의 진지까지 몰아붙였다. 누가 달려가 여왕께 우리의 전승을 아뢰어라. 내일 이른 새벽이면 오늘 도망친 적들의 피를 흘리게 해줄 테다. 모두들 고생 많았다. 그 용맹성은 헥토르 같았다. 자, 시내에 들어가거든 아내와 친구들을 부둥켜안고 오늘의 빛나는 전공을 자랑하거라. 그러면 그대들의 상처에 엉겨붙은 피를 기쁨에 넘치는 눈물로 씻어줄 것이다.

클레오파트라, 시종들을 거느리고 등장.

(스카루스에게) 자, 네 손을 이리 다오. 요정의 여왕에게 자네의 훈공을 전하고 축복을 듣겠다. 아, 세계의 빛이여! 갑옷으로 무장한 나의 목을 껴안아주오. 그 옷차림 그대로의 몸으로 이 견고한 갑옷을 꿰뚫고 나의 심장에 뛰어들어 힘차게 고동치는 맥박을 타고 개선해주오.

클레오파트라 오! 제왕 중의 제왕, 용감무쌍한 영웅이여! 이 세상에서 제일 큰 함정을 돌파하고 웃는 얼굴로 개선하셨군요.

안토니우스 아, 나의 꾀꼬리여! 적을 영원한 잠자리 속으로 무찔러 넣었소. 어떻소, 여보! 갈색 머리칼 속에 흰머리가 희끗희끗 섞여 있긴 하지만 아직은 젊은이와 맞설 만하오. 자, 나의 입술에 당신의 은혜로운 손을 내밀어주시오. 이 사람은 오늘 신이 인류를 증오하여 인간의 탈을 쓰고 살육을 저지르듯 싸웠소.

클레오파트라 내 그대에게 황금 갑옷을 드립니다. 예전에 어느 왕의 소유였던 겁니다.

안토니우스 그만한 자격이 있는 용사요. 홍옥으로 장식한 태양신의 수레라 해도 그에겐 받을 만한 공이 있소. 자, 손을 이리 주시오. 즐겁게 알렉산드리아를 향해 행진해 갑시다. 나의 궁전이 대군을 수용할 수 있을 만큼 크니 우리 다 같이 천하의 운명을 좌우할 내일의 전투를 위해 실컷 먹고 마십시다. 나팔수들아, 너희들의 드높은 놋쇠 소리로 백성들의 귓전을 때려주고 북소리와 합세하여 천지를 울리게 하고, 우리들의 개선을 박수갈채로 맞이하도록 하라. (일동 퇴장)

제 9 장 카이사르의 진영

보초를 서기 위해 3,4명의 병사들 등장. 그들 뒤로 에노바르부스가
생각에 잠긴 얼굴로 등장.

병사 1 여태껏 기다렸는데 교대해 주지 않으면 보초막사로 돌아갈
거야. 어쨌든 오후 두 시까지는 출동 준비가 완료될 걸세.

병사 2 어제는 정말이지 재수 옴 붙은 날이었지.

에노바르부스 오, 밤이여! 나의 증인이 되어다오.

병사 3 저자는 도대체 뭘 하는 놈이지?

병사 2 이쪽으로 와서 엿들어보세.

에노바르부스 아, 정결한 달아! 나의 증인이 되어다오. 그대 성스
러운 달이여! 모반한 인간은 그 증오스런 이름을 역사에 남기게 되
지만 불쌍한 에노바르부스는 그대 앞에서 뉘우치고 있도다.

병사 1 에노바르부스다!

병사 3 쉿! 조용히 들어봐.

에노바르부스 아, 우수를 지배하는 최고의 여왕이시여! 독을 머금
은 밤의 습기를 내 머리 위에 퍼부어다오. 나의 의지를 거스르는 이
생명이 더 이상 내게 매달리지 못하도록. 이 심장을 꺼내어 차돌처

럼 단단한 나의 죄과를 향해 내동댕이쳐다오. 슬픔으로 바싹 말라버린 심장은 모래처럼 바스러져 오욕의 온갖 고뇌도 종말을 고하리니. 오! 안토니우스여! 당신의 그 숭고함은 나의 추악한 배신행위 앞에서 더욱 빛을 뿜는구려. 세상이여, 이 몸은 주인을 버리고 도망친 자라고 기록에 남겨두라. 오, 안토니우스여, 안토니우스여! (죽는다)

병사 2 말을 걸어봅시다.

병사 1 좀 더 들어보자고. 카이사르에 관한 말이 나올지도 몰라.

병사 3 그렇게 하십시다. 한데 잠이 든 모양이오.

병사 1 기절한 것 같다. 잠잘 때 기도치고는 너무 괴상하단 말이야.

병사 2 가까이 가봅시다.

병사 3 여보시오, 일어나요. 말 좀 해보시오.

병사 2 여보시오! 내 말이 들리지 않소?

병사 1 죽음의 신의 손이 벌써 와 닿았나봐. (멀리서 북소리) 자, 들어보게! 장엄한 북소리가 자는 자들을 깨우고 있어. 이 사람을 보초막사로 업고 가세. 신분이 높은 자 같아. 교대 시간도 다 됐어.

병사 3 자, 그럼 갑시다. 다시 살아날지도 모르지. (모두 시체를 떠메고 퇴장)

제 10 장 두 진영의 중간 지점

안토니우스와 스카루스, 군대를 이끌고 등장.

안토니우스   적군은 오늘 해전 준비를 하고 있다. 육상전을 원하지 않는 모양이야.

스카루스   양쪽이 다 싫은가봅니다.

안토니우스   불 속이나 공중에서 싸워도 좋다. 어디서든 싸워줄 테다. 그건 그렇고, 우리 보병은 시에 인접한 언덕에 진을 치고 날 기다릴 것이다. 해군 쪽에는 이미 명령을 내렸으니 벌써 항구를 떠났을 것이다. 저 언덕에서는 적의 작전을 손에 잡을 듯 볼 수 있고, 또 공격하는 아군도 바라볼 수도 있을 것이다. (모두 진군하여 퇴장)

제 11 장 두 진영 중간의 다른 곳

카이사르와 그의 군사 등장.

카이사르　적의 공격이 있기 전까진 육지에서 조용히 대기하고 있을 작정이다. 적의 주력 부대가 배에 타고 있으니 우리가 움직일 필요는 없다. 자, 우리는 골짜기로 가서 가장 유리한 지점을 확보하는 거다. (모두 안토니우스와 반대 반향으로 진군하여 퇴장)

제 12 장　알렉산드리아에 인접한 언덕

안토니우스와 스카루스 등장.

안토니우스　아직 교전을 하고 있지는 않는 것 같군. 저기 소나무 부근에서 보면 상황이 어떻게 되고 있는지 알겠다. (퇴장)

스카루스　점쟁이들이 클레오파트라 여왕 배의 돛에다 제비들이 집을 지은 것은 심상치 않은 일이라며 침울한 얼굴을 하고 있어. 그들은 그것을 불길하게 생각하고 있지만 입에 올리지는 않더란 말야. 안토니우스 장군께서는 기세등등하다가 어느 순간 의기소침해진다. 변전하는 운명이 지금의 기세를 유지하느냐 못하느냐에 따라서 희망과 공포가 교차하기 때문일 것이다.

안토니우스 다시 등장.

안토니우스 모든 것이 끝장이다! 그 더러운 이집트 년이 날 배반했어. 내 함대는 적에게 투항했다. 저쪽에서 그들은 모자를 높이 던지면서 오랜만에 만난 친구들처럼 축배를 들며 야단들이다. 세 번씩이나 사내를 갈아치운 화냥년! 저 애송이 놈에게 날 팔아먹은 네년을 평생 원수로 생각하겠다. 도망갈 자는 도망가라! 저 마녀에게 복수할 일만 남았다. 더 이상 소원은 없다. 모두들 도망치라고 해! 없어져라! (스카루스 퇴장) 아, 태양이여! 난 다시는 떠오르는 널 보지 못할 것이다. 이 안토니우스의 운명과 여기서 작별하는구나. 날 강아지처럼 졸졸 따라다니던 놈들, 그놈들이 원하는 것을 내가 다 들어줬는데 달콤한 아첨의 물방울을 활짝 꽃피우는 카이사르에게 떨어뜨리고 있잖은가. 그놈들 머리 위에 높이 치솟았던 이 소나무는 온통 껍질이 벗겨져 벌거숭이가 되고 말았구나. 아, 흉악한 이집트 년! 그년의 눈짓 하나로 아군을 전쟁터로 몰아내기도 하고 끌어들이기도 했지. 그 여자의 가슴은 나의 왕관이요, 목적이기도 했지. 이제 드디어 집시의 본성을 드러내어 간교한 협잡으로 나를 빈털터리로 만들어버렸구나. 아아, 에로스, 에로스!

클레오파트라 등장.

야, 이 마녀야! 꺼져버려!

클레오파트라 왜 그렇게 역정을 내세요?

안토니우스 꺼져버렷! 어물쩡거리면 벌을 내려 카이사르의 개선의 장식물인 널 족쳐놓을 거다. 아우성치는 군중들 속에 네년을 내던져 온 여성의 치욕의 표본이 되게 하겠다. 도깨비처럼 빈민들이나 바보들 앞에서 구경거리나 되어라. 그러면 한 맺힌 가슴을 달래오던 옥타비아가 갈고 갈았던 손톱으로 네 낯짝을 할퀴어줄 것이다. (클레오파트라 퇴장) 도망치기를 잘했지, 살아남고 싶다면. 하지만 분노에 떨리는 내 손에 걸려 죽는 편이 나을지도 몰라. 한 번 죽게 되면 다시는 죽을 생각을 하지 않아도 될 테니까. 여봐라, 에로스! 네수스의 독 피 묻은 속옷이 나를 감쌌구나. 가르쳐주소서. 나의 조상 알키데스여, 제발 당신의 그 분노를. 저 리카스를 집어던져 초승달의 뿔에 꽂히게 하고 세상에서 가장 무거운 곤봉을 휘두르던 그 손으로 또 하나의 대영웅인 나를 멸망시키소서. 저 마녀는 꼭 내 손으로 죽이고 말 테다. 저년은 로마의 풋내기에게 나를 팔아넘겼고, 나는 음모에 걸려든 것이다. 저년을 죽이지 않으면 안 돼. 에로스! (격분하여 퇴장)

제 13 장 알렉산드리아. 클레오파트라의 궁전

클레오파트라, 카르미안, 이라스, 마르디안 등장.

클레오파트라   살려다오, 얘들아! 아, 저 미쳐 날뛰는 모습은 방패가 탐이 나 싸우다 미쳐버린 텔라몬보다 더하구나. 테살리아의 산돼지도 저렇게까지 미쳐 날뛰지는 않았어.

카르미안   종묘 안으로 피하십시오! 안으로 문을 잠가버리고는 승하하셨다고 장군님께 전갈을 보내십시오. 영혼이 육체를 떠날 때보다 귀한 분이 권력을 잃어버릴 때가 더 괴롭다고 합니다.

클레오파트라   그럼 사당으로 가자! 마르디안, 네가 가서 내가 자결했다고 여쭈어라. 내 마지막 말이 '안토니우스'였다고 슬프게 말해다오. 속히 가거라. 그분이 내 죽음의 전갈을 듣고 어떤 표정을 지었는지 잘 보고 오너라. 자, 종묘로 가자! (모두 퇴장)

제 14 장 알렉산드리아. 클레오파트라 궁전의 다른 방

안토니우스와 에로스 등장.

안토니우스 에로스, 네 눈엔 내가 아직도 멀쩡하게 보이느냐?

에로스 네, 그렇습니다.

안토니우스 우리는 간혹 용과 구름을 보게 된다. 또 같은 덩어리가 곰이나 사자로 보이기도 하고, 하늘을 찌를 듯한 성채, 굴러 떨어질 듯한 바위, 쇠스랑 모양의 산이며 수목으로 덮인 푸른 갑 같은 것으로도 보이지. 그것은 지상을 너울거리며 사람들의 눈을 속이지. 그런 것들은 모두 저녁노을이 만들어내는 광경이란다.

에로스 네.

안토니우스 방금 말로 보이던 조각구름이 어느새 물에 녹아드는 것처럼 형태도 알 수 없어졌다.

에로스 지당한 말씀이십니다.

안토니우스 에로스, 지금 네 장군의 모습이 바로 그렇다. 여기 있는 난 안토니우스이다. 그러나 이 모습을 이대로 버티어 나갈 수가 없단 말이다. 내가 전쟁을 한 것은 이집트 여왕을 위해서였다. 그녀의 마음을 나는 내 마음이라고 생각했고, 그녀도 나를 자기 자신이라

여겼다. 내 마음이 오로지 내 것이었던 시절에는 수백만 명의 마음을 사로잡았는데, 이젠 모든 것을 잃었구나. 에로스, 그 여자는 카이사르와 한통속이 되어 나의 모든 것을 적의 손에 넘겨주었다. 에로스, 울지 마라. 마무리를 해야 할 일이 남아 있다.

마르디안 등장.

아, 네 비열한 여주인 말이다! 그년이 내 칼을 훔쳐 갔다.

마르디안 아닙니다, 장군님! 전하께서는 장군님을 사랑하셨고, 마지막까지 장군님과 운명을 함께 하셨습니다.

안토니우스 물러가라, 무례한 내시야! 여왕은 날 배반했다. 죽여야 하느니라.

마르디안 사람은 오직 한 번 죽는 것이옵니다. 그런데 여왕 전하께서는 이미 죽음을 치르셨습니다. 그러니까 소원대로 된 셈입니다. 마지막에 하신 말씀은 "안토니우스 장군님! 훌륭하신 안토니우스 장군님!"이었습니다. 찢어지는 듯한 신음소리 때문에 안토니우스란 이름이 끊겼는데 바로 마음과 입술 사이에서 끊긴 것입니다. 장군님의 이름을 가슴에 묻은 채 운명하셨습니다.

안토니우스 그럼 죽었단 말이냐?

마르디안 네.

안토니우스 에로스, 갑옷을 벗겨라. 하루의 일정은 끝났다. 이젠 잠을 자야겠다. 마르디안, 돌려보내 주겠으니 수고에 대한 대가라

고 생각해라. (마르디안 퇴장) 벗겨라, 어서 벗겨라! 에이작스의 일곱
겹 방패도 나의 이 뛰는 가슴을 억누르지는 못할 것이다. 아아, 내
옆구리야, 찢어져라! 심장아, 늑골보다 더 강해져서 그 약한 가슴팍
을 부숴버려라! 빨리 해, 빨리! 이젠 군인이 아니다. 만신창이가
된 갑옷아, 너와도 작별이다. 훌륭하게 날 보살펴주었다. 잠시 동안
물러가 있거라. (에로스 퇴장) 뒤따라 갈 테니. 아, 내 사랑! 눈물로 용
서를 비오. 어물쩡거리며 더 산다는 것은 참을 수 없는 곤욕이다. 횃
불이 꺼졌으니 다시는 방황하지 않으리라. 애써 발버둥질치면 칠수
록 점점 다리가 꼬일 뿐이다. 운명은 결정되었고 모든 것이 끝났을
따름이다. 에로스! 내 지금 가리다. 나의 여왕, 에로스! 날 기다려
주오. 영혼들이 꽃밭에 누워 있는 극락으로 가서 손에 손을 맞잡고
흥겹게 놀아대면 유령들도 경탄하게 될 것이오. 디도와 그녀의 애인
아이네이스 주변에 겉돌던 유령들을 전부 우리 곁으로 끌고 오게 될
것이오.

에로스 다시 등장.

에로스 부르셨습니까?

안토니우스 클레오파트라가 세상을 떴는데도 치욕 속에 목숨을 연
명해야 하다니! 신들도 틀림없이 나의 비열함을 증오할 것이다. 지
난날 천하를 칼로 재단하고 광활한 바다를 함대로 도시를 만들었던
내가 아녀자 정도의 용기조차 없어졌단 말인가! 스스로 목숨을 끊

어 저 카이사르에게 "나는 나의 정복자다"라고 호언한 그녀에 비하면 난 그녀의 발싸개만도 못하지 않은가. 에로스, 무서운 치욕과 공포가 들이닥쳐 어쩔 수 없을 때 넌 나의 명령으로 날 죽여주겠다는 맹세를 했다. 자, 때가 왔으니 그렇게 해다오.

에로스 감히 제가 어떻게! 우리의 적이자 창던지기 명수인 파르티아 군의 창조차도 빗나가고 말았는걸요.

안토니우스 에로스, 넌 로마 거리의 창가에서 느긋하게 팔짱을 끼고 날 보겠다는 말이지?

에로스 결코 그렇지 않습니다.

안토니우스 자, 찔러라. 상처를 입지 않고서는 난 구체될 수 없는 몸이다. 자, 충직한 네 칼을 빼라!

에로스 아, 장군님! 용서해 주십시오!

안토니우스 내가 노예인 너를 해방시켜주었을 땐 무슨 일이 있더라도 나의 명령을 이행하겠다고 맹세하지 않았더냐? 당장 시행하라. 그러지 않으면 지금까지의 너의 충성심은 거짓이 될 테니.

에로스 그럼, 세계인의 존경을 받는 그 고귀한 얼굴을 돌려주십시오.

안토니우스 봐라, 됐느냐!

에로스 칼을 뺐습니다.

안토니우스 그럼 칼을 뺀 목적을 냉큼 실행하라.

에로스 황제 폐하! 처절한 칼부림을 하기 전에 작별인사나 드리게 해주십시오!

안토니우스 암, 그래야지. 그럼 잘 있거라.

에로스 안녕히 가소서, 장군님. 자, 찌를까요?

안토니우스 그래라, 에로스.

에로스 자아, 하겠습니다요. 장군님이 세상을 떠나시는 애통함을 저는 이렇게 모면하겠습니다. (자결한다)

안토니우스 아, 넌 내가 해야 할 일과 네가 날 대신해서 할 수 없는 일을 가르쳐주었다. 나의 여왕과 에로스는 훌륭한 교훈을 남겨 나보다 뛰어난 이름을 기록에 아로새겼다. 그렇다, 나도 신랑이 신방으로 달려가듯 재빨리 죽음으로 뛰어들어야겠다. 그럼 자, 에로스, 너의 주인은 너의 제자가 되어 죽는다, 이렇게 말이다. (자신의 칼끝에 쓰러진다) 난 네게 배웠다. 어때! 이래도 안 죽었느냐? 어째서 안 죽지? 아, 위병! 어서 날 처치하라!

데크레타스와 위병 함께 등장.

위병 1 저게 무슨 소란가?

안토니우스 여봐라, 실패하고 말았다. 빨리 마무리를 해다오.

위병 2 별이 떨어졌구나.

위병 1 말세가 왔다.

일동 아, 비통하다!

안토니우스 누구든지 좋다. 날 진정 사랑하거든 죽여다오.

일동 난 못해. (위병들 달아난다)

데크레타스 운수가 자결로 기울었으니 모두들 달아날 수밖에 없지.

이 소식과 함께 카이사르에게 칼을 보이면 난 아주 환대를 받겠는걸.

디오메데스 등장.

디오메데스 안토니우스 장군은 어디 계신가?

데크레타스 (안토니우스의 칼을 외투 밑에 감추며) 저기 계시네, 저기.

디오메데스 아, 살아 계신가? 왜 말이 없지?

안토니우스 디오메데스, 거기 있었군. 자네 칼을 빼어 내가 죽을 때까지 푹 찔러주게.

디오메데스 장군님, 클레오파트라 전하의 어명을 받고 왔습니다.

안토니우스 언제 자넬 보낸 거지?

디오메데스 방금이옵니다.

안토니우스 전하께서는 어디 계시느냐?

디오메데스 종묘 안에 옥체를 숨기고 계십니다. 전하께 혹시라도 이런 일이 생기지나 않을까 몹시 염려하셨습니다. 전혀 터무니없는 얘기입니다만 사실 전하께서 카이사르와 내통했다는 의심을 받자 장군님의 분노가 쉽사리 풀어질 것 같지 않아 두려운 나머지 장군님께 자결하셨다는 전갈을 보내신 겁니다. 그러나 혹시 좋지 못한 결과가 생길지 몰라 마음을 졸이신 끝에 사실을 알려 드리기 위해 소인을 보내신 겁니다. 하온데 너무 늦게 왔나봅니다.

안토니우스 그렇다, 너무 늦었다. 위병을 불러다오.

디오메데스 어이, 위병! 주인님이 부르신다!

안토니우스의 위병 4,5명 등장.

안토니우스 날 클레오파트라 전하가 계신 곳으로 옮겨다오.

위병 1 애통해라, 애통해! 충성스런 부하들을 두고 먼저 세상을 떠나시다니!

일동 너무나 가슴 아픈 일이다.

안토니우스 여봐라, 그렇게 슬퍼하면 짓궂은 운명은 활개를 치며 우쭐댈 것이다. 운명이 우리를 괴롭히러 오면 반겨 맞아라. 그리고 대수롭지 않게 여겨준다면 그것이 바로 운명에게 앙갚음하는 것이 되느니라. 날 매고 가라. 지난날은 내가 너희들을 인솔했지만 이번엔 너희들이 날 이끌어다오. 너희들의 공로에 감사를 표한다. (방패에 안토니우스를 떠메고 퇴장)

제 15 장 알렉산드리아의 클레오파트라의 사당

사각형의 석조 건물. 외벽 중앙의 통로는 엄중하게 빗장이 걸려 있다. 클레오파트라, 카르미안, 이라스, 시녀들 옥상으로 통하는 계단으로 올라 모습을 드러낸다.

클레오파트라 아, 카르미안! 난 여기서 꼼짝 않겠다.

카르미안 전하, 너무 심려하지 마세요.

클레오파트라 아니다. 한 걸음도 나가지 않겠다. 괴상한 일, 무서운 일 같은 건 기꺼이 맞아들이겠지만 마음의 안정 따윈 경멸한다. 나의 슬픔의 원인이 너무나 크니 슬픔 역시 크게 마련인 법!

디오메데스, 아래에서 올라온다.

어찌 되었느냐! 장군님은 돌아가셨느냐?

디오메데스 위독하십니다만 아직 운명하지는 않으셨습니다. 종묘 저편을 보십시오. 위병들이 짊어지고 오고 있습니다.

안토니우스, 위병에 운반되어 등장.

클레오파트라 아, 태양이여! 네가 타고 도는 그 거대한 천체를 태워버려다오! 밤이 되고 낮이 되는 온 세상의 구석구석을 암흑 속에 묻히게 해다오. 카르미안, 이라스, 도와다오. 저 아래에 있는 사람들도 날 도와다오. 모두들 장군님을 이리로 모셔 올려라.

안토니우스 호들갑 그만 떨어라! 이 안토니우스는 카이사르의 용맹에 패배한 것이 아니다. 안토니우스의 용맹함이 자신을 이긴 거다.

클레오파트라 그건 그렇지, 안토니우스 이외에 안토니우스를 정복할 사람은 아무도 없어요. 그러나 애달픈 일이다!

안토니우스   이집트의 여왕이여, 난 죽음을 맞이할 거요. 날 덮친 죽음의 신에게 잠시 동안만 죽음을 늦추어달라고 청하고 싶소. 우린 무수히 키스를 해왔지만 지금 당신의 입술에 마지막으로 작별의 키스를 하고 싶소.

클레오파트라   그럴 수가 없군요. 용서하세요, 갈 수가 없어요. 그리로 가면 붙잡힐지도 몰라요. 저 억세게 운이 좋은 카이사르가 개선하는 데 그의 장식품이 되어줄 순 없어요. 칼엔 날이 섰고, 독약엔 효력이 있고, 독사에게 독 묻은 이빨이 있는 이상 난 염려 없어요. 말없는 책망을 하는 당신의 부인 옥타비아가 은근히 날 뚫어지게 본다 해도 전 까딱 안 해요. 자, 안토니우스 장군! 애들아, 날 도와다오. 당신을 끌어 올려야겠어요. 모두들 거들어라. (줄을 늘어뜨려서 안토니우스가 타고 있는 방패에 맨다)

안토니우스   어서 빨리, 그러지 않으면 난 곧 죽는다. (위에서 끌어올리기 시작한다)

클레오파트라   어머나, 낚시질 같군요. 왜 이렇게 무거울까! 슬픔 때문에 힘이 다 빠져버려선지 더 무거워진 것 같군요. 나에게 주노 여신의 신통력이 있다면 저 억센 날개를 가진 메르쿠리우스를 시켜 당신을 끌어올려다가 조브 신 옆에 모시겠지만. 조금 더 가까이 오세요. (시녀들이 안토니우스를 클레오파트라 곁으로 끌어올린다) 좀 더 가까이. 정말 잘 오셨습니다! 당신의 보금자리인 내 품안에서 운명하세요. 아니, 키스로 소생하세요. 내 입술에 그런 힘이 있다면 입술이 닳아 없어져도 좋아요. (두 사람 키스한다)

일동 아, 서글퍼라.

안토니우스 이집트 여왕, 죽기 전에 술 좀 주구려. 할 말이 있으니.

클레오파트라 제 말 좀 들어보세요. 저 부정한 화냥년 같은 운명의 여신에게 실컷 욕을 퍼붓고 싶어요. 나의 모욕에 화가 나서 운명의 수레바퀴를 부숴버릴 때까지.

안토니우스 여왕이여, 카이사르에게 청해 당신의 안전과 명예를 되찾으시오. 아!

클레오파트라 안타깝게도 두 가지가 양립할 수는 없답니다.

안토니우스 내 사랑, 내 말 좀 들어주구려. 카이사르 측근 중에 프로쿨레이우스 이외에는 절대로 믿지 마시오.

클레오파트라 내가 믿는 것은 제 결심과 손뿐이에요. 카이사르의 측근이고 무어고 다 소용 없어요.

안토니우스 내 최후의 비참한 모습을 보고 한탄하지 마시오. 차라리 내 화려했던 지난날을 회상하며 기뻐해 주시오. 난 세상에서 가장 위대한 군주, 가장 고결한 영웅으로 숭앙 받아왔소. 그러니 비열하게 죽을 수는 없어요. 로마 사람이 로마 사람과 용감히 싸워서 지고 만 거요. 내 혼이 나가는 모양이오, 이젠 기진했소.

클레오파트라 이 세상에서 가장 숭고하신 분, 가시는 거예요? 진정 절 버리고 가시렵니까? 저만 홀로 이 따분한 세상에 남아야 하는 건가요? 당신이 없다면 돼지우리나 다름없을 이 세상에? 오, 애들아! 지구의 왕관이 녹아버렸다. 나의 제왕이여! 이제 하늘을 도는 달 아래 훌륭한 것이라곤 아무것도 없다.

카르미안 여왕 전하!

이라스 이집트의 여왕 전하! (클레오파트라 소생한다)

카르미안 쉬잇! 조용히, 이라스!

클레오파트라 이젠 여왕도 아니고, 소젖이나 짜고, 막일하는 농군의 딸이나 진배없는 감정을 가진 여자다. 내가 아직 여왕이라면 나를 농락하는 신들에게 왕관을 접어던지며 이렇게 말하고 싶다. 아, 정말 허무하다. 인내는 어리석은 바보짓이고 화를 내는 것은 미친 개의 발작이야. 그렇다면 죽음이 덮치기 전에 이쪽에서 먼저 죽음의 비밀을 탐색한다고 해서 그게 죄가 된단 말인가? 얘들아, 왜들 그러느냐? 자아, 자! 기운을 내라! 카르미안! 그리고 시녀들아! 아아, 우리들의 등불은 다 타서 꺼져버렸다! 우선 매장을 하고, 그 다음에 훌륭하고 숭고한 일을 로마의 고상한 양식에 따라 행하여 죽음의 신이 우리들을 데려가도록 해야지. 자, 저리로. 위대한 영혼을 담은 그릇이 벌써 식어버렸구나. 아아, 얘들아, 얘들아! 우리에게 이젠 결심과 빠른 최후를 맞는 것밖에는 다른 방법이 없다. (모두 안토니우스의 시체를 떠메고 퇴장)

제5막

제1장 알렉산드리아의 카이사르 진영

카이사르, 아그리파, 돌라벨라, 마이케나스, 갈루스, 프로쿨레이우스 그 밖의 군사회의 위원들 등장.

카이사르 돌라벨라, 그에게 항복하도록 권하시오. 철저하게 패배했으면서 주저한다는 건 조롱거리밖에 안 된다고.

돌라벨라 분부대로 거행하겠습니다. (퇴장)

데크레타스, 안토니우스의 장검을 들고 등장.

카이사르 무슨 일이냐? 여기가 감히 어느 어전이라고 칼을 들고 나타났느냐?

데크레타스 저는 안토니우스 장군님을 섬기던 데크레타스라고 합니다. 그분은 충성을 다해 받들 만한 훌륭한 분이셨습니다. 만약 각하께서 이 사람을 받아주신다면 안토니우스 장군을 받든 것처럼 충성을 다하겠습니다.

카이사르   도대체 무슨 소리를 하는 건가?

데크레타스   오! 카이사르 각하, 안토니우스 장군님께서는 운명하셨습니다.

카이사르   위대한 자가 쓰러질 때에는 굉장한 진동 소리가 울리는 법이다. 이 둥근 지구는 그 소리에 놀라 사자 떼들이 거리로 몰려오고, 시민들은 반대로 사자굴 속으로 뛰어드는 사태가 벌어졌을 것이다. 안토니우스의 죽음은 한 개인의 운명으로 그치는 사건이 아니다. 그의 이름에는 세계의 절반이 걸려 있다.

데크레타스   안토니우스 장군님은 처형된 것도 암살된 것도 아닙니다. 수많은 공적을 남기고 명예를 역사에 새겨놓은 바로 그 손이, 심장이 주는 용기를 갖고 자신의 심장을 찌른 것입니다.

카이사르   모두가 슬픔에 잠겨 있겠군. 이 비보를 들으면 틀림없이 여러 왕들도 눈시울이 뜨거워질 거요.

아그리파   한데 이상한 일이로군요. 우리가 오랫동안 갈망해 온 숙원이 이루어졌는데 왜 애통해하는지 모르겠군요.

마이케나스   그분은 부도덕과 도덕을 반반씩 가진 사나이지요.

아그리파   그리고 보기 드문 인류의 지도자였지요. 그러나 신들은 우리를 사람으로 그치게 하기 위해 누구에게나 결점을 주었지요. 카이사르 각하도 가슴이 뭉클해진 모양이오.

마이케나스   무지하게 큰 거울이 앞에 놓이면 자기 자신을 보지 않을 수 없지 않은가.

카이사르   아, 안토니우스 장군! 당신을 궁지로 몰고 온 건 바로 나요. 하지만 사람이란 병을 고치기 위해 자기 몸을 도려내는 경우도 있는 법. 나의 말로를 당신에게 보여주든가, 아니면 당신의 말로를 내가 바라보든가 둘 중 하나는 필연적인 운명 아니겠소. 천하는 더 없이 광대하기 때문에 우리 두 사람이 통치하기엔 부족하오. 그러나 나는 심장의 피만큼이나 귀중한 눈물을 흘리며 비탄에 젖어 있소. 당신이야말로 나의 형제였고, 최고의 정책 경쟁자였고, 제국을 통치하는 동료요, 전장에서는 전우이자 동지요, 나의 한쪽 팔, 내 마음에 불을 질러주던 심장이었소. 그러나 우리들 운명의 별은 조화가 안 되니 서로 양립할 수 없어 결국 이런 비운을 맛보게 되었구려. 여보게들, 잘 들어보게.

이집트인 등장.

좀 더 기회를 보아 얘기하리다. 저 사람은 필시 무슨 용무가 있나 본데, 어디 들어보자. 어디서 왔느냐?

이집트인 하잘것없는 이집트인에 불과합니다. 소인의 주인이신 여왕 전하께서는 유일한 재산인 사당 안에 틀어박혀 각하의 명령을 기다리고 계십니다. 어떠한 분부라도 따르실 각오이십니다.

카이사르 여왕께 안심하고 계시라고 전하거라.

이집트인 각하께 신의 가호가 있으시기를!

카이사르 프로쿨레이우스. 여왕께 가서 전하시오, 절대로 치욕을 주지는 않겠다고 말이오. 여왕의 깊은 슬픔을 애도하기 위해서는 무엇이든 베풀어줄 용의가 있다고 말이오. 자만심이 강한 여성이니 만큼 치명적인 일을 저질러 우리의 계획을 틀어지게 할 우려가 있소. 여왕을 로마로 생포해 가기만 하면 우리의 개선 행렬은 더욱 빛을 발할 것이오. 어서 가시오.

프로쿨레이우스 분부대로 거행하겠나이다. (프로쿨레이우스 퇴장)

카이사르 갈루스, 자네도 따라가게. (갈루스 퇴장)

돌라벨라는 어디 있나, 프로쿨레이우스의 부사로 보내려는데.

일동 돌라벨라!

카이사르 내버려두라. 이제야 생각이 나는군. 그 사람에겐 다른 일을 맡겼노라. 내 군막으로 갑시다. 그곳에서 내 설명해 주리다. 이번 전쟁에 내가 마지못해 휘말려든 자초지종을 얘기하리다. 또 내가 얼마나 온건하고 친절하게 편지로 조율을 했는지를 설명할 거요. 나하고 같이 가서 그 증거를 봅시다. (모두 퇴장)

제 2 장 알렉산드리아. 사당 안의 한 방

클레오파트라, 카르미안, 이라스, 마르디안의 모습이 문살 틈으로 보인다.

클레오파트라　지금의 영락은 더 좋은 생활로 이끌어주는 시작이라고 할 수 있지. 카이사르의 운명이 된들 뭐 그리 대단하랴. 그자는 운명의 여신이 아니라 운명의 종복에 지나지 않아. 운명의 신의 손끝에 노는 괴뢰인걸. 하지만 모든 일을 한꺼번에 종말이 나게 하는 것은 위대하지. 그 한 번의 일이 모든 사건에 족쇄를 채워주고, 모든 변화에 빗장을 잠가줄 수 있다. 그 후는 영원히 잠자는 것, 그러면 거지나 카이사르나 다 같이 찾아 먹는 이 땅의 더러운 음식을 다시는 맛보지 않아도 된다.

프로쿨레이우스 등장. 그가 창문 사이로 클레오파트라와 이야기할 때 갈루스와 병사들이 사다리를 타고 지붕으로 올라가 종묘 안으로 내려간다.

프로쿨레이우스　카이사르 각하께서 이집트의 여왕 전하께 문안 올립니다. 깊이 사려하시어 필요한 걸 요청하시면 모든 걸 받아들이겠다고 하십니다.

클레오파트라　이름이 뭐요?

프로쿨레이우스　프로쿨레이우스라고 합니다.

클레오파트라　안토니우스 장군으로부터 당신에 대한 얘기를 들었소. 당신만은 신뢰할 수 있는 인물이라고 하였소. 그러나 지금의 내 처지로서는 누구도 믿을 수가 없기 때문에 관심이 없소. 당신의 주인이 일국의 여왕에게 구걸을 하라고 하신다면 가서 이렇게 전하시오. 여왕은 체통을 지키기 위해서라도 왕국 하나 이하의 것은 구걸하지 않는다고 말이오. 정복한 이집트를 내 아들을 위해 주신다면 그것은 본래 나의 것이지만 나는 감사하며 그분 앞에 무릎을 꿇겠노라고.

프로쿨레이우스   심려 마십시오. 여왕 전하께서는 제왕의 손 안에 드셨으니 조금도 두려워하실 필요가 없습니다. 그분은 매우 인자하고 관대하셔서 은혜를 필요로 하는 사람들에게 바라는 걸 베푸시는 분입니다. 쾌히 보호를 받으시겠다는 여왕 전하의 뜻을 아뢰겠습니다. 카이사르 각하께서는 정복자이십니다만 무릎을 꿇고 은혜를 비는 사람에겐 온정을 베푸시는 분이십니다.

클레오파트라   돌아가서 이렇게 전하시오. 난 운이 좋은 그분이 손에 쥔 대권에 복종하겠노라고.

프로쿨레이우스   그리 아뢰겠습니다, 전하! 너무 심려치 마소서.

갈루스와 병사들이 클레오파트라와 시녀들 뒤로 나타난다.

갈루스   어때, 이렇게 쉽게 생포할 수 있잖은가. 카이사르 각하께서 오실 때까지 감시해라. (퇴장)

이라스   여왕 전하!

카르미안   아, 클레오파트라 전하! 포로가 되셨어요!

클레오파트라   자, 내 손아. (단검을 뺀다)

프로쿨레이우스   고정하십시오, 전하! 고정하십시오. (여왕의 손을 잡고 단검을 뺏는다) 이런 끔직한 일을 저지르시면 아니 됩니다. 배신하는 것이 아니라 도와드리는 것입니다.

클레오파트라 에잇, 죽지도 못한단 말이오? 개도 죽어서 고통을 잊는다지 않는가?

프로쿨레이우스 전하, 공연히 자결하시어 카이사르 각하의 온정을 욕보이게 하셔선 아니 됩니다. 전하께서 자결하시면 모든 것이 허사가 되고 맙니다.

클레오파트라 죽음의 신이여, 나에게로 오너라. 수많은 어린아이와 거지들을 잡아먹느니 나를 잡아먹어라. 이 여왕이 얼마나 값진가 말이다!

프로쿨레이우스 아, 고정하십시오, 전하!

클레오파트라 난 이제부터 먹지도 마시지도 않겠다. 쓸데없는 말을 한 마디만 더 한다면 영영 잠을 자지 않겠다. 언젠가는 한 번 죽을 이 육체를 내 손으로 허물어뜨리겠다. 카이사르가 무슨 수를 쓰기 전에 말이다. 잘 들으시오. 난 결코 결박을 당하여 카이사르 궁전에 끌려가서 무릎을 꿇지는 않을 것이다. 또 그 투미한 옥타비아의 눈총을 받기도 싫다. 저들은 날 떠메고 가서 아우성치는 로마의 천민들 앞에 구경거리로 삼을 생각이겠지만 차라리 이집트의 시궁창이 훨씬 평화스런 무덤이다! 이왕이면 나일강 진흙 속에 벌거숭이로 묻혀 구더기가 들끓는 속에서 썩어 문드러지게 하겠다! 그러지 않으면 우리나라의 드높은 저 피라미드를 교수대 삼아 쇠사슬로 매달아 죽어버리겠다!

프로쿨레이우스   카이사르 각하를 만나 보시고 나면 그런 끔찍한 생각들은 공연한 기우였다는 걸 아시게 될 것입니다.

돌라벨라 등장.

돌라벨라   프로쿨레이우스! 당신이 하신 일을 카이사르 각하께서 들으시고 날 보내셨소. 내가 여왕을 호위하리다.

프로쿨레이우스   돌라벨라, 고맙소. 여왕을 정중히 모시구려. (클레오파트라에게) 저를 전령으로 보내신다면 무엇이든 카이사르 각하께 아뢰겠습니다.

클레오파트라   죽고 싶어 한다고 전하시오. (프로쿨레이우스 퇴장)

돌라벨라   여왕 전하, 소신에 대한 소문은 들으셨겠지요?

클레오파트라   글쎄!

돌라벨라   확실히 알고 계실 겁니다.

클레오파트라   알든 모르든 무슨 소용이 있소. 당신은 소년이나 아녀자들이 꿈 얘기를 하면 언제나 비웃더군. 그게 당신네들의 버릇 아니오?

돌라벨라   무슨 말씀이신지요, 전하?

클레오파트라   난 안토니우스 황제의 꿈을 꾸었단 말이오. 아, 다시 한 번 잠들어 그분을 만나보았으면!

돌라벨라   황공하오나!

클레오파트라   그분의 얼굴은 하늘 같았소. 그 하늘에는 태양과 달이 담겨 있어 궤도를 돌면서 이 작은 지구를 비추고 있었지.

돌라벨라 지존이신 여왕 전하!

클레오파트라 그분은 두 다리로 대양을 딛고 서 있으시고 높이 쳐든 팔은 세계를 장식했다고나 할까. 게다가 그분의 목소리는 천상의 음악처럼 아름다웠소. 좋은 사람을 대하실 때는 말이오. 그러나 대지를 진동시킬 때는 뇌성벽력과 같았소. 늘 인정이 많아 겨울이 없고, 추수를 할수록 점점 더 익어가는 풍요로운 가을 같았소. 즐거울 때는 수면 위로 등을 내밀고 뛰노는 돌고래 같았지요. 왕과 제후들이 그분의 녹을 먹는 하인들이요, 크고 작은 나라와 섬나라 정도는 그분의 주머니에서 떨어지는 은화처럼 수두룩했소.

돌라벨라 전하!

클레오파트라 그대는 내가 꿈에서 본 그런 분이 실제로 있었다고 생각하오? 아니면 있을 수 있다고 생각하오?

돌라벨라 그렇게 생각하지 않습니다.

클레오파트라 거짓말 마시오. 신들에게까지 들리겠소. 하지만 그런 분이 실제로 있다 하더라도, 또 과거에 있었다 하더라도 도저히 꿈에서도 상상할 수 없는 큰 인물이오. 불가사의한 힘을 창조해내는 힘은 자연이라도 공상을 따를 수 없는 법, 아무튼 안토니우스 같은 분은 공상에 도전한 자연의 걸작이며, 꿈의 그림자를 압도하고도 남는 분이에요.

돌라벨라 전하, 전하의 상심은 현재의 신분만큼이나 크실 겁니다. 슬픔의 무게 또한 같을 것입니다. 전하의 비탄이 소신의 가슴에 와

닿아 가슴이 갈기갈기 찢기는 듯합니다.

클레오파트라 고마운 말이오. 그런데 그대는 카이사르가 날 어떻게 하려는지 알고 있기나 하오?

돌라벨라 알려 드리고는 싶지만 차마 입이 떨어지지 않습니다.

클레오파트라 어서 말해 보오

돌라벨라 카이사르 각하는 명예를 소중히 여기시는 분입니다만.

클레오파트라 그럼 날 개선 행렬에 끌고 갈 생각이란 말이오?

돌라벨라 전하, 소신이 아는 바로는 그렇습니다. (안에서 트럼펫의 화려한 연주) 길을 비켜라! 카이사르 각하의 행차이시다.

카이사르, 갈루스, 프로쿨레이우스, 마이케나스 등장.

카이사르 이집트의 여왕은?

돌라벨라 황제 폐하이십니다, 전하. (클레오파트라, 무릎을 꿇는다)

카이사르 무릎을 꿇지 않으셔도 좋습니다. 어서 일어나십시오, 이집트의 여왕이시여!

클레오파트라 아닙니다, 이렇게 하는 것이 신의 뜻이옵니다. 내가 주인으로 섬기는 군주께 당연히 복종해야겠지요.

카이사르 과히 나쁘게 생각지는 마십시오. 여왕께서 우리에게 끼친 상처는 사무치지만 그저 우연이 빚어낸 산물로 치부하고 있습니다.

클레오파트라 천하에 단 한 분뿐인 군주님, 본인은 제 처지를 명분을 가지고 충분히 설명할 자신이 없습니다. 하지만 이것만은 고합니다. 저의 몸에 지워진 온갖 과오는 예전부터 이따금 우리들 여성의 수치로서 지적돼 온 것들일 따름입니다.

카이사르 클레오파트라 여왕! 나는 그대의 죄를 추궁하려는 것이 아니라 경감하려 하오. 만일 여왕께서 나의 의도에 순응하신다면 과오에 대한 처벌은 더없이 관대하여 전화위복의 운을 맞게 될 것이오. 그러나 만일에 안토니우스가 택한 길을 취하시어 나에게 잔학한 자라는 누명을 씌우신다면 나의 호의를 잃는 것은 물론 얼마든지 보호를 받을 수 있는 자제들까지도 멸망케 됩니다.

클레오파트라 세상의 땅덩어리가 모두 당신 것입니다. 우리는 각하의 방패이자 정복의 표시이니 어디에고 장식하십시오. 이걸 보십시오. (서면을 내민다)

카이사르 원하는 일이라면 뭐든 서슴지 마시고 제시하십시오.

클레오파트라 이건 저의 소유물인 화폐와 금은 그릇, 그리고 보석 목록입니다. 정확한 가격이 매겨져 있으며, 대단치 않은 물건들은 기록하지도 않았습니다. 셀레우쿠스는 어디 있소?

셀레우쿠스 등장.

셀레우쿠스 여기 있습니다.

클레오파트라 이 사람이 저의 재무관입니다. 허위를 고하면 엄벌에 처하기로 하고 물어보십시오. 숨겨둔 것은 한 가지도 없으니까요. 셀레우쿠스, 사실대로 말해요.

셀레우쿠스　소신은 거짓말을 하여 엄벌을 받느니보다 차라리 입을 봉해 버리겠습니다.

클레오파트라　에잇, 내가 뭘 감추기라도 했느냐?

셀레우쿠스　전하께서 발표하신 물건들을 다시 사들일 만큼요. 아니, 얼굴을 붉히지 마십시오. 현명한 처사이십니다.

클레오파트라　아, 카이사르 각하! 보십시오, 권력에 비아냥거리는 것을! 저의 신하가 지금은 각하를 따르려고 하는군요. 만일에 처지가 바뀌면 각하의 신하가 저의 신하가 되겠지요. 배은망덕한 셀레우쿠스, 너 때문에 미칠 것 같다. 아, 쓸개도 없는 자야, (위협하면서) 돈에 팔린 매춘부보다도 더한 자로다. 에끼, 물러가려느냐? 그래, 물러가는 것이 당연하다. 하지만 네 두 눈에 날개가 돋아난다 해도 내 놓치지 않으리라. 종놈의 자식, 비열한 불한당!

카이사르　여왕, 이제 고정하시지요.

클레오파트라　오, 이 무슨 지독한 치욕입니까. 천하의 군주이신 각하께서 황송하옵게도 초라한 저를 방문하시어 경의를 표하는 이 마당에, 하필이면 저의 신하가 온갖 치욕을 받고 있는 지금의 처지에 한술 더 떠서 자기의 악의까지 더 보태주다니! 글쎄, 카이사르 각하! 설사 제가 여자들이 사용하는 보잘것없는 노리개며 친구에게 보내는 선물 따위를 감추어두었기로서니, 또 각하의 부인이신 리비아와 누이이신 옥타비아에게 중재를 청하려고 고상한 물건을 따로 두었다 해서 제가 기르다시피 한 자에게 그런 걸 폭로당해야만 합니까? 아, 제가 겪고 있는 비운의 아픔보다 더 마음을 아프게 하는군요. (셀레우쿠스에게) 내 눈앞에서 썩 물러가거라. 물러가지 않으면 내 운명의 여신을 통해 내 영혼의 불길이 다시 타오르는 것을 보여줄 테다. 네놈도 사나이라면 이 여왕을 가엾게 생각할 게 아니냐.

카이사르 셀레우쿠스, 물러가라.

클레오파트라 지존의 몸은 아랫것들이 한 일로 오해를 받기 일쑤고, 몰락한 상황에는 다른 사람의 죄를 뒤집어쓰게까지 되니 얼마나 딱한 일입니까?

카이사르 여왕께서 간수해 둔 물건이나 공개하신 물건을 본인은 전리품 목록에 넣지 않습니다. 카이사르는 상인이 아닙니다. 장사치들이 매매한 물건을 가지고 여왕과 흥정하지는 않습니다. 그러니 그런 생각으로 마음에 감옥을 짓지 마십시오. 여왕의 소원대로 환대하고자 합니다. 식사며 수면을 마음껏 취하십시오. 이 몸은 여왕의 친구로서 동정과 배려를 소홀히 하지 않겠습니다.

클레오파트라 저의 주군이신 각하! (무릎을 꿇는다)

카이사르 (일으키면서) 아닙니다. 친구로 족합니다. 자, 그럼. (카이사르와 그의 일행 퇴장)

클레오파트라 날 감언이설로 속이려는 거야. 내가 마지막으로 고결한 행동을 취하지 못하게 방해하려는 거다. 이봐, 카르미안.

이라스 각오를 단단히 하십시오, 전하! 날은 이미 저물었습니다. 이젠 어둠 속으로 갈 수밖에 없습니다.

클레오파트라 다시 한 번 서둘러 가봐라. 내 이미 분부해 놓았으니 준비가 되었을 게다. 재촉해서 가져오도록 하라.

카르미안　전하, 분부대로 하오리다.

돌라벨라 등장.

돌라벨라　여왕 전하께서는 어디 계시오?

카르미안　저기요.

클레오파트라　돌라벨라?

돌라벨라　전하의 어명으로 맹세한지라 소신은 그 어명을 신성한 의무로 생각하므로 아뢰나이다. 카이사르 각하께서는 시칠리아를 거쳐 개선할 계획이십니다. 그리고 사흘 이내에 전하와 자녀들을 먼저 떠나 보내실 예정이옵니다. 이 점 통찰하시어 선처하십시오. 이제 소인은 전하의 뜻대로 약속을 이행하였습니다.

클레오파트라　돌라벨라, 그대의 호의를 잊지 않겠소.

돌라벨라　한시도 충절을 저버리지 않겠습니다. 그럼 물러가겠습니다. 카이사르 각하께 가봐야겠습니다.

클레오파트라　잘 가시오, 고맙소. 이라스, 너는 어떻게 생각하느냐? 너도 이집트의 꼭두각시라고 해서 로마에서 나와 함께 구경거리가 될 것이다. 기름때가 묻은 앞치마를 두르고 나무며 망치를 손에 든 천한 직공놈들이 우리를 높이 떠메고 구경을 시킬 것이다. 그자들이 천한 음식을 먹고 풍기는 고약한 냄새를 맡지 않을 수 없다.

이라스　말도 안 되는 일이에요, 싫습니다요!

클레오파트라　틀림없이 그렇게 될 것이다! 아니꼬운 사령들이 우리들을 무슨 매춘부처럼 체포할 것이고, 거렁뱅이 시인들은 우리 얘기를 장단도 맞지 않는 노래로 지어 부를 것이다. 약삭빠른 희극배우들은 즉석에서 우리들을 즉흥극으로 꾸며 알렉산드리아의 술잔치 장면을 펼쳐 안토니우스 장군님을 술주정뱅이로 등장시킬 것이다. 빽빽거리는 애송이놈은 나를 화냥년으로 분장시켜 내 위엄을 욕되게 할 것이다.

이라스 설마, 그럴 리가요!

클레오파트라 아냐, 틀림없어.

이라스 전 죽어도 그런 꼴은 못 봅니다요! 그렇게 되느니 차라리 제 눈알보다 강한 이 손톱으로 눈을 찔러 세상을 보지 않겠습니다.

클레오파트라 하긴 그것도 하나의 방법이 될 것이다. 놈들의 계책을 우롱해 주고, 어리석은 속셈을 비웃어줄 수 있는 것이니까.

카르미안 등장.

오, 카르미안! 애들아, 날 여왕답게 치장해다오. 가서 제일 좋은 정장을 가져 오너라. 안토니우스 장군님을 만나러 다시 시드누스 강으로 가련다. 이라스, 어서 빨리. 아, 카르미안, 속히 해치워야겠다. 이 일만 끝내면 최후의 심판날까지 한가로이 쉴 수 있는 휴가를 네게 주마. 왕관과 모든 것을 다 가져오너라. (이라스 퇴장. 떠들썩한 소리가 들린다) 저 소리는 무슨 소린고?

병사 등장.

병사 웬 촌것이 와서 군이 전하를 배알하겠다고 야단입니다. 무화과를 가지고 왔답니다.

클레오파트라 이리로 들여 보내거라. (병사 퇴장) 보잘것없는 것으로 훌륭한 일을 해낼 수도 있지! 그자가 나에게 자유를 가져온 거다. 결심은 군었다. 이제 여자의 근성도 없다. 내 머리에서부터 발끝까지 온통 대리석처럼 탄탄하다. 변하기 쉬운 달의 영향 같은 건 받지 않는다. (황금의자에 앉는다)

병사, 광주리를 든 촌뜨기 광대와 같이 등장.

병사 이 사람이옵니다.

클레오파트라 그 사람은 거기 두고 물러가거라! (병사 퇴장) 사람을 물어 죽여도 고통을 주지 않는 나일 강의 예쁜 뱀을 가지고 왔느냐?

광대 네, 그러나 소인은 그놈을 건드리지 마십사 부탁드리고 싶습니다요. 한 번 물리기만 하면 끝장이니 말입니다.

클레오파트라 물려 죽은 사람을 본 적이 있느냐?

광대 허다하지요. 남자, 여자 모두요. 바로 어제도 한 사람 봤습니다. 매우 정숙한 아낙인데, 거짓말을 좀 한다더군요. 여자란 정숙한 체하지만 사실은 곧잘 거짓말을 하거든요. 아무튼 그 여자가 그놈한테 어떻게 물려 죽었고, 얼마나 아팠는지를 얘기하더군요. 정말이지 뱀에 대해 말을 잘하더군요. 하지만 여인네들의 말을 다 믿다가는 큰일나지요. 그러나 절대로 틀림없는 건 이 뱀이란 놈은 참 희한한 물건이란 겁니다요.

클레오파트라 그만 물러가거라. 수고했다!

광대 뱀과 실컷 재미를 보시와요. (바구니를 의자 옆에 내려놓는다)

클레오파트라 잘 가거라.

광대 하지만 조심하시와요. 저 뱀이란 놈은 타고난 버릇을 어쩌지 못하거든요.

클레오파트라 염려 마라. 조심할 테니.

광대 아무것도 주지 마세요. 기를 만한 물건이 못 되니까요.

클레오파트라 날 잡아먹을까?

광대 저를 숙맥으로 생각하진 마십시오. 악마도 여자를 잡아먹진 않습니다. 하긴 여자는 하느님 차지지요. 악마가 찍어놓은 게 아니라면요. 한데 망할 놈의 악마가 여자 일로 하느님을 어지간히 애를 먹인답니다. 여자 열 사람을 하느님이 만들어놓으면 다섯 사람은 악마가 망쳐놓는다나요.

클레오파트라 좋다, 물러가거라.

광대 네. 뱀과 실컷 즐기시와요. (퇴장)

이라스, 의상과 왕관 등을 가지고 다시 등장.

클레오파트라 그 옷을 입도록 도와주고, 왕관을 씌워다오. 영원불

156

멸한 것이 여간 그립지 않구나. 이제 이집트 포도주도 이 입술을 다
시는 적셔주지 못할 것이다. 속히, 속히, 이라스! 내 귀에는 안토니
우스 장군님이 부르는 소리가 들린다. 나의 훌륭한 처사를 칭찬하려
고 몸을 일으키시는 모습이 눈에 선하구나. 카이사르의 행운을 조롱
하는 소리도 들린다. 신들이 사람들에게 행운을 내리는 것은 나중에
분노할 구실을 삼으려는 거야. 오, 낭군님! 이제 저는 당신께로 갑
니다. 나의 용기여, 그분의 아내에 부끄럽지 않게 해주오. 난 이젠
불과 공기뿐이다. 흙과 물은 천한 이승에 남겨두겠다. 자, 다 되었
느냐? 그럼 이리 와서 아직 따뜻한 내 입술에 입을 맞춰라. 잘 있거
라. 상냥한 카르미안, 이라스, 영원히 작별이다. (그녀들에게 입을 맞
춘다. 이라스 쓰러져 죽는다) 내 입술에 독사의 독이라도 묻었단 말이
냐? 쓰러지다니! 너의 목숨이 그렇게 조용히 떠난다면 죽음의 신에
게 맞아 죽는 것은 애인에게 꼬집히는 것이나 다름없구나. 아프긴
해도 즐거운 법. 아직도 쓰러져 있느냐? 이렇게 고통 없이 네 영혼
이 사라진다면 이 세상이란 작별 인사를 할 가치도 없다는 걸 가르쳐
주는 것 같구나.

카르미안 먹구름아! 녹아 풀어져 비를 퍼부어라. 신들도 통곡을 한
다고 말하고 싶다.

클레오파트라 난 비열한 여자가 되고 말았다. 이라스가 먼저 가서
곱슬머리 안토니우스 장군님을 만난다면 그분은 그애에게 나에 관
한 일을 묻고서 내가 천국같이 느끼는 그 키스를 그애에게 해주실 테
지? 자, 죽음의 사자야 (독사를 가슴에 갖다 댄다) 날카로운 네 이빨로

착잡한 생명의 매듭을 단번에 끊어다오. 아, 말할 수 있다면 네가 대 카이사르를 지모도 수완도 없는 얼간이 바보라고 비웃는 소리를 들을 수 있을 텐데.

카르미안 아, 동방의 샛별님이여!

클레오파트라 쉿, 아기가 내 품안에서 젖을 빨며 조용히 유모를 잠들게 하는 것이 보이지 않느냐?

카르미안 아, 터져라! 내 가슴아!

클레오파트라 향유처럼 상쾌하고 공기처럼 가뿐하고 정겨운 안토니우스! 너도 이리 와! (또 한 마리의 독사를 팔에 갖다 댄다) 내가 무엇 때문에 주저하며 살아남겠느냐! (죽는다)

카르미안 이 더러운 세상에 말씀이죠? 그럼 안녕히 가세요! 아, 죽음의 신이여, 뻐기어라. 천하의 절세미인이 네 손아귀에 들어갔노라. (눈을 감기면서) 보드라운 창문을 닫아야지. 황금빛 태양을 이렇게 고귀한 눈을 가진 자가 바라보는 일이 다시는 없으리라. 왕관이 비뚤어졌어요. 제가 바로잡아 드릴 테니 편하게 노십시다. 이제 저의 일도 끝나는 거죠.

병사들, 떠들썩하게 등장.

병사 1 여왕은 어디 계시오?

카르미안 조용히! 잠을 깨시면 안 돼요.

병사 1 카이사르 각하로부터…….

158

카르미안 너무 늦게 왔어요. (독사를 몸에 댄다) 자 빨리, 빨리 처치해다오. 아, 느낌이 온다.

병사 1 만사가 다 글렀네. 카이사르 각하가 속으셨다.

병사 2 각하가 보낸 돌라벨라가 있을 것이다. 그분을 불러.

병사 1 카르미안, 어째서 이런 일이 있을 수 있단 말이오?

카르미안 훌륭해요. 오랜 왕통의 피를 이어받은 여왕으로서 지당한 일이오. 아, 병사! (죽는다)

돌라벨라 다시 등장.

돌라벨라 어떻게 되었소?

병사 2 모두 죽었습니다.

돌라벨라 카이사르 각하, 각하의 예측이 들어맞았습니다. 막으려고 그렇게 애를 쓰셨는데, 이런 처절한 종말을 보시게 됐군요.

외치는 소리 길을 비켜라! 카이사르 폐하의 행차시다!

카이사르와 그 일행이 행진하며 등장.

돌라벨라 아, 각하! 각하께서는 영묘한 예언자이십니다. 염려하시던 일이 그대로 들어맞았습니다.

카이사르 참으로 훌륭한 최후로다. 내 여왕의 의향을 짐작했는데 과연 여왕답게 자기의 갈 길을 갔구나. 어떻게 죽었지? 피를 흘리지도 않았구나.

돌라벨라 마지막에 뵌 사람이 누구냐?

병사 1 무화과를 가지고 온 비천한 시골뜨기였습니다. 이게 그 바구니입니다.

카이사르 그렇다면 독이로구나.

병사 1 아, 카이사르 폐하! 이 카르미안은 방금 전까지도 살아 있었습니다. 서서 말도 하고요. 돌아가신 여왕의 왕관을 바로 잡아주고 있었습니다. 그러다가 온몸을 바들바들 떨다가 그만 갑자기 쓰러졌습니다.

카이사르 아, 장한 죽음이다. 만약 그녀들이 독을 마셨다면 몸이 부어오를 텐데. 여왕은 그저 잠자는 것같이 보이는구나. 마치 절세의 아름다움의 덫으로 또 하나의 안토니우스를 사로잡기라도 하려는 듯이 말이다.

돌라벨라 여기 여왕 가슴에 피가 나온 흔적이 있습니다. 약간 부었습니다. 팔에도 있고요.

병사 1 그건 독사가 문 자국입니다. 이 무화과 잎사귀에는 끈끈한 점액이 묻어 있습니다. 나일강의 동굴 속에도 독사가 이같은 자국을 내고 있습니다.

카이사르 틀림없이 그렇게 죽었을 것이다. 시의 말로는 여왕은 쉽게 죽을 수 있는 방법을 수없이 찾았다고 한다. 여왕이 누운 침상을 들어올려라. 그리고 시녀들의 시체를 사당 밖으로 내가거라. 그리고 여왕을 안토니우스 곁에 매장해 주어다. 이 세상의 어떤 무덤도 이렇게 고명한 한 쌍을 품고 있지는 못할 것이다. 이런 비참한 사건은 그 사건을 일으킨 자에게 큰 감동을 주는 법! 그리고 그들의 이야기는 비극을 빚어낸 승리자의 영광이기도 하겠으나 온 세상의 영원한 동정을 불러일으킬 정도의 감동을 준다. 우리 군대는 엄숙한 대오를 갖추어 이 장례의식이 원활하게 진행되도록 하오. (카이사르 일행 퇴장. 병사들 시체를 가져간다)

SHAKESPEARE

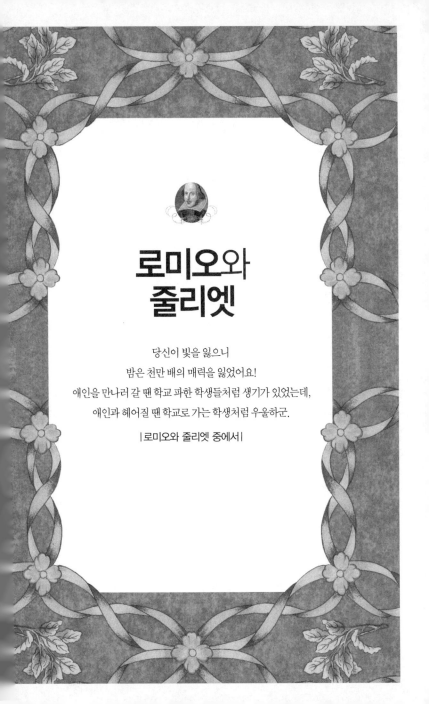

로미오와
줄리엣

당신이 빛을 잃으니
밤은 천만 배의 매력을 잃었어요!
애인을 만나러 갈 땐 학교 파한 학생들처럼 생기가 있었는데,
애인과 헤어질 땐 학교로 가는 학생처럼 우울하군.

|로미오와 줄리엣 중에서|

■등장인물

에스컬러스	베로나의 군주
패리스	젊은 귀족, 군주의 친척
몬터규	
캐퓰릿	서로 원수 간인 양쪽 가문의 가장
노인	캐퓰릿의 친척
로미오	몬터규의 아들
머큐쇼	군주의 친척이자 로미오의 친구
벤볼리오	몬터규의 조카이자 로미오의 친구
티볼트	캐퓰릿 부인의 조카
로렌스 신부	
존 신부	프란시스코 수도회의 신부
뱰서자	로미오의 하인
샘슨	
그레고리	캐퓰릿가의 하인
피터	줄리엣 유모의 하인
에이브러햄	몬터규의 하인
약방영감	
악사3명	
패리스의 시동	
다른 시동	
관리	
몬터규 부인	
캐퓰릿 부인	
줄리엣	캐퓰릿의 딸
줄리엣의 유모	

베로나의 시민들, 양쪽 가문의 친척들, 경비들, 야경들, 하인들, 시종들
서사역

■장소

베로나와 만토바

■줄거리

『로미오와 줄리엣』은 셰익스피어의 희극 중 가장 강렬한 운명적 연애비극으로서, 청년극작가 셰익스피어의 명성을 일시에 떨친 대표작이다.

『로미오와 줄리엣』의 창작 연도는 1595년경으로 추정되며, 초판은 1597년에 나왔다. 그러나 1599년 발행된 것을 표준판으로 사용하고 있다.

『로미오와 줄리엣』에 등장하는 베로나의 몬터규가와 캐퓰릿가는 일찍부터 서로 적대적인 관계였다. 캐퓰릿가의 무도회에 간 몬터규가의 아들 로미오는 뜻밖에 캐퓰릿가의 딸 줄리엣을 사랑하게 된다. 두 사람은 로렌스 신부의 도움으로 비밀리에 결혼식을 올리지만, 양가 친족들 간에 칼부림이 일어난다. 친구인 머큐쇼가 살해되자 로미오는 이를 복수하기 위해 상대방인 티볼트를 살해하고 추방형을 선고받는다. 두 사람은 처음이자 마지막이 된 하룻밤을 함께 지낸 후, 로미오는 만토바로 도피한다. 아버지의 명령으로 패리스 백작과 결혼하게 된 줄리엣은 로렌스 신부가 준 비약을 먹고 가사 상태로 가족 묘지에 안치된다. 줄리엣이 죽었다는 소식을 들은 로미오는 가족 묘지로 달려와 애인이 정말 죽은 줄 알고 음독자살한다. 가사상태에서 깨어난 줄리엣은 모든 진상을 알아채고 단검으로 가슴을 찔러 자살한다.

서 사

서사역 등장.

서사역   이 작품의 무대는 아름다운 베로나이며, 지체 높은 두 가문
에 대한 이야기입니다.

원수인 두 집안의 대대로 이어져온 원한이 싸움의 불꽃을 튀기자 시
민의 손은 온통 피로 물듭니다.

이때 두 원수 집안의 숙명적인 탯줄을 끊고 한 불운한 연인이 태어납
니다.

아! 슬프고 처절한 사랑의 종말이여!

결국 두 연인의 죽음으로 두 가문의 갈등은 끝납니다. 죽음으로 끝
맺은 애절한 사랑 이야기.

두 젊은이가 영원히 눈을 감으면서 끝이 없던 부모들의 분노의 불길
은 그제야 사그라집니다.

두 시간 동안 이 무대에서 벌어지는 연극을 끝까지 지켜봐주십시오.

미숙한 점은 앞으로 보완하리다. (퇴장)

제1막

제1장 베로나의 광장

캐풀릿 집안의 하인들과 샘슨, 그레고리 칼과 방패를 들고 등장.

샘슨 그레고리, 이제 정말이지 더는 못 참겠어.

그레고리 그래, 계속 참을 수는 없지.

샘슨 제기랄! 이렇게 분통이 터지는데 어찌 칼을 뽑지 않을 수 있 겠나!

그레고리 그렇다면 분통이 터지기 전에 목부터 뽑지그래.

샘슨 약이 오르면 칼솜씨는 더욱 위력을 발휘하지.

그레고리 한데 자넨 그놈의 약이 오르는 데 시간이 너무 걸리는 게 문제야.

샘슨 난 몬터규네 개만 봐도 오장육부가 뒤집히네.

그레고리 그야 당연한 현상이지. 그렇다면 그런 용기로 대담하게 싸울 준비를 하는 게 어떤가? 자넨 오장이 뒤집히면 후다닥 삼십육 계 먼저 하는 사람이 아닌가!

샘슨 그 집 개들을 보면 순간 화가 치밀었다가 시간이 가면 차츰 가라앉지. 앞으로는 몬터규네 연놈들이 나타나면 보란 듯이 거들먹거릴 거야.

그레고리   그래서 자넬 등신이라는 거야. 오죽 못났으면 그런 소란 속에서 담장에 착 달라붙어 걸어다닐까!

샘슨   맞아, 그래서 약한 여자들은 항상 담 쪽으로 밀려나게 마련이지. 앞으로는 몬터규네 오합지졸들은 담에서 밀어내 버리고, 계집년들은 담으로 바짝 밀어붙여야겠어.

그레고리   그러니까 이 싸움은 주인은 주인끼리, 하인은 하인끼리, 남자는 남자끼리의 해야 한다니까!

샘슨   싸우는 건 똑같아. 내가 행패를 부려 그놈들을 꼼짝달싹 못하게 해놔야지. 녀석들이랑 한판 붙고 나선 종년들에게 공손해질 거야. 고년들의 성을 빼앗을 테니까.

그레고리   뭐, 종년들 성을 빼았는다고?

샘슨   암, 고년들 처녀막 말이야. 무슨 뜻으로 받아들이든 마음대로 생각해.

그레고리   하하, 심심치 않게 그 맛을 좀 보게 되겠군그래.

샘슨   내 물건이 버티는 동안엔 고년들이 재밀 좀 보겠지. 내 고기가 상품이라는 건 세상이 다 아는 일 아닌가!

그레고리   물고기가 아닌 게 천만다행이네. 그랬다면 기껏 해야 말린 대구 꼬락서니겠지. 칼을 뽑으라고! 몬터규네 패거리 두 놈이 오고 있어.

몬터규 집안의 하인 에이브러햄과 또 한 명의 하인 등장.

샘슨 칼을 뺏어. 덤벼. 뒤는 내가 봐줄 테니.

그레고리 뒤를 봐줘? 돌아서서 줄행랑이나 치려고?

샘슨 아니라니까!

그레고리 물론이겠지. 한데 내가 자네 걱정할 형편이야?

샘슨 법이 우리 편이 되게 잠자코 있자고! 저쪽에서 먼저 시비를 걸게 기다리는 거지.

그레고리 지나가면서 잔뜩 인상을 써야지. 그럼, 놈들도 뭔가 행동 개시를 하겠지.

샘슨 아냐, 놈들이 못 본 척할 수도 있어. 엄지손가락을 깨물면서 가야겠어. 그래도 참는다면 간도 쓸개도 없는 놈들이라 할 수 있지.

에이브러햄 이봐, 누구 앞에서 손가락을 깨물어?

샘슨 내 손가락 내가 깨무는데 왜 이러실까?

에이브러햄 내 눈에 보이는 걸 어쩌란 말이야, 응?

샘슨 (그레고리에게 귀엣말로) '그렇다'고 해도 이건 합법 아닌가?

그레고리 (샘슨에게 귀엣말로) 아니지.

샘슨 (에이브러햄에게) 이보시오! 당신들 보라고 그러는 게 아니라니까. 내 손가락 내가 깨물었을 뿐이야.

그레고리 지금 시빌 거는 건가?

에이브러햄 천만에! 시비라니?

샘슨 해볼 테면 해보라고! 상대해 주지. 나도 당신네 못지않은 홀

률한 주인을 모시고 있으니 말이네.

에이브러햄 더 훌륭할 필요는 없는데?

샘슨 글쎄!

한쪽에선 벤볼리오, 다른 쪽에서 티볼트 등장.

그레고리 (티볼트가 다가오는 걸 보고 샘슨을 가로막으며) '더 훌륭하다' 고 해. 주인나리 친척이 오셔.

샘슨 그럼, 그야 당연하지.

에이브러햄 무슨 헛소리야!

샘슨 네놈이 진짜 사내라면 칼을 뽑아라. 그레고리, 본때를 보여 줘. (두 사람 싸운다)

벤볼리오 떨어져! 이 얼뜨기들아. 칼을 집어넣으라고. 너희들, 무 슨 짓을 하고 있는지 알고나 있어?

티볼트 야, 이 피라미들 판에 칼을 빼들어 어쩌겠다는 거냐? 내가 상대해 주지, 벤볼리오. 죽음은 각오했겠지?

벤볼리오 난 싸움을 말리는 거야. 칼을 치워. 아니면 이 패들을 내 게서 떼놓아주게.

티볼트 뭐라고! 칼을 뽑아들고 싸움을 말린다고? 몬터규 놈들은 하나같이 꼴도 보기 싫지만 네놈을 보면 더욱 치가 떨린다. 내 칼을 받아라, 이 비겁한 놈아!

두 사람 싸운다. 관리 등장. 이어서 곤봉이며 미늘창을 든 시민 3,4
명 등장.

관리 곤봉, 도끼, 미늘창이다! 쳐라. 놈들을 때려잡아라. 캐퓰릿
패거리들도 몬터규 패거리들도 무조건 때려잡아!

실내복을 입은 캐퓰릿과 그의 부인 등장.

캐퓰릿 웬 소동이냐? 칼을 이리 다오!
캐퓰릿 부인 지팡이, 지팡이를! 왜 칼은 찾으세요?
캐퓰릿 칼을 달래도! 늙다리 몬터규놈이 오고 있다. 여기가 어디
라고 칼을 휘두른단 말이냐?

몬터규와 그의 부인 등장.

몬터규 캐퓰릿, 이 악당아! (그의 부인에게) 놓으시오, 놓으라니까!
몬터규 부인 싸우시려는 거죠. 한 발짝도 못 움직여요.

에스컬러스 군주, 부하들을 거느리고 등장.

군주 이 뻔뻔스런 것들! 치안을 교란하고 이웃의 칼에 피를 묻히는
고얀 것들! 내 말을 못 들었느냐? 에이! 짐승만도 못한 놈들, 네놈

들의 분노의 불을 너희들 혈관에서 치솟는 붉은 샘으로 끄겠다고?
고문이 두렵거든 피로 얼룩진 손에서 흉기를 던지고 이 군주의 선고
를 듣거라. 캐퓰릿, 몬터규! 그대들은 하찮은 말싸움 끝에 세 번씩
이나 소동을 일으켜 이 평온한 거리를 벌집 쑤시듯 해놓았다. 그때
마다 베로나의 노인장들은 지팡이를 내던지고 평화에 녹슨 낡은 창
을 마구 휘둘러 당신들의 해묵은 증오를 뜯어 말렸지 않았는가. 또
다시 우리 마을을 소란케 하는 날이면 치안 교란죄로 목숨을 부지하
기 어려울 것이니, 이젠 제발 순순히 물러가라. 캐퓰릿! 당신은 나
와 함께 가고, 몬터규! 당신은 오늘 오후에 프리타운에 있는 법정에
출두하시오. 이번 사건에 대해 언젠가 좀 더 확실히 짚고 넘어가겠
지만, 다시 한 번 명령한다. 목숨이 아깝거든 내 앞에서 물러가라.

몬터규, 몬터규 부인, 벤볼리오만 남겨두고 모두 퇴장

몬터규 누가 이 케케묵은 싸움을 터뜨렸느냐? 이봐, 벤볼리오! 넌
처음부터 여기 있었느냐?
벤볼리오 저 원수놈의 하인들과 숙부님의 하인들이 이곳에서 막 싸
움을 벌일 때 왔습니다. 제가 칼을 빼들고 싸움을 말리고 있을 때 티
볼트 놈이 눈에 불똥을 튀기며 악담을 퍼부으면서 칼을 휘둘렀지요.
하지만 바람만 가를 뿐 누구 하나 다친 사람은 없었지요. 바람소리
가 그놈을 조롱하더군요. 한참 치고받고 싸울 때 군주님이 오시는
바람에 싸움이 잦아들었지요.

몬터규 부인 그래, 로미오는 어디 있느냐? 오늘 그 애를 못 봤어? 이 소동에 안 끼어서 다행이다.

벤볼리오 숙모님, 저 숭고한 태양이 동쪽의 금빛 창에서 얼굴을 내밀기 한 시간 전에 저는 산란한 마음을 달래려고 산책을 하고 있었습니다. 그런데 시가지 서쪽 단풍나무 숲 그늘에서 꼭두새벽부터 산책을 나온 로미오를 봤어요. 제가 다가가자 로미오가 절 알아보고는 숲속으로 숨어버렸어요. 뭔가 괴롭고 지쳐 있어 자기 스스로를 가누기 어려운 터라 되도록이면 인기척 없는 곳을 찾으려는 것 같았지요. 그래서 슬그머니 피해 주었지요.

몬터규 아침마다 그 앤 신선한 아침이슬에 눈물을 뿌리면서 땅이 꺼져라 한숨을 내쉬지. 그리하여 하늘은 더욱 얼굴을 찌푸리지만 만물을 기쁘게 해주는 태양이 새벽여신의 침실에서 검은 휘장을 젖히기 시작하면 아들놈은 빛을 피해 소리 없이 집 안에 들어서며 저 찬란한 햇빛을 자기 손으로 막아 인공의 밤을 만들지. 그런 마음 상태는 비참하고 불길한 징조를 알린다고 할 수 있지. 잘 타일러서 그 뿌리를 뽑지 않으면 안 돼.

벤볼리오 숙부님, 로미오가 왜 그러는지 이유를 아십니까?

몬터규 글쎄? 뭘 알아낼 도리가 있어야지.

벤볼리오 캐물어보시긴 했어요?

몬터규 나는 물론이고 그 녀석의 친구들도 달래고 조르고 해보았지. 그런데도 그 애는 무슨 일인지 도통 속마음을 털어놓지 않아 한 치도 가늠할 수가 없어. 마치 꽃봉오리가 향기로운 꽃잎을 대기 속에 활짝 펴고 그 아름다운 모습을 태양에 바치기도 전에 사악하기 그지없는 벌레에게 먹히는 것과 같아. 그 슬픔의 정체를 알 수만 있다면 치료를 할 수 있을 텐데.

로미오 등장.

벤볼리오 로미오가 오고 있군요. 잠시 자리를 피해 주세요. 거절당할지도 모르겠지만 제가 그 내막을 알아내겠습니다.

몬터규 네가 로미오의 의중을 알아낼 수만 있다면 소원이 없겠다. 여보, 물러갑시다. (몬터규와 그의 부인 퇴장)

벤볼리오 로미오, 잠은 잘 잤어?

로미오 아직도 아침인가?

벤볼리오 이제 방금 아홉 시를 쳤는걸.

로미오 아! 슬픔에 젖어 있는 시간은 길기도 하군. 지금 쏜살같이 지나가신 분은 내 아버님이 아닌가?

벤볼리오 뭐, 그렇다고 할 수 있지. 한데 그 시간을 한없이 길게 늘어뜨리는 슬픔의 정체는 뭘까?

로미오 시간을 짧게 해주는 방법을 알지 못해서지.

벤볼리오 혹시 사랑인가?

로미오 아냐.

벤볼리오 사랑이지?

로미오 난 사랑하는데 그녀가 날 좋아하지 않아.

벤볼리오 저런, 겉으로는 말할 수 없이 상냥해 보이는 사랑의 신이 그렇게 포악하고 비정하다니!

로미오 아아, 사랑은 눈 먼 소경이라지만 언제나 제 갈 길을 찾아가는 법이지! 식사는 어디서 할까? 오, 아까 여기서 소동이 일어났지? 말 안 해도 괜찮아. 다 들었으니까. 증오 때문에 소동이 일어나기도 하지만 사랑 때문에 생기는 갈등도 말할 수 없이 크지. 오, 싸우는 사랑이여, 사랑하는 미움이여! 그것은 무에서 창조된 유인데……. 차분히 가라앉은 바람기, 외곬수인 불장난, 그럴싸한 겉모습에 가려진 뒤틀린 혼돈, 납덩어리, 날개털, 빛나는 연기, 차가운 불, 병든 몸, 눈을 뜨고 자는 잠! 나는 사랑을 느끼는데 그녀는 사랑을 느끼지 않나봐. 웃음이 나지 않아?

벤볼리오 로미오! 몹시 울고 싶은 모양이군.

로미오 왜 그런 말을?

벤볼리오 따스한 마음이 고통을 당하는 것 같으니까.

로미오 그거야 사랑의 범법 행위 때문이지. 가슴 속에 누워 있는 무거운 내 비탄을 네 비탄이 올라타고 누르니까 그것이 새끼를 치는 거지. 네가 보인 관심은 나의 비탄을 더욱 증폭시켰어. 사랑은 한숨으로 만들어진 연기라 할 수 있는데 정화되면 애인의 눈 속에 빛나는 불꽃이요, 흐려지면 애인의 눈물이 쏟아지는 바다가 돼. 그게 사랑이야. 사랑은 분별력을 가진 미치광이이자 목을 죄는 쓴 약이며, 활력의 감로수이기도 해. 그럼 잘 있어, 벤볼리오.

벤볼리오 잠깐, 같이 가. 날 버려두고 혼자 가다니 너무하는군.

로미오   난 정신이 나갔어. 여기 있는 사람은 내가 아니야. 난 로미오가 아니라고. 로미오는 다른 곳에 있어.

벤볼리오   솔직하게 고백해. 상대가 누구지?

로미오   뭐? 고민을 털어놓으라고?

벤볼리오   천만에! 사실을 알려달라는 것뿐이야.

로미오   차라리 환자에게 유서를 쓰라고 하는 게 낫겠군. 상사병에 걸린 사람에겐 섭섭한 질문이야. 사실은, 한 여성을 사랑하고 있어.

벤볼리오   내 짐작이 과녁을 빗나가진 않았군.

로미오   명사수야! 게다가 절세미인이지.

벤볼리오   그렇다면 사랑의 활로 재빨리 쏘아 맞혀야지.

로미오   큐피드의 화살에도 맞질 않아. 그녀는 달의 여신의 슬기로움을 가진데다 순결이란 갑옷으로 단단히 무장을 하고 있지. 어설픈 사랑의 신의 화살 따위엔 눈 하나 깜짝하지 않는단 말이야. 달콤한 사랑을 퍼부어도 동하지 않고, 뜨거운 눈길로 찔러봐도 흔들리지 않아. 게다가 성인조차 마음이 흔들리는 황금에도 무릎을 꿇지 않아. 오, 절세미인인 그녀도 죽으면 모든 게 사라질 텐데 얼마나 애석한 일인가.

벤볼리오   독신을 맹세한 여자란 말인가?

로미오   그래, 하지만 그런 고집은 큰 낭비가 아닐까? 그런 아름다움이 엄격한 절제 때문에 시들고 말면 그것이 자손만대에 이어지지도 못하고 끝나는 거지. 너무나 순결하고 영특한 그녀가 날 이렇게 절망시켜서야 어찌 하늘의 축복을 받을 수 있겠나. 남자를 사랑하지 않겠다는 그녀의 맹세 때문에 난 산송장이나 다름없이 되어버렸네.

벤볼리오　내 말을 듣고 그 여잘 싹 잊어버려.

로미오　오, 어떻게 하면 잊을 수 있는지 가르쳐줘.

벤볼리오　네 눈에 자유를 주어 미녀들을 찾아봐.

로미오　그건 그녀의 아름다움을 더욱 돋보이게 할 뿐이야. 미녀의 이마에 입맞추는 저 행복한 가면은 검기 때문에 가려진 미모를 더욱 생각나게 하지. 별안간 눈이 먼 사람은 시력의 중요성을 절대 잊지 못하지. 뛰어난 미인을 데리고 와 봐. 그까짓 미모가 무슨 소용이겠어? 그건 단지 더 뛰어난 미인을 생각나게 할 뿐이라고. 잘 있어. 그 여잘 잊게 하는 방법을 절대 가르쳐주진 못할 거야.

벤볼리오　그 방법을 가르쳐줄게. 가능하고말고. (두 사람 퇴장)

제 2 장 베로나의 광장. 오후

캐퓰릿, 패리스 백작, 어릿광대인 캐퓰릿의 하인 등장.

캐퓰릿　나나 몬터규나 약속을 어기면 똑같은 죗값을 치러야지요. 처벌도 똑같이 받고. 하기야 우리 같은 늙은이들이 화해하는 건 그

178

리 어려운 일은 아닐 거요.

패리스 존경받는 두 가문이 그토록 오랫동안 앙숙 관계에 있다니 정말이지 유감입니다. 그건 그렇고, 제 청혼은 어찌 됐습니까?

캐퓰릿 글쎄, 또 같은 말을 되풀이할 수밖에 없군. 내 딸아이는 아직 세상 물정을 잘 몰라요. 열네 살도 채 되지 않았으니, 두 번의 여름이 더 지나야 겨우 신붓감이 될 수 있답니다.

패리스 더 어린 나이에 행복한 어머니가 된 여자들도 있습니다.

캐퓰릿 너무 일찍 결혼을 하게 되면 금세 시든답니다. 다른 자식들은 다 여의고 그 애만 남았어요. 딸은 내 재산을 상속할 유일한 희망이오. 원한다면 백작이 딸애의 마음을 잡아보시구려. 나의 승낙이란 딸애의 승낙의 한 부분일 뿐, 딸의 승낙이 중요하다오. 난 그 애가 선택한 걸 따를 생각이오. 오늘밤 난 관례대로 연회를 베풀 작정이오. 친분이 있는 분들을 모두 청했어요. 백작도 귀빈으로서 참석해 주신다면 더할 나위 없는 영광이라 생각하겠소. 누추한 집이긴 하오나 참석하시어 어두운 밤하늘을 밝게 비추는 기라성 같은 미녀들을 만날 수 있다오. 겨울이 절뚝거리며 사라지고 성장한 4월이 오면 물오른 젊은이들이 느끼는 그런 기쁨을 꽃봉오리 같은 싱싱한 처녀들의 물결 속에서 마음껏 맛보시오. 잘 보고 심성이 가장 뛰어난 처녀를 고르도록 하오. 내 딸애도 그중의 하나니까, 머릿수 중에는 들겠지만 손에 꼽히는 아이는 아닐 거요. 자, 함께 들어갑시다. (어릿광대에게 쪽지를 주며) 이봐, 아름다운 베로나 시가를 돌아다니며 여기에 적혀 있는 분들을 다 찾아내어 부디 우리 집에 왕림해 주십사고

전하거라. (캐퓰릿과 패리스 퇴장)

어릿광대 여기 적혀 있는 분들을 찾아가라는데 까막눈이라 어쩐다?
우선 글을 아는 사람부터 찾아봐야겠군. 마침 잘 됐다.

벤볼리오와 로미오 등장.

벤볼리오 이봐, 친구! 햇빛 앞에서는 등불도 빛을 잃는 법! 큰 고
통 앞에서는 자질구레한 고통은 맥을 못 추지. 한쪽으로 맴돌다가
반대쪽으로 돌면 나아지듯이, 절망적인 슬픔도 다른 고민이 생기면
싹 가시지. 새 눈병이 걸리면 묵은 눈병은 싹 가시는 것처럼.

로미오 그런 병에는 질경이잎이 특효라던데.

벤볼리오 무슨 병?

로미오 네 정강이 삔 데 말야.

벤볼리오 아니 로미오, 미쳤어?

로미오 천만에! 실은 미치광이 이상으로 감금돼 있어. 감옥에 갇
혀 제대로 끼니도 얻어먹지 못하고 있지. 곤장을 맞고 고문을 당하
고 있다고. 아, 잘 있었나, 친구?

어릿광대 안녕하시오, 나리. 나리께서는 글을 읽을 줄 아시죠?

로미오 암, 알지. 내 비참한 운명 정도야 왜 모르겠어?

어릿광대 그거야 씌어 있지 않아도 아실 수 있습죠. 제 말은 글을 읽
으실 줄 아시냐고요.

로미오 읽지. 아는 글자라면.

어릿광대 솔직한 말씀이십니다요. 그럼, 안녕히 계십쇼. (어릿광대 돌아서서 가려고 한다.)

로미오 잠깐, 이보게! 글을 읽을 줄 안다니까. (명단을 읽는다) 「마르티노 씨 부부와 따님들, 안젤름 백작과 자매들, 유트루비오 씨와 미망인, 플라센쇼 씨와 질녀들, 머큐쇼와 그의 형 발렌타인, 캐퓰릿 숙부 내외분과 따님들, 질녀 로잘린과 리비아, 발렌쇼 씨와 사촌 티볼트, 루시오와 헬레나 양.」 대단한 모임이군. 연회 장소는?

어릿광대 만찬회장인 저희 집이지요.

로미오 너희 집이라니?

하인 제 주인나리 집 말입니다.

로미오 그렇구나. 그걸 먼저 물었어야 했는데.

어릿광대 묻지 않으셔도 말해드립지요. 제 주인께서는 대부호 캐퓰릿 나리시랍니다. 몬터규 집안 사람만 아니라면 부디 오셔서 한잔하세요. 그럼 이만 물러갑니다. (퇴장)

벤볼리오 캐퓰릿 가에서 베푸는 이 잔치엔 몸살나게 연모하는 어여쁜 로잘린도 참석할 거야. 같이 가자고. 내가 보여주는 미녀들과 그녀의 얼굴을 공평한 눈으로 비교해 보라고. 그럼 너의 백조는 까마귀에 불과하다는 걸 알게 될 테니.

로미오 신앙심 없는 이 눈이 그따위 거짓을 믿는다면 눈물도 불꽃으로 변할 거다. 또 자주 눈물을 담는 내 두 눈이 시퍼렇게 살아 있으면서 뻔한 이단자가 된다면 배신의 형벌로 화형을 당할 거야. 내 사랑보다 더 아름다운 여인이 있다고? 만물을 비추는 태양도 천지창조

이후 그녀 같은 미인은 보지 못했을 거야.

벤볼리오 쳇, 그 여자가 미인으로 보인 건 아무도 없는 데서 봤기 때문이야. 그러나 양쪽 눈의 수정저울에 네가 연모하는 여인과 오늘밤 잔치에서 내가 찜한 빛나는 다른 미인을 올려놓고 저울질해 보라고. 최고로 생각하는 네 사랑이 신통치 않다는 걸 알 수 있을걸.

로미오 내가 거길 가는 건 네가 보여주겠다는 미인을 보러 가는 게 아냐. 내 연인의 아름다움을 감상하기 위해서지. (두 사람 퇴장.)

제 3 장 캐퓰릿 집안의 한 방

캐퓰릿 부인과 유모 등장.

캐퓰릿 부인 유모, 우리 애는 어디 있지? 그 애 좀 불러다오.
유모 네, 저의 처녀성을 걸고 맹세해요. 열두 살 때 얘기지만요. 아가씰 막 오시라고 했어요. 나의 순한 양! 꾀꼬리! 한데 어찌된 일이람. 아가씨, 어디 계세요? 줄리엣 아가씨!

줄리엣 등장.

줄리엣 왜 그래? 누가 찾는 거야?

유모 마님께서요.

줄리엣 엄마, 무슨 일이에요?

캐퓰릿 부인 아, 할 얘기가 좀 있어서 그래. 유모, 잠깐 자릴 좀 비켜주게. 우리끼리 할 얘기가 있으니. 아냐, 안 가도 돼요. 생각해 보니 유모도 같이 있는 게 좋겠어. 유모도 알다시피 이 애도 한창 나이가 됐잖아?

유모 아가씨 나이라면 확실히 알 수 있어요.

캐퓰릿 부인 열네 살은 아직 안 됐어.

유모 제 이빨 열네 개를 걸고 맹세하지요. 아니야, 서글프게도 남은 건 네 개밖에 없지만요. 아가씬 아직 열네 살이 안 됐어요. 8월 초하루 추수제가 며칠 안 남았죠?

캐퓰릿 부인 두 주일은 넉넉히 남았네.

유모 어쨌든 365일 가운데 8월 초하루 저녁이 되면 아가씬 열네 살이 되죠. 제 딸년 수잔과 아가씬— 오, 신이여! 자비를 베푸소서! —동갑이었죠. 하느님 품에 안긴 수잔. 제 딸년은 제게 너무 과분했나 봐요. 지진이 일어난 지 열한 해가 되는데, 아가씬 그날 젖을 뗐어요. 바로 그날 젖꼭지에다 쑥물을 발랐었죠. 비둘기 집 담밑에서 햇볕을 쬐고 있을 때였지요. 나리와 마님은 만토바에 가 계셨을 때죠. 기억이 생생하다니까요! 그건 그렇고, 아가씬 제 젖꼭지에서 쑥물을 빨고 많이 썼었나봐요. 귀엽게도 젖꼭지를 붙들고 칭얼대며 승강이를 벌였다니까요! 비둘기 집이 덜렁덜렁 흔들릴 정도였죠. 그런데 말이에요. 그 전날만 해도 이마를 다쳤는데, 그때 제 남편이 아가씨를 일으켜 세우고는 이렇게 말했어요. "어이구, 엎어지셨군요. 철이 들면 벌렁 자빠지면 돼요. 안 그래요, 줄 아기씨?" 하고 했더니 정말이지 그 귀여운 아가씨가 울음을 멈추고는 "응." 했다지 뭡니까? 그런데 이 농담이 진담이 되는 예를 보여주다니! 정말이지 앞으로 천 년을 산다 해도 전 그 일을 잊을 수 없을 거예요. 절대 잊을 수 없다고요.

캐퓰릿 부인 그만해요. 제발 조용히 좀 해요.

유모 네, 마님. 하지만 아기가 울다 말고 "응." 하고 대답했던 걸 생각하면 웃지 않을 수 없군요.

캐퓰릿 부인 제발 그만 좀 해, 유모. 그만하래도.

유모 네, 그만두죠. 아가씨에게 축복이 있기를! 아가씬 내가 키운 아기들 중에서 가장 예뻤죠. 아가씨가 시집가는 걸 보고 죽는다면 여한이 없겠습니다요.

캐퓰릿 부인 실은 내가 말하려던 것도 바로 결혼 얘기야. 얘야, 줄리엣! 결혼에 대해 넌 어떻게 생각하니?

줄리엣 꿈에도 생각 못한 명예로군요.

유모 명예고말고요! 제가 아가씨의 유모만 아니었다면 이렇게 말하고 싶네요. 아가씬 그런 지혜를 유모의 젖에서 얻었다고.

캐퓰릿 부인 그렇다면 지금부터 생각해 보려무나. 이 베로나에선 너보다 어린 나이의 규수들이 벌써 엄마가 되어 있단다. 나도 네 나이에 어엿한 엄마였단다. 간단히 말하자면 저 늠름한 패리스 백작이 널 신부로 맞겠다지 뭐냐?

유모 어머, 그 어른이요? 아가씨, 그 어른이라면 양초인형처럼 나무랄 데가 없는 분이시죠.

캐퓰릿 부인 베로나의 여름에 그처럼 멋진 꽃을 구경하기가 쉽지 않지.

유모 맞아요. 그분이야말로 꽃이고말고요.

캐퓰릿 부인 그 사람에 대한 네 생각은 어떠니? 오늘밤 연회에서 그분을 뵙게 될 거다. 젊은 패리스 백작의 얼굴을 책이라고 생각하고 자세히 읽어보렴. 거기서 아름다운 붓이 그려놓은 즐거운 이야기를 찾아봐! 잘생긴 이목구비를 하나하나 뜯어보면 얼마나 잘 조화되어 있는지 알게 될 거다. 얼굴에서 찾아볼 수 없는 건 눈동자에서 찾아보렴. 그는 사랑의 책이라고나 할까, 아직 제본이 안 된 애인은 표지만 붙으면 멋지게 완성될 거다. 물고기는 바다에서 자유롭게 살듯 미남은 미녀를 품어야 제맛이고, 금빛 책갈피 속에 금빛 내용을 담은 책은 수많은 사람들과 그 영광을 나눈단다. 그러니 네가 그분을 남편으로 섬기게 되면 너는 그의 재산을 나눠 가질 수 있단다. 그를 소유함으로써 작아지지 않는다고 할 수 있지.

유모 작아지다니! 커지죠. 남자가 여자 배를 키우니 말예요.

캐퓰릿 부인 딱 잘라 말해봐라. 백작이 좋아질 것 같으냐?

줄리엣 만나봐서 좋아질 수만 있다면 좋아하겠어요. 하지만 어머니 마음에 드시는 데까지만 제 눈길을 주겠어요.

하인 등장.

하인 마님! 손님들도 오셨고, 만찬 준비도 다 됐어요. 모두가 마님과 아가씨를 찾는답니다. 게다가 주방에선 유모를 헐뜯느라 난리고. 잔치는 절정에 달했습니다. 가서 일봐야 해요. 지체 마시고 뒤따라 오십시오.

캐퓰릿 부인 곧 가겠네. 줄리엣, 백작이 기다리신다.

유모 아가씨, 행복한 낮에 이어 행복한 밤이 찾아와요. (모두 퇴장)

제 4 장 캐퓰릿 집의 바깥

로미오, 머큐쇼, 벤볼리오, 가면을 쓴 5,6명의 사람과 횃불을 든 사람들 등장.

벤볼리오 어때, 뭔가 핑계라도 대고 들어갈까? 아니면 인사도 하지 말고 그냥 밀고 들어갈까?

머큐쇼 그런 수작할 시대는 지났어. 우리는 수건으로 눈을 가린 큐피드처럼 물감 칠한 타타르 졸대 활로 숙녀들을 허수아비가 새를 쫓듯 겁 주지도 않을 거고 입장하기 위해 외워 온 서문을 프롬프터 따라서 맥없이 읊지도 않을 거야. 자기들 좋을 대로 우릴 판단하게 내버려두자고. 자, 우리는 들어가서 실컷 춤이나 추고 나오면 돼.

로미오 횃불을 줘. 춤 출 기분이 안 나니까 횃불이나 들고 있겠어.

머큐쇼 안 되지, 로미오. 춤을 춰야 해.

로미오 정말이지 난 아냐. 너희들의 무도화는 밑창이 가볍지만 내 마음은 납덩이처럼 무거워. 착 달라붙어 움직일 수가 없어.

머큐쇼 사랑에 빠져 있잖은가. 큐피드의 날개라도 빌려 하늘을 훨훨 날아봐.

로미오 화살을 너무 깊이 맞아 큐피드의 가벼운 날개론 날 수가 없어. 게다가 워낙 꽉 묶여 있으니 그 괴로움에서 한 치도 벗어날 수가 없어. 난 사랑의 무거운 짐에 너무 짓눌려 있어.

머큐쇼 네가 사랑 속으로 가라앉으면 정말 무거운 짐이 되겠는걸. 부드러운 사랑이 감내하기엔 고통이 너무 무겁지.

로미오 뭐 사랑이 부드러운 것이라고? 사랑은 억세고 난폭하고 사나워. 가시처럼 찌르기도 한다니까.

머큐쇼 사랑이 거칠게 굴거든 너도 그렇게 맞서. 너를 찌르거든 너도 찔러. 그래야 사랑을 굴복시킬 수 있다고. 내 낯짝 좀 가리게 탈바가지를 줘. 광대 같은 얼굴에 탈바가지라! 찌그러진 내 얼굴을 호기심에 찬 눈들이 뜯어보면 어때서! 이 송충이 눈썹이 나 대신 얼굴을 붉힐 거다. (가면을 쓴다)

벤볼리오 자, 노크를 하고 들어가자. 들어가서는 다리를 움직여보자고.

로미오 햇불을 이리 줘. 마음이 들뜬 건달들은 바닥에 깔린 골풀이
나 발뒤꿈치로 비벼대보라고. 옛 속담에도 있듯이 노름판은 햇불 든
사람이 가장 잘 본다고 하잖아. 끗발이 최고일 때 난 일어설 거야.

머큐쇼 원, 꼼짝 마. 순경 나리께서 하시는 말씀이야. 네가 수렁에
빠진 말이라면 우리가 건져주지. 네가 사랑에 귀밑까지 흠뻑 빠졌으
니 말이야. 가자, 태양은 멋지게 불타고 있다.

로미오 하지만 대낮은 아니야.

머큐쇼 내 말은 우물쭈물하면 대낮의 불빛처럼 햇불만 허비한단 말
이지. 내 말을 새겨 들으라고. 그 속에서 오감보다 다섯 배나 더 확
실한 이치를 깨달을 수 있을 테니까.

로미오 가면무도회에 가는 것은 좋지만 현명한 방법은 아니야.

머큐쇼 왜 그런 말을 하지?

로미오 실은 간밤에 꿈을 꾸었어.

머큐쇼 나도 꿈이야 꾸지.

로미오 너는 무슨 꿈을 꾸었지?

머큐쇼 뭐 그야 개꿈이지.

로미오 꿈이 때로는 들어맞기도 해.

머큐쇼 오라, 그럼 여왕 맵이 너와 함께 있었던 모양이군. 맵은 꿈
을 주는 요정들의 산파지. 그리고 그녀는 시장 나리 집게손가락에
낀 마노보석에 새겨진 인물보다 작은 몸집으로 난쟁이들에게 차를
끌게 해서 잠자는 사람들의 코 위를 지나가지. 맵의 수레는 속이 빈

고욤나무 열매인데, 먼 옛날부터 요정들의 마차를 만드는 목수인 다람쥐며 땅벌레가 만들었지. 마차의 바퀴살은 거미의 긴 다리로 만들어졌고, 뚜껑은 잠자리의 날개, 말고삐는 가는 거미줄, 목걸이는 이슬 맺힌 달빛으로 빚어졌고, 채찍은 귀뚜라미 뼈, 채찍 끝은 실오라기, 마부는 회색외투를 입은 모기새끼인데, 게으른 처녀의 손가락에서 끄집어낸 작은 벌레 크기의 반밖에 안 돼. 이런 차림으로 그녀가 밤마다 마차를 달려 연인들의 머릿속을 지나가면 연인들은 사랑의 꿈을 꾸고, 벼슬아치들의 무릎 위를 지나가면 경례하는 꿈을 꾸고, 변호사의 손끝을 지나가면 사례의 돈이 생기고, 여자의 입술 위를 지나가면 키스하는 꿈을 꾸지. 여자들 입김에서 과자냄새가 나면 맵은 화가 치밀어 물집을 만들어주지. 때때로 궁정인의 코 위를 질주하면 청원 건을 냄새 맡는 의미의 꿈이며, 돼지꼬리를 갖고 와서 잠자는 목사님의 코를 간질이면 교회가 번창하는 의미라 할 수 있지. 그리고 군인들의 목 위를 지나가면 적병의 목을 치는 의미를, 성벽의 돌파구를 지나거나 잠복, 또는 스페인제 명검을 보는 꿈, 폭탄주를 보는 꿈, 그러다가 갑자기 북소리가 둥둥 울리면 소스라치게 놀라 깨어나 한두 마디 기도를 드리곤 다시 잠들지. 이게 바로 맵 여왕이 하는 짓이란 말야. 맵은 밤중에 말의 갈기를 땋아놓고 허튼 계집의 머릿단을 헝클어놓는데, 이 머릿단이 풀어지는 날이면 불행이 찾아온다지 뭔가. 어디 그뿐인가? 처녀들에게 배를 눌러도 참고 견디는 걸 배우게 하고, 몸가짐이 훌륭한 아낙으로 만드는 것도 맵 여왕이 하는 짓이라니까.

로미오 그만해, 그만! 머큐쇼, 헛소리는 이제 작작해.

머큐쇼　아니야. 난 꿈 얘길 하는 거야. 꿈이란 한가로운 두뇌의 산물이라고 할 수 있지. 그것이 생겨난 것은 공허한 환상이고, 그리고 환상이란 공기처럼 실속 없고 바람보다 더 변덕스러워서 북국의 얼어붙은 가슴에 사랑을 호소하다가도 분노가 치밀면 풍향을 바꾸어 이슬비가 내리는 남쪽으로 방향을 돌리지.

벤볼리오　바람 얘길 듣느라 우린 너무 멀리 날아갔어. 너무 늦어 이제 만찬은 끝났을 것 같은데?

로미오　너무 이르게 온 게 아니고? 마음이 설레는걸. 운명의 별에 달려 있는 중대한 일이 오늘밤의 연회를 계기로 무섭게 활동을 시작해서 내 가슴에 갇혀 있는 멸시 받은 생명이 때 이른 죽음으로 천하게 만료되지나 않을까 불안해. 하지만 내 인생의 키를 잡으신 하나님께서 내 인생의 항해를 인도해 주실 테지. 들어가자, 활기차게.

벤볼리오　북을 처라.

(가면을 쓴 사람들이 등장하여 홀을 돌아서 한쪽으로 선다.)

제 5 장 캐퓰릿 집안의 홀

하인들이 식탁보를 들고 등장.

하인 1 폿팬, 어디 갔지, 나르는 일도 안 도와주고! 그놈이 나무 접시를 옮겨? 그놈이 나무접시를 닦아?

하인 2 결국 손끝 매운 우리들 한두 사람이 일은 다하지. 한데 아직 손도 씻지 못했으니 이거 야단났구먼.

하인 1 의자도 치우고, 선반도 한쪽으로 치워. 은그릇은 조심해서 다뤄. 이보게, 사탕과자 좀 남겨봐. 그리고 문지기더러 수잔 그라인드 스턴과 넬을 들여보내 달라고 전해 주게. (큰소리로) 폿팬!

앤터니 아, 여기 있어

하인 1 큰 방에선 자넬 찾아 온통 난리야.

폿팬 몸은 하나뿐인데 사방에서 찾으니! 자, 모두 기운을 내자고. 그래야 오래 살고 땡도 잡지. (하인들 퇴장)

캐풀릿과 줄리엣이 남녀 손님들과 함께 가면 쓴 사람들을 맞는다.

캐풀릿 어서 오시오, 신사 여러분! 발가락에 티눈이 안 박인 이상 숙녀들께서 여러분하고 즐겁게 춤을 출 겁니다. 자자, 숙녀분들! 춤을 안 추는 숙녀는 발가락에 티눈이 박일 것입니다. 제 말이 맞죠? 어서 오십시오, 신사 여러분! 저도 한때는 가면을 쓰고 아름다운 처녀의 귓속에 달콤한 밀어를 속삭일 때도 있었답니다. 이젠 모두 흘러간 먼 옛날이야기죠. 신사 여러분! 잘 오셨습니다. 자, 풍악을 울려요. 이봐, 불을 더 밝히라고. 식탁도 치우고! 자, 난로불도 꺼. 방이 너무 더워서 안 되겠어. 어이구, 뜻밖에 즐거운 모임이 되어가는구나. 아, 앉아. 앉으라니까. 아, 내가 춤을 즐기던 시절은 이제 지났어. 우리가 가면을 쓰고 마지막 춤을 춘 게 언제더라?

캐퓰릿 사촌 아마 30년은 됐을걸요.

캐퓰릿 그렇게 오래 되진 않았어. 오순절이 아무리 빨리 온다 해도 루센시오 혼례 이후니 고작 25년쯤 됐을까? 우리가 춤을 춰본 게.

캐퓰릿 사촌 더 오래 됐어요. 루센시오 아들이 지금 30살이니.

캐퓰릿 뭐라고? 그 앤 2년 전만 해도 아직 미성년이었는데.

로미오 (하인에게) 저 기사 손의 값어치를 돋보이게 해주고 있는 여잔 누구지?

하인 모르겠는뎁쇼.

로미오 오, 횃불보다 아름답게 빛나는 아가씨야! 아가씨의 모습은 에티오피아 여인의 귀에 매달린 보석 귀고리처럼 빛나는구나. 이 속세에 두기엔 너무나 고귀한 아름다움이다! 그녀는 까마귀 떼 속에 섞인 눈처럼 하얀 비둘기 같다고나 할까? 춤이 끝나면 그녀의 손을 잡아 나의 거친 손에 축복을 받아야지. 내가 사랑을 했었던가? 나의 눈이여, 아니라고 하라! 진정한 아름다움은 오늘밤에야 봤다고.

티볼트 목소리를 들어보니 몬터규 놈이 틀림없어. 이봐, 내 장검을 가져와라. 저 악당이 괴상한 탈바가지를 쓰고 이곳으로 오다니! 오늘밤 우리의 연회를 망치려고 온 걸까? 저런 자식은 때려 죽여도 죄가 되지 않아.

캐퓰릿 왜 그러느냐, 티볼트. 왜 씩씩거리는 거야?

티볼트 숙부님, 저 몬터규 놈은 우리의 원수입니다. 오늘밤의 연회장을 수라장으로 만들기 위해 온 것이 분명해요.

캐퓰릿 로미오란 말이지? 애야, 진정해라. 신사처럼 의젓하게 처신하지 않나. 사실을 말하자면 베로나에선 덕망이 있고 점잖은 청년이라고 소문이 자자하더라. 그러니 저 사람에게 모욕을 주지는 말거라. 자, 이제 이맛살을 펴라. 그런 표정은 연회에 걸맞지 않아.

티볼트 저 악당이 손님이라고 있는 이상 이런 얼굴이 어울려요.

캐퓰릿 잠자코 있어, 이 녀석아. 내가 주인이냐 네가 주인이냐? 허참, 참을 수 없다니! 하느님 맙소사. 손님들이 계시는데 폭동을 일으키겠다고? 그러는 게 사내답다고 생각하니?

티볼트 하지만 숙부님, 창피해요.

캐퓰릿 바보 같은 소리 작작해라. 이런 버릇없는 놈 봤나. 창피는 무슨 놈의 창피냐? 그런 수작은 네 몸만 상하게 해. 제기랄! 시간이 됐다. ― 잘하셨습니다, 여러분! ― 이 버릇없는 놈. 잠자코 있어. ― 자, 불을 좀 더 밝혀! 뭘 우물쭈물하느냐! ― 너 혼 좀 날래? ― 여러분, 즐겁게 노십시오!

티볼트 한껏 물오른 잔치에 저놈들이 멋대로 노는 걸 참자니 울화통이 터지고 사지가 떨리는구나. 이번만은 곱게 물러가자. 그러나 오늘 침입이 당장은 달콤할지 모르나 내 꼭 쓴맛을 보게 해줄 거다. (퇴장)

로미오 (줄리엣의 손을 잡고) 천하디 천한 이 손이 당신의 거룩한 성전을 모독했다면, 제 입술이 수줍은 두 순례자처럼 부드러운 키스로 이 거친 접촉을 지우려는 죄를 짓겠어요.

줄리엣 착한 순례자님, 이처럼 경건함을 잃지 않고 있는 손을 모욕하지 마세요. 성자상은 순례자의 손과 맞닿기 위해 있는 것! 손바닥과 손바닥을 맞대는 건 거룩한 순례자의 키스잖아요?

로미오 성자나 거룩한 순례자나 입술은 있지 않은가요?

줄리엣 어머, 순례자님! 그 입술은 기도를 위한 것이랍니다.

로미오 오, 거룩한 성자여! 손은 입술을 대신하고, 믿음은 절망이 되지 않도록 기도하나이다.

줄리엣 성자상은 기도는 허락하나 움직이지는 않아요.

로미오 움직이지 말고 있어요. 내가 기도하는 동안. (키스한다) 이제 나의 죄는 그대의 입술로 씻겼소.

줄리엣 그럼 제 입술이 모든 죄를 짊어지겠군요.

로미오 내 입술의 죄를? 오, 달콤한 꾸중이여! 그럼 내 죄를 다시 돌려줘요. (다시 키스한다)

줄리엣 키스를 배우는군요.

유모 아가씨, 어머니가 하실 말씀이 있답니다.

로미오 아가씨의 어머님이라니?

유모 이봐요, 젊은 양반. 아가씨의 어머님이 이 댁 마님이시라우. 선량하고 정숙하고 덕망이 높으신 분이지요. 당신과 얘기를 나눈 그 따님은 바로 제가 길렀다우. 내 장담하지만 아가씨를 아내로 맞는 분은 호박이 넝쿨째 굴러오는 거나 마찬가지죠.

로미오 캐풀릿의 딸? 참으로 가혹한 형벌이다! 적에게 생명을 빚지다니 말이야.

벤볼리오 자, 가자고! 지금이 절정이니.

로미오 그런가? 내 마음은 불안하기만 한데.

캐퓰릿 아니, 여러분! 잠깐만 기다리시오. 간단한 다과를 준비해 두었으니.

가면을 쓴 사람들이 캐퓰릿에게 속삭인다.

정말로 돌아가신다는 말씀인가요? 고맙소. 이렇게 와주셔서. 안녕히 가십시오. ― 횃불을 밝혀라. 자! 그럼 잠자리로 들어갈까. ― 어이구, 밤이 깊었군. 이젠 쉬어야겠다. (줄리엣과 유모만 남고 모두 퇴장)

줄리엣 유모, 저 젊은이는 누구지?

유모 티베리오 노인의 큰아드님이에요.

줄리엣 지금 막 나가시는 분은?

유모 글쎄요, 페트루키오 도련님 같은데요.

줄리엣 여기까지 와서 춤도 안 추신 저분은?

유모 모르겠어요.

줄리엣 이름 좀 물어봐요. 그분이 기혼자라면 무덤이 내 신방이 될 것 같아.

유모 그분 이름은 로미오래요, 원수 몬터규 집안의 외아들이죠.

줄리엣 단 하나의 내 사랑이 증오에서 싹트다니! 알지 못하고 만난 것은 너무 일렀고, 알고 보니 이미 늦었구나! 끔찍한 원수를 사랑해야 하다니! 아, 어쩐지 이 사랑은 불길하다.

유모 무슨 소리를 하는 거예요?

줄리엣 노래예요. 방금 같이 춤춘 사람한테서 배운 거예요. (안에서 "줄리엣!" 하고 부르는 소리.)

유모 자, 갑시다. 손님들도 모두 가셨답니다. (모두 퇴장)

제 2 막

해설자 등장.

해설자 옛 욕망은 드디어 죽음을 맞이하고 이제 사랑의 새싹이 움터 나옵니다. 죽음의 신에게 생명을 바치려던 미녀들은 온화한 줄리엣에 비하니 아무것도 아니라네.

매력적인 용모에 매혹된 로미오는 사랑에 빠지지만 원수를 사랑하기에 가슴이 아프다네. 그리고 그녀는 무서운 낚싯바늘에서 달콤한 미끼를 훔쳐가네. 원수란 사실을 알고 어찌 감히 그녀에게 다가가 뜨거운 사랑의 맹세를 할 수가 있겠는가!

줄리엣의 사랑은 간절하나 사랑하는 님 만날 길은 막막하기만 하다네. 그러나 열정과 시간은 극도의 기쁨으로 극한 상황을 완화하여 만날 힘과 수단을 준다네. (퇴장)

제 1 장 캐풀릿 집의 정원

로미오 등장.

로미오 내 마음 여기 머물고자 하는데 어떻게 발걸음을 뗀단 말인가? 돌아가자. 우둔한 흙덩이로, 너의 영혼을 찾아서.

머큐쇼와 벤볼리오 한길에 등장. 로미오 담 뒤에서 듣고 있다.

벤볼리오 로미오! 로미오! 로미오!
머큐쇼 빈틈없는 친구니까 틀림없이 집에서 잠자리에 들 준비를 하고 있을 거야.
벤볼리오 이 길로 뛰어와서 정원의 담을 넘었어. 불러봐, 머큐쇼!
머큐쇼 그래, 마법을 걸어봐야지. 로미오, 익살꾼, 미치광이, 정열가, 연애쟁이! 한숨짓는 꼬락서니로 냉큼 나오너라. 노래라도 한곡조 뽑아봐, 그래야 안심하지. "나 여기 있다!"느니, "사랑"이든 '사탕'이든 말해봐. 네 고운 비너스에게 한 마디 건네보렴. 앞 못 보는 그녀 아들, 아브라함의 큐피드 소년. 걔 별명이라도 불러봐. 거지 처녀를 사랑했던 코피투아 임금님을 멋지게 쏴 맞혔잖아. 큐피드

198

의 별명을 하나 대보라고! 야, 친구야, 안 들려? 꼼짝도 않겠어?
이놈의 원숭이가 죽었으니 마법을 걸어야지. 로잘린의 빛나는 눈과
널찍한 이마, 붉은 입술과 예쁜 발, 미끈한 다리와 후들거리는 허벅
지, 그 옆의 언덕을 걸고 널 부르니 변함없는 모습으로 우리 앞에 나
타나거라.

벤볼리오 로미오가 들으면 핏대를 세울 텐데?

머큐쇼 이 정도 가지고는 화 안 낼 거야. 화를 내게 하려면 애인의
마법의 동그라미 속에 성질이 이상한 악마 한 놈을 세워놓고 그녀가
어떤 마법을 써서라도 그걸 쓰러뜨리라고 한다면 핏대를 올리겠지.
그건 좀 지나치지. 그렇지만 내 주문은 당당한 거야. 그 녀석 연인의
이름으로 놈을 불러내는 것뿐이니까.

벤볼리오 가자! 로미오는 나무 뒤에 숨었을 거야. 축축한 어둠을
벗하며 지내려나봐. 사랑에 눈먼 장님이라면 어둠이 가장 좋지.

머큐쇼 사랑에 눈이 멀었다면 사랑의 과녁을 맞힐 순 없지. 지금쯤
로미오는 비파나무 밑에 앉아 자기 연인이 비파나무 열매이길 바랄
거야. 처녀들은 비파나무에게 뭔가를 중얼대며 혼자 웃는다지 뭔가.
오, 로미오! 그 여잔 딱 벌어진 비파나무 열매고 너의 그 물건은 길
쭉한 서양배였으면 하고 기도드리고 있을 테지. 로미오, 잘 자거라.
난 작더라도 내 침대로 가겠다. 노천의 잠자리는 너무 오싹하단 말
이야. 자, 가는 게 어때?

벤볼리오 가자. 말짱 헛일이다. 숨으려는 녀석을 찾는 건 쓸데없는
헛수고니까. (두 사람 퇴장)

제 2 장 캐퓰릿 집의 정원

로미오, 앞으로 나온다.

로미오 상처를 입어보지 않은 자는 남의 상처를 비웃는 법이지.

줄리엣, 2층 무대의 창문에 등장.

가만! 저 창문에 쏟아지는 빛은 무얼까? 저곳은 동쪽이지? 그렇다
면 줄리엣은 태양이로구나. 솟아라, 아름다운 태양아! 시샘하는 달
을 무찔러라. 달의 시녀인 그대가 달보다 훨씬 더 아리땁구나. 달은
슬픔에 젖어 창백하니 그의 시녀가 되진 마오. 달의 여신은 질투심
이 많아. 시녀의 옷은 빛이 바랜 초록색이야. 저건 광대들만 입는 것
이니 벗어버려요. 오, 그대는 내 사랑! 오, 이 마음을 그대가 알아
준다면! 아, 그녀가 입을 연다. 한데 왜 말이 없을까. 상관없어. 저
눈이 말을 하는걸. 대답을 해야지. 아냐. 내가 뻔뻔하게 보일지 몰
라. 나한테 말을 걸지도 않았으니. 하늘에서 가장 아리따운 두 별이
나들이를 가면서 돌아올 때까지 저 눈동자에게 대신 반짝여 달라고
애걸한 거야. 그녀의 눈이 밤하늘에 있고, 아름다운 두 별이 그녀의

얼굴에서 반짝인다면 어떻게 될까? 그대의 빛나는 두 뺨은 별들을 무색하게 만들겠지. 햇빛 속의 등불처럼 말야. 하늘로 간 저 눈동자는 창공을 가로질러 너무나 밝게 빛나 새들은 낮인 줄 알고 노래를 할 거야. 저것 봐, 손에 뺨을 대고 있네! 오, 내가 그녀의 장갑이라면 저 뺨을 만져볼 수 있으련만.

줄리엣 아아, 어쩌지?

로미오 다시 한 번 말해 봐요. 빛나는 천사여! 당신은 날개 돋친 하늘의 천사가 되어 흘러가는 구름을 밟고 창공을 헤쳐갈 때면 그대를 보는 사람들의 눈빛엔 놀람의 물결이 출렁일 거야.

줄리엣 아, 로미오님, 로미오님! 어찌하여 당신은 로미오님이신가요? 아버지를 잊으세요. 그 이름도 버리세요. 그것이 싫으시거든 절 사랑한다고 해주세요. 그럼 이제 저도 캐퓰릿이 아니에요.

로미오 좀 더 들어볼까, 아니면 이쯤에서 그만둘까?

줄리엣 당신 이름만이 저의 적일 뿐이에요. 비록 몬터규 성을 갖지 않았더라도 당신은 당신이에요. 도대체 몬터규가 뭔데요? 그건 손도 발도 팔도 얼굴도 사람 몸의 어떤 부분도 아니잖아요. 이름이 뭔데요? 장미꽃을 다른 이름으로 불러도 향기는 마찬가지잖아요. 로미오란 이름을 갖지 않더라도 당신이 갖고 있는 완벽함은 절대 변치 않을 거예요. 로미오님, 그 이름을 버리세요. 차라리 그 이름 대신 저를 가지세요.

로미오 그대 말대로 그대를 갖겠소. 날 연인이라 불러줘요. 그러면 다시 세례를 받아 로미오라는 이름을 버리겠소.

줄리엣 당신은 누구신데 밤의 어둠 속에 몸을 숨기고 남의 비밀을 엿듣나요?

로미오 아, 제 정체를 밝힐 수가 없군요. 거룩한 천사여! 저는 제 이름을 미워합니다. 당신의 원수니까. 내 이름이 적힌 종이가 있다면 갈기갈기 찢어버리고 싶습니다.

줄리엣 그대 혀가 내놓은 말을 제 귀로 마신 게 얼마 되지 않지만 당신 목소리는 알아요. 로미오님 아니세요? 몬터규 댁의?

로미오 둘 다 아닙니다, 당신이 싫어하시기에.

줄리엣 어떻게 여길 오셨나요? 말해 봐요. 담이 높아서 오르기 어려운데다 당신 신분이 노출되면 생명이 위험해요.

로미오 사랑이란 가벼운 날개로 담을 넘어왔지요. 돌로 지은 장애물 같은 건 사랑을 막을 수가 없어요. 사랑은 할 수 없는 일이 없어요. 그러니 당신네 가족도 날 막진 못해요.

줄리엣 하지만 들키는 날엔 죽일 거예요.

로미오 아아, 그들이 가진 스무 자루의 칼보다 당신의 눈동자가 더 두려워요. 당신만 지켜주신다면 그들의 적개심은 절 찌르지 못할 겁니다.

줄리엣 어떤 일이 있어도 이곳에서 들켜선 안 돼요.

로미오 난 밤의 외투를 걸치고 있어 상관없지만 만약 당신이 날 사랑하지 않는다면 차라리 들키는 게 나아요. 당신의 사랑을 못 받아 헛되이 죽는 날을 기다리느니 차라리 그들의 미움을 받아 목숨을 끝내는 게 나아요.

줄리엣 당신을 누가 이곳에 인도했나요?

로미오 사랑이 당신을 찾으라고 귀띔했어요. 사랑은 내게 슬기를 주었고, 난 사랑에게 눈을 빌려주었죠. 난 키잡이는 아니지만, 바닷물이 넘실대는 천릿길을 떠나 왔다 해도 나의 보배를 찾는 모험을 했을 겁니다.

줄리엣 저의 얼굴에 밤의 가면이 씌워졌기에 망정이지 그렇지 않았다면 저의 달아오른 두 볼을 들키고 말았을 거예요. 당신이 오늘밤 제 말을 엿들었으니, 저도 체면이 있어 제가 한 말이 아니라고 잡아뗄 수도 있지만 체면치레 따윈 거둬치우지요! 절 사랑하시나요? '그렇다' 고 대답하시겠죠? 그 말을 믿을래요. 그렇지만 당신의 맹세가 물거품이 될지 누가 알아요? 애인들의 거짓말을 듣고 주피터 신도 웃고 만다죠. 아, 로미오님! 저를 사랑하신다면 성실하게 말씀하세요. 절 너무 쉽게 얻었다고 생각한다면 얼굴을 찡그리고 "안돼요" 하고 할 수도 있지만 그러지 않겠어요. 몬터규님, 당신이 너무 좋아요. 이러는 저를 경박한 여자라 생각할 수 있겠지만 저의 진심을 믿어주세요. 새침떼기인 척 교활한 수단을 부리는 여자가 아니라는 사실을 증명해 드리겠어요. 진실한 사랑의 고백을 당신이 엿듣지만 않았다면 남들처럼 시침을 떼겠지만 말이에요. 제발 경박한 사람이어서 쉽게 마음을 허락한 거라고 오해하진 마세요. 저의 사랑이 타고난 것은 밤의 어둠 때문이니까요.

로미오 이 과일나무 가지들을 은빛으로 물들이는 저 청순한 달에 걸고 맹세하겠소.

줄리엣 아, 둥근 궤도 안에서 한 달 내내 모습을 바꾸는 달님에게 맹세하진 마세요.

로미오 그럼, 어디에 맹세하죠?

줄리엣 아무 맹세도 하지 마세요. 정 하시려거든 품위 있는 당신 자신에게 맹세하세요. 이 몸이 숭배하는 신이니 당신을 두고 맹세한다면 믿겠어요.

로미오 만약 내 마음속의 소중한 사랑이…….

줄리엣 글쎄, 맹세는 마시래도요. 당신하고 함께 있는 것은 좋지만 오늘밤의 맹세는 싫어요. 너무나 성급하고, 무모하고, 갑작스러운 걸요. 마치 '번개가 친다'고 말할 틈도 없이 사라지는 번개 같아요. 아, 내 사랑 그럼 안녕. 이 사랑의 새싹은 여름의 숨결로 자라나 다음에 만날 땐 예쁜 꽃이 필 거예요. 안녕히 가세요, 안녕! 제 가슴에 있는 감미로운 휴식이 당신 가슴속에 깃들기를.

로미오 오, 이렇게 아쉽게 헤어져야 합니까?

줄리엣 어떻게 하면 당신이 만족할 수 있나요?

로미오 서로 사랑의 맹세를 나누는 거요.

줄리엣 전 당신이 청하기도 전에 이미 드렸어요. 지금은 되돌려 받고 싶지만.

로미오 그건 맹세를 취소하고 싶단 말인가요?

줄리엣 아, 그걸 다시 한 번 당신께 드리기 위해서예요. 제 마음을 제 자신이 탐내고 있나봐요. 제 마음이나 사랑은 바다처럼 깊어요. 그러니 당신께 드려도 드려도 차고 넘친답니다. 둘 다 무한한 거니까요. ― 안에서 누가 부르네요. 잘 가요, 내 사랑! ― 곧 갈게, 유모! ― 몬터규님, 잠깐 기다려요. 다시 올게요. (줄리엣 창가를 떠나 안으로 들어간다)

로미오 아, 축복 받은 밤! 두렵구나, 이 밤이 현실이라고 하기엔 너무나 행복해서 갈피를 잡을 수가 없다.

줄리엣, 다시 창가에 등장.

줄리엣 로미오님, 세 마디만 더하고 정말 작별해요. 당신의 사랑이 진정이시고, 진정 결혼을 생각한다면 내일 사람을 보낼 테니 회답을 보내주세요. 언제 어디서 식을 올리시려는지 알려주세요. 그럼 전 모든 재산을 당신께 바치고 이 세상 끝까지 당신을 따라가겠어요.

유모 (안에서) 아가씨!

줄리엣 갈게, 곧 ― 하지만 당신의 맹세가 거짓이라면 부탁이에요.

유모 (안에서) 아가씨!

줄리엣 간다니까 ―. 청혼은 그만두고 혼자 한탄하게 해주세요. 내일 사람을 보낼게요.

로미오 영혼을 걸고 맹세합니다.

줄리엣 부디 좋은 밤 보내세요! (퇴장)

로미오 당신이 빛을 잃으니 밤은 천만 배나 매력을 잃었어요! 애인을 만나러 갈 땐 학교 파한 학생들처럼 생기가 있었는데, 애인과 헤어질 땐 학교로 가는 학생처럼 우울하군.

줄리엣이 다시 등장하자 로미오는 떠난다.

줄리엣 로미오님, 들어주세요! 아, 매사냥꾼이 숫매를 다시 불러들였으면 좋으런만! 자유가 없는 이 몸은 목소리도 쉬어서 큰 소리를 낼 수 없군요. 그렇지 않다면 산울림이 살고 있는 동굴을 깨고 공중에 울려퍼지는 목소리가 내 것보다 더 쉰 소리를 낼 때까지 '로미오님'이란 이름을 끝없이 불러보련만!

로미오 내 영혼이 내 이름을 부르고 있구나. 밤에 울려퍼지는 연인의 목소리는 말할 수 없이 부드럽군. 마치 은방울소리 같아.

줄리엣 로미오님!

로미오 줄리엣!

줄리엣 내일 몇 시에 사람을 보낼까요?

로미오 9시경에.

줄리엣 알았어요. 내일이 20년 같아요. 당신을 왜 다시 불렀는지 잊어버렸어요.

로미오 그럼 이대로 서 있을게요, 당신이 기억을 되찾을 때까지.

줄리엣 아, 날이 새고 있으니 이젠 돌아가게 해 드려야지. 멀리 가시진 마세요. 장난꾸러기 계집애가 손에서 새를 좀 늦춰놓았다가도 사랑이 지극하면 자유까지도 샘이 나 비단실로 다시 잡아당긴다죠?

로미오 내가 그 새였으면 좋겠어.

줄리엣 그랬으면 좋겠지만 너무 귀여워하다가 죽일까봐 겁이 나요. 잘 자요! 이별의 슬픔은 너무나 감미로워. 날이 샐 때까지 이별의 인사를 되풀이할래요.

로미오 그대의 눈과 가슴에 평안한 잠이 내리기를! 내가 평화로운 잠이 되어 달콤하게 그대 가슴에 안겼으면! (줄리엣 퇴장) 이 길로 신부님 암자로 가자. 도움도 청하고 행운도 전해야지.

제 3 장 로렌스 신부의 암자

로렌스 신부, 바구니를 들고 등장.

로렌스 신부 잿빛 아침이 찌푸린 밤에 미소를 지으며 동녘하늘에 빛무늬 이랑을 이루었군. 얼룩진 어둠은 주정꾼처럼 비틀거리다가 태양신의 수레바퀴에 쫓겨나고 있고. 아, 태양이 불타는 눈을 쳐들고 낮에 생기를 주어 축축한 밤이슬을 말리기 전에 독초와 약초꽃을 꺾어 버들바구니에 채워야겠다. 대지는 자연의 어머니이자 무덤이다. 그 무덤은 다시 자연을 낳는 모태이기도 하지. 바로 그 모태에서 다양한 자식들이 태어나 자연의 품속에서 젖을 빠는 거야. 약초는 효험이 뛰어난 것도 많은데다가 나름의 약효를 지니고 있지. 아! 풀, 나무, 돌 들은 모두가 놀라운 힘을 지니고 있어. 땅 위에 있는 것은 아무리 사악한 것이라도 땅에 약간의 이익을 주고 있지. 반면 아무리 좋은 것이라 해도 제대로 쓰지 않으면 해를 입을 수 있어. 미덕도 잘못 쓰면 악덕이 될 수 있고, 악덕도 활용하기에 따라서 유용하게 쓰일 수가 있지.

로미오가 등장하지만 신부가 보지 못한다.

이 작은 꽃의 연약한 외피에는 독도 있고 약효도 있어. 이 꽃의 냄새를 맡으면 온몸이 아주 상쾌해지지만 맛을 보면 심장이 마비되고 마니까. 아름다움과 위험은 초목에도 인간에게도 그대로 적용이 돼. 그게 바로 미덕과 악덕이지. 악덕이 우세하면 죽음이란 해충이 인간이란 나무를 갉아먹어버리지.

로미오　안녕하세요, 신부님?

로렌스 신부　신의 은총이 그대에게 있기를! 꼭두새벽부터 다정한 인사를 하는 당신은? 오, 너였구나. 이런 새벽에 잠자리에서 뛰쳐나온 걸 보니 무슨 고민이 있군그래. 늙은이의 눈 속엔 걱정거리가 보초를 서고, 걱정이 머무는 곳엔 잠이 찾아오지 않는 법! 그러나 마음에 고통과 상처가 없는 젊은이는 침상에 팔다리를 펴자마자 금세 황금의 잠에 빠질 수 있지! 그런데 이렇게 일찍 일어난 걸 보니 분명 마음의 번뇌가 잠을 설치게 했나보군.

로미오　사실 전 잠보다 달콤한 시간을 보냈어요.

로렌스 신부　하느님 맙소사! 로잘린과 함께 있었군그래?

로미오 로잘린이라니요? 천만에요! 전 그 이름도, 그 이름이 주었던 고통도 잊은 지 오래랍니다.

로렌스 신부 아주 잘 됐군! 그럼 어디에 갔었지?

로미오 다시 물으시기 전에 말씀을 드리죠. 원수의 집 연회에 갔었는데, 거기서 뜻밖의 사람을 만나 상처를 입었어요. 저 역시 그녀에게 상처를 입혔고요. 신부님이 도움을 주셔야만 우리의 상처는 아물 수 있어요. 신부님, 제 청을 들어주시면 저의 원수에게도 도움이 된답니다.

로렌스 신부 이것 봐, 좀 더 쉽게 말하라고. 어정쩡한 고백은 어정쩡한 용서밖에 못 받아.

로미오 그럼 솔직하게 말씀드리죠. 재벌 캐퓰릿 집안의 아리따운 따님에게 빠지고 말았어요. 그녀 역시 절 사랑하고 있습니다. 그러니 신부님께서 우리의 혼례식에 주례를 서주세요. 우리가 언제 어디서 어떻게 만나 사랑을 고백하고 사랑의 맹세를 나눴는지는 가면서 말씀드리죠. 제발 오늘 우리가 결혼식을 올릴 수 있도록 해주세요.

로렌스 신부 나 원 참! 세상 많이 변했구먼. 그토록 열을 올렸던 로잘린을 그렇게 빨리 잊어버리다니! 진실로 젊은이들의 사랑이란 마음속에 있다기보다 눈 속에 있는 것 같구나. 세상에! 로잘린 때문에 네 창백한 뺨을 적신 눈물은 다 어디 갔니! 이제 보니 빛바랜 사랑에 윤기를 주려고 그토록 눈물을 뿌렸군. 허공에 머문 네 한숨은 아직도 마르지 않았고, 신음소리는 아직도 따갑게 울리고 있는데. 네가 아직도 같은 고민을 하는 거라면 로잘린 때문일 텐데, 무슨 일이 있나 보구나. 자, 이 글귀를 외워봐라. 남자의 마음이 바람에 날리는 갈대니, 여잔들 어찌 변치 않으리!

로미오 로잘린을 사랑할 때도 신부님은 절 꾸짖으셨죠.

로렌스 신부 사랑한다고 해서 그랬나! 사랑에 빠지니까 그랬지, 이 녀석아.

로미오 사랑을 묻으라고 하셨죠?

로렌스 신부 사랑을 묻되 다른 사랑을 파내라고는 안했어.

로미오 제발 꾸짖진 마세요. 지금의 연인과는 사랑과 호의를 주고받고 있어요. 지난번과는 달라요.

로렌스 신부 오! 그거야, 네가 사랑에 대해 별 의미 없이 떠들어댄다는 걸 그녀도 느꼈을 테니까 그렇지. 아무튼 가자. 이 변덕쟁이야! 나도 한 가지 점에서만은 널 돕고 싶다. 이 결혼으로 두 집안의 앙숙 관계도 화해를 맞을지 모르겠구나.

로미오 어서 가시죠! 전 급하다고요.

로렌스 신부 슬기롭게 천천히. 급하게 먹는 밥은 체하기 십상이야.

(함께 퇴장)

제 4 장 광장

벤볼리오와 머큐쇼 등장.

머큐쇼 로미오 녀석 어딜 간 거야?

벤볼리오 집에는 안 왔어. 로미오의 하인이 말했어.

머큐쇼 제기랄, 그 까칠하기 짝이 없는 로잘린 계집애! 그렇게 힘들게 하니 로미오 머리가 돌 수밖에.

벤볼리오 캐퓰릿 영감의 친척인 티볼트 녀석이 로미오의 아버지 집으로 편지를 보냈다지?

머큐쇼 틀림없이 도전장일 테지.

벤볼리오 로미오가 답장을 보낼걸?

머큐쇼 까막눈이 아닌 이상 답장이야 보내겠지.

벤볼리오 그게 아니라 도전에 대한 답장을 낼 거라 이거야.

머큐쇼 어휴, 가엾은 로미오! 그는 벌써 박살이 났어. 까칠한 까만 눈동자는 고통에 찔리고, 귀는 사랑의 노래로 으깨지고, 심장 한복판은 눈먼 애송이가 쏜 큐피드의 화살에 뚫린 판에 어떻게 티볼트의 상대가 될 수 있겠어?

벤볼리오 티볼트가 뭔데?

머큐쇼 고양이 왕보다는 한 수 위지. 아, 그자는 결투 예절도 밝은 놈이야. 박자, 음정, 리듬 등을 잘 맞춰 잠깐 쉬었다가 상대방의 가슴팍을 찌르는 식이지. 상대방 옷에 붙은 비단 단추 같은 것도 맘대로 떨어뜨릴 정도로 검술에 능통해. 그 녀석은 정말 격투의 명수지. 아무렴, 명수고말고. 최고의 문벌을 자랑하는 신사고!

벤볼리오 그건 또 뭐지?

머큐쇼 돼먹지 않은 말이나 퍼붓는 놈이 신식이라고 씨부렁대는 꼬락서니라니! "어쭈, 끝내주는 칼솜씨! 용감하기 그지없는 사람! 기차게 근사한 매춘부!" 이런 말이나 늘어 놓는 녀석! 아니, 벤볼리오 영감! 이것 참 통탄할 일 아닌가? 우리가 이렇게 한심한 날파리들한테 지지고 볶이다니! 유행이나 뒤쫓는 경망한 것이 굽실거리는 탓에 낡은 벤치에 앉지도 못한다나? 뼈가 쑤시고 아파서!

로미오 등장.

벤볼리오 아, 저기 로미오가 온다.

머큐쇼 얼빠진 마른 청어 같군. 아, 살덩이는 어디 가고 말라빠진 생선 꼴이 되었을까? 저 녀석도 이제는 페트라르카의 슬프기 그지없는 사랑 노래에 어울리는 꼴이 됐군. 페트라르카가 사랑한 로라도 저 친구 애인에 비하면 부엌데기지— 사실 말이지 노래짓기에는 로라가 더 멋진 시인을 애인으로 가진 셈이야 — 디도는 촌닭이요, 클레오파트라는 검둥이, 그리고 헬레네와 헤로는 닳아빠진 창녀 계집이지. 디스비는 잿빛 눈을 가졌지만 별 볼일 없지. 로미오 나리, 봉주우르, 시뇨르 로미오! 네 바지가 프랑스식 나팔바지니깐 인사도 프랑스식으로 해야겠지? 어젯밤엔 멋지게 우릴 골탕먹였어.

로미오 잘들 잤나? 한데 내가 무슨 골탕을 먹었다는 거야?

머큐쇼 참 나, 우리를 골탕먹인 게 생각 안 나?

로미오 미안해, 머큐쇼. 중대한 일이 있었어. 그럴 만한 일이 있었으니, 이해해줘.

머큐쇼 그렇다면 무릎을 꿇고 공손히 사죄를 해야지.

로미오 왼발을 뒤로 빼고 하는 인사?

머큐쇼 아주 점잖은 해석인걸.

로미오 정말 예의 바른 설명이군.

머큐쇼 나야 뭐 예절의 꽃이라고 할 수 있으니까.

로미오 장미야말로 꽃 중의 꽃이지.

머큐쇼 맞아.

로미오 보라고, 내 구두도 온통 꽃나무야.

머큐쇼 정말 재치 만점이네! 그럼 네 신발 뒤창이 닳아 문드러질 때까지 이런 농지거리를 계속할 테야? 신발 뒤창이 다 닳아 없어져도 농담만은 원형을 유지하겠구나.

로미오 닳아빠진 농담은 유치하기 때문에 외롭다.

머큐쇼 벤볼리오, 좀 도와줘. 머리가 띵해.

로미오 채찍이며 박차를 마음껏 휘둘러봐! 그러지 않으면 내가 이겼다고 소리칠 거다.

머큐쇼 글쎄, 이런 식의 도깨비놀음에는 두 손 들었어. 넌 모든 면에서 나보다 훨씬 지혜로우니까. 바보 도깨비놀음만 하지 않는다면!

로미오 사실 넌 나와 함께 한 게 아무것도 없어. 도깨비놀음을 한 건 나 혼자니까.

머큐쇼 또다시 그따위 농담을 했다간 귀를 깨물어줄 테다.

로미오 착한 도깨비, 제발 깨물진 마라.

머큐쇼 너의 농담은 맵싸한 것이 톡 쏘는 게 특징이야.

로미오 그러니 맛있는 도깨비를 잡아먹을 때 내놓기를 잘했지.

머큐쇼 히야, 재치가 노루 가죽 같아. 한 치를 마흔다섯 치로 늘리다니!

로미오 그럼 내가 그걸 마음껏 늘려볼까? 도깨비에다가 늘린다는 말을 보태면 넌 늘어질 대로 늘어진 도깨비가 될 테니까.

머큐쇼 그야 사랑 때문에 괴로워하는 것보다야 낫지? 지금이야말로 네가 정말 내 친구 로미오답다. 이제야말로 이렇게 보아도 로미오, 저렇게 보아도 로미오다. 왜냐하면 사랑이란 놈은 혓바닥을 빼물고 침을 질질 흘리는 몸집만 큰 바보니까. 자신의 광대 지팡이를 구멍 속에 감추고 이리저리 휘젓고 싶어 하니 말이야.

벤볼리오 그만해. 그러지 않으면 한없이 늘어지겠는걸.

머큐쇼 하하, 잘못 짚었어! 난 짧게 끝낼 참이었어. 사실 내 화제도 이제 바닥이 드러났거든. 더 이상 들어갈 데도 없어.

로미오 괜찮은 물건이군.

유모가 하인인 피터를 데리고 오는 것이 보인다.

머큐쇼 두 척이다, 두 척! 치마와 고쟁이다!

유모 피터!

피터 네.

유모 부채를 줄게, 피터.

머큐쇼 이봐 피터, 얼굴을 가리지 마. 부채가 얼굴보다 곱잖나?

유모 도련님들, 좋은 아침이죠?

머큐쇼 벌써 한낮이에요, 아주머니!

유모 벌써 그렇게 됐나?

머큐쇼 그렇고말고요. 음탕한 해시계 바늘이 정확히 정오를 어루 만지고 있잖아요?

유모 에구머니! 망측해라.

로미오 아주머니, 이 녀석은 하느님이 자신을 망치라고 만든 녀석 이랍니다.

유모 정말 맞는 말이에요. '자기 스스로 망치다' 맞지요? 신사 여 러분? 한데 로미오 청년을 어디로 가면 만날 수 있을까요?

로미오 로미오 청년을 만날 때쯤이면 아주머니가 찾아 나섰을 때보 다 훨씬 늙어 있을 거예요. 지금 그 이름을 가진 청년으로는 제가 제 일 젊지요. 나보다 못생긴 녀석이 없어서 좀 그렇기는 하지만.

유모 재미있는 분이셔.

머큐쇼 아니, 지지리 못난 녀석을 보고 재미있다고 하다니! 실로 이해력이 뛰어난 분이셔서 좋아!

유모 댁이 로미오 도련님이시라면 할 얘기가 있어요.

벤볼리오 만찬에 초대하려나 봐.

머큐쇼 뚜, 뚜, 뚜쟁이야! 저 봐!

로미오 보라니, 뭘?

머큐쇼 갈보 토끼는 아니야. 사순절 파이의 속재료로 쓰는 토끼는 아니고, 이미 한물 가 곰팡이가 슨 창녀 고기파이라고. (머큐쇼 지나가면서 노래를 한다.)

늙어빠진 흰토끼 갈보,
늙어빠진 흰토끼 갈보!
사순절 고기로는 최고지.
하지만 늙어빠진 흰토끼 갈보가
먹기도 전에 상해버리면
돈 주고 같이 자기엔 아깝지.

로미오, 아버지 집에 갈 거지? 거기서 밥이나 같이 먹자.

로미오 금방 갈게.

머큐쇼 안녕히 가세요, 노처녀 아주머니! (노래한다) 아주머니, 아주머니, 아주머니! (머큐쇼와 벤볼리오 퇴장)

유모 부디 잘들 가슈! 한데 저렇게 건방진 소릴 마구 지껄이는 녀석이 누군지 말해주시오.

로미오 저 친구는 혼자 떠들어대길 좋아하는 친구예요. 한 달이 걸려도 못다할 말을 1분이면 다 지껄인답니다.

유모 더 이상 날 건드리면 아주 혼쭐을 내줄 테다. 제깟 녀석이 제아무리 힘이 세다 해도 날 당하지는 못해. 내가 못해내면 해낼 사람들을 불러올 수도 있어. 망할 녀석, 나를 놀리다니! 내가 어디 제 친군가? (피터에게) 그런데 넌 왜 구경만 하고 서 있었지? 그 녀석이 제멋대로 놀리는데도!

피터 아무도 유모를 놀리지 않았는데요. 만일 그랬다면 벌써 칼을 뽑았지요. 정말이라고요. 장담하지만 칼을 내 연장만큼 빨리 꺼낼 수 있다고요. 대판 싸움이 벌어져도 이쪽에 잘못만 없다면야 뭐 법은 우리 편이겠지요.

유모 정말이지 너무 화가 나서 온몸이 사시나무 떨리듯 했다니까. 망할 녀석! 그건 그렇고, 도련님! 아까도 말씀드렸지만 우리 댁 아가씨가 도련님을 찾아가 보라고 해서요. 그리고 도련님께 말씀드릴 게 있다우. 댁에서 우리 아가씰 꾀어서 재미를 볼 생각이라면 정말 잘못 생각하셨어요. 그거야말로 모든 여자에게 용서 못할 죄를 저지르는 겁니다. 행패치고도 아주 못된 행패랍니다.

로미오 유모, 아가씨에게 제 안부 좀 전해 주세요. 유모 앞에서 단언하지만만…….

유모 착하신 도련님! 그렇게 전하지요. 아, 정말이지! 우리 아가씨가 얼마나 기뻐할까?

로미오 한데 유모, 아가씨에게 뭘 전한다는 거지요? 내 말을 마저 듣지도 않았잖아요.

유모　그야 물론 도련님이 맹세하셨다고 전할 참입니다. 참으로 신사다운 말씀이십니다.

로미오　아가씨에게 어떻게 해서든 오늘 오후 고해성사에 나오라고 전해줘요. 로렌스 신부님 암자에서 고해성사를 마친 뒤 바로 결혼식을 올릴 겁니다. 자, 이건 수고의 대가요.

유모　이러지 마세요. 전 한 푼도 안 받겠어요.

로미오　아이, 받아두라니까요.

유모　그럼, 오늘 오후 말씀이죠? 꼭 아가씨께 전해 올립죠.

로미오　잠깐만 유모, 수도원 담 뒤에서 기다려주세요. 한 시간 안으로 내 하인이 밧줄 사다리를 가지고 갈 것이니. 그건 저를 한밤중에 기쁨의 경지로 올려다줄 줄이지요. 그럼 잘 가세요. 제 부탁에 대한 수고비는 꼭 드릴게요. 아가씨께 안부 전해 주시고.

유모　하느님의 축복이 있기를! 아, 잠깐.

로미오　뭔데요, 존경하는 유모께서?

유모　댁의 하인들은 입이 무겁습니까? 속담에도 있잖아요. '하나를 없애야 두 사람의 비밀은 지켜진다'고.

로미오　아무 걱정 마세요. 제 하인은 강철같이 믿음직하니까.

유모　그럼 됐어요. 우리 집 아가씬 정말 사랑스럽죠. 아, 글쎄! 그 어린 것이 재잘재잘하던 시절엔 ─ 지금도 그렇지만요. 시내에서 힘깨나 쓰는 패리스님이 아가씨한테 홀딱 반했지 뭐예요. 하지만 우리 아가씬 그분을 보느니 차라리 두꺼비를 보는 게 낫겠다고 하지 않겠

어요? 그래서 제가 패리스님은 아주 미남이라고 했더니 우리 아가
씬 금방 샐쭉해지지 뭡니까? 그런데 로즈메리라는 꽃 이름과 도련
님의 이름인 로미오는 같은 글자로 시작되지요?

로미오   그렇소, 유모. 둘 다 아르로 시작되는 게 맞소.

유모   아이, 웃겨. 그건 개가 으르렁대는 소리 같아요. 아르는 저—
남자의 아르는 다른 글자로 시작할 거야. 그건 그렇고, 아가씨는 도
련님 이름과 로즈메리 꽃 이름을 붙여서 정말 예쁜 문구를 짓고 있어
요. 도련님이 들어보면 아주 기분이 좋을걸요.

로미오   아가씨께 안부 전해 주세요.

유모   물론이죠. 입이 닳도록 전해 드리지요. (로미오 퇴장) 피터!

피터   네.

유모   (부채를 건네주며) 앞서라, 서둘러 가자. (두 사람 퇴장)

제 5 장 캐퓰릿 집의 정원

줄리엣 등장.

줄리엣   유모를 보낸 시각이 아홉 시였지. 한데 반 시간이면 돌아온

다던 사람이 함흥차사야. 그이를 만나지 못한 게 아닐까? 아, 유모
절름발이야! 사랑의 심부름은 산을 덮은 그림자를 산 너머 저쪽으
로 몰아가는 햇빛보다 열 배나 더 빠르게 날 수 있어야 해. 그래서 비
둘기가 비너스의 마차를 끄는 거고, 바람 같은 큐피드에게 날개가
달린 거야. 태양은 오늘 여정의 최정상에 와 있어. 9시부터 12시라
는 시간은 말할 수 없이 긴데 왜 유모는 오지 않을까. 유모에게 뜨거
운 젊은 피가 남아 있다면 공처럼 빨리 달릴 수 있을 텐데. 그럼 난
말로 그 공을 그분께 보내고, 그분도 답장을 보내왔을 텐데. 하지만
늙은이들이란 산송장 같아. 굼벵이처럼 느리고 납빛처럼 창백해.

유모와 피터 등장.

아, 유모가 왔어! 그래, 그일 만났어요? 저 사람은 나가라고 해요.

유모 피터, 문간에 가 있어. (피터 퇴장)

줄리엣 유모! 왜 그런 표정을 짓는 거야? 그런 떫은 얼굴로 말을
하다간 음악처럼 달콤한 소식도 망치고 말겠어.

유모 숨 좀 돌리고요. 아이고, 왜 이리 뼈마디가 쑤신담!

줄리엣 내 뼈를 줄 테니 어서 소식이나 전해요. 자, 어서 말해봐요.
착하디 착한 유모, 어서.

유모 성미도 급하셔라! 숨이 턱에 찬 걸 보고도 이러시기예요?

줄리엣 내게 말을 하는 걸 보니 죽을 만큼 숨이 찬 건 아니잖아? 이
러쿵저러쿵 변명할 시간이면 천 가지 소식도 전할 수 있겠어. 좋은

소식이야, 나쁜 소식이야? 대답 좀 해. 자세한 건 나중에 들어도 좋으니. 궁금증 먼저 풀어줘.

유모 어이구, 아가씨! 정말이지 선택이 잘못됐어. 이렇게 남자를 고를 줄 모르다니! 로미오라고요? 절대 안 돼요, 그 사람은. 다른 사람들보다 잘난 얼굴에, 다리도 견줄 데 없이 미끈하고, 손발과 몸매도 나무랄 데 없어요. 그리고 성인군자만큼 예절을 지키지는 않지만 마음씨만은 어린 양같이 착합디다. 가봐요, 아가씨. 하느님께 정성껏 기도를 드려요. 참, 점심은 드셨소?

줄리엣 아니, 아직 안 먹었어. 지금까지 들은 얘긴 다 알고 있는 거야. 말해줘요. 그이가 결혼에 대해 뭐라고 했어?

유모 아이고, 머리가 왜 이리 쑤신담! 정말 죽을 지경이야! 그리고 허리도! 이 늙은 걸 심부름을 보내다니 매정도 하시지. 여기저기 쏘다니다 보니 정말 곤죽이 될 지경이라우.

줄리엣 어머, 그렇게 힘들다니 정말 미안해. 더없이 소중한 내 유모, 말해봐! 그분이 뭐라고 했어?

유모 그분은 정말 신사였어요. 예의 바르고, 친절하고, 잘생겼고, 게다가 덕망도 있어보였고요. 한데 마님은 어디 계시지요?

줄리엣 그야 집 안에 계시겠지. 어머니가 어딜 가셨겠어? 참 별난 질문이네. "분명히 덕망도 있어보였고요— 한데 마님은 어디 계시지요?" 라니?

유모 아, 성모님 맙소사! 그렇게 몸이 달아올라요? 정말이지 기가 차군요! 뼈마디가 쑤셔 죽겠는데 이런 약을 주는 거예요? 요다음부터는 모든 문제를 스스로 해결하시구려.

줄리엣 제발 수다 좀 그만 떨어요! 로미오가 뭐라고 했어?

유모 오늘 고해성사 가는 건 승낙 받았어요?

줄리엣 받았지.

유모 그럼 로렌스 신부님 암자로 가봐요. 신랑이 기다리고 있으니까요. 아가씰 신부로 맞으려고요. 저것 봐! 벌써 두 볼이 꽃처럼 활짝 피었군. 그저 로미오 얘기만 들어도 얼굴이 달아오른다니까. 빨리 성당으로 가봐. 난 줄사다리를 가지러 가야 하니. 어두워지면 도련님이 줄사다리를 타고 원앙새의 보금자리에 드실 테니까. 난 아가씨 때문에 이런 고생을 다한다오. 하지만 오늘밤엔 아가씨가 장난아니게 힘들걸요. 어서 가요. 난 요기를 좀 해야겠어요.

줄리엣 아! 행복을 찾아 달려가자! 착한 유모, 안녕. (퇴장)

제 6 장 로렌스 신부의 암자

로렌스 신부와 로미오 등장.

로렌스 신부 천주여! 이 거룩한 예식을 축복해 주시고, 훗날 슬픔으로 저들을 책망치 마소서.

로미오 아멘, 아멘. 어떤 슬픔과 맞닥뜨리더라도 그녀를 본 순간의 기쁨과 바꿀 수 있겠습니까? 거룩한 말씀으로 저희를 맺어주세요. 사랑을 잡아먹는 죽음의 신이 무슨 짓을 하더라도 전 만족하겠어요. 그녀를 내 것으로 만들 수 있다면.

로렌스 신부 이러한 벅찬 기쁨은 종말 또한 거세게 마련이지. 불티와 화약이 서로 닿자마자 폭발하듯이 승리는 절정에서 숨을 거두는 법! 지나치게 꿀이 달면 단맛만 보아도 싫증이 나지. 그러니 사랑은 적당히 해야 한다. 그것이 오랜 사랑의 원칙이지.

줄리엣 등장.

오, 저렇게 가벼운 발걸음이라면 아무리 딱딱한 차돌이라도 절대 닳지 않겠구나! 사랑하는 사람은 짓궂은 여름 바람의 흔들리는 거미줄을 타고도 떨어지지 않는다던데. 아, 덧없어라, 사랑의 기쁨이여!

줄리엣 신부님, 안녕하세요?

로렌스 신부 로미오가 나의 몫까지 인사를 할 거야, 줄리엣.

줄리엣 아, 이 고마움을 어쩌나. (두 사람 포옹한다)

로미오 아, 줄리엣! 당신이 주는 기쁨이 산을 이루고, 그것을 과시할 기술이 나보다 낫다면 목소리로 주변 공기를 감미롭게 만들고, 풍성한 음악으로 우리가 주고받는 상상 속의 행복을 보여주오. 그리고 지금의 꿈같은 시간을 달콤한 노래로 채워주시오.

줄리엣 내용이 좋은 상상력은 장식이 아니라 본질을 뽐내는 법이지요. 가난한 사람은 자신의 값어치를 헤아릴 수 있겠지만 진실된 내 사랑은 헤아릴 수 없이 커서 그 재산의 절반도 헤아릴 수가 없답니다.

로렌스 신부 자, 예식을 서둘러야겠다. 성스러운 교회가 두 사람을 하나로 맺어주기 전에는 한시라도 너희들끼리 있게 할 순 없어. (세 사람 퇴장)

제 3 막

제 1 장 광장

머큐쇼, 벤볼리오 및 이들의 하인 등장.

벤볼리오 머큐쇼, 그만 돌아가자고! 너무 더운데다가 캐퓰릿네 놈들이 쏘다니고 있어. 그놈들과 마주치면 싸우지 않고는 배길 수 없을 것 아닌가. 이렇게 더운 날에는 피가 끓어오른다니까.

머큐쇼 술집 문턱을 넘어서자마자 칼을 식탁 위에 내던지고는 난데없이 "너 따위가 필요할 일은 절대 없길 원해!"라고 한마디 하고는 술이 두 순배 돌자마자 술을 마시는 친구에게 칼을 뽑는 멍충이가 있다더니, 네가 꼭 그잘 닮았구나.

벤볼리오 내가 그런 자와 닮았다고?

머큐쇼 이봐, 이보라고! 이탈리아 천지에 너같이 화 잘 내는 놈도 없을 거다. 발끈 화를 내고, 화가 나서 발끈하고!

벤볼리오 어디 끌어다 붙이는 거야!

머큐쇼 글쎄, 너 같은 사람이 둘만 있으면 정말 봐줄 만할 텐데. 이봐! 넌 상대방의 턱수염 가지고 한 올이 더 많다느니 적다느니 하고 싸울 작자야. 넌 개암을 까는 사람만 봐도 시비를 걸 거다. 단지 네 눈빛이 개암빛이라는 이유만으로 말이다. 달걀 속에 먹을 걸로 가득 차 있듯이 네 머릿속은 시비로 가득 차 있어. 언젠가는 대로에서 누군가가 기침을 한다고 대판 싸웠잖나. 그리고 언젠가는 어떤 재단사가 부활절 전에 새 양복을 입었다고 시비를 걸었지? 어디 그뿐이냐, 새 구두에 헌 끈을 맸다고 시비를 건 적도 있잖아? 그러고도 나한테 싸우지 말라고 충고를 해?

벤볼리오   내가 너 같은 왈패라면 목숨의 절대 소유권은 누구나 살 수 있는 한 시간 십오 분짜리밖에 안 될 같아.

머큐쇼   절대 소유권? 허, 등신 같은 소리 하고 있네!

티볼트와 그의 일행 등장.

벤볼리오   오호! 저기 캐퓰릿 집안 놈들이 오고 있군.

머큐쇼   올 테면 와보라지.

티볼트   내 뒤를 바싹 따라와. 내가 저치들에게 말을 걸 테니까. 여러분, 안녕들 하슈? 누구하고든 한마디 했으면 싶은데.

머큐쇼   누구하고든 한마디 하고 싶다고? 한마디 더 보태지 그래. 말 한 마디에 한 방 날린다고.

티볼트   그야 기꺼이 기회를 주지.

머큐쇼   기회를 직접 만들 수는 없습니까?

티볼트   머큐쇼, 넌 로미오와 한 패거리야!

머큐쇼 패거리라! 아니 뭐 우릴 풍각쟁이인 줄 아나보군? 그렇다면 좀 시끄러운 소릴 들려주마. 자, 이게 깽깽이 활이다. 어디 춤이나 한 번 춰보실까? 이 뒈질 놈아, 뭐 장단을 맞춰?

벤볼리오 여긴 사람들이 오가는 대로변이야. 어디 한적한 곳으로 가서 차분하게 따지라고. 그러기 싫으면 그냥 헤어지든지. 여긴 눈들이 너무 많아.

머큐쇼 눈이란 보라고 달린 거야. 볼 테면 보라지. 난 남의 비위 따위나 맞추자고 움직이진 않아.

로미오 등장.

티볼트 그럼 잘 지내시지. 내 사람이 오고 있으니까.

머큐쇼 그가 네 부하라면 내 목을 내놓겠다.

참, 결투장에 먼저 가 있으시오. 그가 따를 테니.

그래야 나리께서 내 사람 운운 할 수 있지요.

티볼트 로미오, 너에 대한 약간의 애정은 있지만 이보다 더 좋은 말을 할 수는 없다. 넌 상놈이다.

로미오 티볼트, 난 널 사랑해야 될 이유가 있어. 그러니 그런 시건방진 인사를 받고도 꾹 참는다. 게다가 난 상놈이 아니야. 자, 그러니 좋게 헤어지자. 넌 날 잘 몰라.

티볼트 이것 봐! 일전에 네놈이 준 모욕이 간단하게 풀어질 걸로 생각했어? 두 말 말고 돌아서서 칼이나 빼.

로미오 분명히 말하지만 난 널 모욕한 적이 없어. 이유를 말하면 알 아듣겠지만 사실 난 널 아끼고 있어. 그러니까 캐플릿이란 이름도 내 이름만큼이나 소중하게 생각하고 있다고. 그러니 진정해.

머큐쇼 이봐, 집어치워! 뭘 그렇게 어물거리는 거야! 단칼에 끝장을 볼 텐데. (칼을 뽑는다) 쥐 잡는 티볼트, 저쪽으로 가보실까?

티볼트 날 어쩌려고?

머큐쇼 고양이 임금님, 아홉 개의 네 목숨 중 하나를 내 마음대로 하겠단 말씀이야. 나머지 여덟 개 목숨은 네놈 태도에 따라 달라지지. 자, 이제 칼집에서 칼을 뽑으시지? 그러지 않으면 그 전에 내 칼이 네놈의 귀로 날아간다.

티볼트 그렇다면 상대해 주지. (칼을 뽑는다)

로미오 이봐, 머큐쇼! 칼을 거둬.

머큐쇼 (티볼트에게) 자, 네놈 칼솜씨 좀 보자. (머큐쇼와 티볼트 싸운다)

로미오 벤볼리오! 칼을 뽑아 저 두 사람의 칼을 떨어뜨려 주게. 두 사람 다 창피한 줄 알라고! 폭력배 짓은 그만해. 티볼트, 머큐쇼, 군주님께선 베로나의 거리에서 싸우는 걸 금지했어. 그만둬. 티볼트, 머큐쇼!

티볼트가 로미오 뒤에서 머큐쇼를 찌르고 친구들과 도망친다.

머큐쇼 찔렸다! 망할 놈의 두 집안! 이제 난 끝장났어. 녀석은 상처 하나 입지 않고 도망쳤어.

벤볼리오 넌 찔렸어?

머큐쇼 응 그래, 좀 긁혔어. 뭐 괜찮아. 한데 내 시동 어디 있지? 야, 의사 좀 불러와. (시동 퇴장)

로미오 이봐, 기운 내. 상처는 별 거 아닐 거야.

머큐쇼 그래, 우물만큼 깊지도 교회문짝만큼 넓지도 않아. 난 만족해. 목적 달성은 한 거니까. 내일 날 찾아오면 무덤에서 만날 것 같은걸. 이제 정말 이 세상과 하직할 거야. 너희 두 집안 모두 염병에나 걸려라! 제기랄! 개며 쥐며 고양이 새끼가 사람을 할퀴어 죽이다니! 검술 교과서대로 칼싸움이나 하는 허풍쟁이, 악당, 깡패 같으니라고! 넌 도대체 왜 우리 사이에 끼어들었어? 네 팔 밑으로 찔렸잖아.

로미오 난 모든 걸 좋게 해결하려고 생각했는데.

머큐쇼 날 어느 집이든지 데려다 줘, 벤볼리오. 기절할 것 같아. 망할 놈의 두 집안 같으니라고! 날 구더기 밥으로 만들다니! 난 당했어. 아주 늘씬하게! (벤볼리오, 머큐쇼를 데리고 퇴장한다)

로미오 군주님의 근친이자 내 절친한 친구가 나 때문에 이런 치명상을 입다니! 티볼트의 욕설은 내 명예에 구정물을 뿌렸지만 사실 그는 한 시간 전에 내 친척이 되었어. 아, 사랑하는 줄리엣! 당신의 미모가 날 이 모양으로 만들었어. 나의 강철 같은 용맹함을 순식간에 녹여버리다니!

벤볼리오 등장.

벤볼리오 오, 로미오, 로미오! 머큐쇼가 죽었어. 용감하기 그지없는 그의 넋이 너무나 일찍 구름 위로 올라가 버리고 말았어.

로미오 오늘의 불행은 두고두고 화근이 될 거야. 이건 불행의 서곡이라고 할 수 있지.

티볼트 다시 등장.

벤볼리오 이를 갈면서 티볼트가 오고 있군.

로미오 의기양양하게 떠났었지, 머큐쇼는 죽었다! 관용 따윈 하늘에다 날려 보내자. 광기여, 불같은 눈으로 날 인도하라! 자, 티볼트! 조금 전에 네놈이 했던 '상놈'이란 말을 돌려줄 테니 찾아가라. 머큐쇼의 영혼은 바로 우리 머리 위에서 기다리고 있다. 네놈 아니면 나를 데려 가려고! 어쩌면 우리 두 사람을 함께 데려 갈지도 모르지.

티볼트 네놈은 지상에서도 그놈과 장단이 잘 맞았지. 그러니 저승에도 같이 가거라.

로미오 이 칼이 모든 걸 결정해 줄 거다. (두 사람 싸운다. 티볼트가 쓰러진다)

벤볼리오 로미오! 도망쳐, 도망치라고! 시민들이 들고 있어났고, 티볼트는 죽었어. 멀거니 서 있지 마! 군주님이 사형 선고를 내릴 거야. 잡혔다간 끝장이야. 어서 피해, 피하라니까!

로미오 아, 난 운명의 노리갯감이 됐구나.

벤볼리오 머뭇거리지 마! (로미오 퇴장)

관리와 시민들 등장.

시민 1 머큐쇼를 죽인 자가 어느 쪽으로 도망쳤지? 살인자 티볼트는 어디로 갔어?

벤볼리오 티볼트는 저기 있습니다.

시민 1 자, 일어나 같이 가요. 군주님의 명령이니 따르시오.

군주, 몬터규, 캐퓰릿 부부와 그 밖의 사람들 등장.

군주 이런 고약한 싸움을 벌인 놈들은 어디 갔지?

벤볼리오 오, 군주님! 이런 비참한 죽음을 가져온 소동의 불행한 경위를 제가 설명하겠습니다. 여기 쓰러진 자는 로미오에게 살해되었으며, 군주님의 친척 머큐쇼를 죽인 자입니다.

캐퓰릿 부인 내 조카, 티볼트! 아, 내 오빠의 아들이다! 군주님! 여보! 제 소중한 조카가 피를 흘렸어요. 군주님, 우리 집안의 핏값으로 몬터규네의 피도 흘리게 해주십시오. 오, 세상에!

군주 벤볼리오, 누가 먼저 이 소동을 시작했느냐?

벤볼리오 로미오의 손에 죽은 티볼트입니다. 로미오는 이런 싸움이 얼마나 부질없는 짓인지 티볼트에게 점잖게 타이르고는 군주님의 노여움을 살 것이라고 설명했습니다. 그러나 사납기 짝이 없는 티볼트의 분노를 도저히 잠재울 수가 없었고, 날카로운 그의 칼은 머큐쇼의 가슴을 향했는데, 티볼트 못지않게 화가 난 머큐쇼도 무사다운 냉소로 차가운 죽음을 한 손으로 막은 다음 다른 손으로 그걸 티볼트에게 보냈지만 그 또한 민첩하게 맞받아쳤답니다. 이를 본 로미오가 "그만둬. 저 친구들을 좀 떼어놔!" 하고 큰 소리로 외치며 돌진했지요. 그때 그의 팔뚝 밑으로 티볼트가 머큐쇼를 찔러 즉사시키고 달아났습니다. 달아났던 티볼트가 되돌아오자 이젠 로미오가 복수심에 불타 그에게 번개같이 덤벼들었지요. 그런 상황에서 제가 칼을 빼들고 두 사람을 말릴 새도 없이 티볼트는 칼에 찔려 고꾸라지고 말았습니다. 그가 쓰러진 걸 본 로미오는 달아났습니다. 이상이 제 눈으로 본 것의 전붑니다. 목숨을 걸고 진실을 맹세할 수 있습니다.

캐퓰릿 부인　저 사람은 몬터규네 친척으로 자기네 편에 서서 거짓말을 하고 있습니다. 이 피 튀기는 싸움에 그쪽에서 20여 명이 달려들었습니다. 군주님, 공정한 판결을 내려주십시오. 로미오가 티볼트를 죽였으니, 로미오는 죽어 마땅합니다.

군주　로미오는 티볼트를 죽였고, 티볼트는 머큐쇼를 죽였소. 그렇다면 머큐쇼의 소중한 핏값은 누가 보상해야겠소?

몬터규　로미오는 아니옵니다. 로미오는 머큐쇼의 친구였습니다. 잘못이 있다면 티볼트의 목숨을 법 대신 끊은 것뿐입니다.

군주　살인을 저지른 로미오를 즉각 이곳에서 추방한다. 그는 앙숙인 두 집안싸움에 나까지 끌어들였소. 그대들의 추잡한 싸움에 내 친척이 피를 흘리며 죽었소. 나는 그대들이 끔찍한 유혈 폭동을 뉘우칠 정도의 벌금형을 내려 이 일에 대해 막심한 후회를 하도록 하겠소. 난 앞으로 두 귀를 꽉 막고 탄원이나 변명 따위는 듣지 않을 것이고, 어떤 눈물이나 기도도 죄를 사해 주지는 못할 것이오. 모든 것이 부질없는 짓이오. 로미오를 속히 떠나보내라. 내 눈에 발각되면 그날로 목숨은 끝이다. 이 시체를 옮기고 나의 명령을 기다려라. 살인자에게 베푸는 자비 역시 살인이나 마찬가지의 죄다. (모두 퇴장)

제 2 장 캐퓰릿의 집

줄리엣 등장.

줄리엣 빨리 달려라. 발굽에 불이 붙은 준마들아, 태양신의 보금자리를 향해! 파에톤 같은 날쌘 마부라면 너희들을 채찍질하여 서쪽으로 몰아 당장 어두운 밤이 오게 하련만. 짙은 장막을 드리워라. 사랑을 열매 맺게 하는 밤이여! 방해꾼의 눈을 가려서 로미오님이 안전하게 내 품으로 뛰어들게 하라! 연인들의 빛나는 사랑은 어두운 길을 비출 수 있다고 하지. 아니, 사랑이 소경이라면 어둠이야말로 정말 걸맞은 짝이야. 의젓한 밤이여, 오너라! 온통 검은 옷을 차려

입은 부인처럼. 순결한 처녀 총각이 벌이는 지면서 이기는 시합을 내게 가르쳐다오. 네 검은 외투로 남편 없이 달아오른 나의 뺨을 가려다오. 그러면 나의 수줍음도 대담해지고, 그것이 참사랑 때문임을 알게 될 거야. 밤이여, 어서 오너라! 로미오님, 당신은 밤에도 낮같이 밝게 빛나시니 당신이 날개를 달고 오시면 까마귀 등 위에 내린 새하얀 눈송이보다 더 하얗게 빛날 거예요. 친절한 밤이여! 어서 오너라! 검은 얼굴을 한 사랑의 밤아! 내게 로미오님을 보내다오. 그리하여 그분이 돌아가시면 작은 별들로 조각을 내어다오. 그러면 그분은 밤하늘을 아름답게 수놓아 사람들은 더 이상 태양을 경배하지 않게 할 거야. 아, 난 사랑의 보금자리를 사놓고도 아직 살아보지도 못했어. 난 임자 있는 몸이면서도 제대로 귀여움을 받아보지 못했어. 오늘 하루는 왜 이다지도 지루할까? 잔치 전날 밤, 새 옷을 받아놓고 입어보지 못해 안달을 하는 아이와 같아.

유모가 줄사다리를 들고 등장.

유모가 로미오의 소식을 갖고 오는 걸까? 로미오란 이름은 이 세상 최고의 영웅이지. 들고 온 게 뭐지? 아, 줄사다릴 로미오가 가져가라고 했어?

유모 네, 맞아요. (밑으로 내린다)

줄리엣 아니 유모, 소식은? 손은 왜 비비꼬고 그래?

유모 아이고머니! 그분은 죽었어요, 우린 끝장이에요, 아가씨! 아이고 맙소사! 그인 세상을 떠났어요. 살해됐다고요!

줄리엣 하늘은 어째서 이다지도 무정할까?

유모 무정한 건 로미오님이에요. 오, 로미오님! 꿈엔들 누가 생각이나 했을까? 로미오님이 그런 짓을!

줄리엣 유모는 악마야, 어째서 이렇게 괴롭히는 거지? 그건 지옥에서나 울릴 고문이야. 로미오님이 자살을 했어? "네"라고 대답을 한다면 "네"라는 한 마디는 순식간에 사람을 죽인다는 독사의 눈초리보다 더 무서운 독을 뿜을 거야. "네"라면 난 이제 더 이상 내가 아니야. 그분이 죽었다면 "네" 하고 대답하고, 아니면 "아니오"라고 대답해.

유모 난 상처를 봤어요. 이 두 눈으로 봤다고요. 아이고 무서워! 딱 벌어진 가슴에 난 상처라니! 피투성이의 끔찍한 시체! 백지장처럼 창백한 몸은 온통 피가 엉겨 붙어 있었어. 그걸 보고 정말 기절할 뻔했어요.

줄리엣 아! 심장아, 터져라! 불쌍한 파산자, 당장에 터져버려라! 이 눈도 감옥으로 가서 다시는 자유를 보지 못하리라. 흙으로 된 육체는 흙이 되어 움직임을 멈춰라. 그리하여 로미오님과 함께 무거운 관 속에 누워 있으리!

유모 오, 티볼트, 티볼트! 나의 친절한 친구! 예의 바르고 정직한 신사양반! 내 시퍼렇게 눈을 뜨고 당신의 주검을 보게 되다니!

줄리엣 왜 폭풍은 거꾸로 부는 걸까? 로미오님은 살해당하고, 티볼트 오빠도 죽었다고? 내 사랑하는 사촌과 목숨보다 귀한 남편이?

무서운 나팔아! 최후의 심판의 날을 알려라! 두 사람이 죽었다면 살아 있는 사람이 누구란 말인가?

유모 티볼트님은 돌아가셨고, 로미오님은 추방됐어요. 그분을 죽인 벌로 로미오님은 추방됐어요.

줄리엣 오, 하느님! 로미오님의 손이 오빠의 피를 흘리게 했다고?

유모 그렇다니까요! 아이고, 그렇게 됐어요.

줄리엣 아, 꽃 같은 얼굴에 도사린 독사의 마음! 그처럼 아름다운 동굴 속에 사악한 용이 있었더란 말인가! 아름다운 폭군, 천사 같은 악마여! 비둘기 깃을 단 까마귀! 늑대 이빨을 가진 탐욕스런 양! 겉은 신처럼 그럴듯하면서 속은 텅 빈 것! 겉모양과는 너무나 딴판인 저주받은 성자! 명예로운 악당! 오, 조물주여! 그대는 지옥에서 향기로운 육신의 낙원 속에 마귀의 영혼을 넣었단 말입니까? 어찌 그처럼 저급한 내용의 책이 그렇게 아름답게 장정될 수 있단 말인가요? 오, 그토록 화려한 궁전에서 그런 위선이 활개를 쳤다니요!

유모 사내란 인간에겐 신용이나 성실, 명예 같은 건 눈을 씻고 찾으려 해도 없어요. 온통 거짓말투성이죠. 게다가 악랄하기 그지없는 변죽 좋은 사기꾼들이죠. 아이고, 피터는 어디 갔나? 독한 술 좀 다오. 이런 모진 고통 때문에 내가 늙는다고! 오, 빌어먹을 로미오!

줄리엣 그런 악담을 하는 유모 헛바닥은 썩어 문드러질 거야! 그분은 치욕을 받으려고 이 세상에 태어나지 않았어. 치욕 쪽에서 스스로 그분 이마에 내려앉기를 사양한다고! 그분 이마는 온 천하를 다스릴 유일한 제왕의 왕관이 자리 잡을 옥좌니까. 아, 내가 그분을 헐뜯다니, 정말 어리석었어.

유모 그럼 아가씨는 오빠를 죽인 사람을 용서할 셈인가요?

줄리엣 내가 남편을 욕하는 것이 옳을까? 아, 가엾은 내 사랑! 당신의 아내가 된 지 세 시간밖에 안 된 제가 당신 이름에 생채기가 나게 했으니! 하지만 나빠요, 왜 오빠를 죽였나요? 아냐, 나쁜 사람은 오빠야. 안 그랬으면 오빠가 남편을 죽였을지도 몰라. 돌아가라, 어리석은 눈물아! 치솟았던 원천으로 돌아가라! 오빠가 죽이려던 내 남편은 살아 있고, 남편을 죽이려던 오빠는 죽었어. 그나마 다행인데 울 게 뭐람? 한데 오빠의 죽음보다 더 무서운 말 한 마디가 나의 숨통을 죄고 있어. 그 말을 잊어버렸으면 좋겠어. 티볼트는 죽고 로미오는 '추방'. 그 '추방'이란 한 마디는 만 명의 티볼트를 죽인 거나 다를 바 없는 힘을 지녔구나. 티볼트의 죽음은 그것으로 끝났어도 멍청한 슬픔이지만 쓰라린 슬픔은 짝이 그리운 듯하니 또 다른 슬픔과 손을 잡고 데려가고 싶다면 "티볼트가 죽었다"는 유모의 말 뒤에 아버지나 어머니, 아니, 두 분이 돌아가셨다고 했어야 옳았어. 그렇다면 누구나 겪는 비통함밖엔 우러나오지 않았을 텐데. 그 말의 뒤에 '로미오 추방'이라니! 이 말은 아버지, 어머니, 티볼트, 로미오, 줄리엣이 모두 살해되어 죽은 거나 진배없어. '로미오 추방!'이라는 무서운 한 마디 속엔 한계며 크기, 경계가 없어서 말로는 그 비탄을 설명할 수가 없어. 아버지 어머니는 어디 계시지?

유모 티볼트의 시체를 붙들고 울며불며 통곡을 하고 계십니다. 부모님께 가시려고요? 제가 모셔다 드리지요.

줄리엣　오빠의 상처를 눈물로 씻고 계신다고? 그분들의 눈물이 마르고 나면 로미오님의 추방을 슬퍼하며 내 눈에서 눈물이 흘러내릴 거야. 줄사다리를 치워줘요. 가엾은 줄사다리야, 너는 속았어. 너나 나나 모두 속았어. 로미오님은 추방되셨어. 그분은 널 내 침실로 통하는 길로 만들겠지만 난 과부로 죽을 운명이 됐어. 올라오렴, 줄사다리야. 유모도 이리 와요. 난 나의 신방으로 가겠어. 로미오님이 아니라 죽음의 신에게 내 처녀성을 바칠 거야.

유모　어서 아가씨의 방으로 들어가요. 로미오를 찾아서 아가씨를 기쁘게 해드릴게요. 그분이 계신 곳을 알고 있어요. 아, 그렇지! 아가씨의 로미오는 오늘밤 여길 오신답니다. 가봐야지, 로렌스 신부님의 암자에 숨어 있어요.

줄리엣　어서 가서 만나줘! 그리고 사랑하는 그이에게 이 반지를 드리고 마지막 작별을 하러 오십사 전해줘. (두 사람 퇴장)

제 3 장 로렌스 신부의 암자

서재를 배경으로 로렌스 신부 등장.

로렌스 신부 로미오, 이리 나오너라! 더 이상 겁낼 건 없다. 재앙이 너의 재능에 마음을 빼앗겼는지 넌 불행과 짝을 맺게 됐어.

로미오, 서재에서 나온다.

로미오 신부님, 무슨 소식 있어요? 군주님은 어떤 선고를 내렸나요? 제가 아직 모르는 어떤 슬픔이 제게 다가오고 있나요?

로렌스 신부 넌 이 시무룩한 자들과 너무 친해진 게 문제다. 군주님의 선고를 가져왔다.

로미오 군주님의 선고는 사형 이하는 아니겠죠?

로렌스 신부 군주님의 입에서는 그보다 관대한 판결이 나왔다. 육체의 죽음이 아니라 추방이다.

로미오 아, 추방이라! 차라리 자비롭게 '사형'이라고 말해 주세요. 추방이 사형보다도 훨씬 더 끔찍하니 '추방'이란 말은 하지 마세요.

로렌스 신부 넌 베로나의 도시에서 추방되었다. 그러나 참아라. 세상은 끝없이 넓다.

로미오 베로나의 성벽 너머에 세상이란 없습니다. 오직 연옥과 고문, 지옥이 있을 뿐입니다. 이 도시에서 추방된다는 건 이 세상에서 추방되는 것이고, 이 세상에서 추방되는 건 죽음을 의미해요. 그러니까 '추방'이란 말은 죽음의 오기라 할 수 있어요. 죽음을 '추방'이라 부르며, 신부님께선 금도끼로 제 목을 치고선 그 일격에 미소를 짓고 있는 셈이지요.

로렌스 신부 아, 그건 죄악이다! 게다가 배은망덕하군! 사실 네 죄는 사형감이긴 하지만 친절하신 군주님께서 너를 아끼셔서 법을 뛰어넘어 사형이란 험한 말 대신에 '추방'으로 바꾸신 거다. 대단한 자비지 뭐야. 넌 그것도 모르겠니?

로미오 그건 고문이지 자비가 아닙니다. 천국은 줄리엣이 살고 있는 곳이에요. 고양이나 개, 생쥐 등 하찮은 것들까지도 천국에 살면서 줄리엣을 보건만 저는 볼 수 없게 됐습니다. 썩은 고기를 파먹는 파리떼들이 이 로미오보다 훨씬 더 보람 있고 값진 삶을 사는 겁니다. 그것들은 사랑하는 줄리엣의 하얀 손에 앉기도 하고, 그녀의 순결하고 정결한 입술에서 영원한 축복을 훔쳐낼 수도 있잖아요. 줄리엣의 입술은 순결한 처녀의 수줍음으로 위아래 입술이 닿는 것조차 죄라고 느끼지요. 항상 붉게 물들어 있는 그녀의 입술에서 불멸의 축복을 훔쳐낼 수 있건만 로미오는 그러지 못하죠. 이 몸은 추방당한 몸! 파리 떼들이 오히려 자유롭죠. 그런데도 신부님은 제가 사형이 아닌 추방이라 다행이라는 말씀이세요? 신부님은 조제 독약이 없어서, 날 선 칼이 없어서, 추악하지 않는 방법으로 죽이려고 추방시킨 겁니다. 오, 신부님! 그런 말은 지옥에 떨어진 자들이나 쓰는 말입니다. 고해 성사를 받는 분이, 죄 사면을 하는 분이자 친구라고 밝힌 분이 어째서 추방이란 말로 저를 짓뭉개십니까?

로렌스 신부 거 무슨 어리석고 미치광이 같은 소리냐?

로미오 아, 또 추방 애길 하시려는 거죠?

로렌스 신부 그 말을 막아줄 갑옷을 주려는 거다. 불행에 처했을 때 그것을 이겨낼 감미로운 우유인 철학 말이다. 비록 추방은 당했지만 네 곁에서 떠나지 않으마.

로미오 아직도 '추방' 얘긴가요? 그리고 철학 따윈 집어치우세요. 철학으로 줄리엣을 만들 수 있나요? 도시를 옮기거나 군주님의 이번 선고를 취소할 수 있나요? 그건 아무 도움도 안 돼요.

로렌스 신부 허, 그러고 보니 미치광이에게는 귀도 없나보군.

로미오 그야 물론이죠. 현자도 못 보는데.

로렌스 신부 네 문제를 진지하게 의논해 보자꾸나.

로미오 본인이 느껴보지도 못한 걸 말씀하실 수 있나요? 신부님도 저같이 젊고, 줄리엣을 아내로 삼았고, 결혼한 지 한 시간만에 티볼트를 죽이고 추방을 당했다면, 신부님 역시 저처럼 머리칼을 쥐어뜯고 땅바닥에 쓰러져 파지도 않은 무덤의 길이를 재보고 있겠지요.

(로미오 마룻바닥에 쓰러진다. 문 밖에서 노크소리)

로렌스 신부 일어나라! 노크소리가 난다. 어서 숨어.

로미오 숨지 않겠어요. 가슴 속의 비통함이 안개가 되어 사람들의 눈길로부터 저를 가려준다면 몰라도요. (또 노크소리)

로렌스 신부 엄청 두드려대네! 거 누구요? 로미오, 일어나. 잡히겠어 — 잠깐만요! — 일어나라고. — 내 서재로 가 있어 — 어서! — 허 참 나, 이게 무슨 바보 짓이야? — 네, 갑니다! — 어디서 무슨 용무로 오셨소?

유모 들어가게 해주면 용건을 말하겠어요. 줄리엣 아씨한테서 왔어요.

로렌스 신부 어서 오시오.

유모 오, 신부님! 아씨의 서방님은 어딨어요?

로렌스 신부 자기 눈물에 담뿍 절여져 저 마룻바닥에 널브러져 있어요.

유모 오, 아씨와 똑 같아.

로렌스 신부 가련한 신세들이오.

유모 아씨도 저렇게 쓰러져서 통곡을 하며 야단이죠. ― 어서 일어나요. 대장부가 이게 뭐예요. 줄리엣 아씨를 위해서라도 제발 일어나라고요. 어쩌자고 이러는 거예요?

로미오 (일어서며) 유모!

유모 네, 서방님! 죽으면 다 끝이에요.

로미오 유모는 줄리엣 얘기를 했죠? 어떻게 하고 있어요? 날 그렇고 그런 살인자라고 생각하나요? 난 갓 움튼 우리의 행복을 친척의 피로 더럽혔으니 말입니다. 아씬 어디 있죠? 뭐라고 하던가요? 부서져버린 우리의 사랑을 아내가 뭐래요?

유모 오, 아무 말도 안하고 그저 울고만 계셔요. 침대에 쓰러졌는가 하면 벌떡 일어나, 티볼트님을 부르다간 로미오님을 부르시다가 푹 쓰러지시곤 한답니다.

로미오 그놈의 이름이 줄리엣을 죽였어요. 총구에서 정조준되어 터져 나와서 내 사랑을 죽였어요. 그 저주 받은 이름을 지닌 손이 내 아내의 친척을 죽였어요. 오! 신부님, 말씀 좀 해주세요. 이 몸의 어떤 고약한 구석에 그 이름이 빌붙어 있는가를! 말씀 좀 해주세요.

그놈의 망측스런 거처를 도려내 버리겠어요. (칼을 뽑아 찌르려 할 때 유모가 칼을 낚아챈다)

로렌스 신부 너의 그 몹쓸 놈의 손놀림을 멈추지 못할까! 그래도 네가 대장부냐? 생김새는 대장부 같다만 네 눈물은 아낙네 같구나. 짐승의 광기는 또 어떻고! 겉으론 당차고 모진 구석이 있어 보이는 데, 아녀자의 소갈머리니! 정말 놀랐다. 난 네 성품이 제법 온순한 줄 알았어. 티볼트를 죽여놓고 자살을 하겠다고? 네가 목숨을 끊는 건 좋다만 너를 생명으로 아는 네 아내까지도 죽일래? 어쩌자고 넌 너의 탄생과 하늘과 땅 이 셋을 모조리 저주하느냐 말이다. 탄생과 하늘, 땅 이 세 가지가 서로 조화됨으로써 생긴 네가 이 셋을 몽땅 패 대기치겠단 말이냐? 아서라, 천치로구나! 너의 모습과 사랑과 지 능이 부끄럽지 않느냐? 이 셋을 풍부하게 간직하고 있으면서 고리 대금업자처럼 무엇 하나 제대로 쓰질 못하는구나. 대장부의 용기를 그르치면 너의 근사한 용모도 밀랍상에 불과하지. 가슴속 깊이 간직 하겠다고 서약한 그 사랑을 죽인다면 모든 게 새빨간 거짓말이 되고 만다. 멋진 용모에 장식될 너의 지성도 잘못 다스릴 경우엔 미숙한 병사가 짊어진 화약통 속의 화약처럼 자폭을 하게 이끌지. 자, 남자 답게 정신 차려! 네가 죽도록 사모한다던 줄리엣이 살아 있어. 어쨌 든 넌 행운아야. 티볼트가 널 죽이려고 했으나 네 쪽에서 먼저 티볼 트를 죽였으니 정말 다행이다. 사형을 내릴 뻔한 국법도 네 편을 들 어 추방으로 끝났으니 얼마나 다행이냐? 축복의 여신도 마음껏 차 려입고 너한테 미소를 짓고 있는 거야. 그런데도 넌 심술궂은 아녀자처럼 행복과 사랑에 투정을 부려? 그러다간 정말 제명에 못 죽어. 자, 예정대로 너의 신부가 있는 데로 기어 올라가거라. 줄리엣을 위로해줘. 그렇지만 야경꾼이 돌아다닐 때까지 머물지는 마. 그렇게 늑장부리다간 만토바로 떠날 수 없으니까. 만토바에 가 있으면 내가 때를 보아 너희 결혼을 발표하고 두 집안도 화해시키고 영부인의 용서도 얻어내 슬픔에 젖어 떠날 때보다 몇 백만 배나 더 기쁜 마음으로 이곳으로 돌아올 수 있게 하마. 유모는 앞서 가서 아씨께 안부를 전해주오. 집안 식구들이 일찍 자리에 들도록 이르시오. 깊은 슬픔에 젖었으니 잠은 쉬 들겠지. 로미오도 곧 갈 거요.

유모 아이고! 밤새도록 여기 남아서 좋은 말씀을 들었으면 좋겠어요. 오, 아는 것도 많으셔라. 그럼 서방님께 오신다고 여쭙죠.

로미오 부탁하오. 날 꾸짖을 차비도 해두라고 전하시오!

유모가 나가려고 하다가 다시 돌아선다.

유모 아, 서방님! 이건 아씨가 서방님께 드리라고 주신 반지예요. 서두르세요. 밤이 꽤 깊었어요. (퇴장)

로미오 이걸 받고 나니 마음이 가라앉는군.

로렌스 신부 가보거라. 잘 자고! 어떻든 지금의 네 입장으로선 특별히 뾰족한 수가 없다. 야경꾼이 배치되기 전에 여길 떠나든지 아니면 새벽에 변장을 하고 빠져나가 만토바에 잠시 가 있어. 수시로 사람을 보내 모든 소식을 전해 주마. 자, 악수나 하자. 밤이 깊었다.

좋은 밤 보내거라.

로미오 벅찬 기쁨이 절 부르지 않는다면 이런 작별은 큰 슬픔일 겁니다. 안녕히 계세요. (두 사람 퇴장)

제 4 장 캐퓰릿의 집

캐퓰릿, 케퓰릿 부인, 패리스 등장.

캐퓰릿 뜻밖의 불행을 겪다 보니 딸애의 마음을 돌릴 틈이 없었다네. 그 앤 티볼트를 무척 사랑했었소. 나도 그랬지만. 누구든 태어나면 죽게 되어 있지. 그 앤 오늘밤엔 안 내려 올 거요. 백작이 찾아오지 않았더라면 나도 한 시간 전에 잠자리에 들었을 테지만.

패리스 집안이 편치 못하니 청혼할 때가 아닌 것 같습니다. 부인, 안녕히 주무십시오. 따님께도 안부 전해주시고요.

캐퓰릿 부인 그러지요. 그리고 내일 아침 일찍 그 애 마음을 떠볼게요. 오늘밤은 시름에 젖어 있답니다.

패리스가 나가려고 하자 캐퓰릿이 그를 다시 불러들인다.

캐퓰릿 패리스 백작, 내 딸을 당신께 드리고 싶소이다. 제 말이라면 딸애는 뭐든 다 들어줄 거요. 틀림없소. 여보, 잠자기 전에 그 애한테 가서 패리스 백작의 사랑을 전해주구려. 그리고 이렇게 일러요, 알아듣겠소? 오는 수요일— 가만있자, 오늘이 무슨 요일이더라?

패리스 월요일입니다.

캐퓰릿 월요일이라, 하 하! 수요일은 너무 빠르군. 그럼, 목요일로 정하지. 이렇게 전해요. 목요일에 패리스 백작과 혼례식을 올리게 될 거라고! 준비하는 데는 문제없겠지? 그저 조촐하게 올립시다. 친구 한두 사람만 부르기로 하자고. 아시겠지만 티볼트가 죽은 지 얼마 안 되는데, 너무 떠들썩하게 벌이면 조카를 소홀히 한다는 비난을 들을 거요. 그러니 친구는 대여섯 명만 부릅시다. (패리스에게) 그럼 목요일이 어떨지?

패리스 아, 내일이 목요일이었으면 좋겠습니다.

캐퓰릿 그럼 가보게나. 목요일로 정합시다. 당신은 잠자리에 들기 전에 줄리엣한테 가보시오. 혼사 준비를 하라고 해요. 그럼 잘 가시오. 패리스 백작. 횃불을 켜라! 어이구, 밤이 너무 늦었군. 이러다간 날이 새겠는걸. 그럼. (모두 퇴장)

제 5 장 줄리엣의 침실

로미오와 줄리엣 창문 위로 등장.

줄리엣 벌써 가시려고요? 동이 트려면 아직 멀었는데. 걱정하는 당신의 텅 빈 귀를 꿰뚫은 건 종달새가 아니라 나이팅게일이에요. 저 새는 밤마다 석류나무에서 울어대요. 제 말을 믿으세요. 저 새는 밤꾀꼬리였어요.

로미오 종달새였다니까, 아침의 전령이라고 할 수 있지. 저것 봐요, 우릴 시샘하는 빛줄기가 동녘 하늘 구름자락에 꽃무늬를 수놓고 있어요. 촛불도 다 타버렸어. 즐거운 아침이 안개 깔린 산마루에서 얼굴을 빠끔히 내밀고 있어. 여길 떠나 목숨을 부지해야 하나, 그대 품에 안겨 죽음을 당해야 하나.

줄리엣 저 빛은 아침 햇살이 아니에요. 저건 태양이 내뿜은 혜성으로, 횃불잡이가 되어 오늘밤 만토바로 가는 당신의 길목을 밝혀줄 거예요. 그러니 좀 더 계세요.

로미오 잡아가게 해줘. 죽음도 두렵지 않아요. 당신이 원한다면 난 그것으로 만족하오. 저기 저 어슴푸레한 빛은 아침의 눈망울이 아니라 달의 여신의 창백한 이마에서 반사한 빛이오. 그리고 머리 위로 하늘 높이 울려 퍼지는 저 소리도 종달새가 아닐 것이오. 나도 떠나고 싶진 않소. 죽음아, 어서 오너라. 그것이 줄리엣의 소원이라면. 어때, 내 사랑! 아침이 밝았소.

줄리엣　어서 떠나세요! 엉망진창으로 노래하는 저 새는 종달새에요. 누군가가 종달새는 아름다운 선율로 노래한다고 했지만 저 소리는 정말 지겨워요. 우리 사이를 갈라놓으니까요. 종달새와 두꺼비가 서로 눈을 바꿨다는 사람도 있어요. 아, 그렇다면 서로의 소리를 바꿨으면 좋을걸. 저 소리가 우릴 놀라게 해서 껴안은 팔을 풀게 하고, 아침을 반기는 사냥꾼 노래로 당신을 이곳에서 찾아내려 하니까요. 아, 이젠 정말 떠나세요! 점점 날이 밝아오고 있어요.

로미오　날이 밝아올수록 우리의 슬픔은 커지는군요.

유모 황망히 등장.

유모　아씨!

줄리엣　왜?

유모　마님께서 아씨 방으로 오고 계세요. 날이 밝았으니 조심해서 내려오세요. (유모 퇴장.)

줄리엣　창문아, 아침을 들여보내고 나의 생명을 밖으로 밀어내라.

로미오　잘 있어요. 다시 한 번 키스를! 이젠 내려가야 해. (줄사다리를 타고 내려간다)

줄리엣　이대로 가실래요? 내 사랑! 나의 친구이자 남편! 시시각각 소식을 전해줘요. 일 분 일 초가 내겐 여삼추니까요. 어머, 이렇게 셈을 하다간 로미오님을 다시 보기 전에 난 그만 쭉정이만 남고 말 거야.

로미오 (정원에서) 안녕! 시간 될 때마다 소식을 전할게. 내 사랑!

줄리엣 아, 우린 다시 만나게 될까요?

로미오 물론이지. 이런 슬픔은 먼 훗날의 달콤한 얘깃거리지.

줄리엣 아아, 왜 이렇게 마음이 불안하게 설렐까? 어머나, 아래 계신 당신을 보니 무덤 속에서 잠자는 시체처럼 보여요. 제 눈이 흐려져서 그런가요, 아니면 당신 안색이 창백해서 그런가요?

로미오 내 사랑! 나 역시 당신이 그렇게 보여. 갈증 난 슬픔이 우리들의 피를 마셔버려 그러나봐. 안녕, 안녕! (퇴장)

줄리엣 오, 운명의 여신이여! 사람들은 당신을 변덕쟁이라고 하던데, 성실하기로 이름난 내 사랑은 어떻게 하겠어요? 그래, 운명의 여신이여! 변덕을 부리세요. 그러면 그이를 오래 붙들지 않고 바로 돌려줄 것 아니겠어?

캐퓰릿 부인 아가, 일어났니?

줄리엣 누굴까, 부르는 사람이? 어머니신가 보네. 아직도 안 주무셨나? 아니면 벌써 일어나셨나? 여기엔 잘 오시지 않는데, 무슨 일일까?

캐퓰릿 부인 등장.

캐퓰릿 부인 왜 그러니! 줄리엣?

줄리엣 기분이 좋지 않아요.

캐퓰릿 부인 언제까지 죽은 네 사촌 때문에 그럴 거냐? 눈물로 네 오빠의 무덤이라도 씻어낼 작정이니? 네가 그런다고 오빠를 살려낼 순 없잖니? 그러니 이젠 그만해. 적당한 슬픔은 깊은 사랑의 표시가 되지만 지나친 슬픔은 지혜의 부족을 나타낸단다.

줄리엣 아, 그냥 울게 내버려두세요. 엄청난 슬픈 이별을 위해.

캐퓰릿 부인 이별을 슬퍼하는 네 마음은 이해할 수 있다만 그렇게 운다고 네 오빠가 살아 돌아오진 않아.

줄리엣 이별의 슬픔이 너무나 커서 그래요.

캐퓰릿 부인 얘야, 넌 오빠의 죽음보다 오빠를 죽인 그 악당이 살아 있는 게 분해서 우는 거지?

줄리엣 악당이라뇨, 엄마?

캐퓰릿 부인 악당, 로미오 놈 말이다.

줄리엣 (방백) 아! 악당과 그이와 수십 리는 떨어져라. (큰소리로) 하느님, 그일 용서해주세요. 저도 진심으로 그일 용서해요. 하지만 그이만큼 저의 속을 슬프게 하는 이도 없답니다.

캐퓰릿 부인 그 흉악스런 살인마가 살아 있기 때문일 테지.

줄리엣 아, 엄마! 문제는 그 사람이 제 손이 미치지 않는 곳에 살아 있기 때문이에요. 오빠를 죽게 한 원수를 혼자 힘으로만 복수할 수 있다면!

캐퓰릿 부인 반드시 복수하고 말 테니 걱정하지 마라. 이제 그만 울어. 추방된 그 비열한 놈이 있는 만토바로 사람을 보내겠다. 그놈에게 희귀한 독약을 먹이면 녀석도 티볼트를 따라 황천길로 갈 거다. 그럼 네 속도 후련해질 거야.

줄리엣 하지만 제 속은 여전히 답답할 거예요. 로미오를 볼 때까진 ─ 그의 죽음을 ─ 저의 가슴은 오빠의 죽음 때문에 미어질 것 같아요. 엄마, 독약을 가져갈 사람을 찾아줘요. 그럼 제가 독약을 조제할게요. 로미오가 약을 받아먹고 고요히 잠들어버릴 독약 말이에요. 아, 가슴이 타요. 그의 이름만 입으로 뱉을 뿐 그의 옆으로 갈 수도 없으니! 게다가 오빠에게 품었던 사랑을 살인자의 몸에 직접 앙갚음할 수도 없으니 말예요.

캐퓰릿 부인 독약을 만들어라. 내 곧 가져갈 사람을 구하마. 그런데 네게 기쁜 소식을 가져왔단다.

줄리엣 슬픔으로 가슴이 미어지는데 기쁜 소식이라니! 뭔지 어서 말해줘요, 엄마!

캐퓰릿 부인 그래! 네 아빠는 참으로 자상한 분이시다. 네 슬픔을 가시게 해주려고 뜻밖의 기쁨을 마련해놓았다. 너도 뜻밖이겠지만 나도 까맣게 몰랐다.

줄리엣 엄마, 기쁨이라니! 무슨 뜻인가요?

캐퓰릿 부인 글쎄, 내 새끼야! 오는 목요일 아침, 젊고 늠름한 패리스 백작이 성 베드로 성당에서 널 신부로 맞는단다.

줄리엣 성 베드로 성당과 베드로를 두고 맹세하지만 난 그곳에서 그 사람에게 기쁨을 주는 신부가 될 순 없어요. 한데 왜 이렇게 서두르는 거죠? 신랑 되는 사람의 구애도 받기 전에 결혼부터 시키려고 하다니! 제발 부탁이에요. 결혼을 꼭 해야 한다면 패리스 백작보다는 나의 슬픔을 잘 아는 로미오와 하겠어. 이건 정말 놀라운 소식이네!

캐퓰릿 부인 네 아버지가 오신다. 네가 직접 말씀드리려무나. 글쎄다, 아버지가 네 말을 어찌 생각하실지!

캐퓰릿과 유모 등장.

캐퓰릿 해가 지면 땅 위에 서리가 내린다. 하지만 내 형님의 아들이 죽고 나니 비가 장대같이 쏟아지는군. 아니, 네가 웬 분수대냐? 여태까지 눈물을 쏟고 있게. 이거야 그칠 줄 모르는 소낙비로군. 몸속에 배와 바다와 바람을 안고 있는 거냐? 네 눈을 보니 바다 같구나. 눈물이 오락가락하니 말이다. 네 몸은 배처럼 찝찔한 바다 위를 항해하고 있고, 네 한숨은 폭풍처럼 눈물과 뒤섞여 맹렬하게 몰아치는구나. 당장 바람이 잦아들지 않으면 배가 폭풍 속에 뒤집혀질 것 같다. 여보, 우리의 결정을 이 녀석한테 전했소?

캐퓰릿 부인 그럼요. 고맙긴 해도 싫답니다. 이 바보는 숫제 무덤하고나 결혼할 것 같군요.

캐퓰릿 잠깐, 무슨 말인지 잘 설명해보오. 뭐? 싫다고? 우리의 결정이 불만스럽다고? 전혀 마음에 들지 않는다고? 보잘 것 없는 딸이지만 우리가 애를 써서 훌륭한 신랑감을 찾아놓았는데 마음에 들지 않는다고?

줄리엣 아버지께 감사는 하지만 자랑스런 생각은 들지 않아요. 싫은 건 받아들일 수 없지만 절 생각해주시는 맘은 감사해요.

캐퓰릿 허, 저런, 저런! 고약한 소리만 늘어놓다니! 그게 무슨 소리야? '자랑스런 생각은 들지 않는다' 느니, '생각해주시는 맘은 감사하다' 니! 이런 고약 것 봤나! 감사고 자랑스런 마음이고 다 필요 없다. 그 허약한 몸이나 잘 추슬려라. 오는 목요일, 패리스 백작과 베드로 성당에 가야 해. 정 싫다면 이 아비가 틀에 묶어서라도 끌고 갈 테다! 이 등신 같은 년! 송장 같으니라고! 몹쓸 년! 그 푸르죽죽한 상통은 꼴도 보기도 싫다!

캐퓰릿 부인 아니, 여보! 당신 미쳤수?

줄리엣 아버지, 이렇게 무릎을 꿇고 빕니다. 제발 고정하시고 한 말씀만 들어주세요.

캐퓰릿 뒈져버려라, 이 망할 년 같으니라고! 분명히 말해두마. 목요일에 가는 거다. 그날 안 오면 앞으로 내 눈앞에는 얼씬도 할 생각 마라. 어떤 변명도 필요 없다! 아, 손가락이 근질근질하다. 여보, 하느님께서 우리에게 딸년 하나를 점지해주신 걸 불운으로 생각했는데, 이제 보니 감당 못할 일이구먼. 딸년을 얻은 게 저주스럽다. 꼴도 보기 싫다. 벼락을 맞을 것!

유모 아이고, 아씨가 가엾어 못 보겠네! 그런 욕을 하시다니! 주인님, 너무하세요.

캐퓰릿 헛, 이건 또 뭐야! 오, 지혜 마님이시군. 입 다물고 저리 가서 수다쟁이들한테 나발이나 부시지.

유모 헛소리는 안했습니다.

캐퓰릿 아, 어서 가라니까!

유모 입이 있는데 말도 못하나요?

캐퓰릿 주접 떨지 마! 이 나발주둥이야! 수다쟁이들하고 술이나 걸치면서 조잘대지그래.

캐퓰릿 부인 좀 가라앉혀요.

캐퓰릿 제기랄! 정말 미치겠군. 낮이나 밤이나, 일할 때나 그냥 있을 때나 딸년의 혼사 걱정뿐이다. 겨우 능력 있고, 가문 좋고 재능 있는 신랑감을 골라놨더니. 이게 뭐야! 등신 같은 게 징징 울면서 모처럼의 행운을 걷어차려고 하다니! 게다가 뭐? "전 결혼 안 해요, 사랑할 수 없어요, 아직 어리니 용서해주세요"라니! 아, 네년이 정 결혼을 않겠다면 용서는 해주마. 그럴 생각이면 네 마음대로 나가서 빌어먹어. 이젠 이 집에선 살 수 없다. 알았어? 잘 생각해 봐. 늘 하는 농담이 아냐. 목요일은 눈앞에 다가왔어. 가슴에 손을 얹고 잘 생각해 봐. 네가 내 자식이라면 내가 말한 사람한테 가야 돼. 그게 싫다면 목을 매든 빌어먹다 굶어 죽든 마음대로 해. 내 말을 거역하면 넌 더 이상 내 딸이 아니니 땡전 한 푼 못 물려준다. 진담이니 잘 생각해봐. 난 한다면 하는 성질이야. (퇴장)

줄리엣 찢어지는 내 속마음을 알아주는 천사는 저 구름 속에도 없단 말인가? 아, 사랑하는 어머니! 절 버리지 마세요! 이 결혼을 늦춰줘요. 한 달만이라도! 아니, 일주일만이라도. 그게 안 되면 제 신방은 티볼트가 잠들어 있는 저 어두운 무덤 속에 만들어줘요.

캐퓰릿 부인 듣기 싫다. 난 어떤 말도 하고 싶지 않다. 너 하고 싶은 대로 하렴. 너하고는 볼일이 없으니까. (퇴장)

줄리엣 오, 하느님! 유모, 이 일을 어쩌지? 내 남편은 땅 위에 있고, 내 맹세는 하늘에 가 있는데 그 맹세를 땅 위로 오게 할 수 있을까? 남편이 세상을 떠나 하늘로 올라가 그걸 되돌려 보내지 않는 한 말이야. 날 좀 위로해 줘. 지혜를 빌려줘. 아, 어찌 이다지도 하늘은 매정할까. 나같이 연약한 사람에게 잔혹한 계략을 꾸미다니!

유모 아씨, 로미오님은 추방된 몸이라 하늘이 무너져도 아씰 찾을 수 없어요. 만일 온다 해도 몰래 찾아오겠죠. 일이 이렇게 되었으니 아가씬 백작님과 결혼하는 게 상책인 것 같아요. 아, 그분은 멋진 신사분이시지요! 그분에 비하면 로미오 같은 건 넝마조각이나 마찬가지지. 아가씨, 아무리 멋진 독수리라 할지라도 백작님의 눈처럼 파랗고 민첩한 눈을 갖진 못했을걸요. 사실 말이지 아가씬 이번 두 번째 결혼이 훨씬 큰 행복을 가져다줄 거예요. 이번이 월등히 좋아요. 어쨌든 첫 번째 남편은 죽은 것 아닙니까? 비록 살아 있다 해도 아가씨에겐 쓸모가 없으니.

줄리엣 그게 진심이야?

유모 그렇다마다요. 아님 저의 영육이 모두 벼락을 맞게요.

줄리엣 아멘!

유모 뭐가요?

줄리엣 어쨌든 유모의 말을 듣고 보니 마음이 후련해졌어. 안으로 들어가서 어머님께 전해줘. 아버님을 불쾌하게 해드려 로렌스 신부님의 암자로 가서 고해를 하고 용서를 구하겠다고.

유모 네, 그러죠. 잘 생각하셨어요. (퇴장)

줄리엣 저주 받을 할망구! 사악하기 그지없는 악마야! 그런 식으로 맹세를 깨면서 죄책감을 느끼지 않아? 천 번 만 번 내 남편을 칭찬하던 그 헛바닥으로 이젠 그렇게 헐뜯다니, 그 죄가 두렵지 않아? 꺼져버려! 네가 날 조언하겠다고? 이제부터 유모와 난 남남이야. 신부님을 찾아가서 대책을 세워야지. 모든 게 잘못되더라도 죽을힘만은 남아 있으니까. (퇴장)

제 4 막

제 1 장 로렌스 신부의 암자

로렌스 신부와 패리스 백작 등장.

로렌스 신부 목요일이라고요? 시일이 매우 촉박하군.

패리스 장인 되실 캐퓰릿 어른이 서두르시는군요. 저로서도 특별히 늦출 이유도 없고 해서요.

로렌스 신부 신부 될 사람의 마음은 모른다고 하셨죠? 왠지 께름칙합니다. 일이 잘 될지 걱정이군요.

패리스 그녀가 티볼트의 죽음을 너무 비통해하고 있기 때문에 제 마음을 전할 틈이 없습니다. 비너스 여신도 슬피 눈물을 흘리고 있는 집에서는 웃지 않는다죠? 그런데 그녀 부친은 당신 딸이 홍수 같이 눈물을 흘리는 걸 위험하게 생각하고 우리의 결혼을 서두르는 것 같습니다. 눈물이란 혼자 있으면 한이 없지만 친구라도 있으면 걷힐 수 있지요. 이제 그렇게 서두르는 이유를 아시겠습니까?

로렌스 신부 (방백) 늦춰야 할 이유를 몰랐으면 좋으련만, 아, 저기 줄리엣이 암자로 오고 있군요.

줄리엣 등장.

패리스 오, 줄리엣! 어서 오세요. 미래의 내 아내!

줄리엣 그럴지도 모르죠. 아내가 된다면야.

패리스 목요일엔 그것이 확실시될 겁니다.

줄리엣 필연이면 그렇겠죠.

로렌스 신부 그 참! 명답이군.

패리스 신부님께 고해하러 오셨나요?

줄리엣 나의 고해는 백작님에 대한 고해도 되는걸요.

패리스 날 사랑한다는 걸 신부님께 숨기지 마십시오.

줄리엣 백작님께 고백하지만 전 신부님을 사랑해요.

패리스 그럼, 날 사랑한다는 것도 고백해 주시겠죠?

줄리엣 설령 고해를 하더라도 면전에서 하는 것보다 안 보시는 데서 하는 게 더 나을 거예요.

패리스 애처롭게도 눈물이 당신의 얼굴을 할퀴었군요.

줄리엣 눈물 탓만은 아니에요. 눈물이 저를 할퀴기 전에도 미인은 아니었으니까요.

패리스 그건 얼굴을 모욕하는 말입니다.

줄리엣 모욕이 아니라 사실이에요. 그리고 이건 제 얼굴에게 하는 말예요.

패리스 당신 얼굴은 내 것인데 그걸 모욕하다니요.

줄리엣 과연 그럴까요? 하여튼 이 얼굴이 내 것이 아닌 건 분명합

258

니다. 신부님, 바쁘시면 저녁 미사 때 찾아뵐까요?

로렌스 신부 마침 짬이 있구나. 걱정이 있는 모양이군. 백작님, 실례 좀 할까요?

패리스 좋습니다. 고해성사를 방해하면 안 되죠! 줄리엣 양, 목요일엔 일찍 깨우러 가겠습니다. 그럼 그때까지 잘 지내세요! 신성한 이 키스를 잘 간직하시길. (키스하고 퇴장)

줄리엣 이 문을 닫아주세요. 그리고 저와 함께 울어주세요. 희망도 없어졌고, 도움도 필요 없게 됐어요. 어쩔 도리가 없어요.

로렌스 신부 오, 줄리엣! 네 문제는 잘 알고 있다. 하지만 내 지혜로는 아무것도 해줄 게 없구나. 오는 목요일에 패리스 백작하고 결혼해야 하는데, 그걸 연기할 도리가 없다면서?

줄리엣 신부님, 제발 이 일을 막아낼 방법을 가르쳐주세요. 아니면 제 일을 비밀에 부쳐주세요. 만일 신부님의 지혜로도 도울 수가 없다면 제 결심이 현명하다고 해주세요. 그럼 이 칼로 당장 결판을 내겠어요. 하느님은 저희 두 사람의 마음을 맺어주셨고, 신부님은 저희 두 사람의 손을 잡아 맺어주셨어요. 신부님께서 맺어준 이 손으로 또 다른 허가서에 도장을 찍기 전에, 제 진심이 모반을 일으켜 다른 남자를 맞기 전에 이 손과 심장을 죽여버리겠어요. 그러니 신부님께서 오랫동안 쌓아온 경험으로 저희에게 조언을 해주세요. 만일 그것이 행해지지 않으면 저를 곤경에서 구해줄 중재자는 이 칼이 될 거예요. 어서 말씀해주세요. 신부님께서 묘책이 없으시다면 전 기꺼이 죽음을 맞이하겠어요.

로렌스 신부 참아라, 줄리엣! 전혀 희망이 없는 건 아니다. 그 일의 중대성이 절박한 만큼 굳건한 결심도 필요하다. 패리스 백작과 결혼하느니 차라리 목숨을 끊고 싶을 정도라면 이 치욕을 털기 위해 죽음에 가까운 일도 할 각오가 되어 있느냐? 이 치욕에서 벗어나기 위해서라면 죽음도 두려워하지 말아야 한다.

줄리엣 아, 패리스와 결혼하느니 차라리 요새 탑에서 뛰어내리라고 하세요. 그것이 아니라면 도둑이 다니는 밤길이나 뱀굴에 숨어 있으라고 해도 하겠어요. 울부짖는 곰과 함께 매어두든지 밤마다 송장들이 즐비한 납골당에 가둬두어도 좋아요. 썩은 냄새 나는 정강이, 턱뼈 빠진 해골이 바스락거리는 데 말예요. 아니면 무덤 속에 들어가 수의를 휘감고 숨어 있으라 하시든지요. 전 어떤 두려움이나 공포도 느끼지 않고 그 일을 해낼 수 있어요. 사랑하는 이의 아내로 순결을 지킬 수만 있다면.

로렌스 신부 알았다. 그럼 집으로 돌아가 기쁜 얼굴로 백작과 결혼하겠다고 밝혀라. 하지만 수요일인 내일 밤엔 꼭 너 혼자 자도록 해라. 유모랑 같이 있어서는 안 돼. 그리고 잠자리에 들기 전에 이 약병의 맑은 약을 따라 마셔라. 그러면 이내 차갑고 나른한 졸음이 네 온몸에 퍼질 거다. 맥박은 활동을 멈추고, 온기도 숨결도 네가 살았다는 걸 보장하지 못할 거다. 네 입술과 뺨에서도 장밋빛이 사라지고 파리한 잿빛이 자리 잡을 거다. 그리고 죽음이 삶을 마감할 때처럼 눈의 창문도 닫힐 것이고, 신체의 모든 부분이 차가워져서 죽은 사람같이 될 거다. 그리고 넌 이 죽음과 같은 상태에서 스물네 시간을 지내다가 상쾌한 잠에서 깨어나듯 눈을 뜨게 될 것이다. 아침에 신랑이 널 깨우러 와서 보고는 네가 죽어 있는 걸 알게 되는 거야. 그렇게 되면 이 나라 풍습대로 넌 가장 좋은 옷이 입혀지고 뚜껑 없는 관에 담겨 캐퓰릿 가문이 대대로 묻혀 있는 묘지로 떠나게 돼. 그동안 난 네가 잠에서 깨어나는 시간에 맞춰 로미오에게 편지를 보내 우리 계획을 알려서 이리로 오게 할 거다. 그리고 로미오는 나와 함께 네가 깨어나는 걸 지켜본 다음 그날 밤 너를 만토바로 데려가는 거다. 이 계획이 성공적으로 이루어지면 넌 현재의 이 치욕에서 벗어날 수 있다. 하지만 네가 변덕을 부리거나 보통 여자들처럼 겁을 먹게 된다면…….

줄리엣 주세요, 주세요. 아, 아무것도 두렵지 않아요!

로렌스 신부 자, 어서 가거라! 단단히 마음먹어야 해. 난 신부 한 사람을 만토바로 보내 네 남편에게 편지를 전하마.

줄리엣 사랑아, 내게 용기를 줘! 용기가 있으면 뭐든 할 수 있을 거야. 신부님, 안녕히 계세요. (퇴장)

제 2 장 캐퓰릿의 집

캐퓰릿 부부, 유모, 하인 두세 명 등장.

캐퓰릿 여기 적혀 있는 대로 손님들을 초대해. (하인, 쪽지를 받아들고 퇴장. 또다른 하인에게) 그리고 너는 일류 요리사를 20명 정도 데려와.

하인 2 엉터리 요리사는 한 놈도 데려오지 않겠습니다. 자기 손가락을 빨 줄 아는지 시험해보면 다 안다니까요.

캐퓰릿 아니, 그걸로 어떻게 알지?

하인 2 아, 제 손가락도 못 빼는 놈은 한심한 요리사니까요. 그러니 자기 손가락도 못 빼는 놈이랑은 상종을 하지 않는답니다.

캐퓰릿 어서 가봐. (하인 퇴장) 이번 일은 제대로 준비를 갖추지 못하겠는걸. 그런데 딸년은 로렌스 신부님께 갔나?

유모 네, 신부님께 갔습니다.

캐퓰릿 음, 신부님이 잘 타일러줄지 모르겠군. 철없는 맹추를!

줄리엣 등장.

유모 아, 아가씨가 고해성사를 하고 밝은 얼굴로 돌아오네요.

캐퓰릿 꼴도 보기 싫은 고집쟁이! 어딜 쏘다니다 이제 오는 거냐?

줄리엣 아버님의 뜻과 명을 거역한 죄를 뉘우치라는 신부님의 설교를 받았습니다. 신부님께서는 이렇게 무릎을 꿇고 아버님의 용서를 빌라고 하셨습니다. (무릎을 꿇으며) 용서해주세요, 앞으로는 아버님 말씀을 잘 따르겠어요.

캐퓰릿 백작에게 사람을 보내 이 사실을 알려라. 내일 아침 당장 연분을 맺겠다.

줄리엣 로렌스 신부님의 암자에서 그분을 뵈었어요. 그분께 저는 겸손의 범위를 넘어서지 않는 한도 내에서 제 사랑의 표시를 해드렸어요.

캐퓰릿 그것 참 기분 좋은 일이구나. 잘했다. 일어나라! 옳지 잘했다. 백작을 만나야겠다. 얘, 어서 가봐라. 가서 백작을 이리 모셔 오너라. 정말이지 이 도시에 사는 시민들은 하나같이 훌륭하신 신부님에게 큰 은혜를 입고 있잖니.

줄리엣 유모, 내 방으로 함께 가서 옷 입는 것 좀 도와주겠어? 내일 분위기에 꼭 맞는 걸 고르게 말이야.

캐퓰릿 부인 아니, 목요일까진 아직도 시간이 충분해.

캐퓰릿 유모, 함께 가게나. 우린 내일 성당에 가야 하니까. (줄리엣과 유모와 함께 퇴장)

캐퓰릿 부인 시간이 너무 빠듯해요. 벌써 밤이 다됐는데.

캐퓰릿 걱정 말아요. 내가 조금만 설치면 문제가 해결될 테니. 내가 보증하오. 줄리엣한테 가서 이런저런 걸 좀 챙겨주구려. 오늘밤은 뜬눈으로 새겠군. 이번만은 내가 어머니 노릇을 하리다. 여봐라! 아니, 모두 나가고 없군. 패리스 백작한테 가야겠어. 백작에게도 준비를 하도록 해야겠어. 이제야 마음이 가벼워지는군! 고집쟁이 딸년이 이렇게 마음이 변하다니. (두 사람 퇴장)

제 3 장 줄리엣의 침실

안쪽에 놓인 침대 위로 커튼이 가려져 있다. 줄리엣과 유모 등장.

줄리엣 그래, 그 옷이 제일 좋겠어. 한데 유모, 오늘밤은 나 혼자 있게 해줘. 조용히 기도를 드리고 싶어. 유모도 잘 알겠지만 난 성격이 좀 꼬인데다 죄가 많은 몸이라서 하느님의 마음을 움직이려면 기도가 필요하거든.

캐퓰릿 부인 등장.

캐퓰릿 부인 애야, 바쁘면 내가 좀 거들어줄까?
줄리엣 아냐, 엄마! 내일 예식에 필요한 물건들은 다 챙겨놓았어요. 그러니 절 좀 혼자 있게 해주세요. 유모는 엄마와 함께 지내세요. 갑작스런 혼사로 손이 모자랄 게 틀림없을 테니까요.

캐퓰릿 부인 그래, 푹 쉬도록 해라. *(캐퓰릿 부인과 유모 퇴장)*

줄리엣 잘 가세요. 언제 다시 뵙게 될지 모르겠군요. 내 혈관 속을 차가운 공포가 출렁대면 생명의 열기를 얼어붙게 하겠지. 엄마와 유모를 다시 불러 위로를 받을까? 하지만 유모가 뭘 해주겠어? 이 끔찍한 일은 결국 나 혼자 해야 할 일이야. 내 약병! 이 약이 제대로 듣지 않으면 어떡하지? 그러면 내일 아침에 할 수 없이 결혼하게 되잖아? 아냐, 아냐! 이게 막아줄 거야. 넌 여기 있어다오. *(칼을 내려놓는다)* 만일 신부님이 날 교묘하게 죽이려고 제조한 독약이라면 어떡하지? 이미 로미오와 날 결혼시킨 신부님이 자신의 실수를 만회하려고 말이야. 아, 두려워. 하지만 절대 그럴 리는 없어. 신부님은 성자로 알려진 분이니까. 만약 무덤 속에 누워 있다가 로미오님이 구해주러 오기 전에 깨어나면 어떡하지? 생각만 해도 무섭다! 무덤 속에서 숨이 막혀 죽지나 않을까? 무덤 입구엔 공기가 안 통한다는데, 로미오님이 오시기 전에 숨이 막혀 죽으면 어떡하지? 산다 해도 그 장소가 주는 공포에다 죽음과 밤이 주는 끔찍한 상상으로 무슨 일이 정말로 일어나지 않을까? 게다가 무덤은 낡은 지하묘지니까 거기에는 수백 년에 걸쳐 조상들이 묻힌 뼈들이 가득할 거야. 게다가 피투성이 티볼트가 멀쩡히 수의 속에서 살이 썩어가고 있을 거고. 밤이면 귀신들이 득실거릴 테지. 아아, 무서워! 내가 너무 일찍 깨어나면 무슨 일이 일어날지 보지 않아도 뻔해. 역겨운 냄새와 그 소리만 들어도 사람이 미쳐버린다는 맨드레이크가 뿌리째 뽑힐 때 내지르는 으스스한 소리를 듣게 될 거야. 그런 상황에서 눈을 뜨면 몸서리치는 공포로 순식간에 미치지나 않을까? 그러다 발광 끝에 조상의 뼈를 갖고 히히덕거린다든가 칼 맞은 티볼트의 수의를 찢는다든가 그러다가 광기에 휘말려 친척 뼈를 몽둥이삼아 내 머리통을 후려치게 되지나 않을까? 아, 저것 봐! 오빠의 유령이 자기를 칼로 찌른 나의 로미오님을 찾아 나선 것 같아. 그만둬! 티볼트 멈춰. 오, 로미오님! 당신을 위해 이걸 마실게요. (커튼 뒤 침대에서 약을 마시고 쓰러진다)

제 4 장 캐퓰릿 집의 홀

캐퓰릿 부인과 유모 그릇을 들고 등장.

캐퓰릿 부인 유모, 이 열쇠를 갖고 가서 향료를 좀 더 가져오게.
유모 주방에선 대추야자와 마르멜로를 가져오래요.

캐퓰릿 등장.

캐퓰릿 자, 서둘러라 서둘러! 닭이 두 번째 홰를 쳤다! 새벽종도 쳤으니 벌써 세 시야. 굽는 과자는 좀 넉넉히 만들어요, 엔젤리카! 비용은 아끼지 말라고.

유모 나리, 그만 주무세요. 이러시다간 병나겠어요. 밤샘을 하시다니!

캐퓰릿 염려 마라. 전에는 이보다 더 시시한 일로도 밤을 하얗게 밝혔지만 병 같은 건 나지 않았다.

캐퓰릿 부인 그럼요, 한창 때는 계집 꽁무니깨나 쫓아다녔죠. 하지만 이젠 그런 밤샘은 못할걸요. (부인, 유모 퇴장)

캐퓰릿 질투하시네, 질투!

시종 3, 4명이 쇠꼬챙이, 통나무, 바구니 등을 들고 등장.

이봐, 그게 뭔가?

시종 1 글쎄요, 요리사가 쓸 물건인데 뭔지는 모르겠습니다요.

캐퓰릿 서둘러라, 서둘러! (시종 1 퇴장) 이봐, 마른 장작 가져와. 피터에게 물어봐. 그놈이 장작 있는 곳을 알고 있으니.

시종 2 저두 대가리는 있으니 장작쯤이야 찾을 수 있답니다. 이까짓 일로 피터를 괴롭힐 건 없습니다요.

캐퓰릿 흠, 말 한 번 잘했다! 웃기는 녀석이야. 하! 이 통나무 대가리야. (시종 2 퇴장) 아니, 벌써 날이 밝았군! 백작이 악사들을 이끌고 곧 나타날 거다. 그러겠다고 했거든. (음악 소리 들린다) 벌써 온 모양이군. 유모! 여보! 아, 안 들려 유모!

유모 등장.

빨리 줄리엣을 깨워서 몸치장을 시켜. 난 패리스 백작이랑 이야기나
좀 해야겠어. 이봐, 서둘러. 서두르라고! 벌써 신랑이 행차했어.
(모두 퇴장)

제 5 장 줄리엣의 침실

커튼이 드리워진 줄리엣의 침실에 유모 등장.

유모 줄리엣 아가씨! 아니, 곯아떨어졌나봐. 요 잠꾸러기 좀 봐.
오, 귀여운 아가씨! 새색시! 아니, 왜 말이 없을까? 그저 조금 더
자두자는 속셈이군그래. 한 주일 몫이라도 더 자두어요. 내 장담하
지만 내일 밤이면 패리스 백작님이 빳빳하게 일어나 아가씰 한잠도
못 자게 하실 거예요. 지치셨나? 깨워야 하는데. 아가씨, 아가씨!
백작님을 침실로 오시게 해야겠어. 그럼 깜짝 놀라 일어나시겠지!

안 그래요?(커튼을 걷는다) 어머나, 새옷을 갈아입고 다시 누우셨네? 안 되겠어, 깨워야지. 아가씨, 아가씨! (흔들어 깨운다) 아아, 살려줘요, 사람 살려요, 사람! 아가씨가 죽었어요! 세상에, 이런 변이 어딨담! 독한 술이라도 가져와요, 어이구, 영감님! 마님!

캐퓰릿 부인 등장.

캐퓰릿 부인 웬 소동이지?

유모 아이고, 원통해라!

캐퓰릿 부인 왜 이래?

유모 보세요, 저걸 보세요! 아이고 원통해라!

캐퓰릿 부인 세상에, 세상에! 내 딸, 내 생명! 어서 눈을 떠라! 너 죽으면 나도 죽을 거야! 사람을 불러, 사람을! 누구 좀 와줘요.

캐퓰릿 등장.

캐퓰릿 이게 무슨 창피람! 줄리엣을 불러와요. 신랑이 왔어.

유모 아가씬 죽었어요, 죽었다고요. 아이고! 가슴이 터진다.

캐퓰릿 부인 아아! 우리 딸이 죽었어요, 죽었어.

캐퓰릿 뭐? 어디 보자. 온몸이 싸늘하게 식었네. 피는 멈췄고, 사지는 싸늘하게 굳었구나. 입술에서 생명이 사라진 지가 벌써 오래로구나. 들판에 핀 예쁜 꽃에 때 아닌 서리가 내리다니!

유모 아이고, 원통해라!

캐퓰릿 부인 아, 견딜 수가 없어!

캐퓰릿 날 원통하게 만든 죽음이란 놈은 내 혀까지 꽁꽁 묶어 말도 못하게 하는구나.

로렌스 신부와 패리스 백작이 악사들을 데리고 등장.

로렌스 신부 자, 신부는 성당에 갈 준비가 되었소?

캐퓰릿 갈 준비는 됐지만 영영 못 돌아오게 됐습니다. 이보게, 사위, 결혼식 전날 밤에 죽음의 사자가 그대 아내와 잠자리를 같이한 것 같소. 여기 딸아이가 누워 있어. 꽃 같은 내 딸아이를 죽음이 망쳐놨소. 죽음이 내 사위가 됐고, 내 상속자가 됐어. 죽음이 내 딸애와 결혼했으니! 나도 죽고 싶어. 이젠 생명이고 재산이고 죽음이란 놈에게 넘겼으니 모두 그놈 차지가 되는 거야.

패리스 얼마나 기다린 아침인데, 이런 모습이 날 맞이하다니!

캐퓰릿 부인 오늘이야말로 저주받은 날이야. 시간의 끝없는 순례 여행 가운데 최고로 비참한 날이 오늘이야. 아, 불쌍한 내 딸! 늘 내게 기쁨과 위로를 주는 애였는데! 잔인한 죽음이란 놈이 그 앨 내 눈앞에서 앗아갔어.

유모 이제 어이 살꼬! 이렇게 끔찍한 날은 생전 처음이야! 아 오늘, 오늘, 이런 저주받은 오늘! 이렇게 끔찍한 날이 또 있을까!

패리스 속고 버림받고 망신당하고 미움을 사서 죽었구나! 저주 받은 죽음아, 넌 날 속였다. 잔인무도한 네놈한테 내 신세는 거덜이 나고 말았군.

캐퓰릿 천대와 고통, 미움과 박해로 희생이 되었구나. 불행한 시간이여! 하필이면 지금 찾아와서 결혼식을 망쳐놓았느냐! 아, 애야, 애야! 내 영혼아, 넌 이제 내 딸이 아니야! 죽었으니까. 아, 내 딸이 죽다니…… 내 딸과 함께 내 기쁨도 묻히는구나!

로렌스 신부 진정하세요. 혼란으로 혼란을 치유하지는 못합니다. 아리따운 따님은 지금까지 하느님과 당신의 것이었지만 이젠 온전히 하느님만의 차지가 되었습니다. 따님에게는 차라리 잘된 일이지요. 당신 몫은 죽음으로부터 지키지 못했지만 하늘은 자기 몫을 단단히 챙겼네요. 그녀가 하느님의 천국으로 올라가고 싶어 했기에 그녀의 승천을 받아들이셨던 겁니다. 그런데 따님이 바로 저 구름 위의 하늘 높이 올라갔는데, 왜 당신은 울고 계신단 말입니까. 따님이 진정한 평온을 찾았는데 이렇게 미친 듯 날뛰다니 말입니다. 결혼해서 오래 사느니 젊어서 죽음을 맞이하는 여자가 오히려 최상의 결혼을 했다고 할 수 있다고 있지요. 눈물을 거두시고 이 고운 시체 위에 로즈메리 꽃을 꽂고 관습대로 가장 좋은 옷을 입혀 성당으로 운구하십시오. 어리석은 인간의 감정으로야 슬프기 짝이 없는 일이지만 알고 보면 본능적인 눈물은 이성의 조롱감이라고 할 수 있습니다.

캐퓰릿 잔치를 위해 마련한 모든 것을 장례식에 필요한 것으로 바꾸어라. 축하음악은 조종으로 바꾸고, 결혼 축하 연회는 구슬픈 장례의 잔치로, 장엄한 찬송가는 장송곡으로, 신부를 위한 꽃은 장례식

꽃으로 바꿔라.

로렌스 신부 들어갑시다. 부인도 같이 가시죠. 그리고 백작도……. 모두들 이 고운 시체를 따라 무덤까지 갈 준비를 하십시오. 여러분이 뭔가 잘못하여 하느님이 진노하신 것 같습니다. (유모와 악사들만 남고 퇴장하면서 모두 줄리엣 시체 위에 로즈메리 꽃을 뿌리고 커튼을 닫는다)

악사 1 악기를 집어넣고 가도 되겠군.

유모 그걸 넣으시지요! 보다시피 이렇게 사정이 딱하게 됐으니.

악사 1 악기가 망가졌다면 고칠 수나 있지. (유모 퇴장)

피터 등장.

피터 악사님들! '마음의 평화' '마음의 평화'를 연주해줘요! 날 살려주는 셈치고 '마음의 평화'를 연주해줘요.

악사 1 뭐? '마음의 평화'라고?

피터 아, 악사 여러분! 내 마음이 말예요, '내 마음은 슬픔 가득히'란 노래를 부르고 있으니 제게 위안이 될 만한 유쾌한 곡을 연주해주시구려.

악사 1 그건 안 돼! 지금은 음악을 연주할 때가 아니오.

피터 못하겠단 말이오?

악사 1 그렇소.

피터 그럼 한 대 된통 먹여줄까?

악사 1 뭘 먹여준단 말이오?

피터 돈이 아니라 이거다. 엿이나 먹어라. 이 풍각쟁이들아.

악사 1 그래봤자 네놈은 기껏 종놈이지 뭐냐.

피터 종놈 칼에 대가리를 얻어터져 보겠느냐? 난 콩나물대가리도 없다만 네놈들 대가리를 도레미로 칠 순 있어. 알겠어?

악사 1 도레미로 치면 치는 대로 소리가 날 테지.

악사 2 여보게들, 칼부림은 그만두고 말재주로 겨뤄보시지.

피터 그럼 말재주로 해보자고! 쇠칼을 집어넣고 쇠 같은 말재주로 갈겨줄 테다. 자, 사내답게 받아라. "비수 같은 슬픔이 가슴을 찌르고, 슬픔 때문에 가슴이 먹먹해질 때, 음악은 은방울 같은 소리로"— 한데 어째서 '은방울 소리'지? 여보게, 줄 뜯는 친구, 대답 좀 해봐.

악사 1 그야 은이 아름다운 소리를 내니 그렇죠.

피터 잡소리하고 있네! 여보게 깽깽이, 자네 생각은?

악사 2 그야 악사가 은전을 받고 연주를 하니 '은방울 소리'죠.

피터 그도 그를 듯하군! 그럼 소리꾼, 자네 생각은?

악사 3 참말이지 대답하기 어렵구먼.

피터 어이구 미안하네! 자넨 가수지. 내가 대신 말해주지. 글쎄 풍각쟁이들이 아무리 소릴 내봐야 '은방울 소리'가 금덩어리를 받아들이진 못하기 때문이다. "은방울 같은 소리에 이내 풀리는 울화증이여!" (퇴장)

악사 1 저런, 병신 육갑하네!

악사 2 뒈져라, 이 망할 자식아! 자, 우리도 들어가서 조문객들이 올 때까지 빈둥거리다가 저녁이나 얻어먹지. (모두 퇴장)

제 5 막

제 1 장 만토바, 상점들이 있는 거리

로미오 등장.

로미오 아첨쟁이 꿈의 진실을 믿을 수만 있다면 기쁜 소식이 있을 거란 예감이 든다. 내 가슴의 주인인 사랑이 옥좌에 살포시 앉아 있으니 온종일 기쁨에 마음이 들떠 발이 땅에 닿질 않는구나. 꿈속에 아내가 찾아와 죽어 있는 나를 발견하고 죽었어. 참 이상한 꿈이야. 죽은 사람이 꿈속에서 생각을 하다니! 아내는 내 입술에 키스를 해서 생명을 불어넣어 주었고, 그래서 난 다시 살아나 황제가 되었지. 아아! 사랑의 그림자만으로도 이토록 기쁜데 사랑이 이루어지면 얼마나 달콤할까!

로미오의 하인 벨서자, 승마용 장화를 신고 등장.

베로나의 소식이군! 무슨 소식이냐 벨서자? 신부님 편지는 가져왔느냐? 아버님은 안녕하시고? 나의 줄리엣은 어떻게 지내지? 다시

274

묻지만 아가씨만 무사하다면 신경 쓸 일이야 없지.

벨서자 아가씬 무사하세요. 무슨 문제가 있을 리 있나요? 아가씨의 시체는 캐퓰렛네 가족 묘지에 잠들어 있고, 영혼은 천사들과 함께 계시니까요. 전 아가씨가 가족묘지에 깊이 묻히는 걸 보았습니다. 이 일을 도련님께 알리려고 부랴부랴 달려왔습죠. 어이구, 나쁜 소식을 알려드려 죄송해요. 제게 이런 임무를 맡기셨으니 어쩔 수 없죠.

로미오 그게 참말이냐? 그렇다면 운명의 별들아! 너희들은 믿을 수가 없구나! 나의 숙소는 알고 있으렸다? 잉크와 종이를 가져오고 어서 역마를 구해라. 오늘밤 당장 여길 떠날 테니.

벨서자 도련님, 참으세요. 제발 부탁입니다. 안색이 창백하시고 꺼칠한 걸 보니 뭔가 불행한 일이 일어날 것 같습니다요.

로미오 닥쳐라! 난 상관 말고 시킨 일이나 해. 신부님의 편지는?

벨서자 없었어요, 도련님.

로미오 상관없다. 빨리 말을 구해라. (벨서자 퇴장) 줄리엣, 나도 오늘밤 그대 곁에 눕겠소. 한데 방법이 문제구나. 오, 절망한 사람에게 사악한 생각은 빨리도 찾아오는구나. 그 약방영감이 필시 이 근처에 살고 있을 텐데. 요전에 보니 누더기 옷에 긴 눈썹을 아래로 내리깔고 약초를 고르고 있었지. 극심한 가난으로 집안에는 거북과 박제된 악어와 보기에도 끔찍한 생선껍질들이 매달려 있었지. 그리고 가게 안 시렁에는 구질구질한 빈 상자, 녹색 질그릇, 오줌통, 곰팡이 슨 씨앗들, 끄나풀 부스러기, 장미 굳힌 향료 등이 흩어져 있었어.

제법 약방다웠지. 그 궁핍함을 보고 난 생각했어. '만토바에서 독약을 파는 자는 즉석에서 사형이라고. 하지만 누군가가 꼭 독약을 구해야 할 경우 이 가난뱅이 약장수라면 틀림없이 팔 거다' 라고. 오! 그건 바로 내가 독을 필요로 할 것을 예견해준 것이었구나. 아무튼 그 가난뱅이 노인이 그걸 팔아야 할 텐데. 내 기억엔 확실히 이 집이었어. 아니 휴일이라고 이런 거지 같은 가게도 문이 닫혀 있군. 이보게, 약장수!

약장수 등장.

약장수 거 소리 지르는 분은 누구시우?

로미오 이리 좀 오게. 보아하니 살림살이가 말이 아닌 것 같은데. 여기 40더컷이 있소. 이걸 줄 테니 독약을 주시오. 효험이 빠른 걸로 말이오. 마시면 금세 독이 온 혈관에 퍼져서 삶에 지친 인생을 끝장내게 하는 독약 말이오. 마치 불을 댕긴 화약이 죽음의 대포 포신에서 터져나오듯 육체에서 당장 숨뿌리를 거두게 하는 그런 것 말이오.

약장수 그런 약이 있긴 하오만 그걸 판매하는 자는 만토바의 법에 따라 당장 모가지가 날라가는뎁쇼.

로미오 이보시오, 그렇게 궁핍하고 비참하게 살면서 죽기가 두렵소? 두 볼엔 가난이 덕지덕지 끼었고, 두 눈엔 고민이 깊이 박혔고, 등에는 모욕과 가난을 지고 있으면서. 이 세상도 이 세상의 법률도 영감님의 친구는 아니잖소. 그러니 가난에 더 이상 허덕이지 말고

276

이 돈을 받으시오.

약장수   이건 제 의지가 아니라 가난 때문에 응하는 거라오.

로미오   나도 영감의 가난에 돈을 드리는 거요.

약장수   (약병을 내주며) 이걸 좋아하는 음료에 타서 마시오. 당신이 아무리 황우장사라 해도 당장 끝장내줄 겁니다.

로미오   자, 이 금은 영감 것이오. 인간의 마음엔 독약보다 더 나쁜 영혼이 있지. 이 역겨운 세상은 독약보다 더 많은 살인을 하고 있어. 그러니 독약을 판 건 내 쪽이고, 영감은 아니오. 잘 있으시오. 식료품을 사서 영양을 보충하시오. 자, 독약이 아닌 활명수야, 나와 같이 줄리엣의 무덤으로 가자. 그곳에서 널 써야겠다. (로미오 퇴장)

제 2 장   베로나, 로렌스 신부의 암자

존 신부 등장.

존 신부   프란시스코 수도회의 로렌스 신부님!

로렌스 신부 등장.

로렌스 신부 존 신부의 목소리로군. 만토바까지 갔다 오느라 수고 많았소. 로미오가 뭐랍디까? 어디 편지 좀 봅시다.

존 신부 이 도시에서 병자들을 돌보는 교단의 같은 종파 수도사 한 사람과 동행하려고 찾아 나섰지요. 그런데 도시 검역관들이 우리 두 사람이 역병이 창궐했던 집에 있었다고 의심을 하고는 문을 걸어 못 나가게 했지요. 그래서 만토바로 오는 길이 더뎌지게 되었지요.

로렌스 신부 그럼 내 편지는 누가 로미오에게 전했소?

존 신부 보낼 방법이 없어서 그냥 가져왔습니다. 신부님께 돌려보내려 해도 사람을 구할 수가 있어야지요. 모두들 병이 전염될까 봐 겁을 먹더군요.

로렌스 신부 이 무슨 불운인가! 그 편지는 단순한 편지가 아니오. 아주 중요한 내용이 적혀 있어 지연되면 큰일이 날지 모르오. 존 신부님, 가능한 한 빨리 쇠지렛대를 구해와 내 암자로 갖다주시오.

존 신부 네, 금방 갖다드리겠습니다. (퇴장)

로렌스 신부 혼자서라도 묘지에 가봐야겠군. 세 시간 후면 줄리엣이 깨어나 로미오에게 이 사실을 알리지 않았다고 날 원망할 텐데. 그러니 만토바에 다시 편지를 써 보낸 뒤 로미오가 올 때까지 줄리엣을 내 암자에 숨겨둬야지. 가엾은 산송장이 죽은 사람의 무덤 속에 갇혀 있다니! (퇴장)

제 3 장 베로나의 캐퓰릿 집안 무덤이 있는 묘지

패리스와 시동, 꽃과 횃불을 들고 등장.

패리스 횃불을 이리 주고 멀리 떨어져 있거라. 아니야, 횃불은 꺼버리자. 남의 눈에 띄지 않도록 말이다. 저기 주목 밑의 움푹한 땅바닥에 누워서 귀를 바싹 대고 있거라. 무덤을 판 뒤라 누구의 발자국 소리도 들을 수 있다. 소리가 들리면 휘파람으로 신호를 해. 그 꽃은 이리 주고 시킨 대로 해. 자, 가봐.

시동 (방백) 이런 묘지에 무서워서 어떻게 혼자 있지. 젠장, 할 수 없지만 모험을 해보자.

패리스 꽃같이 청순한 아가씨여! 그대 신방에 꽃을 뿌리겠소. 아, 불쌍해라! 그대의 신방이 흙과 돌로 덮여 있다니! 내 이곳에 밤마다 향수를 뿌리리다. 향수가 없으면 슬픔으로 짜낸 내 눈물을 뿌리겠소. (시동이 휘파람을 분다) 녀석이 신호하는 걸 보니 누가 오긴 오나 보다. 어떤 저주받은 발목이 한밤중에 이런 곳을 헤매며 내 사랑의 의식을 방해하는 걸까? 아니, 횃불까지 들었군! 밤이여, 잠깐 이 몸을 숨겨다오. (물러선다)

로미오와 벨서자가 횃불, 곡괭이, 쇠지레를 들고 등장.

로미오　그 곡괭이와 쇠지레는 내게 다오. 자, 이 편지를 내일 아침 일찍 우리 아버지께 전하도록 하라. 횃불도 이리 줘. 목숨이 아깝거든 뭘 보든 간에 상관하지 말아야 해. 내가 이 묘지 속으로 들어가는 이유는 아가씨 얼굴을 보고 싶어서이기도 하지만 정말 중요한 목적은 죽은 그녀의 손가락에서 귀중한 보석반지를 빼 중대한 일에 쓰려는 거다. 그러니 넌 물러가거라. 한데 만약 내가 하는 일에 의심을 갖고 조바심을 내거나 되돌아와 엿보는 날이면 네 사지를 갈가리 찢어 묘지에 던져버리겠다. 내 의지력은 야수처럼 거칠고 무자비하다.

벨서자　여길 떠나 주인님을 방해하지는 않겠어요.

로미오　이게 내 우정의 표시다. 이걸 받아라. (돈을 건네준다) 가서 잘 살아라. 착한 녀석!

벨서자　(방백) 뭐라 하시든 이 근처에 숨어 있어야지. 표정이 굳어 있는 걸 보니 무슨 일을 저지를까 걱정이야. (물러간다)

로미오　지상에서 가장 귀한 별미를 꿀꺽 삼킨 가증스러운 아가리, 죽음의 자궁아! 썩은 네놈의 턱을 억지로 벌린 다음 원치 않은 음식을 쑤셔넣겠다.

패리스　(방백) 저자는 추방당한 오만한 몬터규 놈이다. 줄리엣의 오라비를 죽인 자야. 그 슬픔 때문에 내 사랑이 죽었다고 하지 않는가. 시체에까지 모욕을 주려고 이곳에 왔단 말인가! 저놈을 사로잡아야지. (앞으로 나온다) 야비한 몬터규야, 한심한 짓을 멈춰라! 죽이고도

280

모자라 복수를 하겠다는 거냐? 이 추방자야, 네놈을 체포한다. 잠자코 따라와! 죽을 각오는 되어 있겠지?

로미오   어차피 난 죽어야만 할 몸! 그래서 여기 왔소. 젊은 양반, 절망한 사람을 건드리지 마시오. 여기 있는 죽은 사람들을 생각해보오. 겁도 안 나오? 젊은 양반, 제발 부탁이오. 내 화를 돋우어 더 이상 죄를 짓게 하지 말고 어서 떠나시오! 맹세코 난 나 자신보다 당신을 더 아끼오. 난 나 자신을 해치려고 이곳에 온 것이니 더 이상 거기서 있지 말고 떠나시오. 살아남아 나중에 전하시오. 미치광이의 자비심이 당신을 도망치게 했다고.

패리스   너의 간청은 들어주기 싫다. 대신 널 중죄인으로 체포하겠다.

로미오   한 판 붙으시겠다고? 그렇다면 덤비시지. (두 사람 싸운다)

시동   아이고, 칼싸움이 벌어졌다! 야경꾼을 불러와야지. (뛰어나간다)

패리스   아, 당했다! (쓰러진다) 최소한의 자비심이 있거든 무덤을 열고 줄리엣 곁에 뉘어주오. (죽는다)

로미오   좋다. 그렇게 해주마. 어디 상판대기나 보자. 아니, 머큐쇼의 친척 패리스 백작이 아닌가! 하인 녀석이 무슨 말인가 했었는데, 마음이 심란해 귀담아 듣지 않았지만, 언뜻 듣기로 패리스가 줄리엣과 결혼한다고 했었지. 아니었던가? 내가 그런 꿈을 꾸었나? 그 녀석이 줄리엣 얘기를 하는 걸 듣고 그만 내 머리가 돌아버려 그런 생각을 한 걸까? 오, 손을 이리 주오. 그대도 나와 같이 비운의 명부에 적힌 사람이구려! 당신을 영광의 무덤 속에 묻어주리다. 무덤이라? 아, 아니지! 빛이 비치는 탑방이 있지. 저 세상으로 간 젊은이여! 줄리엣이 여기 누워 있으니 그녀의 아름다움으로 빛이 가득한 이 방은 축제일의 알현실이구나. 고인이여, 죽은 자의 손이 죽은 당신을 장사 지내니 여기 고이 잠들어라. (패리스의 시체를 무덤 안에 내려놓는다) 흔히 죽음을 앞두고 명랑해진다는데, 사람들은 그것을 죽기 전의 섬광이라고 한다지? 하지만 이것들을 어떻게 섬광이라고 할 수 있단 말인가! 오, 내 사랑! 내 아내여! 당신의 꿀 같은 숨결을 빨아 마신 죽음도 당신의 아름다움 앞에선 오금을 펴지 못하는구려. 당신은 아직 정복당하지 않았소. 입술과 뺨 위에는 아름답기 그지없는 붉은 빛깔이 남아 있고 창백한 죽음의 기운은 거기까지 오지 않았어. 티볼트, 너도 피 묻은 수의를 휘감고 누워 있군. 오, 너의 청춘을 두 동강낸 바로 이 손으로 너의 적인 나의 젊음을 찢어발기는 것보다 더 큰 용서가 있겠나? 용서해주게, 사촌! 아, 사랑하는 줄리엣! 당신은 어째서 아직도 그처럼 아름다운가? 망령 같은 죽음의 신조차도 당신에게 반해서인가! 그 바싹 여윈 괴물딱지가 당신을 이 어둠 속에 가두고 정부로 삼자는 게 아니오? 그게 걱정이 되어 난 당신과 이 컴컴한 밤의 궁전에 남아 머물 거요. 당신의 시녀라 할 수 있는 구더기들과 함께. 오, 난 이곳을 영원한 안식처로 삼겠소. 삶에 지친 육체에게서 불행한 별의 멍에를 떨쳐버리겠소. 두 눈아, 너의 마지막을 보아라! 두 팔아, 마지막 포옹을 하라! 그리고 생명의 숨을 쉬는 입구인 입술아, 정당한 키스로 도장을 찍어 모든 걸 독차지하는 죽음과 영원한 계약을 맺어라! 오너라, 쓰디쓴 저승의 길잡이와 불쾌한 죽음의 안내자야! 절망한 뱃사공아! 파도에 지친 이 배를 당장 암석에 부딪쳐 산산조각내 버려라! 내 사랑을 위해 건배! (독을 마신다) 정직한 약장수! 효험도 빠르구나. 이렇게 키스하며 나는 간다. (죽는다)

로렌스 신부 등불, 곡괭이, 삽을 들고 등장.

로렌스 신부 아, 빨리 가야 하는데. 오늘밤은 늙은 내 발이 유난이 무덤에 걸리적거리네. 거 누구요?

벨서자 접니다. 신부님을 잘 아는 사람이죠.

로렌스 신부 그대에게 축복이 있기를! 여보게 친구, 저기 저 횃불은 무슨 연유로 구더기와 눈깔 없는 해골바가지를 하릴없이 비추고 있는 건가? 캐퓰릿의 묘지에서 타고 있는 것 같은데.

벨서자 그렇네요, 신부님! 신부님께서 사랑하는 저의 주인님은 저기 있어요.

로렌스 신부 누구라고?

벨서자 로미오요.

로렌스 신부 저기 머문 지 얼마나 됐나?

벨서자 한 반 시간 정도 됐습니다.

로렌스 신부 저 무덤에 같이 가보게.

벨서자 그럴 순 없습니다. 소인의 주인께선 제가 여길 떠난 줄 알고 계시는걸요. 여기에서 하시는 일을 엿보면 죽이겠다고 위협을 하셨답니다.

로렌스 신부 그럼 나 혼자 가마. 그런데 뭔가 불길하구나. 아, 꼭 불상사가 일어난 것만 같아.

벨서자 제가 이 주목 밑에서 졸고 있을 때 주인께서 누군가와 싸우다가 그 사람을 죽이는 것 같은 느낌을 받았어요.

로렌스 신부 로미오! 아니, 이건 웬 피냐? 무덤 입구의 돌에 주인 없는 두 자루의 칼이 피가 묻은 채 굴러다니니 말이야. 로미오! 오, 창백하구나. 저건 누구지? 패리스도 온몸이 피에 흠뻑 젖어 있구나. 아서라, 잔혹한 시간은 기어이 이렇게 비통한 죄악을 저지르고 말았구나! 줄리엣이 깨어나는군. (줄리엣, 깨어난다)

줄리엣 오, 고마우신 신부님! 제 남편은 어디 있어요? 로미오님은 어디 계세요? (안에서 시끄러운 소리)

로렌스 신부 사람들 소리가 들리는군. 자, 죽음과 질병과 영원의 잠자리에서 나오너라. 사람의 힘으로는 견딜 수 없는 권세가 우리 계획을 망쳐놨다. 자, 어서 나가자. 네 남편은 죽은 몸이 되어 네 가슴 위에 있고, 패리스 백작 역시 마찬가지다. 내 너를 수녀님이 계신 수도원에 맡겨야겠다. 묻고 말하고 할 틈이 없어. 야경꾼이 오고 있다. 가자, 줄리엣, 지체할 틈이 없다.

줄리엣 신부님은 나가세요. 전 안 나가겠어요. (신부 퇴장) 이게 뭘까? 내 사랑 로미오가 쥐고 있는 잔이. 독이 내 사랑을 때아닌 죽음을 맞이하게 했구나. 아, 무정하셔라! 한 방울도 남기지 않고 몽땅 마셔버려 뒤따라갈 수도 없게 만들다니! 그대 입술에 입을 맞추겠어요. 아직도 독약이 입술에 묻어 있다면 나도 그대 따라 죽을 수 있을 거야. (키스한다) 아, 당신의 입술은 따뜻하군요!

야경꾼이 패리스의 시동과 함께 묘지에 등장.

야경꾼 1 애, 앞서라. 어느 쪽이냐?

줄리엣 아, 사람이 오나봐. 어서 빨리 끝장을 내야지. 오! 반갑기도 해라. 칼이 여기 있군. 이 가슴이 너의 칼집이다. 여기서 너는 자는 거다. 녹과 함께 날 죽여다오. (로미오의 시체 위에 쓰러진다)

시동 여기예요, 횃불이 타고 있는 곳이.

야경꾼 1 땅바닥이 온통 피투성이군. 묘지 주변을 수색해봐. 저쪽으로 가서 뛰어가는 자를 체포해. 세상에! 눈 뜨고 볼 수 없는 처참한 광경이구나! 백작은 칼을 맞아 여기 쓰러져 있고, 줄리엣은 이틀 전에 매장됐는데 온기를 그대로 간직한 채 피를 흘리고 있구나. 어서 가서 군주님께 보고하라. 캐퓰릿 집안도 몬터규네 사람들도 모조리 깨워라. 나머지는 수색을 계속해. (다른 야경들 퇴장) 이 비탄의 땅은 보인다만 뼈저린 불행의 진상은 자세히 조사해보지 않고는 알 도리가 없다.

한 패의 야경꾼과 발서자 등장.

야경꾼 2 로미오의 하인입니다. 묘지에서 잡았어요.

야경꾼 1 군주님이 오실 때까지 꼭 붙들어두게.

야경꾼들, 로렌스 신부를 대동하고 등장.

야경꾼 3 신부님께서 덜덜 떨면서 한숨소리와 함께 울기만 합니다.
묘지 이쪽에서 나오는 것을 붙잡았죠. 곡괭이랑 삽은 압수했고요.
야경꾼 1 수상하니 그 신부도 잡아둬.

군주와 시종들 등장.

군주 새벽부터 무슨 변괴가 일어났기에 아침잠도 못 자게 사람을
부르고 야단이냐?

캐퓰릿 부부 등장.

캐퓰릿 밖이 왜 저렇게 소란하지?
캐퓰릿 부인 거리에서 사람들이 로미오와 줄리엣, 패리스를 외치며
뛰어다니고 야단들이에요. 모두들 가족묘지 쪽으로 가고 있어요.
군주 저 무서운 아우성 소리가 귀를 따갑게 하니 어찌된 일이냐?
야경꾼 1 군주님, 패리스 백작이 살해됐습니다. 로미오도 죽었고
요. 일전에 죽은 줄리엣 아가씨도 갓 살해당한 것처럼 몸이 따뜻합
니다.

군주 모든 걸 철저히 조사해서 이 참혹한 살인 사건의 진상을 규명하라.

야경꾼 1 여기 신부와 살해당한 로미오의 하인이 있는데, 이자들은 시체의 무덤을 파는 데 필요한 연장을 갖고 있었습니다.

캐퓰릿 여보, 우리 딸애가 저렇게 피를 흘리고 있어! 이 칼이 돌아갈 곳을 잘못 찾았구려. 봐요, 이걸. 몬터규놈의 등에 있는 칼집이 있어. 칼이 집을 잘못 찾아 내 딸의 가슴에 꽂혔구려.

캐퓰릿 부인 아이고머니! 이 죽음의 몰골은 마치 조종처럼 우리 늙은이들을 묘지로 부르고 있어요.

몬터규와 하인들 등장.

군주 이보세요, 몬터규! 이런 꼴을 보려고 새벽부터 일어났소? 댁의 외아들이 때이른 죽음을 맞이했소.

몬터규 아, 군주님! 제 처도 어젯밤에 죽었습니다. 추방당한 자식의 신세를 한탄하다 결국 숨을 거두고 말았지요. 이 늙은이에게 이런 끔찍한 불행이 어디 또 있겠습니까?

군주 자, 보시면 모든 걸 알게 될 것이오.

몬터규 이 불효자식아! 애비보다 먼저 무덤으로 달려가다니, 이게 무슨 짓이냐?

군주 절규와 한탄은 잠시 멈추고, 우선 이 의혹들을 말끔히 풀어줄 사태의 근원을 알아봅시다. 저 역시 당신네들의 불행을 누구보다 가슴 아프게 생각하는 사람입니다. 그러니 불행을 조용히 감내합시다. 혐의자들을 이리로 끌어내라.

야경들이 로렌스 신부와 빌서자를 데리고 나온다.

로렌스 신부 이 모든 것은 제 탓입니다. 제가 일을 잘못 처리한 탓에 시간과 장소가 어긋나고 말았습니다. 이런 무서운 참극의 용의자는 바로 접니다. 제가 이 자리에 선 것은 저 스스로를 고발하고 그 죗값을 받기 위해서입니다.

군주 이 사건의 자초지종을 있는 그대로 말해보오.

로렌스 신부 그럼 간단히 말씀 드리겠습니다. 살아갈 날도 얼마 남지 않았는데 지루하게 얘기할 시간도 없습니다. 저기 누워 있는 로미오는 줄리엣의 남편이고, 그 옆에 누워 있는 줄리엣은 로미오의 충실한 아내입니다. 이들의 결혼은 제가 시켰습니다. 바로 그 비밀 결혼식을 올린 그날이 티볼트의 최후의 날이었고, 그의 때아닌 죽음으로 새신랑은 이 도시에서 추방을 당했습니다. 줄리엣은 티볼트의 죽음보다도 로미오의 추방을 더욱 가슴 아파 했습니다. 그런데 댁에선 딸의 슬픔을 가시게 해주려고 패리스 백작과 억지로 약혼을 시켜 혼례까지 올리려고 했습니다. 그래서 줄리엣은 무쇠처럼 굳어진 얼굴로 저를 찾아와 이 두 번째 결혼을 모면할 방법을 강구해달라고 간청했습니다. 청을 들어주지 않으면 제 암자에서 자살하겠다고 했습니다. 그래서 예전에 배운 의술로 수면제를 만들어주었더니 뜻대로 효력을 내어 줄리엣은 가사상태에 빠지게 됐습니다. 그러는 한편 로미오에게 편지를 띄웠습니다. 그 끔찍한 밤, 약효가 사라질 시간에 이곳으로 와서 줄리엣을 가매장한 무덤에서 구해내도록 조처를 취했지요. 그런데 저의 편지를 들고 가던 존 신부가 뜻하지 않은 사고로 제때 전달되지 못하고 되돌아왔습니다. 그래서 저는 줄리엣이 깨어날 예정시간에 맞춰 그 조상의 가족묘지에서 그녀를 구해내려고 온 것입니다. 제 계획은 잠에서 깨어난 줄리엣을 제 암자에 숨겨둔 후 로미오한테 기회를 보아 연락하려는 것이었지요. 그런데 성실한 로미오가 난데없이 여기 죽어 있었습니다. 그것을 확인한 저는 줄리엣이 깨어나자마자 나가자고 권했습니다. 이것은 하늘이 주는 시련이니 참으라고 했지요. 그때 인기척에 놀라 무덤을 뛰쳐나왔는데 줄리엣은 너무 절망한 나머지 뒤따라 나오지 않고 자살을 하고 만 것 같습니다. 이상이 제가 아는 것의 전부입니다. 결혼에는 유모도 관여했습니다. 제게 조금이라도 과실이 있다면 법에 따라 이 늙은 목숨을 정해진 수명보다 약간 앞서 처단해주시기 바랍니다.

군주 우리는 지금까지 당신을 심덕이 높은 성직자로 알고 있었소. 그런데 로미오의 하인은 어디 있는가? 어디 그의 말을 들어보자.

뻴서자 제가 줄리엣 아가씨의 부고를 전해드렸더니 도련님께선 만토바에서 바로 이곳 묘소로 달려왔지요. 그리고 이 편지를 아침 일찍 아버님께 전하라고 분부하시고는 묘소를 떠나지 않으면 죽여버리겠다고 위협하고는 무덤 속으로 들어가셨습니다.

군주 그 편지를 이리 내놓아라. 어디 읽어보자. 야경을 불러왔다는 백작의 시동은 어디 있느냐?

시동이 무대로 나온다.

그래, 네 주인은 이곳에서 뭘 하고 있었느냐?

시동   주인님은 줄리엣의 무덤에 꽃을 뿌리려고 왔지요. 그때 저더러 좀 떨어져 있으라기에 저는 그렇게 했습니다. 그런데 그때 누군가가 횃불을 들고 이곳을 열려고 왔는데, 주인께서 대뜸 칼을 빼들고 그분한테 달려들기에 야경을 부르러 달려갔지요.

군주   이 편지를 보니 두 연인의 사랑의 내력과 줄리엣의 죽음, 그리고 신부의 증언이 틀림없다는 것이 밝혀졌소. 그리고 편지의 내용으로 미루어보아 로미오는 가난한 약장수한테 구한 독약으로 자살을 해 줄리엣과 한 무덤에 매장되려고 온 것이 분명하오. 원수 간인 두 사람은 어디 있소? 캐풀릿, 몬터규! 보시오, 하늘이 그대들의 증오에 어떤 천벌을 내렸는지를. 그 증오는 그대들의 기쁨의 근원인 자녀들이 서로 사랑하게 함으로써 죽음을 맞게 한 것이오! 그리고 나도 그대들의 불화를 눈감은 죗값으로 친척 두 사람을 잃게 됐소. 우리 모두가 신의 처벌을 받은 것이오.

캐풀릿   오! 몬터규 사돈영감, 손이나 잡아봅시다. 이건 딸애의 혼숫감 대신이오. 더 이상 뭘 바라겠소.

몬터규   아니, 그 이상을 드리리다. 난 순금으로 따님의 상을 세우겠소. 베로나라는 이름이 존속하는 한 진실하고 정숙한 줄리엣의 상처럼 존경받을 사람은 더 이상 없을 것이오.

캐퓰릿 그럼 나도 똑같이 로미오의 상을 그의 아내 옆에 세우리다. 우리의 반목에 희생된 가엾은 아이들!

군주 암울한 평화가 이 아침을 감싸안으니 태양은 비탄으로 얼굴을 보이지 않는구려. 이 비통한 이야기를 진지하게 나누며 용서할 자는 용서하고, 벌할 자는 벌합시다. 아, 줄리엣과 로미오의 사랑보다 더 애절한 이야기가 세상에 어디 있겠소. (모두 퇴장)

SHAKESPEARE

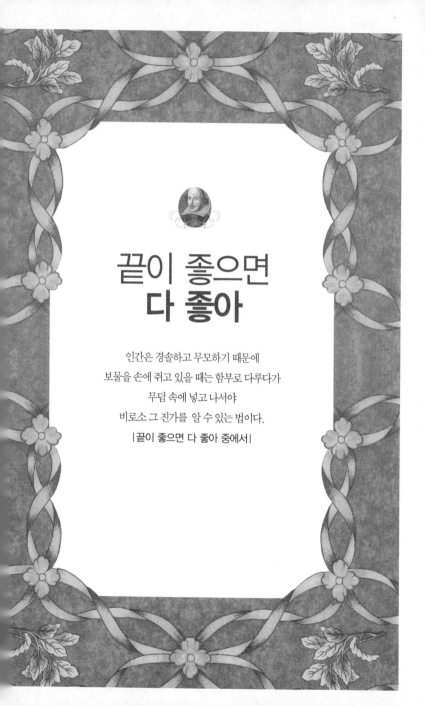

끝이 좋으면
다 좋아

인간은 경솔하고 무모하기 때문에
보물을 손에 쥐고 있을 때는 함부로 다루다가
무덤 속에 넣고 나서야
비로소 그 진가를 알 수 있는 법이다.

|끝이 좋으면 다 좋아 중에서|

■등장인물

프랑스의 왕
플로렌스의 공작
버트람　　　　　로실리온의 젊은 백작
라후　　　　　　노귀족
패롤리스　　　　버트람의 가신
리날도 로실리온　백작부인의 집사
라바취 로실리온　백작부인의 어릿광대
듀메인 형제　　　프랑스의 귀족. 후에 플로렌스군의 대장이 된다.
군인　　　　　　통역을 가장한다.
신사　　　　　　프랑스 왕을 섬기는 점술가.
시동
로실리온 백작부인　버트람의 어머니
헬레나　　　　　세상을 떠난 유명한 의사 제라드 드 나본의 딸이
　　　　　　　　　　자 백작부인의 시녀
플로렌스의 과부
다이애나　　　　과부의 딸
마리아나　　　　과부의 친구
프랑스와 플로렌스의 귀족들, 시종들, 병사들 등

■장소

로실리온, 파리, 플로렌스, 마르세유

294

■줄거리

『끝이 좋으면 다 좋아』의 창작 연대는 1602~1605년경으로 추정된다. 작품의 주제는 암울한 상황 속에서도 참다운 사랑을 성취하기 위해 어려운 난관을 극복해 낸다는 것으로, 윌리엄 페인터의 『쾌락의 궁전』에 수록된 설화를 소재로 삼았다.

명의인 아버지가 세상을 떠나자 그의 딸 헬레나는 후견인 로실리온 백작부인의 집으로 들어가 살게 된다. 헬레나는 백작부인의 아들인 버트람을 남몰래 짝사랑하지만 버트람은 그녀에게 전혀 관심이 없다. 궁리 끝에 헬레나는 버트람의 뒤를 쫓아 파리 왕궁으로 들어가 프랑스 왕의 난치병을 고쳐주고 그 대가로 버트람과의 결혼을 허락받지만 버트람은 헬레나를 받아들이지 않는다. 그러나 우여곡절 끝에 마침내 버트람도 헬레나를 아내로 인정하고 사랑하게 된다.

이 극은 버트람과 헬레나를 중심으로 한 줄거리와 불한당이며 허풍선이인 패롤리스를 중심으로 한 줄거리가 필연적인 관계로 연결되어 있다.

제1막

제1장 로실리온. 백작부인 저택의 한 방

로실리온의 젊은 백작 버트람, 그의 어머니인 백작부인, 헬레나, 라후 경 등이 모두 검은 상복을 입고 등장.

백작부인 아들을 떠나보낼 생각을 하니 남편 상을 두 번 치르는 것 같군요.

버트람 제가 어머니 곁을 떠난다고 생각하니 아버지를 잃은 슬픔이 새삼 복받칩니다. 그러나 어명에 복종할 수밖에 없습니다.

라후 백작부인께선 폐하를 부군처럼 모셔야 되고, (버트람에게) 자넨 폐하를 부친처럼 모셔야 하네.

백작부인 폐하의 병세는 좀 진전이 있습니까?

라후 폐하께선 시의들을 물리치셨다고 합니다. 그들의 의술을 믿고 희망을 갖고 있었으나 효험을 보지 못하자 이제는 희망조차 버리신 것 같습니다.

백작부인 (헬레나를 돌아보며) 이 젊은 아가씨의 돌아가신 부친께선 정말이지 의술이 뛰어난 분이셨습니다. 그분이 세상 사람들에게 솜씨를 발휘하셨다면 죽음의 신은 할 일이 없어졌을 겁니다. 아, 폐하를 위해서라도 그 어른이 살아 계셨더라면 얼마나 좋았을까? 틀림없이 폐하의 병환이 치유되었을 겁니다.

라후 그분의 존함은?

백작부인 제라드 드 나본이라고 합니다. 의술이 아주 뛰어났죠.

라후 그분은 정말 훌륭한 분이더군요. 폐하께옵서도 그의 사망을 몹시 애석하게 여기셨습니다. 만약 의학의 힘으로 죽음과 맞설 수만 있었다면 신성이 되었을 겁니다.

버트람 폐하께서 앓고 계신 병명은 무엇입니까?

라후 누라는 병이십니다.

버트람 처음 듣는 병명인데요.

라후 고약한 병이어서 소문낼 일은 아니지요. 이 아가씨가 제라드 드 나본 씨의 규수인가요?

백작부인 그분의 외동딸이에요. 유언에 따라 제가 돌보고 있답니다. 타고난 심성이 고운데다 교육의 힘이 합세하여 멋진 열매를 맺었지요. 덕이 없는 사람이 뛰어난 능력을 가지고 있다면 옥의 티라고 할 수 있지요. 재능이 이로울 수도 있고 해로울 수도 있으니까요. 그러나 이 처녀는 정말이지 훌륭한 균형감각을 지닌 여성으로 성장했지요.

라후 부인께서 칭찬을 하시니 아가씨가 눈물을 흘리고 있군요.

백작부인 칭찬을 살리려면 소금물로 살짝 간을 하는 것이 좋답니다. 돌아가신 부친을 생각하는 순간 얼굴빛이 생기를 잃고 말았군요. 헬레나, 그만 울어.

헬레나 슬픈 체하고 있지만 진짜 슬프기도 해요.

라후 본인이 아닌 이상 우리가 그 마음을 어찌 샅샅이 헤아리겠습니까? 적당한 애도는 자식으로서의 도리겠지만 지나치게 서러워하는 것은 주변인을 적으로 만들게 됩니다.

백작부인 주변 사람들이 슬픔에 빠진 당사자에게 모욕감을 느낀다면 과도한 슬픔은 자연히 숨을 죽이고 말 거예요.

버트람 어머니, 저에게 축복을 주세요.

백작부인 아들아, 신의 축복을 받아라! 그리고 선조님이 물려준 고귀한 미덕을 잃지 않도록 노력해라. 만인을 사랑하되 진정한 벗은 몇 명만 두고, 누구에게도 피해를 주지는 말아야 한다. 적과 겨룰 힘을 기르되 함부로 사용해서는 안 되며, 친구에게는 내면의 열쇠를 채워 어느 정도의 간격을 두어라. 말수가 적다고 손가락질을 당하느니 쓸데없는 말을 하여 책망 당하는 것이 낫다. 안녕히 가세요. 라후 경. (헬레나 라후를 지나쳐 간다) 경, 이앤 아직 궁중의 경험이 없으니 잘 지도해 주세요.

라후 폐하께 충절을 다하면 반드시 총애를 받게 되겠지요.

백작부인 하느님께 영광 있으소서! 잘 가거라, 버트람. (퇴장)

버트람 어머니의 소원이 이루어지시기를! (헬레나에게) 아무쪼록 당신의 주인인 저희 어머니를 지성껏 모셔줘요.

라후 (헬레나에게) 그럼 아가씨, 잘 있어요. 부친의 명예를 잃지 않도록 해야지. (버트람과 라후 퇴장)

헬레나 (방백) 아, 그것뿐이라면 오죽이나 좋을까! 내가 이렇게 눈물을 흘리는 건 아버님 때문이 아니라 그분을 생각해서야. 아버님은 어떻게 생기셨을까? 이젠 기억조차 희미해. 내 눈에 떠오르는 건 오직 버트람님뿐이야. 안 돼! 이젠 다 틀렸어. 버트람님이 가버렸으니……. 난 서리 맞은 박넝쿨 같은 신세가 됐어. 그분은 별처럼 높은 곳에 계시지 뭐야. 한데 내가 어찌 감히 그 성좌에 오를 수가 있단 말인가? 다만 그 별에서 비쳐오는 빛을 받는 것만으로 만족할 수밖에 없어. 분수를 모르는 사랑의 욕망 때문에 이렇게 괴로워해야 하다니! 마치 암사슴이 사자와 사랑을 맺으려다가 그 사랑 때문에 목숨을 잃어야만 하는 것처럼 말이야. 비록 고통스럽기는 하지만 곁에 앉아서 활처럼 굽은 눈썹, 매같이 씩씩한 눈초리, 멋진 곱슬머리를 가슴 속의 화판에 그려보는 건 정말 즐거워. 그분 얼굴의 주름살 하나도 놓치지 않고 다 그릴 수 있으니 말이야. 하지만 그분은 이제 가버렸어. 이제 난 추억만을 우상처럼 모시고 살 수밖에 없어. 어머, 누가 오잖아?

패롤리스 등장.

(방백) 그분을 모시는 사람이다. 그것만으로도 친근감이 든다. 하지만 저 사람은 거짓말쟁이로 소문이 난데다가 조금 모자라고 겁쟁이라지? 그러나 이런 악덕조차도 저 사람에겐 어쩌나 잘 어울리는지 전혀 어색하지 않아. 강직함이 찬밥 신세인 이때 저 사람은 하늘이

낮다는 듯 활개를 치고 다닌단 말야. 그러니 총명한 사람들이 거드 럭대는 바보에게 용춤을 추며 시중을 드는 형편이지.

패롤리스 안녕하세요, 왕비 전하!

헬레나 안녕하시옵니까. 폐하!

패롤리스 전혀요.

헬레나 그럼 저도 전혀랍니다.

패롤리스 처녀의 순결에 대해 생각해본 적이 있으신지요?

헬레나 물론 해봤지요. 당신은 기사다운 데가 있으니까 한 가지 묻 겠어요. 남자는 처녀의 적이지요. 그런데 어떻게 하면 그 적을 막을 수 있을까요?

패롤리스 그야 남자들이 가까이 오지 못하게 하면 되지요.

헬레나 하지만 막무가내로 공격해 오는걸요. 우리 처녀들은 용감 하기는 하지만 방어에는 퍽 약해요. 용감하게 저항할 수 있는 방법 좀 가르쳐주세요.

패롤리스 그런 방법은 없어요. 사내란 처녀를 습격만 했다 하면 구 멍을 뚫고 화약으로 폭파시킨다니까요.

헬레나 오! 우리 가련한 처녀들을 순식간에 습격해서 폭파하는 무 지막지한 남성들로부터 지켜주시옵소서! 그런데 우리가 남자들을 폭파시킬 수 있는 전술은 없을까요?

패롤리스 처녀가 폭파당할 땐 남자도 폭파되고 말지요. 결국 남자 들이 여자를 폭파시켜 무너뜨리면, 처녀는 스스로 자기의 성문을 열 어주어 성을 바치게 된다고요. 처녀성을 지킨다는 것은 자연이라는 왕국에선 현명한 정책이라고 할 수 없어요. 처녀성을 잃는다는 것은 결국 처녀성을 늘어나게 한다고 볼 수 있으니까요. 어쨌든 처녀성이 무너뜨려져야 처녀가 생겨날 게 아닙니까? 당신네들이야말로 처녀를 만들어내는 처녀 제조기란 말이라고요! 처녀성이란 것은 한번 잃어버리면 열 곱절이나 되는 처녀를 만들어낼 수 있지. 그러니 처녀성을 지킨다는 건 정말이지 부질없는 일이오.

헬레나 난 처녀로 죽는 한이 있더라도 좀 더 굳게 지키겠어.

패롤리스 할 말이 없군요. 자연의 법칙에 어긋나는 말을 하니! 처녀성을 지킨다는 것은 결국 자기 어머니를 비난하는 것이나 마찬가지며 처녀성을 끝까지 지키려는 건 자살행위와 똑같아. 자연의 섭리를 어긴 철딱서니 없는 죄인이니, 그런 사람은 신성한 묘지가 아닌 신작로 바닥에나 묻어줘야지. 그러면 처녀성에 구더기가 생기겠지. 그것은 제 몸을 갉아먹은 후 나중엔 밥통까지도 갉아먹어 결국 죽고 말아. 그뿐 아니라 숫처녀는 까다롭고, 콧대가 높고, 게으르고, 자만심이 이만저만 강하지 않아. 그건 성서에서 가장 먼저 금지한 죄악이야. 그러니 처녀성은 한시바삐 무너뜨려야 해요. 지켜봤자 손해니까. 패대기쳐버려. 그러면 십 년 안에 열 배로 숫자가 늘어난다고. 그만하면 굉장한 이문 아닌가. 본전이 축나는 것도 아니잖아. 그러니 그따위 것은 한시바삐 내동댕이쳐 버리세요.

헬레나 그걸 일부러 잃으려고 하면 어떻게 될까요?

패롤리스 글쎄, 우선 처녀를 싫어하는 남자를 한번 좋아해보시지. 자고로 처녀란 가만히 눕혀놓으면 광택을 잃어버리게 되고, 너무 오래 놔두면 값어치가 떨어지는 법이오. 매기가 있을 때 선뜻 팔아야한다니까. 처녀성이란 늙수그레한 벼슬아치가 쓰는 유행이 지난 모자 같은 거요. 멋지게 차린다고 해봤자 전혀 볼품이 없다고요. 케케묵어서 누구 하나 거들떠보지도 않는 브로치나 이쑤시개 같은 거지. 대추야자는 과자나 죽의 재료로는 알맞지만 당신 볼이 대추 꼴이 되면 안 되잖아. 처녀란 한번 늙어버리면 시들어 말라빠진 프랑스의 배 같아서 보기에도 정나미가 떨어지고, 먹어봐도 감칠맛이 없어. 한때 맛이 좋았을지는 몰라도 결국은 말라 시들어버린 배라고! 그래, 도대체 당신은 그 배를 어쩌자는 거요?

헬레나 내 처녀성은 아직도 싱싱해요. 당신 주인은 궁정에 가면 많은 사람들과 사귀게 되겠지. 양갓집 규수, 군주, 고문, 배반자, 중요한 사람, 겸손한 야심가, 거만한 겸양가 등 눈먼 큐피드가 예쁘다고 생각하는 사람들을 만나 산더미같이 많은 별명을 만들어줄 테지. 한데 그분은 어떤 대접을 받을까? 그것은 모를 일이지만 하느님, 제발 그분을 돌봐주십시오!

패롤리스 그분이라니, 누구 말이오?

헬레나 행복하게 되길 바라는 분이에요. 정말 속상해 죽겠어.

패롤리스 아니, 속상해 죽겠다니?

헬레나 아무리 빌어봤자, 저의 애타는 심정을 그분에게 알려 드릴 방법이 없으니 말예요. 미천하게 태어난 저로선 팔자 또한 드세어 소원을 겉으로 드러내 보일 수도 없는 처지예요. 아무리 그리운 분을 위해 기도해 봤자 내 마음속에만 갇혀 있으니 누가 알아주랴.

시동 등장.

시동 무슈 패롤리스! 백작님께서 찾고 계십니다. (퇴장)

패롤리스 헬레나 아가씨, 잘 있어요.

헬레나 무슈 패롤리스, 당신은 자비스런 별 아래서 태어났나봐요.

패롤리스 군신 마르스의 화성 아래서지요.

헬레나 어쩐지 그런 것 같았어요.

패롤리스 어째서?

헬레나 당신은 언제나 전쟁 때문에 동분서주하니 말예요. 그러니 군신의 별 아래에서 태어난 게 틀림없어요.

패롤리스 한참 빛날 때 태어났지요.

헬레나 빛을 잃었을 때가 아니고요?

패롤리스 왜 그렇게 생각하지요?

헬레나 싸울 때면 항상 뒷걸음질을 치니까요.

패롤리스 그야 목숨을 지키려면 그럴 수밖에요.

헬레나 겁날 땐 날 살려달라고 도망치는 것이 안전하다는 말씀이죠? 용기와 공포가 멋지게 날개를 펼치고 있군요.

패롤리스 지금은 바쁜 몸이라 그럴듯한 대답을 못하지만 손색없는 궁정인이 되어 돌아오면 궁중 풍습을 가르쳐주겠어요. 그러면 당신을 여자답게 만드는 데 큰 도움이 될 테지요. 그럼 잘 있어요. 틈이 나면 기도를 드리고, 돈이 생기거든 친구 생각도 해요. 그리고 당신을 아껴주는 남편을 만나면 잘 섬겨요. 자, 안녕히! (퇴장)

헬레나   인간을 구제하는 힘은 하늘에만 있는 것이 아니라 우리 인간에게도 있어. 인간의 운명을 맡은 하늘은 우리 인간에게 그만한 자유를 주셨지. 그러니 마음먹은 대로 되지 않고 뒷걸음질치는 것은 스스로가 게으른 탓일 거야. 도대체 어떤 힘이 날 이처럼 엄청난 사랑에 빠지게 했을까? 그렇다고 사랑을 쟁취한다는 건 하늘에서 별 따기인데. 그렇지만 아무리 신분 차이가 크다 할지라도 자연은 그들을 동료처럼 맺어주고 입맞추게 도와주지. 실연 때문에 자기의 진가를 보이려고 애를 써본 여자가 있을까? 나의 계획이 빗나갈지도 모르겠지만 결심만은 더욱 단단하게 굳혀져 있지. (퇴장)

제 2 장 파리. 왕궁의 한 방

병중인 프랑스 왕이 시종들의 부축을 받으며 등장. 왕이 옥좌에 좌정하고 서장이 왕 앞에 놓여 있다.

왕   플로렌스와 시엔나 사이의 분쟁이 아직도 승부가 나지 않고 있다. 피비린내나는 전투가 계속되고 있다고 들었소.

귀족 1   그런 보고를 받았습니다.

왕 그건 믿을 만한 정보요. 여기 과인의 친구인 오스트리아 공에게서 온 편지에도 명시되어 있소. 가까운 시일 내에 플로렌스 쪽으로부터 구원병을 요청해올 것이 분명하다고 하오. 우리는 이미 정세를 판단했으니 거절하는 것이 좋을 것 같소.

귀족 1 두터운 우정과 통찰력이 있으시다는 걸 폐하께서 아시고 있는 이상 그분의 의견을 받아들이는 것이 옳을 듯합니다.

왕 그가 답장까지 동봉해 보내왔소. 그러니 플로렌스 쪽의 요청은 사신도 보내오기 전에 이미 거절당한 셈이지. 그러나 우리나라 젊은이들 중에서 토스카나 전투의 참가를 원하는 사람이 있다면 뜻대로 해도 상관없소.

귀족 2 그것은 실전을 겪어보고 싶고, 공명심에 굶주린 자들에겐 좋은 수련장이 될 것입니다.

버트람, 라후, 패롤리스 등장.

왕 저기 오는 자가 누구요?

귀족 1 로실리온의 젊은 백작 버트람이옵니다.

왕 늠름한 젊은이가 됐군. 어쩌면 저렇게 부친을 꼭 닮았을까? 풍요로운 자연이 공을 들여 만들었군. 부친의 덕성도 그대로 이어받았으면 좋을 텐데! 파리로 잘 왔네.

버트람 감사와 충절을 폐하께 바치겠나이다.

왕 짐이 자네 부친과 마음을 합쳐 전쟁에 출전하여 솜씨를 겨룬 적이 있는데 그때처럼 몸이 건강하다면 오죽이나 좋겠는가! 자네 부친은 전술에 능하여 용사들에게 인기가 좋았지. 부친이 오랫동안 과인을 보필해 주었다만 이젠 스며드는 나이를 막을 수 없어 운신을 못할 지경이 되었다네. 자네 부친 얘길 하고 있으니 젊은 혈기가 치솟는 것 같군. 게다가 자네 부친은 훌륭한 군신이었지. 자존심이 강해 신랄한 데가 있었지만 결코 남을 상처주지는 않았다네. 그는 상대방을 비방해야 할 시각을 정확히 가르쳐주었고, 때를 맞추어 짐의 혀가 지시한 대로 움직였다네. 그는 자기보다 신분이 낮은 사람들에게도 마치 상전을 대하듯 공손히 머리를 숙여 사람들의 칭찬이 자자했지.

버트람 선친의 명성은 무덤에서보다 폐하의 마음속에서 더욱 빛나고 있습니다. 후세에까지 전해질 그 명성은 묘비명이 아니라 폐하의 말씀이 더욱 확실히 증명하고 있나이다.

왕 아, 그 사람을 다시 한 번 만날 수 있다면 얼마나 좋을까! "이제 소신은 그만 살았으면 합니다." 우울해지면 가끔 그렇게 말했지. "불꽃을 일으킬 기름이 다 타버려 새것이 아니면 거들떠보지도 않는 젊은이들에게 타다 남은 심지 취급을 받긴 싫습니다. 그들은 새로운 옷을 고안해내는 덴 머리를 쓰지만 유행보다도 더 변덕스럽게 변해버리는 족속들이니 말입니다." 짐은 그보다 생각이 뒤졌지만 동감하는 말이었지. 이젠 납도 꿀도 날아들지 않는 몸이 되고 보니, 한시바삐 뒤로 물러앉고 싶구나.

귀족 2 만인의 지존이신 폐하께서 물러나시면 비록 충성심이 얄팍

한 신하일지라도 섭섭히 여길 것입니다.

왕 백작! 자네 부친의 주치의가 작고한 지 얼마나 되나? 아주 고명한 의사였는데.

버트람 여섯 달이 됩니다, 폐하.

왕 부친의 주치의가 살아 있다면 진맥을 짚어보라고 했으면 좋을 텐데. (시종에게) 손을 빌려주게. 다른 시의들이 자기들 나름의 의술을 쓴다고 했지만 결국 내 몸의 진을 다 빼놓고 말았지. 이젠 자연이 준 목숨과 병이 싸우도록 내버려둘 수밖에 도리가 없게 됐어. 백작, 잘 왔네. 친자식 못지않게 반갑네.

버트람 황공하옵니다, 폐하!

제 3 장 로실리온. 백작부인 저택의 한 방

백작부인 뒤로 집사 리날도, 어릿광대 라비취가 따른다.

백작부인 자, 들어봅시다. 그 애가 어쨌다는 거요?

집사 (어릿광대를 보며) 소인이 마님의 뜻을 받들어 최선을 다했음을 아시리라 믿습니다. 스스로 자기의 공을 내세우는 것은 어찌 보면 깨끗한 공로를 욕되게 할 수 있습니다만.

백작부인　한데 저 불한당은 여기서 뭘 하는 거지? 썩 물러가거라. 최근 네가 발칙한 짓을 한다는 소문이 파다하게 들려오고 있다. 내 당장 혼찌검을 내고 싶었으나 내 성질이 너그럽기에 이만 하겠다. 네 천성이 그런 악행을 저지를 만한 것은 알고 있지.

어릿광대　마님께선 소인이 가난뱅이란 걸 아시지 않습니까?

백작부인　그야 잘 알지.

어릿광대　마님, 가난뱅이란 남이 쉽게 이해할 수 있는 상황이 아니라고요. 하기야 돈 많은 사람도 불행하게 될 수가 많다고 하지만. 제가 마님의 적선으로 홀아비 신세를 면할 수만 있다면 이 댁의 하녀 이즈벨과 신접살림을 차려 아기자기하게 살아 볼까 합니다요.

백작부인　그래, 거렁뱅이가 되어 구걸하겠단 말이냐?

어릿광대　이번 일만은 마님의 적선을 구걸하고 싶습니다.

백작부인　무슨 적선 말이냐?

어릿광대　이즈벨과 소인이 벌이는 일인데요. 자고로 남의 집에 봉사한다는 것이 대대로 물려받은 것도 아니고요. 자식새끼를 만들어야 천복을 바랄 수 있다고 하지 않습니까?

백작부인　장가들겠다는 이유를 말해보라.

어릿광대　이 몸뚱이가 요구한답니다, 마님. 이 살덩이가 자꾸 충동질을 해요.

백작부인　오, 결혼하고 싶은 이유가 그뿐이란 말이냐?

어릿광대　아닙니다, 마님. 그 외에도 여러 가지 이유가 있습니다.

백작부인   그럼, 그런 걸 세상 사람들에게 들려줄 수 있는가?

어릿광대   마님, 마님은 물론 살과 피를 가진 모든 인간들처럼 소인도 죄 많은 인간입니다요.

백작부인   스스로의 악행을 후회하기보다 결혼한 것을 먼저 후회하게 될 거다.

어릿광대   마님, 저는 친구가 없다고요. 마누랄 친구로 가져야겠어요.

백작부인   결혼하는 순간 적이 되는 거야, 이 멍청아.

어릿광대   마님, 훌륭한 친구에 대해 잘 모르시는 것 같군요. 제가 피곤해하면 놈들이 와서 제 일을 대신해 주지요. 또 소나 말 대신 논밭을 갈아주기도 하고요. 그래도 수확은 몽땅 제가 차지한다니까요. 여편네가 그놈과 서방질을 하면, 그놈은 제 일꾼이 되는 거죠. 그러니까 여편네와 키스하는 자는 바로 제 친구의 자격이 있단 말입니다. 남자란 다 그렇거니 생각한다면 결혼을 겁낼 건 하나도 없죠. 고기잘 먹는 젊은 청교도, 생선 잘 먹는 늙은 천주교도도 신앙이야 다르겠지만 머릿속은 한 가지란 말입니다. 서방질당한 남편은 사슴 떼속의 사슴들처럼 뿔이 나 있다는 거죠.

백작부인   참으로 입도 걸구나. 언제까지나 그런 소릴 할 거냐?

어릿광대   마님, 저는 진리를 딱 부러지게 말씀드린답니다. (노래를 부른다.)

그 노래나 다시 불러보세.

사람들이 진리라고 믿는 그 노래를
결혼이란 운명의 소치니
샛서방 두는 것도 팔자소관이라네.

백작부인 물러가라. 나중에 다시 얘기하자.

집사 마님, 이자를 보내 헬렌을 불러오면 어떻겠습니까? 그 여자에
관해서 말씀 드릴 것이 있습니다.

백작부인 이봐라! 내 시녀에게 할 말이 있다고 전해라. 헬렌 말이
다.

어릿광대 (노래를 부른다)

헬렌의 아름다운 얼굴이
트로이를 파멸시킨 원인이었나?
어리석고 바보 같은 짓이
프라이암 왕의 즐거움이었나?
왕비는 한숨만 지으며
왕비는 한숨만 지으며
이런 말을 했다네
나쁜 아이 아홉 명 사이에 착한 아이 하나가 있다면
나쁜 아이 아홉 명 사이에 착한 아이 하나가 있다면
열 명 중에 하나는 착한 셈이네.

백작부인 뭐야, 열 명 중 하나만 착하다고? 넌 노랠 엉망으로 부르는구나.

어릿광대 마님, 계집아이가 열 명 중 하나만 착하다면 그건 노래를 어여쁘게 고쳐 부른 셈이지요. 하느님이 한 해 동안 이 세상을 그렇게만 해주신다면 저는 덩실덩실 춤을 추겠습니요. 열 명 중 하나는 좋다는 것 아닙니까! 제가 신부라 해도, 가시나 열 명 중에 하나는 착하다고 말할 겁니다. 혜성이 하나 빛날 때마다 지진이 대지를 흔들 때마다 착한 가시나가 하나씩 태어난다면 제비뽑기에서 끗발 잡기도 수월할 거예요. 그러나 남자가 끗발을 잡으려면 심장을 저미는 고통을 받아야 한다고요.

백작부인 이 고얀 놈, 어서 가거라! 내가 말한 대로 해!

어릿광대 제기랄! 사내대장부가 여자의 명령이나 따라야 하다니! 하기야 별일은 아니지! 충직하다고 청교도는 아니니까. 그 오만한 검은 가운 위에 겸손의 흰 법의를 걸쳐주면 되는 거라고. 자, 갑니다요. 헬레나를 이리 오라면 되는 거지. (퇴장)

백작부인 (집사에게) 자, 말해 봐.

집사 마님께서 그 시녀를 유달리 사랑하고 계신 줄은 알고 있습니다.

백작부인 그건 그래. 그 애 아버지의 유언으로 그 앨 맡게 된 거다. 다른 이점을 제쳐놓고라도, 그 애 자체만으로도 사랑을 받을 만한 충분한 이유가 있어. 나로선 그 애에게 해준 것보다 오히려 몇 갑절 더 많은 빚을 지고 있지.

집사 마님, 실은 요전에 소인이 그 여자 곁에 머문 일이 있었습니다. 한데 그녀가 혼자서 뭔가 열심히 중얼대고 있지 않겠습니까? 자세히 들어보니 마님의 아드님을 사랑하고 있다는 겁니다. "우리 두 사람의 신분을 이토록 차이 나게 해놓은 것은 운명의 여신이 한 게 아니야. 비슷한 계층의 사람에게만 그 위력을 발휘하는 큐피드 역시 신이라 할 수 없어. 부하가 불의의 습격을 받고 곤경에 빠져 있는데도 구조하려고도 몸값을 치르려고도 하지 않는 다이애나도 처녀들의 여왕이 될 순 없어." 이렇게 말하지 뭡니까. 그래서 마님께 즉시 알리는 것이 의무라고 생각되어 서둘러 말씀 드리는 겁니다. 마님께서 모르고 있는 사이에 무슨 변고라도 일어날지 누가 압니까?

백작부인 솔직하게 말해주어 고맙네. 절대로 다른 사람에겐 입도 뻥긋 하지 말고 혼자만 알고 있게. 눈치는 벌써 채고 있었지만, 확실한 증거를 잡지 못해 여태까지 반신반의해 왔네. (집사 퇴장)

헬레나 다른 쪽으로 등장하여 백작부인의 명령을 기다리고 있다.

(방백) 나도 젊었을 땐 그랬다. 우리는 자연의 소생인지라 어쩔 도리가 없지. 이 사랑의 가시는 청춘이란 장미꽃엔 으레 붙어 있게 마련이지. 우리의 몸은 피로 이루어져 있고 피는 사랑으로 이루어져 있어. 뜨거운 사랑의 불길이 젊은 가슴에 불붙는 건 자연의 진리라고 할 수 있지. 지난날을 더듬어보면 약간의 과오는 누구에게나 있었어. 하지만 그때는 그게 잘못이라곤 생각지 않았지. 저애 눈빛을 보

니 분명히 사랑 때문에 고민을 하고 있어.

헬레나 부르셨습니까, 마님?

백작부인 헬레나, 난 네 어머니야.

헬레나 아녜요, 제 주인 마님이세요.

백작부인 아니다, 어머니다. 한데 내가 어머니란 말을 하니 넌 마치 뱀이라도 보는 것 같은 표정을 짓는구나. 어머니란 말에 어째서 그리 소스라치게 놀라느냐? 누가 뭐래도 난 네 어머니야. 내가 낳은 자식과 똑같이 너도 그 명단에 있단다. 양자가 친자식같이 되고, 다른 씨앗에서 선택해 온 씨앗이 자라서 본래의 씨앗에서 자란 이삭처럼 잘 자라는 것을 넌 종종 보지 않았느냐? 난 너 때문에 산고를 겪지는 않았으나 어미로서의 정성은 다하고 있다. 아니, 애야! 왜 그러니? 당장 소낙비라도 퍼부은 듯이 일곱 가지 빛깔의 무지개가 네 눈가를 둘러싸고 있구나, 도대체 왜 그러지?

헬레나 아닙니다.

헬레나 마님, 용서하세요. 로실리온 백작이 제 오빠가 될 순 없답니다. 전 미천한 태생이고, 그분은 명문가의 자손이십니다. 제 양친은 이름도 없습니다만 그분은 지체가 높으신 분이에요. 그분은 저의 주인님이시고, 귀하신 영주시랍니다. 전 평생 그분의 종으로서 살고, 종으로 죽을 작정입니다.

백작부인 그렇다면 나는 너의 어머니가 될 수 없단 말이냐?

헬레나 마님은 제 어머니세요. 마님께서 저희 둘에게 어머님이 되시더라도 제가 그분의 누이동생만 되지 않는다면 정말 하늘을 날 듯

기쁠 것입니다. 그런데 제가 마님 딸이 된다면 그분이 제 오빠가 될 수밖에 없잖아요?

백작부인 아니다, 헬레나! 네가 내 며느리가 될 수도 있느니라. 애야, 그렇게 되고 싶은 거지? 모녀란 말만 나오면 네가 가슴을 두근거리니 말이다! 그래, 얼굴이 다시 파래졌구나! 이젠 네가 왜 그렇게 쓸쓸해했는지 그 까닭을 알겠구나. 눈물을 곧잘 흘리는 원인도 알았고. 네가 내 아들을 사모하고 있다는 사실 말이다! 시치미를 떼도 소용없느니라. 얼굴에 나타나 있는 걸 어쩌겠니? 만약 사실이 그렇다면 얽힌 실타래처럼 퍽 어려워질 같구나. 그렇지 않거든 그렇지 않다고 맹세해다오. 어쨌든 난 솔직한 말을 듣고 싶다. 하늘에 맹세코 너를 위해 애써 줄 생각이다.

헬레나 (무릎을 꿇고) 마님, 용서해주세요!

백작부인 내 아들을 사랑하지?

헬레나 마님, 마님은 사랑하지 않으세요?

백작부인 딴청 부리지 마라. 내 아들을 내가 사랑하는 건 세상이 인정하는 당연한 도리가 아니겠느냐. 자, 네 속마음을 털어놔라. 네 사랑이 얼굴에 다 나타나 있다.

헬레나 그럼 이렇게 높으신 하늘과 마님 앞에 무릎을 꿇고 먼저 마님께 그 다음엔 하늘에 고백하겠어요. 전 도련님을 사랑해요. 노여워하지 마세요, 제가 도련님을 사랑한다고 해서 그분께 조금도 해를 끼칠 염려는 마세요. 주제넘게 추근거리지도 않겠어요. 사실 사모해 봤자 헛된 일이고, 가망이 없다는 걸 저도 압니다. 그래도 전 부어도 부어도 한 방울도 남지 않고 세어버리는 체에다 사랑의 물을 끊임없이 부어 넣고 있답니다. 전 인도인처럼 그릇된 신앙으로 태양을 경배합니다만, 태양은 경배자를 바라만 보지 조금도 그 마음을 알아주진 않는답니다. 마님, 제가 마님께서 사랑하시는 분을 사랑한다고 절 미워하진 마세요. 오! 이루지 못할 사랑인 줄 뻔히 알면서도 사랑하지 않을 수 없는 불행한 저를 가엽게 여겨주세요.

백작부인 숨기지 말고 말해 봐라. 요즘 파리에 갈 생각을 하고 있다면서?

헬레나 네. 사실대로 말씀드리겠어요. 마님도 아시듯 저희 아버님은 신통한 효험이 있는 약을 만드는 비방을 저에게만 알려주시고 세상을 뜨셨답니다. 그 비방은 아버님이 독서와 실험을 통해서 알아낸 것입니다. 그 비방 중에는 절망적이라고 포기해온 폐하의 난치병을 고칠 수 있는 치료법도 적혀 있습니다.

백작부인 단지 그런 이유로 파리로 가겠다는 거였어?

헬레나 사실은 도련님 때문이랍니다. 그렇지 않다면 파리며 약, 전하의 일이 제 마음속에 생각나지도 않았을 겁니다.

백작부인 그러나 잘 생각해보아라, 헬렌. 네가 고쳐 드리겠다고 나선다면 폐하께서 선뜻 허락하시겠니? 폐하께서나 시의원들이나 모두 같은 생각이시란다. 폐하도 모든 걸 포기하셨고 시의원들도 단념한 이 마당에 아무것도 배운 게 없는 널 믿으실 것 같으냐? 세계 최고의 기술을 자랑하는 의사들이 구제할 수 없다고 한 병인데 말이다.

헬레나 아니에요. 제가 알고 있는 비방에는 의술 이상의 힘이 있어요. 그 비방은 하늘에 반짝이는 별의 빛을 받아 저에게 신성한 유산으로 남겨진 것입니다. 마님께서 그 효험을 시험해 보도록 허락해주신다면 보잘것없는 저의 목숨을 바쳐 폐하의 치료에 헌신하겠습니다.

백작부인 고쳐드릴 자신이 있느냐?

헬레나 있고말고요, 마님.

백작부인 그럼 헬레나, 가보아라. 경비도, 함께 갈 사람도 주선해주마. 왕궁에 가거든 나의 친지들에게 안부를 전해 다오. 나는 여기서 네 일이 잘 되도록 하느님께 기도드릴 것이다. 내일 아침에 떠나거라. 내 힘이 자라는 데까지 도와줄 것이니. (두 사람 퇴장)

제2막

제1장 파리. 왕궁의 한 방

프랑스 왕이 플로렌스 전투에 출전하기 위하여 작별인사를 하러 온 몇몇 젊은 귀족들을 대동하고 의자에 기댄 채 등장. 그중 버트람과 패롤리스도 있다.

왕 (한 무리의 귀족들에게) 젊은 경들, 잘들 갔다오오! 짐이 이야기한 병법의 원칙은 잊지 않도록 하고, (또다른 무리의 귀족들에게) 경들도 잘 다녀오오! 짐의 충고를 마음에 새기도록 하고, 양쪽의 경들이 다 받아들여준다면, 훨씬 넓게 적용이 되고 효용도 넓어지고, 쌍방이 다 득을 보게 될걸세.

귀족 1 빛나는 무훈을 세우고 돌아와 폐하의 건강하신 옥체를 뵙는 것이 소원이나이다.

왕 그건 불가능할 것 같소. 마음이야 생명이 공박당한다고 생각지는 않는다만……. 아무튼 잘 다녀오오, 젊은 경들! 내가 살아 있거나 명부에 가 있거나 프랑스인으로서 부끄럽지 않은 무공을 세워주기 바라오. 고지대의 이탈리아 패거리들. 즉 로마제국의 타락을 고스란히 이어받은 무기력한 민족들을 경들이 찾아가는 것은 명예를 달라고 사정하는 것이 아니라, 명예를 차지하러 왔다는 사실을 보여주는 거라오. 용맹한 자도 발걸음을 멈추는 경우가 있으나 경들은 목표를 향해 힘껏 달려가 혁혁한 공을 세우시오.

귀족 2 폐하의 건강이 완쾌되길 빕니다!

왕 이탈리아 처녀들을 각별히 조심토록 하오. 프랑스인들은 처녀들의 요구에는 오금을 못 편다고들 하니, 싸우기도 전에 포로가 되지 않도록 하시오.

귀족 1, 2 말씀 명심하겠습니다.

왕 잘들 다녀오오. (시종들에게) 이리 가까이 오너라. (왕이 부축을 받으며 침대의자에 기댄 채 들려 나간다)

귀족 1 (버트람에게) 오, 백작! 백작은 여기 남아 있게 됐소!

귀족 2 오, 정말 굉장한 전쟁이야!

패롤리스 (몸을 떨며) 그렇지요! 나도 그런 곳엘 가보았으니까.

버트람 내가 처지게 된 건 어명 때문이야. "너무 젊어" "명년에나 가" "지금은 너무 일러" 하고 귀찮도록 말씀을 하시니.

패롤리스 꼭 출전하고 싶다면 용감하게 빠져나가시지요.

버트람 여기 머물러 있으면 매끄러운 궁전 바닥에 구둣소리나 울리며 여자들의 심부름이나 할 것이다. 하늘이 두 조각나도 빠져나가고 말 테다.

귀족 3 몰래 출전하는 것도 명예스런 일이외다.

패롤리스 저질러버리는 가요, 백작.

귀족 2 나도 당신의 공범이 되어 응원하리다. 그럼 안녕히.

버트람 당신들과 헤어지는 건 가슴이 찢어지는 것 같아.

귀족 1 (패롤리스에게) 대장, 그럼 안녕히.

귀족 2 잘 있게, 패롤리스!

패롤리스 영웅 나리들, 저의 검과 나리들의 검은 같은 것입니다. 불꽃처럼 빛나고 반짝이는 쇠붙이 용사 여러분! 한 말씀 드리자면 스파이니아이족의 연대에 대장 스퓨리오란 자가 있을 거요. 그자 왼쪽 뺨에 무훈의 표적인 검자국이 있을 겁니다. 그 상처는 저의 검이 낸 것이지요. 그자를 만나거든 제가 살아 있다고 전하고 뭐라고 하는지 들어봐 주십시오.

귀족 1 그렇게 하리다, 대장.

패롤리스 군신 마르스가 나리들을 어여삐 여겨주시기를! (귀족들 퇴장, 버트람에게) 백작은 어떻게 할 것입니까?

시종들, 의자에 기대어 있는 왕을 부축하여 앞으로 나온다.

버트람 (손가락으로 입술을 가리며) 쉿! 폐하께서 납신다!

패롤리스 (급히 버트람을 재촉하여 자리를 뜬다) 저 귀족들에겐 좀 더 깍듯이 인사를 드려야 해요. 그저 안녕 정도의 작별인사는 너무 쌀쌀해요. 그분들은 시대의 첨단을 걷는 사람들이니. 별같이 빛나는 유행의 물결 속에서 걸음걸이며, 식사 매너, 말씨, 동작 하나하나가 너무나 반듯해 비록 악마가 추는 춤에 장단을 맞춘다 해도 매혹적이지요. 어서 뒤쫓아 가서 법도에 맞는 작별인사를 하세요.

버트람 알았네.

패롤리스 앞으로 쟁쟁한 검객이 될 출중한 분들이에요. (버트람과 패롤리스 퇴장)

왕과 라후 등장.

라후 폐하, 황공하오나 한 말씀 아뢰고자 하옵니다.

왕 원한다면 상이라도 내릴 것이니 일어서는 게 좋겠소.

라후 (일어선다) 일어설 만한 이유가 있어서 일어서는 겁니다. 폐하께서 신 앞에 무릎을 꿇고 청원을 하시고, 신의 명령에 따라 벌떡 일어서신다면 얼마나 좋겠습니까?

왕 내가 그렇게 될 수만 있다면 오죽이나 좋겠는가! 그렇게만 된다면 경의 머리통을 깨주고 경에게 자비를 구할 텐데.

라후 폐하, 다름이 아니오라 병환을 치유하실 뜻이 계십니까?

왕 없네.

라후 맙소사, 포도는 잡숫지 않으시겠다 이 말씀이시군요. 신이 진상하는 훌륭한 포도입니다. 폐하의 손이 닿으면 잡수시게 되고말고요. 돌에도 생명을 불어넣고, 바위도 살려내고, 폐하께서 즐겁게 춤을 추시게 할 수 있는 명의를 발견했답니다.

왕 누굴 말하는가!

라후 여의사죠. 벌써 여기에 와 있으니 만나보시겠습니까? 신의

320

믿음과 명예를 걸고 말씀드리자면 꽃다운 나이에다가 말솜씨가 좋고 지혜가 뛰어나고 지조가 굳은 여의사입니다. 신이 망령이 나서 이런 말씀을 올리는 것이 아니라 어느 모로 보나 흠 잡을 데 없는 경탄할 만한 처녀입니다. 지금 와 있으니 만나보시지요. 여의사의 말을 들어보시고 난 뒤 신을 웃음거리로 만드셔도 좋습니다.

왕 그럼, 라후 경! 그 놀라운 인물을 데리고 와보시오.

라후 그렇게 하지요, 하루도 걸리지 않을 거니까요. (급히 퇴장)

왕 저 사람은 언제나 보잘것없는 것을 떠벌인단 말이야.

라후 다시 등장. 헬레나가 들어오도록 문을 열어준다.

라후 자, 들어와요.

왕 날개라도 돋쳤나! 빠르기도 해라.

라후 이쪽으로 와요! 저분이 폐하시오. 당신이 생각하는 것을 아뢰어봐요. 한데 반역자 같은 얼굴을 하고 있군. 하지만 폐하께서는 반역자 따위를 두려워하지는 않소. (퇴장)

왕 자, 아름다운 처녀여! 그대의 용무는 과인에 관한 것이오?

헬레나 그렇습니다, 폐하. 소녀의 부친은 제라드 드 나본이라 하옵고 의학계에서 이름이 알려진 분이었습니다.

왕 그 사람이라면 잘 아노라.

헬레나 그러시다면 선친에 관한 얘기는 삼가겠습니다. 선친께서는 임종 때 저에게 오랜 경험에서 얻은 비방을 일러주시면서 그것을 소중하게 간직하라고 하셨습니다. 그러던 중에 폐하께옵서 병환으로 몸져누워 계신다고 들었습니다. 이렇게 찾아온 것은 폐하의 병환을 부친이 남긴 비방으로써 고쳐 드릴 수 있을 것 같아서입니다.

왕 어쨌든 고맙소. 그러나 그렇게 쉽게 고쳐진다고는 믿지 않소. 석학의 시의들을 비롯하여 전국의 의학계 명사들이 모여 도저히 인간의 의술로는 구제할 수 없다고 결론을 내렸소.

헬레나 그러시다면 소녀 더 이상 권유하지 않고 물러가겠나이다.

왕 그대의 성의는 고맙게 여기나 내 병의 상태를 잘 알고 있소. 한데 의술에 까막눈인 그대가 뭘 어떻게 치료할 것인가?

헬레나 완전히 체념하고 계시는 상황에서 시험 삼아 치료를 시켜보시는 것도 해될 일은 아니라고 생각하나이다. 가장 위대한 일을 완성하시는 신께서도 때때로 정말 보잘것없는 것을 사용하시는 경우가 있다고 합니다. 대홍수도 하찮은 샘에서 일어났습니다. 위인들은 기적을 부정하였지만 큰 바다의 물도 말랐던 적이 있다고 하지 않습니까? 예측이 어긋나는 일은 자주 있습니다. 가장 절망적이었던 일이 뜻밖에도 성공하는 수가 종종 있게 마련입니다.

왕 더 이상 듣기 싫다. 그만 물러가도록 하라. 그대의 모처럼의 수고가 보람도 없게 됐군. 그대의 소청을 받아주지 못했으니 수고의 값은 스스로 갚고, 나는 감사의 말만을 해주리다.

헬레나 (한숨지으며 혼잣말로) 신께서 불어넣어 주신 소중한 영감도 인간의 입김에 허무하게 무너지고 마는구나. 전지전능하신 조물주께선 우리 인간처럼 외모를 가지고 판단하지 않으신다. 전지전능하신

322

신의 힘을 인간의 머리로 생각하는 것은 큰 잘못이다. 폐하, 소녀의 힘이 아닌 하늘의 힘을 시험해 보소서. 소녀는 힘에 겨운 일을 할 수 있다고 큰소리치는 허풍쟁이는 아니옵니다.

왕 그렇게도 자신이 있느냐? 며칠이면 고칠 수 있겠느냐?

헬레나 인자하신 신께서 은총을 베풀어주신다면 태양의 신 아폴로를 태운 마차가 불타는 창공을 두 바퀴 돌기 전에, 또한 항해사의 모래시계가 스물네 번 소리 없이 발걸음을 옮기는 시각을 가리키기 전에, 병환은 옥체로부터 뿌리 뽑아져 건강이 회복되실 것입니다.

왕 만약에 그대의 자신감이 빗나가면 어떻게 할 것인가?

헬레나 건방진 여자, 뻔뻔한 매춘부, 염치없는 망신꾼으로써 추잡한 노래의 주제가로 불려져 비방을 받아도 마땅하게 받아들이겠습니다. 그리고 혹독한 고문으로 이 목숨을 잃는다 해도 좋습니다.

왕 너의 몸속에 축복받은 영혼이 들어와서 그 연약한 악기에서 우렁찬 소리가 나오는 것 같구나. 너의 말은 상식적으로는 받아들일 수 없는 일이다만, 있을 수도 있다고 믿어지는구나. 생명은 소중한 것! 젊음, 아름다움, 지혜, 용기, 게다가 인생의 최고 행운을 누리는 젊은이들이 행복이라고 일컫는 모든 것을 지니고 있는데, 그 모든 것을 걸고 위험과 맞서겠다고 하니 말이다. 아름다운 의사여! 너의 치료를 받아보리라. 그러나 만약 내가 죽게 되면 너도 목숨을 잃게 될 것이니라.

헬레나 약속한 시간을 어기거나 효력이 없을 경우 가차없이 사형에 처해주십시오. 죽음을 달게 받겠습니다. 하지만 치유가 되신다면 어떤 상을 주시겠습니까?

왕 소원을 말해 보거라.

헬레나 진정 들어주시겠습니까?

왕 아무렴! 이 나라와 천국의 희망을 걸고 하는 말이다.

헬레나 그럼 소녀가 원하는 분을 배필로 정해 주시기 바랍니다. 폐하께서는 그것이 가능하십니다. 그렇다고 프랑스 왕실을 선택해 이 천한 신분이 영화를 누려보겠다는 외람된 야심은 추호도 없습니다. 소녀가 부탁드릴 만한 신분을 가진 사람으로, 폐하의 신하 중의 한 명이십니다.

왕 그럼 이 손을 잡아라. 내 병이 치료되면 너의 소원을 들어주겠다. 짐은 너의 치료를 받기로 결심한 몸이니 치료받을 날짜는 네가 정하거라. 네가 어디에서 왔으며, 누구와 함께 있는지 궁금하긴 하나, 그것들을 알게 된다고 한들 신뢰가 더 깊어지지는 않을 것이다. 모든 의심을 버리고 진심으로 환영한다. 자, 누가 날 좀 부축하거라! 네 말대로만 된다면 충분히 보답하고도 남으리라. (시종들, 왕을 따라 퇴장)

제 2 장 로실리온. 백작부인 저택의 한 방

백작부인과 어릿광대 등장.

백작부인　자, 이리 와서 내 말 좀 들어봐라.　예절 바르게 자란 너에게 꼭 알맞은 용무를 부탁하겠다.

어릿광대　음식이야 근사한 걸 먹었지만 잡초처럼 자라왔는걸요.　용무란 보나마나 기껏 궁정에나 다녀오라는 심부름일 테죠.

백작부인　아니, 기껏 궁정이라니!　그럼 어떤 곳을 유별나다고 생각하니?　궁정을 그렇게 무시하다니 말이야!

어릿광대　그렇습니다요, 마님!　신에게서 예의범절이란 걸 빌렸다면야 그걸 궁정에서 써먹기란 엎드려서 헤엄치기죠.　무릎을 굽히지도 모자를 벗지도 손에 입을 맞추는 따위의 짓을 못할 바에야 배냇병신이나 마찬가지지요.　솔직히 말해서 그런 자는 궁정에 맞지 않는다고 볼 수 있지요.　그러나 소인은 누구에게나 안성맞춤인 답변을 준비하고 있습니다.

백작부인　누구에게나 안성맞춤인 답변이라니?

어릿광대　그건 아무 엉덩이에나 들어맞는 이발소 의자 같은 거죠.　뾰족한 엉덩이, 넓적한 엉덩이, 뚱뚱한 엉덩이 등 아무거나 맞다고 할 수 있지요.

백작부인 그래, 어떤 질문에도 척척이란 말이지?

어릿광대 그야 물론이죠. 변호사에게 10그로트, 호박비단 옷감으로 단장한 매춘부에겐 매독균이 붙은 금화, 농사꾼 손가락에 골풀가락지, 참회의 화요일에 핫케이크, 오월제에 모리스춤, 구멍에는 못, 오쟁이진 남편에겐 뿔, 입씨름꾼 사내에겐 바가지 긁는 여편네, 수도사 입엔 수녀의 입술, 뭐 말하자면 이런 식으로 척척 받아넘기는 거죠.

백작부인 무슨 질문에나 척척 대답한단 말이지?

어릿광대 위로는 공작님으로부터 아래로는 순경에 이르기까지 가능하다고 할 수 있죠.

백작부인 그래, 그렇다면 척척 박사군그래.

어릿광대 그야 뭐 학자가 진실을 말한다고 할 수 있는 정도죠. 자, 여기 부품 일체를 가지고 있습니다. 저를 궁정인이라고 여기고 물어보세요.

백작부인 어디 바보가 된 셈치고 한번 물어볼까? 너의 답변을 들으면 영특해질지 모르니. 그래 너는 궁정인이 맞냐?

어릿광대 아, 뭐! 그런 답변쯤이야 누워서 떡먹기죠.

백작부인 비록 전 미천한 여자이지만 당신을 사모해요.

어릿광대 아, 뭐! 자꾸 물어보라고요! 사양 말고.

백작부인 이런 허접한 걸 잡수실 수 있겠어요?

어릿광대 아, 뭐! 나를 골탕 먹일 질문을 하래도요.

백작부인 듣자하니 최근 곤장을 맞으셨다고요?

어릿광대 아, 뭐! 자, 사양하지 말고요.

백작부인 곤장을 맞으면서도 "아, 뭐!"니 "사양 말고"니 그런 말이 튀어 나와? 하기야 그 "아, 뭐!"란 소린 주리질을 당할 때 튀어나올 법도 하지. 그따위 답변이나 조잘대다간 주릿대를 맞기 십상이야.

어릿광대 (방백) "아, 뭐!"란 말 때문에 이렇게 낭패를 본 건 처음이다. 뭐든 오래 쓰다보면 못 쓰게 되는 법인가 봐.

백작부인 이렇게 멋지게 어릿광대와 농이나 하고 시간을 보내다니 원!

어릿광대 아, 뭐! 이렇게 척척 통하지 뭐예요.

백작부인 자, 이제 이 편지를 헬렌에게 갖다주고 답장을 써달라고 하게. 그리고 친척들과 내 아들에게 안부를 전하고. 뭐 대단한 일은 아닐세.

어릿광대 그냥 그런 안부를 전하라고요?

백작부인 뭐 대단한 심부름은 아니란 말이네. 이제 알겠나?

어릿광대 알다 뿐인가요. 다리보다 마음이 먼저 가 있는걸요.

백작부인 빨리 다녀오게나. (두 사람 따로따로 퇴장)

제 3 장 파리. 왕궁의 한 방

버트람, 라후, 패롤리스 등장.

라후   요즘 사람들은 기적이란 것을 옛날이야기라고 해. 하지만 학자들의 학설에 의해 불가사의한 사건이 과학적으로 증명이 되고 있어.

패롤리스   사실 이번에 일어난 일은 보기 드물게 놀라운 사건이죠.

버트람   그렇긴 해.

라후   천하의 명의들이 모두 손을 들었는데.

패롤리스   맞아요.

라후   게일린 학파의 의사들도 파라셀서스 학파의 의사들도 모두가.

패롤리스   맞아요.

라후   목숨은 절망적, 죽음은 결정적이라고들 했지요.

패롤리스   그걸 글로 표현한다면 뭐라고 해야 하나요?

라후   (허리띠에서 시집을 꺼내) 「이 땅의 행동하는 자에게 보인 하늘의 자비 구현」이겠지.

패롤리스   그렇습니다. 저도 그렇게 말하려고 했어요.

라후   전하께서 돌고래도 무색할 만큼 원기를 되찾으셨지 뭔가. 사실 내가 말하려고 하는 것은······.

패롤리스 정말 신기하다는 말이 요점이에요. 아주 부정적이고 간악한 사람 외에는 누구나 인정할 겁니다.

라후 가장 연약한 자를 통해 하늘이 내리신 자비의 손.

패롤리스 맞아요. 초월적인 힘이죠. 그러니까 그 힘은 폐하의 회복뿐 아니라 우리 모두에게도 은혜를 베풀지요.

라후 참으로 반가운 일이 일어날지도 모르겠어.

왕, 헬레나, 시종들 등장.

패롤리스 폐하께서 납십니다.

라후 네덜란드 사람들이 말하는 그대로 정욕 왕성이다! 나도 이빨이 빠지지 않은 동안에는 젊은 여자가 좋았지. 글쎄! 폐하께서는 저 처녀와 코란트 춤이라도 추실 수 있겠는걸.

패롤리스 오, 이럴 수가! 저 사람은 헬렌 아닌가요?

라후 분명히 그렇다네.

왕 (시종들에게) 궁정에 있는 모든 귀족들을 이리로 불러 오너라. (시종들 퇴장) 내 생명의 은인이여! 그대의 환자인 내 곁에 앉으시오. 잃어버렸던 감각을 되찾게 해준 대가로 선물을 준다는 보증을 다시 한 번 받을지어다. 내가 명하면 바로 이루어지게 되노라. (그들 앉는다)

3, 4인의 귀족들 등장. 모두 왕 앞에 선다. 버트람도 같이 선다.

아름다운 아가씨여, 시선을 돌려 저쪽을 보오. 저 젊은 귀족들은 모두 독신자이며 내가 배필을 골라주도록 되어 있는 자들이라오. 자, 그대 마음대로 골라보시오. 그대에게는 선택할 권한이 있으나 저들은 거부할 권한이 없노라.

헬레나 (귀족들에게) 사랑의 신께서 여러분에게 아름답고 정숙한 애인을 점지해 주시길! 그러나 한 분만 빼놓고요!

라후 (좀 떨어진 곳에서 패롤리스에게) 나도 적갈색 말에다 마구까지 붙여 주겠다.

왕 (헬레나에게) 자세히 살펴봐요. 모두 훌륭한 가문의 자녀들이오.

헬레나 (일어서며) 여러분! 하늘은 소녀에게 명하여 폐하의 병환을 고치게 했습니다.

귀족 일동 그 사실을 잘 알고 있으므로 우리는 하늘에 감사를 드리는 바입니다.

헬레나 저는 미천한 가문의 출신입니다. 그러나 그렇게 말씀드릴 수 있음을 너무나 다행으로 생각합니다. 폐하, 황송하오나 폐하의 은혜를 거두겠사옵니다. 붉게 물든 두 뺨이 소녀에게 이렇게 속삭입니다. "당신이 선택했기 때문에 우리들이 붉어지고 있다. 그러나 만일 네가 그분으로부터 거절을 당하면…… 이 붉은 빛이 죽은 사람처럼 새하얗게 되어 다시는 붉어지지 않을 것이다"라고 말입니다.

왕 선택해 봐요. 누구든지 아가씨의 사랑을 거역하는 자는 나의 사랑을 거역한 것으로 간주하겠으니.

헬레나 처녀의 신 다이애나여! 소녀는 당신의 거룩한 제단을 떠나

비상합니다. 이제 소녀는 지고지순한 사랑의 신 비너스에게 열심히 기도를 드립니다. (귀족 1에게) 소녀의 청을 들어주시겠습니까?

귀족 1 듣다마다요.

헬레나 (귀족 1에게) 고맙습니다. 더 이상 여쭐 말씀이 없어요. (귀족 1 절을 한다)

라후 목숨을 거는 위험을 당하느니 저렇게 선발되는 영광을 누렸으면 얼마나 좋을꼬!

헬레나 (잠시 주춤하다가 귀족 2에게) 당신의 고운 두 눈엔 불타는 자존심이 서려 있어요. 그 눈은 제가 말씀을 드리기도 전에 위협하듯, "사랑이여, 너의 신분을 높여라! 지금 사랑을 원하는 이 천한 여자의 사랑에 20배 이상으로!"라고 말하고 계시네요.

귀족 2 아뇨, 지금의 신분이면 만족합니다.

헬레나 지금 말씀드린 대로 하세요. 사랑의 신이 반드시 허용할 것입니다! 그럼 실례하겠습니다.

라후 왜 저자들이 이 아가씨를 싫어하나? 저자들이 내 자식들이라면 호되게 매질을 하거나, 터키 왕에게 보내 환관을 만들어버리겠다.

헬레나 (귀족 3에게) 제가 당신을 선택할까봐 두려워하시진 마세요. 절대로 당신에게 해가 될 일은 하지 않을 테니까요. 당신이 맺으신 맹세에 축복이 있기를 빕니다. 결혼하실 땐 아름다운 신부를 만나시고요! (지나간다)

라후 저 젊은이들은 얼음 인형들인가보군. 한 놈도 아내로 삼겠다고 하지 않으니 말이다. 틀림없이 잉글랜드 인의 사생아들일 거다. 절대로 프랑스인의 자식들이 아니야.

헬레나 (귀족 4에게) 이 몸에서 자식을 얻기엔 당신은 너무 젊고, 너무 행복해보이고 훌륭하세요.

귀족 4 아가씨, 그렇게 생각지는 않습니다.

라후 포도알이 아직도 한 알 남아 있군. 네 아버지도 포도주를 마셨겠지? 그런 네가 바보가 아니면 사람 보는 눈이 열네 살짜리 애송이밖에 안 돼. 속을 뻔히 알고 있단 말이다.

헬레나 (버트람에게) 감히 당신을 택하겠다고 말하지는 않겠어요. 하지만 제가 살아 있는 한 몸과 마음을 바쳐 모시고자 할 분이에요. (왕에게) 바로 이분이옵니다.

왕 여보게, 버트람! 이 처녀를 아내로 맞아들이도록 하라.

버트람 폐하, 아내라니요? 이런 일은 신의 눈으로 정하도록 맡겨주시기 바랍니다.

왕 이 처녀가 날 위해 어떤 일을 해주었는지 아직 모른단 말인가?

버트람 아옵니다, 폐하! 그러나 왜 저 처녀를 신의 아내로 삼아야 하는지 그 까닭을 모르겠나이다.

왕 이 처녀가 날 병석에서 일으켰다는 사실을 그대도 잘 알렸다?

버트람 폐하를 일으켜 세운 이유로 신이 쓰러져야 할 까닭이 있습니까? 신은 저 처녀를 잘 알고 있습니다. 선친께서 거둬 교육시킨 빈한한 의사의 딸인데, 저런 여자를 신의 아내로 삼으라는 말씀이십니까? (혼잣말로) 차라리 멸시를 받으며 영원히 파멸하는 것이 낫겠다!

왕 네가 저 처녀를 멸시하는 까닭은 작위가 없어서겠지? 작위라면 내가 수여하면 되는 일! 한데 참으로 이상하다. 우리의 피를 서로 섞으면 그 빛깔이나 무게나 온도가 아무런 차이도 없을 텐데 이처럼 생각들이 틀리니 말이다. 저 처녀야말로 미덕 그 자체로 똘똘 뭉쳐 있다. 그대가 혐오하는 가난한 의사의 딸이란 점만을 제외하면. 결국 너는 작위 때문에 미덕을 멸시하고 있는데 그건 잘못된 생각이다. 아무리 미천한 지위에 있다 하더라도 덕이 있으면 그 덕행으로 지위는 높아지게 마련이다. 하지만 아무리 부풀려진 자리에 있다 해도 오만불손하고 덕이 없으면 그건 병들어 부어오른 명예에 지나지 않는 법이다! 선이란 지위가 없어도 선이며, 악 역시 마찬가지니라. 이들은 원래의 본성대로 나타나는 법이며, 지위에 의해 나타나는 것이 아니다. 저 처녀는 젊고 영특하고 아름다우니 그 미덕은 자연으로부터 타고난 것이라고 할 수 있지. 거기에서 진정한 명예가 꽃피는 법이니라. 아무리 명예로운 가문에서 태어났다 할지라도 명예로운 조상의 덕을 이어받지 못하면 오히려 가문의 명예를 욕되게 하느니라. 그러므로 조상의 공덕이 아닌 스스로의 노력으로 얻는 명예야말로 진정한 명예니라. 명예라는 말은 그것만으로는 노예에 지나지 않으므로, 모든 무덤에 남용되어 진정한 명예가 있는 백골이 흙과 망각의 무덤 속에 묻히는 경우가 많다. 자, 어떻게 할 것이냐? 네가 저 여자를 사랑한다면 나머지는 내가 보충해 줄 것이다. 즉 그녀의 미덕을 지참금으로 삼고, 그 밖에 명예와 재물은 내가 내려주마.

버트람 저 처녀를 사랑하지도 않고 사랑하려 애쓰지도 않겠습니다.

왕 그렇게 고집을 부리면 네 신상에 좋지 못할 것이다.

헬레나 소녀로선 폐하께옵서 건강을 되찾으신 것이 오직 기쁠 뿐입니다. 그 밖의 일은 심려 마십시오.

왕 왕으로서의 명예에 관한 일이니 그것을 지키기 위해서 왕권을 사용하지 않을 수밖에 없다. (일어선다) 자, 저 처녀의 손을 잡아라. 너는 나의 은총과 저 처녀의 덕을 경멸하고 있다. 이 녀석아, 너는 처녀의 부족함에다가 나의 무게를 가하면 저울대 끝으로 치솟는다는 걸 모르고 있구나. 너의 명예를 어디에 심든 간에 결국은 과인의 뜻에 따를 수밖에 없다. 그것이 신하인 너의 의무다. 나는 왕으로서 그걸 요구할 권리가 있느니라. 만약 네가 도리를 지키지 않는다면 너의 젊음과 무지로 눈이 어두워 시궁창으로 빠지는 신세가 되더라도 다시는 돌봐주지 않겠다.

버트람 폐하, 용서하소서! 조금 전만 해도 신은 저 여인을 미천한 신분이라고만 생각했습니다만 폐하의 칭찬을 받는 지체 높은 가문에서 태어난 규수로 알고 맞이하겠습니다.

왕 저 처녀의 손을 잡고 아내라고 불러라. 신분은 너보다 높이지는 않겠지만 적절하게 만들어주겠노라.

버트람 손을 잡아 백년가약을 맹세하나이다.

왕 이 약혼에는 행운과 왕의 은총이 미소를 짓고 있다. 따라서 약혼식은 바로 지금 태어난 명령에 어울리게 오늘밤 당장 거행토록 하라. 그러나 축하연은 일가친지가 오기를 기다린 다음에 열도록 하라. (모두 퇴장하고 라후와 패롤리스만 남아 이 결혼에 대한 평을 한다.)

라후 무슈, 할 이야기가 좀 있네.

패롤리스 무슨 말씀이세요?

라후 그대 주인님이 한 말을 취소해서 다행이구려.

패롤리스 취소라니요! 저의 주인이?

라후 그렇다네.

패롤리스 너무 심한 말입니다. 그 뜻을 알게 되면 피를 보지 않고선 그냥 흘러버릴 수 없는 말입니다. 제 주인이라니!

라후 그대는 로실리온 백작을 모셔온 사람 아니오?

패롤리스 어떤 백작과도 친구로 지내요. 모든 백작의 친구란 말이에요. 적어도 남자의 친구죠!

라후 백작 하인의 친구겠지. 하나 나는 백작의 주인인 왕의 친구라네.

패롤리스 당신은 너무 나이가 많아요, 알겠어요? 너무 늙으셨단 말예요.

라후 분명히 일러두겠는데 난 이래봬도 당당한 사내라네. 자네는 내 나이가 되어도 병아리 오줌밖엔 못 쌀걸.

패롤리스 (검에 손을 얹고) 당장 본때를 보여주고 싶지만 참는 줄이나 아세요.

라후 두어 번 식사를 같이 하는 사이에 제법 영특한 사람이라고 생각했네. 여행담도 들을 만했고. 그리고 출정 기념 리본이라든가 작은 깃발을 함선처럼 차고 있기에 굉장한 인물인 줄 알았는데, 오늘 그대의 정체를 다 알았네. 그러니까 자네 같은 자는 없어져도 눈 하나 까닥하지 않는다 이 말이네. 길바닥에서 주운 넝마 정도밖엔 안 되는 자이니까.

패롤리스 나이나 들었으니 다행이지, 홍!

라후 그렇게 화를 낼 건 뭐 있나? 정체가 드러나서? 정체를 드러 내더라도 꼬꼬댁거리는 암탉 꼬락서니는 보이지 않도록 하지그래! 그럼 악수나 하고 헤어지자고.

패롤리스 노인장께선 저에게 지독한 모욕을 했습니다.

라후 자네야 모욕 받을 만한 짓을 했지.

패롤리스 뭐라고요?

라후 난 한 푼어치도 깎지 않았다니까.

패롤리스 좀 더 영리하게 처신해야겠군요.

라후 누워서 떡 먹듯 쉽게는 안 될걸. 자넨 스카프에 묶여 눈알이 쏟아지게 치도곤을 맞아야 해. 발가락의 티눈만도 못한 것이 거드럭 대면 어떻게 된다는 걸 알게 될 테지.

패롤리스 노인장은 내 복장을 터지게 하고도 남는군요.

라후 글쎄, 이것이 자네에게 주는 지옥의 고통이 됐으면 좋겠고, 영원히 계속되기를 바라지만 그렇게 되겠나! 나이도 있고 해서 이쯤에서 그만두겠네. *(라후, 재빨리 패롤리스 곁을 지나 퇴장한다)*

패롤리스 흠! 당신 자식놈에게 이 한을 풀어주겠어. 이 더럽고 추잡하고 비열한 늙은이야! 어디 두고 보자.

라후 다시 등장.

라후 자네 주인나리가 결혼을 했네. 놀라운 소식이지? 이젠 새 아씨마님이 생긴 셈이군.

패롤리스 제발 부탁이니 더 이상 절 모욕하지 마세요. 그 사람은 나에게 잘 해주는 귀족일 뿐이에요.

라후 누구? 하느님 말인가?

패롤리스 아, 그럼요.

라후 자네 주인은 악마가 틀림없어. 왜 그렇게 양팔을 대님으로 조이고 있지? 양쪽 소맷자락을 바지로 삼을 건가? 다른 하인들도 그렇게 하나? 자네 양 사타구니 사이에 달려 있는 것을 코끝에 매달아 놓았으면 딱 어울리겠어. 내가 두 시간만 더 젊었어도 자넬 작대기 찜질을 할 텐데. 누구든 자넬 보면 창자가 느글거려 귀싸대기를 올려붙이고 싶은 심정일 텐데. 내 생각엔 자네야말로 사람들이 화풀이할 상대로 태어난 것 같아.

패롤리스 이보세요. 듣자 하니 너무 심하시군요.

라후 에이, 같잖은 소리! 자넨 이탈리아에서 석류알 한 톨 훔친 죄로 무릿매를 당하지 않았나. 자넨 떠돌이지, 무슨 얼어 죽을 여행가야. 게다가 주제도 모르고 말하는 꼬락서니는! (퇴장)

버트람 등장.

버트람 이젠 모두 끝장이다. 어쩌다 이렇게 기막힌 신세로 전락하고 말았담!

패롤리스 어찌 된 일입니까?

버트람 신부님 앞에서 엄숙하게 서약을 하긴 했지만 그 여자하곤 죽어도 동침은 안할 테야.

패롤리스 뭐, 뭐라고요?

버트람 오, 패롤리스, 난 강제로 결혼 당했어. 토스카나의 전쟁터로 바로 가야겠다. 그 여자랑 동침을 하느니!

패롤리스 이곳 프랑스는 개집과 같아, 인간이 발을 내디딜 가치도 없다고요. 자, 전쟁터로 갑시다!

버트람 어머니한테서 편지가 왔다. 무슨 내용인지 아직 알지 못하고 있다만!

패롤리스 그야 읽어보면 알 수 있겠지요. 백작님, 좌우지간 전쟁터로 갑시다, 전쟁터로! 집구석에서 여편네나 끼고 있다면 대장부답지 못해요. 용감하게 날뛰는 군신 마르스의 군마 정도는 부둥켜안을 만한 기력을 갖추어야지, 여편네 품안에서 허망하게 지낸다는 건 대장부의 명예를 상자 속에 넣어버리는 거나 마찬가지지요. 자, 외지로 가자고요! 프랑스는 마구간입니다. 여기 있다간 쓰레기 같은 망아지가 되기 십상입니다.

버트람 그래, 그 여잘 고향집에 보내어 내가 그녀가 싫어서 전쟁터로 달아나는 이유를 알려야겠다. 폐하께는 직접 아뢰기 어려운 사연을 서면으로 아뢰야겠어. 조금 전에 받은 하사금은 동료 귀족들이 싸우고 있는 이탈리아 전쟁터로 갈 채비를 하는 데 써야겠어. 암울한 집구석이나 낯짝도 보기 싫은 아내에 비하면 전쟁터로 가는 건 고

생이라고 할 수도 없지.

패롤리스 그 변덕이 죽 끓듯 하지 않을까요?

버트람 내 방에 가서 의논하자. 그 여잘 당장 보내고, 난 내일 전쟁 터로 떠나겠다. 그 여자야 울든 말든 마음대로 하라지.

패롤리스 이거야 피리를 부니 장구 소리가 난다는 것같이 가락이 들어맞네요. 어쨌든 젊어서 결혼하여 신세를 망쳤으니 용감하게 여잘 내버리고 떠나는 게 나아요. 폐하께선 너무 하셨어. 하지만 어쩔 수 없는 거지 뭐. (두 사람 퇴장)

제 4 장 왕궁의 다른 방

헬레나와 어릿광대 등장.

헬레나 어머님께서 자상한 편지를 보내주셨다. 어머님께선 안녕하시니?

어릿광대 안녕하시지 않아. 건강하시며 즐겁게 지내시지만 좋다고 할 순 없지. 아쉬운 것 없이 편안하게 사시지만 어쨌든 안녕하시다고 볼 순 없다니까.

헬레나 편안하시지만 안녕하지는 않다니! 어디 편찮으신 거야?

어릿광대 아니, 매우 안녕하시지. 오직 두 가지 일만 빼고.

헬레나 두 가지라니?

어릿광대 하나는 아직 천당에 못 가셨다는 것! 하느님 빨리 그곳으로 보내주십시오. 또 하나는 아직도 이 지상에 계시다는 것! 하느님, 이 지상에서 빨리 떠나게 해주십시오.

패롤리스 등장.

패롤리스 안녕하십니까, 아가씨. 행운을 기원합니다.

헬레나 그렇게 기원해 주시다니 정말 감사해요.

패롤리스 항상 행운이 있으시기를 기원해 왔죠. 오, 자넨가? 노마님도 안녕하시나?

어릿광대 당신은 마님의 주름살을 얻어가고, 난 그분의 재물을 얻어올 수 있다면 얼마나 좋을까?

패롤리스 왜 그래! 난 아무 말도 안 했는데.

어릿광대 그러니까 당신은 약삭빠른 자라고 할 수 있지. 대개 하인 놈들은 자기 주인이 일찍 뒈져버렸으면 좋겠다고 떠들어대지. 아무 말도 안 하고, 아무 짓도 안 하고 아무것도 갖지 않는 것은 당신의 가장 큰 재산이지. 그러니까 아무것도 없는 것과 같다 이 말씀이야.

패롤리스 꺼져버려! 이 고약한 놈아.

어릿광대 고약한 놈 앞에 고얀 놈이라고 해야지. 그러면 내 앞의 놈도 고약한 놈이 되지. 이래야 말이 되겠지?

패롤리스 요놈 봐라! 제법 나불거리는 광대로구나. 이제 네놈의 정체를 알았어.

어릿광대 스스로 알았나, 아니면 내가 가르쳐줘서 알았나?

패롤리스 내가 깨달았다.

어릿광대 어쨌든 알게 됐으니 잘 됐군. 스스로 자신이 바보란 걸 알았으니, 기쁨이 넘치겠군그래.

패롤리스 요거 정말 밉상이네. 제법 잘 처먹고 살았군. 한데 아가씨, 백작께선 오늘 저녁 이곳을 떠나시게 됐습니다. 매우 긴급한 일이 생겨서요. 아가씨께선 마땅히 가지셔야 할 특권인 식을 올리는 것이 당연하지만 백작에게 일이 생겨 부득이 연기하게 됐습니다.

헬레나 다른 말씀은 없었어요?

패롤리스 아가씨께서 그럴듯한 구실을 꾸며 서둘러 여행을 떠나시는 게 좋을 거라고 말씀하셨습니다.

헬레나 뭐 다른 분부는 없었나요?

패롤리스 폐하의 윤허를 받으시거든 즉시 백작께 가셔서 다음 분부를 받으시랍니다.

헬레나 모든 걸 그분이 분부하신 대로 하지요.

패롤리스 그렇게 아뢰겠습니다. (패롤리스 퇴장)

헬레나 (어릿광대에게) 자, 이리 와요. (어릿광대와 함께 퇴장)

제 5장 파리. 왕궁의 다른 방

라후와 버트람 등장.

라후 설마 그 사람을 용사라고 생각하진 않겠지요?

버트람 아닙니다. 용감한 사나이임에 틀림없습니다.

라후 그 사람의 말을 듣고 하는 말씀이오?

버트람 다른 사람의 증언이 있습니다.

라후 그렇다면 내 나침반이 방향을 잘못 지시했군. 멥새를 종달새로 알았으니까. 결국 나는 사람을 잘못 알고 멸시한 죄를 범한 꼴이 되었군. 그런데도 회개할 마음이 생기지 않으니 걱정이네.

패롤리스 등장.

아, 저기 오는군.

패롤리스 (버트람에게 귀엣말로) 모든 일이 잘 됐어요.

버트람 (패롤리스에게 귀엣말로) 그 여자는 폐하께 갔나?

패롤리스 뭐라고요?

버트람 오늘 저녁에 출발할 것 같나?

패롤리스 그렇게 명령만 한다면요.

버트람 편지도 써놨고, 필요한 짐도 꾸렸고, 말도 다 준비해 놓았다. 그런데 실은 오늘밤은 신부를 맞이할 첫날밤인데 시작하기도 전에 끝장이 나는 셈이군.

라후 (반독백조로) 만찬이 끝난 후에 여행가의 이야길 들어주는 건 정말 즐거운 일이지요. 하나 그 이야기의 삼분의 삼을 모두 허풍으로 채워놓는 사람이니! 한번 이야기할 때마다 세 번 두들겨줘야지. (패롤리스를 돌아다보고) 여, 대장, 안녕하시오?

버트람 무슈 패롤리스! 이분과 뭐 불편한 일이라도?

패롤리스 어째서 저분의 불쾌감을 사게 됐는지 알 수가 없군요.

라후 산 게 아니라 뛰어 들어온 거지. 장화에다 박차까지 달고. 커스터드 속에 뛰어드는 어릿광대처럼 말이오. 자네는 왜 뛰어들었는지 질문을 받기도 전에 바로 뺑소니부터 칠 자가 아니오?

버트람 경께선 저 사람을 오해하신 것 같습니다.

라후 저 사람이 기도 드리고 있는 것만 봐도 난 그렇게 생각할 거요. 하지만 이 말은 잘 들어둬요. 저렇게 가벼운 호두 속엔 알맹이가 없어. 중요한 일을 저 사람과 의논했다간 큰 코 다쳐. 나도 이런 자를 길러 봐서 그 근성을 잘 알고 있지. 그럼 잘 있어, 무슈! 자네 얘긴 사실보다 분수에 넘칠 정도 잘 해놨어. 사람이란 악에는 선으로 대해야 하는 거니까 말이오. (퇴장)

패롤리스 싱거운 노인네야.

버트람 (주저하며) 글쎄, 그런 것 같아.

패롤리스 사람에 대해 잘 모르는 것 같은걸?

버트람 모를 리가 있나. 세상 사람들이 훌륭한 분이라고 칭찬이 자자하던걸.

헬레나 등장.

저기 골칫덩이가 오는군.

헬레나 분부하신 대로 폐하께 아뢰어 당장 떠나도 좋다는 윤허를 얻었습니다.

버트람 그 분부를 따르리다. 헬렌, 나의 행동을 이상하게 생각지 말아주오. 나로서는 단지 의무감 때문이었어. 그러니 고민도 많이 했고……. 그래서 부탁이니 집으로 돌아가 주었으면 해. 왜 내가 이렇게 부탁을 하는지 부디 그 이유는 묻지 말았으면 해. 모든 일은 알고 보면 매우 중요한 사유가 있으니 말이오. (편지를 건네며) 어머니께 드리는 편지요. 이틀 후엔 만나게 될 거요. 그러니 양해해주시오.

헬레나 서방님의 분부만 따르겠어요. 미천하게 태어난 운명의 별은 이 엄청난 행운을 힘겨워하니 부족한 점을 매울 생각이이에요.

버트람 그 얘긴 그만 둡시다. 빨리 집으로 돌아가요.

헬레나 저어, 죄송합니다만.

버트람 그래, 무슨 할 말이라도?

헬레나 전 제가 얻은 이 부귀를 받아들일 가치도 없는 여자고, 또 감히 제 것이라고 주장할 생각도 없지만…… 어쨌든 제 것은 제 것이에요. 국법이 제 것으로 인정해준 이상 소심한 도둑처럼 그것을 훔치고 싶어요.

버트람   그게 뭐지?

헬레나   저, 제 입으로 말하고 싶지 않아요. 아니, 하지만 해야겠어요. 생면부지의 남남이거나 원수들끼리는 헤어질 때 키스를 하지 않는데요.

버트람   제발 부탁이니 어서 말을 타요.

헬레나   네, 말씀대로 하겠어요, 서방님!

버트람   얘, 다른 자들은 어디 갔지, 무슈? 잘 가요. (헬레나 퇴장) 고향으로 가라고. 난 검을 휘두르고 북소리를 들을 수 있는 한 절대로 고향엔 가지 않을 테다. 자, 출발한다.

패롤리스   자, 용기백배하여 출진한다! (두 사람 퇴장)

제 3 막

제 1 장 플로렌스. 공작의 저택 앞

화려한 트럼펫 연주. 플로렌스 공작과 프랑스 귀족 두 사람, 1개 중대의 병사들 등장.

공작 그럼 두 사람은 이번 전쟁의 근본 이유를 낱낱이 들은 셈이다. 전쟁의 승패를 결정짓느라 아군은 많은 피를 흘렸고, 앞으로도 엄청난 유혈이 있게 될 것이오.

귀족 1 공작 각하의 주장은 일리가 있습니다. 음흉한 적군은 지금 두려움에 휩싸여 있는 것 같습니다.

공작 이러한 정의로운 전쟁에 우리가 청한 원병을 프랑스 왕이 묵살을 해버리다니! 그 속마음을 알 수가 없군.

귀족 2 공작 각하! 국정에 직접 참여치 못한 문외한인 저는 감히 추측밖엔 할 수가 없습니다. 게다가 추측이란 빗나가는 수가 많은 법이니까요.

공작 그건 왕의 뜻이겠지.

귀족 2 저희와 같이 기백을 지닌 젊은 측은 안이한 일상에 지치고 신물이 나서 이리로 모여든 것입니다.

공작 진정으로 여러분을 환영하는 바요. 두 사람은 자신이 어떤 위치에 있는지 잘 알고 있을 것이오. 더 좋은 자리가 나게 되면 그 자린 당연히 두 사람의 것이 될 것이오. (모두 퇴장)

제 2 장 로실리온. 백작부인 저택의 한 방

백작부인, 손에 편지를 들고 어릿광대와 등장.

백작부인 아들이 며느리와 함께 오진 않았지만 그것말고는 모두 내 뜻대로 됐다.

어릿광대 실은 말입니다요, 도련님이 심한 우울증에 걸리신 것 같습니다요.

백작부인 뭘 보고 그러지?

어릿광대 글쎄, 장화며 장화 장식을 고치면서도 노랠 하지 않나, 뭘 물어놓고도 노랠 하지 않나, 심지어는 이빨을 쑤시면서도 노래 부르지 뭐예요. 소인이 듣기로 이런 우울증 징후를 가진 사람이 노래 한 곡조를 듣는 대가로 멋진 장원을 팔아먹었다는 사람도 있다는데?

백작부인 아들이 무슨 말을 써 보냈는지 읽어봐야지. 그럼 언제 돌아올지도 알 수 있겠지. (편지를 읽는다)

어릿광대 (혼잣말로) 왕궁에 갔다 온 뒤부턴 이즈벨의 상판대기도 보기 싫어졌어. 이곳의 계집애들이나 이즈벨은 조정의 계집애들하고는 비교도 안 된다. 내 큐피드는 대갈통이 터져버렸으니, 내가 사랑을 한다 해도 늙은이가 돈 좋아하는 것과 같아졌으니 말야. 제기랄! 기분이 나야 말이지.

백작부인 아니, 무슨 소릴 써 보낸 거지?

어릿광대 써놓은 대로겠지요. (퇴장)

백작부인 (읽는다) 「어머님에게로 며느리를 보냅니다. 그 여자는 폐하의 병환을 치유했지만 저를 파멸케 했습니다. 저는 그 여자와 비록 결혼은 했지만 동침은 하지 않았습니다. 저는 영원히 동침을 하지 않기로 맹세했습니다. 제가 탈주한 것이 소문날 것 같아 미리 알려드리는 겁니다. 이 세상은 더없이 넓으니 소자는 멀리 떠나 있겠습니다. 어머님에 대한 효심은 변함이 없습니다.

불효자 버트람 배상」

이렇게 방자한 철부지 녀석 좀 보라지? 인자하신 폐하의 은총을 배반하다니! 국왕까지도 존경할 정도의 훌륭한 처녀를 내팽개쳐 폐하의 진노를 일으키는 이놈 좀 보게나!

어릿광대 다시 등장.

어릿광대 아이고 노마님! 저기 군인 두 사람과 새아씨가 슬픈 소식을 가져 왔답니다.

백작부인 무슨 소식이지?

어릿광대 그게, 살짝 괜찮은 소식이긴 합니다만…… 마님의 아드님이 제가 생각한 것처럼 그렇게 빨리 죽진 않을 것 같습니다.

백작부인 왜 내 아들이 죽어야 하지?

어릿광대 노마님. 지금 들었는데 마님의 아들이 도망을 쳐서 전쟁터에 갔는가 봐요. 마님, 그렇게 고집을 부리다가는 목숨이 위험해요. 자, 저기 사람들이 오고 있으니 자세한 얘길 들어보세요. 제가 들은 건 아드님이 도망을 쳤다는 말 뿐이라고요. (퇴장)

헬레나와 두 신사 등장.

신사 1 안녕하십니까, 백작부인.

헬레나 어머님, 그이는 떠나고 말았어요. 다신 돌아오지 않는답니다. (흐느껴 운다)

신사 2 그럴 리가 없습니다.

백작부인 (헬레나를 두 팔로 포옹하며) 아가야, 진정하거라. 여보세요, 두 분, 난 평생 동안 기쁨과 슬픔의 변덕스러움을 많이도 겪어왔어요. 그래서 이젠 어떤 경우를 당하더라도 허둥거리는 일은 없어졌어요. 한데 내 아들은 어딜 갔을까?

신사 2 백작부인, 플로렌스 공작의 진영으로 갔습니다. 출전하던

도중에 저희가 만난걸요. 용무를 마치는 대로 왕궁으로 다시 돌아가게 되어 있습니다.

헬레나 어머님, 그이 편지를 보세요. 이게 제 여권이랍니다. (읽는다) 「당신이 내 손가락에 꼭 껴서 빠지지 않을 반지를 손에 넣고, 당신 몸에서 아버지라고 할 내 피를 받은 아이를 낳게 되거든 그땐 날 남편이라고 불러도 좋소. 그러나 그런 때는 결코 오지 않을 거요.」 아아, 이건 너무 끔찍한 선고예요.

백작부인 (두 신사에게) 두 분이 이 편지를 가지고 오셨나요?

신사 1 네, 그렇습니다. 백작부인, 그런 내용인 줄 모르고 받아온 것이라 죄송스럽기 짝이 없습니다.

백작부인 아가야, 너무 상심 말거라. 너 혼자서 이 슬픔을 독점해버린다면 내 몫까지도 빼앗아가게 되지 않니? 그 앤 지금까지는 내 아들이었지만 이제부턴 내 핏속에서 그의 이름을 지워버리겠다. 이젠 너를 내 자식으로 삼겠다. (두 신사에게) 그래, 내 아들이 플로렌스로 갔다고요?

신사 2 네, 그렇습니다.

백작부인 참전하는 군인으로 말이오?

신사 2 그런 훌륭하신 뜻을 가지고 갔습니다. 플로렌스 공작각하께서는 틀림없이 그에 합당한 명예를 내려주실 겁니다.

백작부인 당신들도 그곳으로 돌아가신다지요?

신사 1 네, 백작부인! 가급적 속히 돌아갈까 합니다.

헬레나 (편지를 읽는다) 「홀몸이 되기 전엔 프랑스에선 무의미한 존재일 뿐이다」 지독하기도 해라.

백작부인 그런 말도 적혀 있느냐?

헬레나 네, 어머님!

신사 1 무의식중에 그렇게 쓴 것 같습니다만 진심은 아닐 것입니다.

백작부인 「홀몸이 되기 전엔 프랑스에선 무의미한 존재일 뿐이다」 어째 이 글을 읽으니 며느리야말로 그 녀석에게는 정말 과분한데 어찌 그걸 모른단 말인가!라는 생각이 드는구나. 며늘아기는 아들 녀석처럼 버릇없는 젊은이가 스무 명이나 시중을 드는 위인의 부인이 되어 마님이라고 불려도 조금도 손색이 없는데 말이오. 동행한 자가 있었어요?

신사 1 하인 한 사람과 전에 면식이 있던 신사 한 분이 동행했습니다.

백작부인 혹시 패롤리스란 자가 아닌가요?

신사 1 네, 맞습니다. 바로 그 사람입니다.

백작부인 아주 사악하고 간교스럽기 짝이 없는 인간이지요. 내 아들의 타고난 착한 심성이 그자의 농간으로 타락한 겁니다.

신사 1 정말 그렇습니다, 백작부인! 사람 세워놓고 눈알을 빼먹을 인간입니다.

백작부인 두 분께서 와주셔서 정말 감사합니다. 내 아들을 만나시거든 아무리 무공을 크게 세웠다 할지라도 땅에 떨어진 명예는 돌이킬 수 없다고 전해주세요. 그 밖의 것은 편지에 쓰겠으니 전해 주시기 바랍니다.

신사 2 백작부인의 분부라면 기꺼이 전하겠습니다.

백작부인 정말 고마워요. 그럼 안으로 들어가실까요? (백작부인과

두 신사 퇴장. 어릿광대도 따라간다)

헬레나 「홀몸이 되기 전엔 프랑스에선 무의미한 존재일 뿐이다」가

없은 분! 당신을 조국으로부터 내쫓고, 연약한 몸을 인정사정없는

싸움터에 내맡기게 한 것이 정녕 나란 말이지요? 누가 총을 쏘든 검

으로 찌르든 간에 그이를 표적으로 삼게 한 건 나다. 비록 내가 죽이

지는 않았더라도 죽음으로 이끈 건 바로 나잖아. 아, 차라리 굶주림

에 울부짖는 사자의 밥이 되거나 온 세상의 모든 불행을 내가 짊어지

는 편이 낫겠어. 아, 집으로 돌아오세요, 로실리온님! 전쟁터에서

위험을 무릅쓰고 얻는 명예란 기껏해야 상처뿐, 아차 하면 목숨까지

잃게 돼요. 내가 이곳을 떠나겠어요. 저 때문에 당신이 떠나신 거니

까요. 설사 집안에 도원경의 꽃바람이 불어오고, 천사들이 집안일

을 돌봐준다 해도 전 떠나겠어요. 제가 없어졌다는 슬픈 소문이 당

신에게 위로가 된다면 얼마나 좋겠어요. 자, 밤이여! 어서 오너라!

낮이어 빨리 가다오! 처량한 도둑처럼 어둠에 싸여 빠져 가겠으니.

(퇴장)

제 3 장 플로렌스 · 공작 저택의 앞

플로렌스 공작, 버트람, 패롤리스, 관리들, 병사들, 고수, 나팔수 등장.

공작 그대는 우리 기병의 대장이오. 그대에게 깊은 애정과 신임을 주노니, 혁혁한 무공을 세워주길 바라오.

버트람 불초 소인에게 과분한 중책이오나 각하를 위해서라면 어떤 위험을 무릅쓰고라도 분골쇄신하겠습니다.

공작 그럼 출진하시오. 운명이 그대의 애인이 되어 늘 투구를 보살펴주소서.

버트람 군신 마르스여! 나는 오늘부터 당신의 대열에 참가하겠습니다! 저의 뜻대로 이루어지게 해주소서. 지금부터 진군의 북소리와 열애하고, 사랑을 증오하는 사람이 될 것입니다. (모두 퇴장)

제 4 장 로실리온. 백작부인의 저택의 한 방

백작부인과 집사 리날도 등장.

백작부인 딱하기도 하지! 그래 이 편지를 내 며느리한테서 아무 생각도 없이 받았단 말인가? 나에게 편지까지 보낸 것은 이런 일을 하려고 한 것인데 짐작조차 못했어? 어디 한 번 읽어나 보세요!

집사 (읽는다) 「저는 성 제이퀴즈님에게로 순례 차 떠납니다. 외람되게도 분수에 맞지 않는 사랑을 탐냈으니 죄를 속죄하기 위해 맨발로 떠나기로 맹세했습니다. 저의 소중한 남편이며 어머님의 사랑스런 아드님인 그이에겐 부디 편지를 보내시어 피비린내나는 전쟁터에서 당장 돌아오도록 하시어 편히 지내시도록 하십시오. 저는 멀리서 그이를 위해 열심히 기도드리겠습니다. 저야말로 그이를 조정의 친구들로부터 떼어놓고, 적과 야속하게 하고, 죽음과 위험이 뒤따르는 전쟁터로 보낸 가증스런 여신 주노입니다. 죽음이나 저에게는 그이는 너무나 훌륭한 분입니다. 죽음은 제가 차지하겠으니, 그이는 이제 자유의 몸이 되셨습니다.」

백작부인 아, 이 부드러운 말투 속에는 날카롭게 찌르는 침이 들어 있다. 리날도! 매사에 사려 깊은 사람이었는데 그 앨 이렇게 내보냈단 말이오? 내가 만나서 얘기만 할 수 있었다면 마음을 돌릴 수 있었을 텐데. 이젠 엎질러진 물이다.

집사 죄송합니다, 마님. 실은 마님께 어제 저녁에 이 편지를 올렸더라면 붙들 수 있었을 겁니다. 하긴 뒤쫓아 와도 소용없다고 쓰여 있긴 하지만 말입니다.

백작부인 이런 몹쓸 남편을 그처럼 축원하다니! 정말 천사와 같은 여자야. 그 애의 기도 없이는 내 아들은 절대로 무사할 수 없어. 리날도, 어서 편지를 써요. 아들이 며느리의 가치를 절실히 느낄 수 있도록 써줘요. 그리고 적임자를 골라 서둘러 보내도록 하고. 제 아내가 없어졌단 소릴 들으면 아들은 필시 돌아올 거야. 그리고 며느리도 소문을 듣고 정을 못 잊어 되돌아올지도 몰라. 둘 다 내겐 소중한 자식들이다. (두 사람 퇴장)

제 5 장 플로렌스의 성벽 밖

플로렌스의 늙은 과부와 딸 다이애나와 마리아나, 기타 시민 다수 등장.

과부 자, 어서들 가봐요. 군대가 성 안 마을 쪽으로 가버리면 복잡해서 구경도 못하니까요.

다이애나 프랑스의 백작님이 가장 훌륭한 전공을 세웠다면서요?

과부 그분은 적의 최고 지휘관을 사로잡았대. 손수 공작 동생의 목을 쳤다는 소문도 자자하던데……(트럼펫 소리) 헛수고를 했군. 저쪽 길로 간 모양이지. 들어봐! 트럼펫 소리만 들어도 알 수 있다니까.

마리아나 자, 돌아갑시다. 나중에 얘기나 들으면 그만이지. 이봐, 다이애나! 그 프랑스 백작일랑 조심하라고. 처녀의 명예는 뭐니 뭐니 해도 순결에 있어!

과부 그 백작 동료로부터 네가 놀림을 당했다는 얘길 이웃사람들에게 했어.

마리아나 그 악당은 콱 뒈졌으면 좋겠어! 패롤리스란 관리인데, 그 젊은 프랑스의 백작에게 추잡한 짓을 하라고 부추기는 쓰레기 같은 뚜쟁이라고요. 그런 자를 조심해야 해, 다이애나. 그는 약속을 하거나 유인하는 것, 맹세나 선물 등 갖가지 음란한 짓거리를 하고 다니다니까. 그 술수에 넘어간 처녀들이 부지기수라고. 그래서 정조를 빼앗겼다는 끔찍한 예가 허다한데, 속아 넘어가는 여자들이 끊이지 않으니 정말 미칠 노릇이야. 다이애나는 워낙 얌전하니까 더 이상 충고할 것도 없겠지.

다이애나 걱정하실 것 없습니다.

순례자로 가장한 헬레나 등장.

356

과부 나 역시 그랬으면 해. 저기 순례자가 온다. 틀림없이 우리 집에 체류하겠지. 어디 물어봐야지. 안녕하세요, 순례자님! 어디로 가시는 길이세요?

헬레나 성 제이퀴즈 르 그랑드님께 가는 길입니다. 저희 같은 순례자들은 어느 여관에 묵는지 아십니까?

과부 성문 옆에 있는 성 프란시스관이에요.

헬레나 이 길로 가면 되나요?

과부 (멀리서 진군 소리가 들려온다) 저 소리는! 어머나, 이리로 오고 있네. 순례자님, 병정들이 지나갈 때까지 기다려주세요. 그러면 투숙하실 여관까지 모셔다 드릴게요. 그 집 안주인이 바로 저랍니다.

헬레나 아주머니가 바로 주인이시군요?

과부 묵어주신다면 그렇게 되는 셈이죠, 순례자님.

헬레나 고마워요. 그럼 기다리겠어요.

과부 프랑스에서 오셨나봐요?

헬레나 네.

과부 댁의 조국에서 큰 무공을 세우신 분이 곧 이리로 오실 거예요.

헬레나 그분 성함이 어떻게 되요?

다이애나 로실리온 백작이에요. 혹시 아시는 분인가요?

헬레나 훌륭하신 분이란 소문은 듣고 있습니다만 뵌 적은 없어요.

다이애나 어떤 분인지는 몰라도 여기선 누구나 우러러보는 분이세요. 소문엔 왕이 그가 싫어하는 여자와 강제로 결혼을 하라고 해서 프랑스에서 도망쳐 왔다지 뭐예요. 정말 그런가요?

헬레나 정말 그래요. 저는 그분 부인을 잘 알고 있어요.

다이애나 백작님을 모시는 신사양반이 부인 험담을 하더군요.

헬레나 그분 이름이 뭔데요?

다이애나 무슈 패롤리스예요.

헬레나 어머나, 백작님을 칭찬하는 것이라면 그 사람 말이 옳아요. 그리고 그 훌륭한 백작님에 비하면 그 부인은 너무나 미천해요. 이름조차 입에 담기 부끄러울 만큼. 그저 장점이 있다면 절개가 굳다는 것뿐이지요.

다이애나 아이 가엾어라! 남편에게 소박을 맞다니!

과부 그 부인은 몹시 서러워할 게 분명해. 우리 집 딸애가 마음만 먹으면 부인의 속을 태워줄 수도 있답니다.

헬레나 그게 무슨 뜻이죠? 혹시 여자라면 사족을 못 쓰는 백작이 야심을 품고, 이분을 농락하려고 하나보죠?

과부 그래요. 처녀의 정조를 농락하기 위해 갖은 수단과 방편을 다 쓰며 유혹하지 않겠어요? 그렇지만 우리 애는 어떠한 유혹이라도 물리칠 마음의 준비가 되어 있어요.

마리아나 그러지 않으면 욕을 보게 되죠!

과부 저들이 옵니다.

기수들의 뒤를 고수가 북을 치며 따르고, 플로렌스 군이 등장. 버트람과 패롤리스가 보인다.

저기 저분이 공작님의 맏아들인 안토니오님이고, 저분은 에스칼러스님이죠.

헬레나 어느 분이 프랑스 백작님이죠?

다이애나 (손으로 가리킨다) 저기 모자에 새털을 꽂은 분이에요. 아주 멋쟁이죠. 부인을 사랑한다면 오죽이나 좋겠어요. 좀 더 성실하시다면 완벽할 텐데. 정말 잘생긴 분이잖아요?

헬레나 참 멋진 분이시군요.

다이애나 단지 품행이 단정치 못한 게 흠이죠. (패롤리스를 발견하며) 그분을 몹쓸 곳에 출입하게 한 자가 바로 저 악당이에요. 내가 만약 그분의 부인이라면 저런 악당에게 독약을 먹이겠어.

헬레나 어느 분이에요?

다이애나 저기 스카프를 두른 원숭이예요. 그런데 왜 우거지상을 하고 있지?

헬레나 전쟁에서 부상을 당한 모양이죠.

패롤리스 (혼잣소리로) 바보같이 북을 빼앗기다니!

마리아나 뭔가 걱정이 있는 모양이군. 어머, 우릴 알아봤네 (패롤리스 모자를 벗고 인사한다)

과부 꼴도 보기 싫으니 꺼져버려라!

마리아나 저 중매쟁이가 알랑수를 부리는 꼴이란! (병사들 퇴장)

과부 군인들이 지나갔어요. 자, 순례자님! 숙소로 안내해 드릴게요. 성 제이퀴즈 님에게 참회하러 가시는 분이 이미 네댓 분 저희 집에 묵고 계시죠.

헬레나 정말이지 고맙습니다. 아주머니와 이 처녀만 좋으시다면 제가 오늘 밤 식사를 대접하겠습니다. 그리고 처녀에겐 유익한 말도 해드리겠어요.

두사람 고맙습니다. 그렇게 하세요. (모두 시내 쪽으로 간다)

제 6 장 플로렌스 군막 앞의 진영

버트람과 프랑스 귀족 두 사람 등장.

귀족 2 아닙니다, 백작! 한번 시켜보시지요. 그 사람이 어떻게 하나 말입니다.

귀족 1 하지만 그자가 비열한 인간이 아니라는 게 밝혀진다면 저를 능멸하셔도 좋습니다.

귀족 2 정말 이 목을 걸고 하는 말인데 그자는 허풍쟁이랍니다.

버트람 그렇게까지 내가 그자에게 당하고 있단 말인가?

귀족 2 어쩌다 알게 된 사실을 있는 그대로 말씀드리는 겁니다. 그 자는 참으로 비열한데다 터무니없는 거짓말을 하고 다닙니다.

귀족 1 미덕이라곤 눈곱만큼도 없는 자를 지나치게 믿으셨다간 중대한 일이 생겼을 때에는 큰 낭패를 당하게 되실 겁니다.

버트람 그럼 뭔가 일을 시켜 그 사람을 시험해볼 수 있겠소?

귀족 1 적에게 빼앗긴 북을 도로 찾아오게 하는 것이 가장 좋은 술책입니다. 찾아올 수 있다고 큰소릴 탕탕 칠 테니 말입니다.

귀족 2 제가 플로렌스 병사들을 이끌고 그잘 습격하겠습니다. 그자에겐 적인지 우군인지 잘 분간할 수 없는 병사들만 골라서 하겠습니다. 운신을 못하도록 오라를 지워 눈을 가리고, 우리 막사에 데려다놓으면, 분명 적진에 붙들려온 줄로 여길 겁니다. 그리고 그자를 심문하게 되면 백작께서 꼭 입회해주시기 바랍니다. 비열한 인간이어서 목숨만은 살려주겠다고 하면 백작을 배신하고 백작께 불리한 정보를 모조리 털어놓을 겁니다.

귀족 1 장난삼아서라도 그자에게 북을 찾아오게 해보십시오. 찾아올 묘책이 있다고 뽐낼 테니 말입니다. 이번에 백작께서 그자가 하는 짓의 밑바닥까지 샅샅이 보게 되면 지금까지 보화로 보였던 것이 별 것 아닌 쇠붙이로 탈바꿈하는 사실을 지켜보시게 될 것입니다.

패롤리스 등장. 침울하게 보인다.

귀족 2 (버트람에게 귀엣말로) 장난삼아서라도 그자가 명예를 걸고 하려는 것을 막지 마십시오, 어떻게든 북을 탈환해 오라고 부추기십시오.

버트람 (패롤리스에게) 왜 그러는 거지, 무슈! 북 때문에 몹시 신경이

쓰이는 모양이군.

귀족 1 (패롤리스에게) 기껏 북 하나 가지고 뭘 그래요?

패롤리스 "기껏 북 하나라니! 기껏 해봤자, 북 하나란 말이지?" 그렇게 북을 잃고서! 정말 훌륭한 명령이었어요. 기마대를 우리 측 양쪽 날개에 투입해서 우리 군사들을 결딴내게 했으니 말이에요!

귀족 1 전투를 지휘하다보면 그런 일이야 허다하게 일어나지요. 카이사르가 지휘를 했다 하더라도 그건 피할 도리가 없었을 거요.

버트람 이렇게 된 마당에 비탄에 빠진들 뭘 하겠소. 북을 잃은 거야 불명예스러운 일이지만 그렇다고 도로 뺏어올 묘책도 없잖소.

패롤리스 묘책이야 있지.

버트람 묘책이라니?

패롤리스 있지. 무훈의 영예가 무공을 세운 진짜 공로자에게 주어지는 예가 드문 일인데, 그런 폐습만 없다면, 내가 그 북이든 다른 북이든 빼앗아 오겠어. 그걸 해내지 못하면 '여기 고이 잠들다' 가 되겠지.

버트람 그런 용기가 있다면 어디 한번 해보는 거야, 무슈! 너의 노련한 전술로 북을 찾아오겠다는 각오가 섰다면 용기를 내어 단행해보게나. 나는 혁혁한 무훈을 세우려는 자네의 결의를 높이 찬양할 것이며, 성공만 한다면 공작각하께서도 자네 공로를 가상히 여기시어 응당한 보상이 있을 걸세.

패롤리스 이 군인의 손에 걸고 실행하리다.

버트람 하지만 잠시도 머뭇거릴 수가 없다.

패롤리스 당장 오늘밤에 해치우겠어요. 이 어려운 문제를 처리할 방안을 마련하겠어요. 그리고 죽음을 무릅쓰는 각오를 할 테니 야반까지는 결과를 아시게 될 겁니다.

버트람 공작 각하께 너의 계획을 알려드려도 좋으냐?

패롤리스 결과야 어떻게 될지 모르겠지만 실행은 맹세합니다.

버트람 자네가 용감하다는 건 잘 알고 있으니 군인으로서 최선을 다하리라고 믿네. 그럼, 잘 갔다 오게.

패롤리스 난 말하는 걸 좋아하지 않아. (퇴장)

귀족 2 물고기가 물을 좋아하지 않는다는 말과 비슷하군. 참 이상한 사나이야. 뻔히 못 해낼 줄 알면서 큰소리를 치며 덤벼대니 말이야. 그럴 마음은 눈곱만큼도 없으면서 지옥에 떨어지겠다는 거지.

귀족 1 백작, 당신은 저희들만큼 그잘 잘 모르십니다. 틀림없이 그 잔 사람의 마음을 어루만져놓고선 한 주일 정도는 눈 가리고 아웅 하는 식으로 피해 있겠지요. 그리고 일단 본성이 드러나게 되면 어떤 사람도 다시는 속아 넘어가지 않습니다.

버트람 아니, 그렇게 큰소리를 치고선 꽁무니를 뺄 리가 있겠소?

귀족 2 실행할 리 만무합니다. 하지만 어떤 구실을 만들어 돌아와서는 두세 가지 그럴듯한 거짓말을 늘어놓을 거예요. 그러나 그 사람은 이젠 그물 안에 든 물고기죠.

귀족 1 그 여우 놈의 껍질을 벗기기 전에 좀 놀려줄까? 놈의 정체를 맨 먼저 알아낸 분은 라후 경이셨습니다. 가면이 벗겨진 후 놈이 얼마나 하찮은 송사리인지 보시게 될 겁니다. 그것이 바로 오늘밤이지요.

귀족 2 나뭇가지를 가지러 가야겠어. 놈을 잡으려면 필요하니까.

버트람 당신의 형은 내가 데려가리다.

귀족 2 그렇게 하십시오. 그럼 가보겠습니다. (퇴장)

버트람 이제 당신을 그 집에 안내하리다. 내가 말했던 그 처녀를 보여드리지요.

귀족 1 매우 순결한 처녀라고 말씀하셨죠?

버트람 바로 그게 탈이란 말예요. 단 한번 말을 걸어봤는데 톡톡 쏘지 뭐요. 지금 우리가 본색을 알아보려는 바로 그 허풍선이를 통해 선물도 보내고 편지도 보내고 해봤지만 모조리 되돌아왔어요. 내가 한 일은 여기까지요. 예쁜 처년데 한번 만나보겠어요?

귀족 1 네, 그리하겠습니다, 백작. (두 사람 퇴장)

제 7 장 플로렌스. 과부 집의 한 방

헬레나와 과부 등장.

헬레나 단언하건대 이것은 정당한 속임수입니다. 한데 당신이 계

364

속 의심하신다면 더 이상 증명할 방법이 없습니다.

과부　저도 팔자가 기구해 이런 꼬락서니로 살고 있지만 본래 그렇게 미천한 출신은 아닌데다가 이런 일을 해본 적도 없어요. 그나저나 남에게 손가락질 받을 일은 하고 싶지 않아요.

헬레나　저도 그걸 원하진 않아요. 먼저 백작이 저의 남편이라고 믿어주세요. 그리고 아주머께 말씀드린 제 말은 모두 사실이에요. 제가 부탁드리는 걸 도와주신다고 나쁠 건 전혀 없어요.

과부　그럼 당신을 믿겠어요. 보아하니, 신분이 높으신 분이 분명하니까요.

헬레나　자, 이 돈지갑을 받아두세요. 당신의 친절을 이것으로라도 갚게 해주세요. 그리고 정말 도움을 받고 나면 이보다 몇 갑절 더 많은 사례를 하겠어요. (돈을 건넨다) 백작은 지금 온갖 감언이설로 댁의 따님을 유혹하려고 애를 태우고 있어요. 그러니 따님에게 백작의 청을 응낙토록 해주세요. 그 다음 조치는 제가 취해드릴 테니까요. 그분은 지금 욕정에 불타고 있으니 따님이 요구하는 거라면 뭐든 들어줄 거예요. 백작이 끼고 있는 반지는 선조 이래 4,5대째 전해 내려오는 가보예요. 백작께선 그 반지를 무척 소중히 여기고 있어요. 그러나 지금은 애욕에 눈이 어두워져 있으니 원한다면 그것조차 선뜻 내놓을 겁니다. 나중에 아무리 후회하는 일이 있어도 말이에요.

과부　이젠 당신의 속내를 알겠군요.

헬레나　그럼 이 일이 정당하다는 걸 믿어주시는 거죠? 따님께서 상대의 말을 들어주는 척하고, 그 반지를 받고는 다음에 만날 약속을 하면 돼요. 그럼 제가 그 시간을 대신 메우면 따님은 순결을 지킬 수 있을 거예요. 이 일이 성공하면 지금 드린 비용 외에 삼천 크라운을 더 드리겠어요.

과부 좋습니다. 그럼 제 딸년에게 언제, 어디서 이 정당한 속임수를 써야 좋은지 가르쳐주세요. 그분은 밤마다 한 무리의 악사들을 데리고 이곳에 와선, 신분이 맞지도 않는 딸년을 위해 노래를 부르게 한답니다. 우리 집 처마 밑에 못 오도록 아무리 잔소릴 퍼부어도 소용이 없어요. 글쎄, 목숨이라도 건 것처럼 끈덕지답니다.

헬레나 그럼, 오늘밤 우리들의 계획대로 해보십시다. 이 일이 잘 되면 그쪽으로선 사심을 품은 건 나빠도 올바른 사람이 될 것이고, 이쪽으로선 정당한 행위를 하는 것이니, 양쪽 다 죄를 짓는 건 아니에요. 좀 마음에 거리끼긴 하지만 해봅시다. (모두 퇴장)

제4막

제1장 플로렌스의 군막 근처 들판

프랑스 귀족 2가 대여섯 명의 병사들을 데리고 잠복해 있을 때 한
병사가 북을 들고 나타난다.

귀족 2 이 생울타리 모퉁이를 돌아서 오는 길밖에 없다. 그러니까
놈을 덮칠 땐 무서운 말투로 고함을 치란 말이다. 그리고 아무도 놈
의 말을 알아듣는 척해서는 안 된다. 통역할 사람을 빼놓고는.

병사 1 대장님, 저에게 통역을 시켜주십시오.

귀족 2 그자하고 아는 사이가 아닌가?

병사 1 천만에요, 전혀 염려 마십시오.

귀족 2 그래, 이쪽에 대해 이야기할 때는 어떻게 꾸며댈 건가?

병사 1 대장님 말씀대로 하죠.

귀족 2 우리를 적에게 고용된 외인부대로 알게 해야 돼. 놈은 이 고
장의 말을 조금은 알고 있으니까 모두 엉터리 말로 씨부렁대야 한다
고. 서로 지껄이는 소릴 못 알아들어도 상관없어. 그저 서로 알아듣
는 체하기만 하면 된다. 까마귀 소리라도 괜찮으니 까아까아 하면

된단 말이다. 통역인 자넨 아주 요령 있게 해야 돼. 자, 숨어라! 놈이 온다. 놈은 틀림없이 두 시간 동안 늘어지게 자고선 돌아가서 거짓말을 할 속셈일 거다.

패롤리스, 생울타리를 따라 등장.

패롤리스 열 시다. 이제 세 시간만 지나면 돌아가도 좋을 시간이다. 그런데 뭘 했다고 우겨대지? 감쪽같이 속아 넘어갈 거짓말을 꾸며 대야 하는데. 놈들이 날 의심하고 있어. 그래서 그런지 요즘에는 창피스런 일들이 마구 내 문을 두드리며 들어오려 한단 말야. 내 혓바닥은 무모하게 큰소리를 치지만 내 심장은 군신 마르스와 그 패거리들에게 겁을 먹고 있으니, 혓바닥이 조잘댄 것을 실행할 용기는 눈곱만큼도 없어.

귀족 2 (방백) 이제야 네놈의 혓바닥이 지은 죄를 실토할 테지.

패롤리스 안될 줄 뻔히 알았을 뿐만 아니라 해볼 생각도 없었으면서 어느 악마에게 부추김 당한다 해서 북을 되찾으러 갈 내가 아니지. 아, 몸에 몇 군데 상처를 내어 싸우다가 다쳤다고 해야지. 한데 작은 상처로는 "그까짓 상처로 말이 되느냐?"고 핀잔만 들을 테니 걱정이야. 그렇다고 큰 상처를 입는 건 질색이다. 뭘 증거로 내놓지? 혓바닥아, 널 빼어 버터장사 계집의 아가리에다 처넣어주고 싶다. 그대신 혀가 없는 바자제트 노새라도 한 마리 사야겠다. 네놈이 재잘거려서 날 이런 곤경에 빠뜨렸으니 말이다.

귀족 2 (방백) 자기 꼴락서니가 어떻다는 걸 잘 알면서도 그걸 고치려 들지 않다니!

패롤리스 이 옷을 찢든가, 내 이 스페인 검을 부러뜨려서라도 말발이 섰으면 좋겠다.

귀족 2 (방백) 그렇게 하진 못하게 하겠어.

패롤리스 아니면 턱수염을 싹 밀어버리고, 책략 때문이라고 할까?

귀족 2 (방백) 누가 호락호락 넘어갈 줄 알아?

패롤리스 옳지, 옷을 물속에 패대기쳐 버리고 발가벗겨졌다고 할까?

귀족 2 (방백) 그래봤자, 소용없지.

패롤리스 성채의 창에서 뛰어내렸다고 맹세할까?

귀족 2 (방백) 물 깊이는?

패롤리스 서른 길쯤?

귀족 2 (방백) 칼을 물고 세 번 맹세한들 누가 믿을까?

패롤리스 적의 북이라면 뭐든 좋다. 그렇다면 탈취했다고 큰소리칠 텐데.

귀족 2 (방백) 적의 북소릴 곧 들려주마.

패롤리스 (사람들, 북을 치며 달려든다) 이건 적의 북이다.

귀족 2 스로카 모부서스, 카르고, 카르고!

일동 카르고 카르고 카르고 빌리안다 파르 코르보, 카르고!

패롤리스 오! 돈을 주겠어. 석방해준다면 금을 내놓으리다. (병사들이 스카프로 눈을 가린다) 눈을 가리진 마시오.

병사 1 보스코스 스로물도 보스코스.

패롤리스 당신들은 무스코스 연대의 용사들이군. 말이 통하지 않으니 목숨을 잃게 됐군. 독일이나 덴마크, 저지대 네덜란드, 이탈리아, 프랑스 분이 계시면 말해보시오. 플로렌스 쪽을 쳐부술 비밀을 가르쳐주리다.

병사 1 보스코 보바도! 네 말 알아듣는다. 네 나라 말도 할 줄 안다. 케렐리본토, 이봐, 기도를 해. 열일곱 자루의 단검이 네 가슴을 겨누고 있다.

패롤리스 아!

병사 1 기도를 해, 기도를! 만카 레바니아둘체.

귀족 2 오스코르비덜쳐스 볼리보로코.

병사 1 장군께서 너를 살려줄 수도 있다고 하셨다. 눈을 가린 상태에서 너의 정보를 들어보시겠다고 했다. 정보 내용에 따라서 목숨을 살릴 수도 잃을 수도 있을 것이다.

패롤리스 아이고, 제발 목숨만 살려주십시오! 우리 진중의 비밀이란 비밀은 몽땅 말씀해드리겠습니다요.

병사 1 거짓말은 안 하겠지?

패롤리스 거짓말을 하거든 이 목을 쳐도 좋습니다.

병사 1 아코르도 린타. 자 가자, 잠시 동안만 살려준다. (통역병과 병사들이 패롤리스를 압송하며 퇴장. 안에서 북소리가 들려온다)

귀족 2 (병사 2에게 귀엣말로) 로실리온 백작과 내 형한테 가서 누런 도요새를 잡았는데, 지시가 있을 때까지 눈을 가려두겠다고 말씀드려라.

병사 2 네, 대장님.

귀족 2 그자는 아군의 비밀을 모조리 우리들에게 누설할 테지. 이쪽을 적으로 알고.

병사 2 그리 전하겠습니다.

귀족 2 그때까지 눈을 가려서 잘 가둬 둬라. (모두 퇴장)

제 2 장 플로렌스. 과부 집의 한 방

버트람과 다이애나 등장.

버트람 당신 이름은 폰티벨이라고 들었는데.

다이애나 아니에요, 백작님! 다이애나라고 합니다.

버트람 고귀한 여신의 이름이군요! 그만한 가치가 있는 이름이오. 아니, 그 이상이오. 그러나 아름다운 여인이여, 그런 용모를 갖고도 어째 사랑을 모르는가? 당신의 가슴속에 청춘의 불길이 타오르지 않는다면 비석에 불과해. 그리고 죽으면 지금의 당신 얼굴은 흔적도 없어질 거요. 그러니 사랑스런 당신을 가졌을 때의 어머니처럼 되란 말이오.

다이애나 그때의 어머니는 정숙했어요.

버트람 당신 역시 그렇소.

다이애나 어머닌 다만 본분을 다했을 뿐이에요. 백작님께서 부인께 해야 할 의무와 꼭 같은걸.

버트람 그런 얘긴 그만 합시다. 제발 부탁이니 맹세를 깨뜨리지 않게 해주오. 난 강제로 결혼 당한 거요. 그러나 당신을 사랑하지 않고는 견딜 수가 없소.

다이애나 그러시겠죠. 가치가 있을 때까진 말예요. 그러나 장미꽃을 꺾은 후엔 앙상한 가시만 남은 우리에게 꽃의 향을 잃었다고 비웃으시겠죠, 뭐.

버트람 내가 그토록 맹세하지 않았는가!

다이애나 골백번 맹세를 하셨다고 진실한 건 아니죠. 진정한 맹세는 한번이라도 충분해요. 그러니까 부디 한 말씀만 해보세요. 만약에 제가 조브 신을 걸고 백작님을 열렬히 사랑한다고 맹세하고는 실은 악의를 품고 있어도 제 맹세를 믿으시겠어요? 아무리 신에게 맹세를 하더라도 겉 다르고 속 다르다면 어찌 믿을 수 있겠어요. 그러니 백작님의 맹세 역시 말뿐이에요. 도장이 찍히지 않은 증서와도 같아요. 적어도 저는 그렇게 생각해요.

버트람 그런 생각은 바꾸어요. 그렇게 신성한 얼굴로 그런 잔인한 소릴 해선 안 되오. 사랑은 신성한 거요. 그리고 난 성실해. 당신이 비난하는 사내들의 꿰수 따윈 난 조금도 모르오. 나의 짝이 돼 주겠다고 말해줘요. 내 사랑은 영원히 변치 않아요.

다이애나 (방백) 사내들이란 여잘 낚아채기 위해 어살을 치지. (버트람에게) 그럼, 그 반지를 제게 주세요.

버트람 빌려주지. 완전히 주어버릴 순 없는 것이니.

다이애나 주시지 못하겠단 말씀이시군요?

버트람 이건 조상 대대로 전해 내려오는 가보요. 내가 이걸 잃어버리게 되면 크나큰 불명예를 안게 된다오.

다이애나 제 명예도 그 반지와 같아요. 제 정조도 조상 대대로 전해 내려오는 보석으로, 그걸 잃어버린다면 제게 그 이상 불명예스러운 일은 없을 거예요. 알고 보니 백작님의 말씀은 저의 명예를 지켜주는 기사가 되어주시는군요. 그러니 이젠 쳐들어오셔도 소용없어요.

버트람 반질 가져가요. 내 가문도, 내 명예도, 아니 목숨까지도 이젠 당신 것이오. 당신 시키는 대로 하리다. (다이애나, 반지를 가져간다)

다이애나 자정이 되거든 제 들창문을 두드려주세요, 어머니한테 들키지 않도록 해두겠어요. 그런데 꼭 한 가지 지켜주실 것이 있어요. 저의 처녀성을 꺾었을 때는 꼭 한 시간만 있다가 가셔야 해요. 그리고 어떤 말씀도 하시지 마세요. 그 이유는 이 반지를 돌려드릴 때 알려드리겠어요. 오늘 밤엔 백작님 손가락에 다른 반지를 끼워 드리겠어요. 두고두고 우리의 사랑을 기념하도록 말예요. 그럼 그때까지 안녕히 계세요. 언약은 꼭 지키셔야 돼요. 백작님은 아내를 얻게 되겠지만 저의 희망은 끝나버리는 거예요.

버트람 당신을 얻게 되다니, 난 이 지상에서 천국을 얻은 셈이오!

다이애나 (독백) 그럼, 오래오래 사셔서 하늘과 저에게 감사하세요!

(버트람 퇴장) 결국 그렇게 되는구나. 어머니는 그분이 어떻게 구애해 올 것인지를 마치 그분 마음속에 들어갔다 나오신 것처럼 분명하게 말씀하셨지. 어머님 말씀이 사내란 모두 똑같은 맹세를 한다지 뭐야. 그분은 부인이 돌아가시면 나와 결혼을 하겠다고 맹세했지. 그러니 나는 죽어 무덤 속에 가서야 동침하게 될 것 같군. 프랑스 사람은 말재주가 좋으니 결혼을 하겠다 해도, 난 평생 처녀로 살다가 죽는 거지. 이번 일은 흉측한 상대방의 속셈을 알 수 있는 기회니 속인 내가 죄를 지은 건 아니야. (퇴장)

제 3 장 플로렌스 진영의 군막

프랑스 귀족 두 사람과 2,3 명의 병사들 등장.

귀족 2 백작에게 보내온 어머니의 편지를 아직 전하지 않았는가?

귀족 1 한 시간 전에 전했네. 무언가 그의 마음을 찌르는 사연이 있는 것 같아. 편지를 읽고 나더니 사람이 완전 달라졌으니 말야.

귀족 2 그렇게 덕성스럽고 사랑스런 부인을 팽개치듯이 버렸으니 핀잔을 받아 마땅하지 뭐.

귀족 1 문제는 영원히 폐하의 진노를 사게 된 것이지. 폐하께서는 백작에게 큰 은총을 베푸셨지만……. 이건 비밀이니 절대로 입 밖에 내서는 안 되네.

귀족 2 내가 들은 이야기는 내 마음속에 꼭 묻어두지.

귀족 1 백작은 플로렌스에서 정숙하기로 소문난 젊은 처녀를 유혹 했다지 뭔가. 오늘밤에 그 처녀의 순결을 범해 욕정을 채우기로 한 모양이야. 대대로 내려오는 반지까지 주면서 음란한 약속을 얻어내 는 데 성공했다고 입이 헤벌어졌다더군.

귀족 2 신이여! 그런 모반이 저희들 마음속엔 생기지 않도록 지켜 주소서! 신의 가호가 없으면 우리 꼴이 어떻게 될지 모르옵니다.

귀족 1 그건 자기 자신에 대한 반역이야. 모든 배반자들처럼 결국 은 본색이 드러나 처절한 최후를 맞게 될 테지. 백작께서도 자신을 망치는 행위를 하게 되면 끝내는 패가망신하게 될걸.

귀족 2 자기의 부끄러운 속셈을 나발 불고 다니는 건 지옥에나 가 야 할 일 아니겠나? 그렇게 되면 오늘밤엔 그 양반 오지 않겠는걸.

귀족 1 자정이 지나기까진 안 될걸요. 약속이 있으니까.

귀족 2 곧 자정이 된다. 그 부하 녀석을 그분 앞에서 발랑 까뒤집어 보여주고 싶다. 그런 발칙한 놈을 귀중한 보석처럼 생각해 온 분별 력을 되짚어보게.

귀족 1 백작이 올 때까지 놈을 내버려두자. 백작이 나타나기만 해 도 놈은 종아리가 으깨지는 고통을 느낄 테니까.

귀족 2 그건 그렇고, 전쟁 소식은 들었나?

귀족 1 평화 교섭이 진행되고 있다고 하던데.

귀족 2 아니, 이미 화의가 성립됐어.

귀족 1 그럼, 로실리온 백작은 어떻게 될까? 더 오지로 떠날까, 아니면 프랑스로 돌아갈까?

귀족 2 그렇게 묻는 걸 보니, 그의 상담역이 아닌 것 같군.

귀족 1 알고 싶지도 않아. 그가 하는 일을 알아서 뭘 한담.

귀족 2 실은 말야, 그의 부인이 약 2개월 전에 가출을 했대. 성 제이퀴즈 르 그란드 교회를 참배한다는 구실로. 그녀는 천성이 선한데다 매우 심약한 분이라 깊은 슬픔 끝에 결국 숨을 거두고 말았대. 아마 지금쯤 천국에서 노래를 부르고 있을 테지.

귀족 1 그걸 뭘로 증명하나?

귀족 2 부인의 편지에 목숨을 거두기 직전까지의 일이 확인되었다고. 죽었다는 소식이야 본인이 말할 수 없는 거지만, 그 고장의 교구 사제가 보증해주더군.

귀족 1 백작은 그 소식을 다 알고 있을까?

귀족 2 암! 모든 세세한 문제에 대해 증거까지 모으고 있는걸. 충분히 사실이라고 믿는 것 같았어.

귀족 1 그 소식을 듣고도 기뻐 어쩔 줄 모르니 정말 서글프군.

귀족 2 인간이란 큰 손실 앞에서 도리어 기뻐하는 수가 있다고!

귀족 1 어떤 땐 득을 보면서도 눈물을 흘리며 슬퍼하는 수도 있다니까! 이곳에서 그의 무공으로 얻게 된 큰 명예도 본국에 돌아가면 꼭같은 정도의 치욕으로 상쇄되고 말걸.

귀족 2 우리의 일생은 선과 악이란 실로 짜여져 있어. 따라서 사람이 잘못을 저지르고도 매를 맞지 않는다면 더욱 거만해질 것이며, 누군가가 덕으로 감싸주지 않는다면 죄악도 절망으로 빠져버릴 테지.

하인 등장.

웬일이냐! 네 주인께선 어디 계시냐?

하인 나리께선 거리에서 공작님을 만나 뵙고 작별인사를 드렸습니다. 내일 아침에 프랑스로 출발하실 예정이시며, 폐하께 올릴 공로장도 공작님으로부터 받았답니다.

귀족 1 그 공로장이 아무리 달콤해도 폐하의 심드렁한 기분을 돌릴 수는 없을걸.

버트람 등장.

저기 오신다. 웬일이십니까? 자정이 이미 넘지 않았습니까?

버트람 오늘밤, 한 달이나 걸려야 할 수 있는 일들을 열여섯 가지나 해치워버렸어요. 공작님과 가까운 일가친척들께도 작별인사를 드렸고, 죽은 아내도 매장하여 애도를 표했고, 어머니께는 귀국을 알리는 편지를 썼으며, 짐꾼을 구해놓았어요. 이들 굵직한 일들 외에 자질구레한 일도 이것저것 처리했지. 맨 마지막에 할 일이 가장 중요한데, 그건 아직 끝내지 못했지만.

귀족 2 날이 밝으면 여길 떠나야 하실 텐데 빨리 서두르셔야겠습니다.

버트람 이를테면 미루면 곤란한 일이라고 할 수 있지. 그런데 그 어릿광대와 병사간의 문답을 어디 들어봅시다. 자, 그 엉터리 표본 같은 녀석을 이리로 끌고 오라고 해요. 코에 걸면 코걸이, 귀에 걸면 귀걸이 식으로 지껄이며 날 속여 온 녀석을 말이오.

귀족 2 (병사에게) 그자를 끌어내 오너라. (병사 퇴장) 밤새껏 족쇄를 채워 놨죠, 엉뚱한 녀석이라.

버트람 상관없소. 고생 좀 해야지. 그래 지금 어떻게 하고 있소?

귀족 2 이미 말씀드린 대로 족쇄를 채워놓았답니다. 그랬더니 우유통을 엎지른 계집아이처럼 울더군요. 그러고는 병졸인 모건을 신부로 알고 고해를 하지 뭡니까? 철이 들기 시작해서 족쇄를 차는 이번 재난을 맞기까지의 일을 모조리 뱉어놓았답니다. 고백한 내용이 무엇인지 짐작하시겠습니까?

버트람 내 말은 하지 않던가요?

귀족 2 놈의 고백은 모조리 기록되어 있으며, 그놈 면전에서 읽겠습니다. 백작님에 관한 것도 틀림없이 있을 겁니다.

병사들이 패롤리스와 통역병을 대동하고 등장.

버트람 꼴 좋군그래! 눈까지 가려져서. 한데 내 얘기도 하겠지?

귀족 1 쉬! 쉬! 장님놀이의 술래가 나타났군! 포토타르타로사.

통역병 (패롤리스에게) 고문하라고 하신다. 고문을 안 해도 술술 불지 그러나?

패롤리스 알고 있는 건 단 한 가지도 빠짐없이 불겠습니다. 한데 사지를 꼭꼭 죄면 아파서 말을 못하게 됩니다.

통역병 보스코 치머르초.

귀족 1 "보블리빈도 치커르머르코"

통역병 장군님은 인자하시다. 이봐, 장군님께선 내가 서면으로 묻는 말에 대답하라고 하신다.

패롤리스 바른 대로 말씀드리겠습니다. 목숨만 살려주십시오.

통역병 (읽는다) 「공작 기병대의 병력을 물어봐라」 ― 자, 말해봐라!

패롤리스 오륙 천이 됩니다만 아주 무력하고 전혀 쓸모가 없는데다가 이리저리 흩어져 있고, 장교들도 보잘것없습니다.

통역병 너의 대답을 그대로 기록해도 좋겠는가?

패롤리스 좋다 뿐이겠습니까? 맹세하지요. 어떻게 쓰시든 마음대로 하십시오. (통역병 기록한다)

버트람 저런, 그래도 입은 살아서. 염병 앓다 뒈질 놈 같으니라고!

귀족 1 백작님, 그렇지 않습니다. 저자는 자칭 천하의 병술가인 무슈 패롤리스로, 어깨띠의 매듭에 병법의 모든 이론이 담겨 있으며, 단검 끝 씌움쇠에는 그 실천의 증좌가 있다고 합니다.

귀족 2 앞으론 검을 깨끗이 하고 다닌다고 해서 그 사람을 신뢰하거나 의관을 말쑥이 갖추었다고 해서 무엇이든지 해낼 수 있는 사내라고 믿지는 말아야겠습니다.

통역병 (고개를 쳐든다) 음, 그대로 적었다.

패롤리스 오륙천 정도라고 적어주십시오. 입은 비뚤어져도 피리는 바로 불고 싶으니까요.

귀족 1 그렇다면 거의 사실 같구나.

버트람 그러나 고맙다고는 할 수 없군. 얘기가 얘기이니만큼.

패롤리스 보잘 것 없는 놈들이란 말도 그대로 적으셨나요?

통역병 암, 그대로 적었지.

패롤리스 고맙습니다. 사실이거든요.

통역병 (읽는다) 「보병의 병력은 얼마나 되는가, 심문하라.」

패롤리스 당장 목이 떨어지는 한이 있더라도 사실대로 말씀드리죠. 가만있자, 스푸리오가 백오십 명, 세바스천과 코람버스 그리고 제이 퀴즈도 그 정도이고, 길티언, 코스모, 로도윅, 그리티아이는 각각 250명. 썩은 놈과 성한 놈을 통틀어서 1만5천 마리 이상은 안 될 겁니다. 그중 반수는 몸뚱어리가 산산조각이 날까봐 외투 위의 눈 터는 것도 무서워하는 놈들이죠.

버트람 (귀족1, 2에게) 저놈을 어쩌면 좋담?

귀족 1 뭘 어쩌겠습니까? 수고했다고 하면 되죠. (통역병에게) 내가 공작에게 얼마나 신임을 받고 있는지 물어봐라.

통역병 물론 적어놓았죠. (읽는다) 「프랑스인인 듀메인이란 대장이 진중에 있는지 없는지 답변하라. 그 사람에 대한 공작의 신임은 어느 정도이며, 용맹심과 정직성, 병술은 어느 정도인지, 그리고 돈으로 매수하면 그가 반란을 일으킬 수 있는지 답변하라.」 이 질문에도 답변할 수 있는가?

패롤리스 한 가지씩 물어봐 주세요.

통역병 듀메인 대장이란 자를 아느냐?

패롤리스 알다 뿐이겠습니까? 본래 파리에서 양복 수선하는 집의 수습공으로 있었는데, 그 가게에서 내쫓겼죠. 그건 땡전 한 푼 없는 천치 벙어리 여자에게 임신을 시켰기 때문이죠. 그래서 매를 엄청 얻어맞고 내쫓겼죠. (듀메인이 막 패롤리스를 매질하려 한다)

버트람 안 돼. 손찌검은 하지 마세요. 이자의 머리통엔 당장 기왓장이 떨어져 박살이 날 테니까요.

통역병 그런데 그 대장은 지금 플로렌스 공작의 진중에 있는가?

패롤리스 틀림없이 있습니다, 야비한 위인이죠.

귀족 1 (버트람에게) 아니, 제 얼굴을 그렇게 보지 마십시오. 곧 백작 차례니까요.

통역병 공작은 그 사람을 어떻게 생각하는가?

패롤리스 공작은 그 자를 저의 하급부하로밖엔 생각지 않아요. 요 며칠 전만 해도 저에게 그 자를 내쫓으라는 전갈을 보냈더군요. 아마 그 편지가 저의 호주머니에 들어 있을 겁니다.

통역병 그럼 뒤져봐야겠다. (통역병이 뒤진다)

패롤리스 곰곰이 생각해보니 조금 알송달송합니다요. 호주머니 속에 들어 있는지, 공작의 다른 편지와 함께 저의 군막 안에 뒀는지.

통역병 여기 있다, 이걸 읽어줄까?

패롤리스 그건 다른 편지인지 모르겠는데요.

버트람 (방백) 통역병 솜씨가 아주 좋군.

귀족 1 대단한 솜씨군요.

통역병 (편지를 읽는다) 「다이애나여! 그 백작은 팔푼이이지만 돈은 많아요.」

패롤리스 그건 공작님의 편지가 아닙니다. 플로렌스의 다이애나란 훌륭한 처녀에게 보내는 편지예요. 로실리온 백작이라는 어리석고 주책없는 애송이의 꾐수에 넘어갈 것 같아서 썼지요. 제발 그 편지를 도로 돌려주세요.

통역병 아니, 내가 먼저 읽어봐야겠어.

패롤리스 솔직히 말씀드립니다만 이 편지는 다이애나란 처녀를 위해 쓴 겁니다. 그 젊은 백작은 위험하고 음탕한 사람이에요. 백작은 그녀에겐 마치 고래 같이 덤벼들었죠. 이미 눈에 띄는 작은 물고기들을 집어삼킨 상태였거든요.

버트람 (방백) 저런, 급살 맞아 죽을 놈!

통역병 (읽는다) 「그가 맹세하거들랑 금화를 던지라고 해서 받아두오. 그 자는 남에게 빌린 돈은 절대로 갚지 않으므로 빌린 것은 먼저 받아두는 것이 상책이오. 잘 맺은 언약은 반은 이루어진 셈이니 언약을 잘 해두시오. 다이애나여, 명심해 들으세요. 어른들과는 상종해도 괜찮지만 아이들하고 입을 맞추어서는 못 써요. 한 번 더 말해두지만 그 백작은 미리 지불은 하지만 하늘이 두 조각나도 빌린 돈은 갚지 않는 자라오. 패롤리스로부터」

버트람 그 글을 그 자 이마빡에 붙여 군막 안을 끌고 다녀야겠다.

귀족 2 (방백) 이 자가 바로 백작의 절친한 친구요. 몇 개 국어를 하는 언어학자요, 병법에도 능통한 군인이 아닌가!

버트람 난 고양이만 아니라면 다 참아낼 수 있는데 저자가 내겐 그 고양이오.

통역병 (패롤리스에게) 야, 장군의 안색을 보니 넌 교수형을 면치 못할 것 같다.

패롤리스 제발 목숨만은 살려주십시오. 제 목숨이 아까워서 그런 것은 아닙니다. 지은 죄가 너무 많아 참회를 하며 여생을 보내고 싶어서입니다.

통역병 모든 걸 숨김없이 자백한다면 살아날 방법이 있을지도 모른다. 그럼 다시 한 번 듀메인 대장에 관해서 묻겠다. 공작의 신임이라든가 용맹성에 관해서는 이미 대답했으니 그 점은 됐다. 한데 그자의 정직성은 믿을 만한가?

패롤리스 수도원에서라도 달걀을 훔쳐낼 위인이지요. 강간, 겁탈 솜씨는 반인반수 네수스를 뺨칠 만한 작자고요. 맹세 따위는 지키지 않는다고 큰소리로 거들먹대는 위인입니다. 거짓말을 해도 어떻게 나 그럴 듯하게 잘하는지 진실이 바보처럼 여겨질 정도이죠. 또 고주망태로 취하는 것이 그 자의 최고 미덕이라고 할 만하지만 이불을 더럽히는 게 탈이죠. 모두들 그 자의 버릇을 알고 있기 때문에 취해 있으면 지푸라기 위에 패대기를 쳐서 재운답니다.

귀족 1 지금 얘길 들으니 슬그머니 놈이 좋아진다.

버트람 당신의 정직성에 대한 설명 때문인가요? 주리를 틀 놈! 내겐 놈이 점점 더 고양이 같기만 하군.

통역병 전쟁에서 병법은 어떠한가?

패롤리스 고작해야 잉글랜드 유랑극단 선두에 서서 북이나 쳐주었어요. 저는 원래 거짓말을 싫어하여 군인으로서의 자격에 관해 상세한 것은 모르겠습니다만 잉글랜드에서 장교가 되어 마일엔드라는 시민병 훈련장에서 "이열종대로 서라!"는 것을 지시하는 역할을 한 적이 있었다고 합니다. 그 자의 명예를 표창해주고 싶지만 아는 것이 이런 것뿐이라 도리가 없군요.

귀족 1 그자는 악당치고는 유별난 자라 희귀하다는 점에서 그를 구제하는군요.

버트람 빌어먹을 놈! 암만 해도 고양이 같아.

통역병 그렇게 값싼 사나이라면 돈으로 매수하면 쉽게 모반을 일으킬 수 있다는 말이렷다?

패롤리스 동전 한 푼만 주면 영혼 구제의 손길이고 상속권이고 죄다 팔아버릴 것이니 자손대대로 푼돈조차도 상속받지 못할 겁니다.

통역병 그 사람의 동생인 또 한 사람 듀메인 대장은 어떠냐?

귀족 2 (독백) 왜 내 얘길 묻는 건가?

통역병 그 사람은 어떻냐고!

패롤리스 한 둥지에서 자란 까마귀죠, 좋은 일에는 형보다 못하고, 악한 일에는 훨씬 뛰어나죠. 겁 많기로는 형은 저리 가라죠. 한데 형은 후퇴할 땐 하인보다 빨리 달아나고, 전진한다고 하면 대뜸 경련이 일어난다니까요.

통역병 목숨을 살려주면 플로렌스 공작을 배반할 건가?

패롤리스 네, 기마대장 로실리온 백작도요.

통역병 넌지시 장군님에게 여쭈어 의중을 알아보겠습니다.

패롤리스 (방백) 다신 북 같은 건 치지 않을 테다. 염병할 북이란 북은 몽땅 썩어 문드러져라. 그저 잘 보이려고 저 색정에 눈 먼 젊은 백작을 속이려다가 이런 곤경에 빠지다니!

통역병 넌 죽어줘야겠어. 장군께서 말씀하시길 넌 자기 군대의 비밀을 누설한 반역자이며, 고결하다고 일컬어진 분들을 험한 말로 악평을 하였으니 살려둔들 아무짝에도 쓸 데가 없단다. 그러니까 넌 부득이 죽어야만 되겠어. 망나니, 이리 와서 이 자의 목을 쳐라!

패롤리스 오! 하느님, 제발 살려주십시오. 아니면 제가 죽는 꼴이라도 보게 해주십시오.

통역병 그래, 보게 해주마. 친구들에게 작별인사나 하지 (눈가리개를 뗀다) 자, 봐라. 그래, 아는 분이 있나?

버트람 안녕히 주무셨소? 고상한 대장나리!

귀족 2 (조롱조로) 안녕하시오, 패롤리스 대장!

귀족 1 여, 반갑소이다. 고상한 대장!

귀족 2 대장, 라후 경께 전할 말씀은 없습니까? 저는 이제 프랑스로 돌아가게 됐답니다.

귀족 1 대장, 로실리온 백작을 위해서 다이애나에게 써준 소네트의 사본을 한 장 주시지 않겠습니까? 내가 겁쟁이만 아니라면 힘으로 빼앗을 수도 있으련만. 자, 잘 있어요. (버트람과 귀족들 군막을 떠난다)

통역병 결국 당하셨군요, 대장! 하지만 그 스카프는 무사한데다 아직 매듭도 그대로군.

패롤리스 책략에 말려들면 누군들 망신을 안 당하겠어요?

통역병 당신만큼 수치를 당한 여자들만 살고 있는 나라를 찾아보지 그래. 그곳에 가서 염치없는 나라를 세우면 그 나라의 왕이 될지도 모르니까. 그럼 잘 있거라. 나도 프랑스로 간다. 거기서 네 얘길 실컷 할게. (퇴장)

패롤리스 고마운 일이지. 내가 염치가 있다면 심장이 치욕으로 터지고 말았을걸. 이젠 대장이고 나발이고 다 집어치우겠다. 그리고 잘 먹고 마시고, 대장처럼 편안히 자는 거야. 그저 타고난 모습으로 살아가야지. 허풍이나 치는 자는 조심해야 한다. 제가 아무리 허풍을 떨더라도 언젠가는 들통이 나서 바보가 되고 말 테니까 말이다. 검이여, 녹슬어라! 붉어진 뺨이여, 냉정을 찾아라! 패롤리스는 치욕 속에서 편히 살리라! 바보 꼴이 됐으니 바보다운 것이 더욱 번창할 것이니! 사람이란 어느 곳에서건 살아가게 되어 있다. 저자들 뒤를 따라가자. (퇴장)

386

제 4 장 플로렌스, 과부 집의 한 방

헬레나, 과부 및 다이애나 등장.

헬레나 제가 한 일이 두 분께 폐가 될 것이 없다는 걸 증명하기 위해서 이 기독교 세상에서 가장 위대하신 분을 제 보증인으로 삼겠어요. 제 소원을 이루기 위해서는 아무래도 그분의 옥좌 앞에 부복을 해야겠으니까요. 저는 폐하께 생명과 관련된 중대한 일을 해드린 일이 있었어요. 폐하께서는 지금 마르세유에 체재 중이시라는 소식을 들었어요. 거기로 가는 데는 좋은 배편이 있다고 들었습니다. 아시다시피 이 몸은 이미 죽은 걸로 되어 있어 군대가 해산되면 나의 주인양반은 서둘러 고향으로 가실 거예요. 하늘의 도우심 아래 인자하신 폐하의 윤허만 얻게 되면 만나고 싶어 하는 그분보다 먼저 프랑스에 닿는 거지요.

과부 부인, 우리 모녀는 어느 하인 못지않는 충복이 되겠어요.

헬레나 이 모든 건 진정 하늘의 뜻이라고 생각하겠어요. 제가 따님의 결혼 지참금을 마련해드리게 되고, 따님의 아이디어로 제가 남편을 되찾는 도움을 받은 것 말이에요. 참으로 남자란 이상하다니까요. 그토록 미워하던 사람을 그렇게 어여쁘게 대해줄 수도 있다니 말예요. 칠흑 같은 어두운 밤에 눈이 멀어서, 암흑이 무색할 정도로 욕정의 불꽃을 튀기니! 색정이란 그런 건가봐요. 사람이 바뀐 줄도 모르고 역겨워하던 사람을 그렇게 애무하다니! 이 얘긴 나중에 또 하기로 해요. 그리고 다이애나 아가씨, 미안하지만 날 위해 좀 더 수고를 해줘야겠어요.

다이애나   아씨께서 시키시는 일이라면 정조를 지킬 수 있는 한 사력을 다해 분부대로 거행하겠습니다.

헬레나   그럼 부탁해요. 이제 곧 따스한 여름이 올 거예요. 그땐 들장미에 가시뿐만 아니라 잎도 돋아나겠지요. 그러면 따끔하긴 하겠지만 꽃향기가 코를 물씬 찌를 거예요. 자, 그럼 출발해요. 마차 준비도 되어 있어요. 세월이 가면 우리의 사랑도 되살아날 거예요. '끝이 좋으면 다 좋아' 예요. 그리고 끝은 면류관이죠. 험한 길의 끝자락엔 명예가 있어요. (모두 퇴장)

제 5 장 로실리온·백작부인 저택의 한 방

백작부인, 라후, 어릿광대 등장.

라후 아드님의 눈을 흐리게 한 놈은 바로 그 촉새 같은 녀석이었어요. 그놈이 뿜는 독은 사프런처럼 이 나라의 풋내기 젊은이들을 샛노랗게 물들이고 말 겁니다. 만약 며느님이 살아 있고 아드님이 집에 있었더라면 폐하의 지극한 총애를 받았을 거예요. 그 꽁지 붉은 땡벌 같은 녀석만 없었더라면 말입니다.

백작부인 그런 자를 몰랐으면 좋았을 텐데! 그 자 때문에 세상이 그 조화를 자랑할 만큼 훌륭한 여자를 잃고 말았지 뭡니까. 그 며느리가 나와 살을 나누고 산고의 고통을 안겼다 하더라도 이렇게까지 그 애를 사랑할 수는 없었을 거예요.

라후 정말 착하고 어진 분이었어요. 천 가지 샐러드 중에서 그만한 것을 골라내기란 풀밭에서 바늘 찾기지요.

어릿광대 나리, 그 부인은 샐러드로 치면 달콤한 마요나였지요. 아니, 혜초라고나 할까.

라후 이 멍청아, 그건 샐러드가 아니고 향초야.

어릿광대 소인은 네부카드네자르 대왕은 아니올시다. 풀에 대해선 까막눈인걸요.

라후 네놈 본업은 뭐냐. 불한당이냐 광대냐?

어릿광대 여자에겐 광대고 남자들한텐 불한당이죠.

라후 그렇게 둘로 구별하는 이유는?

어릿광대 남자의 부탁엔 여편네를 속여서 시중을 들지요.

라후 그러고 보니 정말 넌 불한당이구먼.

어릿광대 여자에겐 어릿광대의 몽둥이를 주며 시중을 들지요.

라후 과연 넌 불한당에다가 고약한 광대군.

어릿광대 나리께도 시중을 들까요?

라후 됐다, 됐어! 이 녀석아!

어릿광대 글쎄, 나리께 시중을 들지 못한다면 나리 못지않은 뻑적
지근한 분에게 시중을 들어야겠네요.

라후 그게 누구지? 프랑스인이냐?

어릿광대 잉글랜드 사람이랍니다. 그러나 얼굴 상판이야 프랑스 쪽
에 훨씬 가깝죠.

라후 도대체 어떤 왕족이냐?

어릿광대 흑태자 말씀이지요. 별명은 암흑의 왕이라고 하기도 하고
악마라고도 하죠.

라후 옛다, 이 지갑을 가져라. 이걸 주는 건 네가 지금 말하는 주인
한테서 떨어져 나오라는 게 아니라 시중을 잘 들어주라는 뜻이다.

어릿광대 소인이야 숲속에서 자란 몸이라 언제나 활활 타오르는 불
이 좋은데 제가 말씀드린 주인 나리는 노상 훤하게 불을 피우신다니
까요. 정말 그분은 이 세상의 왕이랍니다. 그 궁정에는 귀족들이 머
무르고 있지요. 그러나 소인은 좁은 문이 있는 집이 적합하죠.

라후 자, 가봐라. 네 이야기엔 이젠 신물이 난다. 장난일랑 그만하
고 내 말이나 잘 돌봐줘.

어릿광대 소인이 말들에게 장난을 치면 그 말들은 성질 고약한 버릇
을 갖게 될 텐데 어쩌죠? (퇴장)

라후 간사한 불한당에다가 익살맞은 놈이군.

백작부인 정말 그래요. 돌아가신 주인양반도 저 사람의 익살을 매우 즐기셨어요. 그이 덕분으로 여기 머물게 됐지요. 주인을 믿어서인지 방자하고 버르장머리가 없답니다.

라후 놈이 마음에 드는군요. 나쁘진 않아요. 제가 말씀드리려고 한 것은 며느님이 세상을 떠났고, 아드님이 돌아온다는 소문을 듣고 폐하를 뵈었습니다. 그 이유는 제 딸아이와 댁의 아드님이 아직 어릴 때 폐하께서 두 사람을 맺어주는 게 좋겠다고 하시면서 그 일을 주선하시겠다고 언약을 하신 일이 기억나서입니다. 그렇게 하는 것이 아드님에 대한 폐하의 진노를 푸는 길이 아닐까요?

백작부인 좋은 말씀이에요. 제발 그렇게 됐으면 좋겠군요.

라후 폐하께서는 마르세유에서 말을 타고 황급히 오는 중입니다. 서른 살 때처럼 건강하신 몸으로요. 적어도 내일 아침이면 이곳에 도착하실 겁니다.

백작부인 죽기 전에 폐하의 용안을 뵐 수 있다니 얼마나 기쁜지 모르겠군요. 제 자식이 오늘 저녁 여기에 닿는다는 편지를 받았습니다. 경께서도 제 아들이 폐하를 배알할 때 머물러주십시오.

라후 어떻게 하면 여기 머물 수 있을까 연구하던 중이었습니다.

어릿광대 다시 등장.

어릿광대 아, 마님! 저쪽에 주인나리께서 오셨습니다. 얼굴에 벨벳조각을 붙이고요. 그 밑에 흉터가 있는지 없는지는 벨벳만이 알

겁니다. 하지만 벨벳조각이 시시한 건 아니었습니다.

라후 훌륭한 공을 세우려다 얻은 상처 같군. 상처란 명예의 좋은 징표라고 할 수 있지요.

어릿광대 불고깃감으로 저민 얼굴 같던데요.

라후 자, 부인, 어서 가셔서 아드님을 만나셔야죠. 젊은 군인과 얘길 나누고 싶군요.

어릿광대 그런 사람이라면 한 다스나 와 있어요. 훌륭하고 멋진 모자에다 정말 멋진 새털을 꽂고, 만나는 사람마다 고개를 끄덕이고 있습니다요. (모두 퇴장)

제5막

제1장 마르세유의 거리

헬레나, 과부, 다이애나 두 명의 시종과 함께 등장.

헬레나 이렇게 밤낮을 가리지 않고 채찍을 가하면서 달려오신 은공은 절대 잊지 않겠어요.

신사 한 사람 등장.

마침 잘됐네. 저분께 부탁드리면 폐하께 내 얘길 전해드릴 수 있을 거야. 안녕하세요?

신사 안녕하십니까?

헬레나 프랑스 궁정에서 뵌 적이 있지요?

신사 그곳에 머문 적이 있었습니다만······.

헬레나 너무나 급한 마음에 실례를 무릅쓰고 부탁 말씀 드리오니 도와주신다면 그 은혜는 평생 잊지 않겠습니다.

신사 무슨 부탁이세요?

헬레나 이 청원서를 폐하께 올려주시고, 폐하를 배알할 수 있도록 주선해주셨으면 합니다. (청원서를 신사에게 내민다)

신사 폐하께선 이곳에 계시지 않습니다.

헬레나 어머, 안 계신다고요?

신사 네, 어젯밤에 여길 떠나셨지요. 평소보다 몹시 서두르셨지요.

과부 아이고! 헛수고를 했네.

헬레나 그렇지 않아요. "끝이 좋으면 다 좋아"예요. 지금은 일이 꼬이고 잘 안 풀리고 있지만…… 어디로 행차하셨나요?

신사 로실리온으로 가셨습니다. 저도 거기로 가는 중입니다.

헬레나 그럼 당신이 저보다 먼저 폐하를 배알하실 테니, 제발 이 청원서를 전해주세요. 이걸 전해주셨다고 해서 문책을 받지는 않으실 거예요. 오히려 가상히 여기시어 치사의 말씀이 있으실 겁니다. 저희들도 곧 뒤따라 가겠습니다.

신사 그렇게 하겠습니다.

헬레나 정말 고맙습니다. 무슨 일이 있어도 꼭 보답하겠어요. 우리들도 말에 오르겠어요. 자, 안녕히~ (모두 황망히 퇴장)

제 2 장 로실리온. 백작부인 저택의 뜰 안

어릿광대와 패롤리스 등장.

패롤리스 라바취, 이 편지를 라후 경에게 좀 전해주게. 옛날에는 우리가 보통 사이가 아니었잖아. 내가 최신 유행하는 옷을 입고 다니던 때 말이지. 한데 변덕스럽기 그지없는 운명의 여신의 비위를 거스르는 바람에 신세가 엉망진창이 되었고, 아직도 그 여신의 역정의 악취에서 벗어나지 못하고 있지 뭔가.

어릿광대 정말이지 운명의 여신의 역정은 당신 말대로 냄새가 지독한 모양이군. 이제부터 그 여신이 만들어준 버터구이 생선은 먹지 말아야지. 이봐, 바람 부는 곳에 서 있지 말라고.

패롤리스 아니, 코를 틀어막을 것까진 없네. 그저 비유일 뿐이니.

어릿광대 아무리 비유라도 냄새가 코를 찌르면 콧구멍을 틀어막을 수밖에.

패롤리스 제발 부탁이니, 이 편지를 전해주게.

어릿광대 글쎄, 가까이 오지 말라니까. 운명의 똥닦개를 귀족 나리한테 전해 달라고! 마침 본인이 저기 오는군.

라후 등장.

(라후에게) 여기 운명의 여신이 기르는 가르랑거리는 고양이가 대기하고 있습니다. 그렇지만 사향 고양이는 아닌걸요. 이 고양이가 이렇게 말하네요. 운명의 여신의 역정이라는 더러운 양어장에 빠져 진흙투성이가 됐다고요. 이 붕어를 잘 보살펴주세요. 보아하니 몰골사납고, 얼뜨기에 멍청한 악당 같군요. 번뇌하는 꼴이 불쌍하니 나리께서 처치해주세요. (퇴장)

패롤리스 라후 경! 저는 잔인한 운명의 여신의 손톱에 무참히 할퀴어 만신창이가 되었습니다.

라후 그래, 날더러 어쩌라는 거지? 이제 와서 손톱을 자르라고 해본들 때는 이미 늦었네. 그렇게 할퀴었다면 운명의 여신에게 몹쓸짓을 한 모양이군그래. 운명의 여신은 선량한 분이시니 악당을 오래 살라며 내버려둘 리는 없지. 자, 카데큐(8펜스) 한 닢 줄게. (그에게 은전 한 닢을 준다) 판사님들에게 운명의 여신과 화해시켜 달라고 부탁하게. 난 달리 볼일이 있으니까. (그가 지나쳐 가려고 한다)

패롤리스 제발 한 말씀만 더 들어주십시오.

라후 은전 한 푼만 더 달란 말이겠지? 자, 받아라. 말은 그만두고.

패롤리스 라후 경, 저 패롤리스입니다.

라후 이게 누구야! 어디 손이나 잡아보자고. 그래 북은 어쨌고?

패롤리스 오, 경은 저의 본색을 맨 처음 알아보신 분입니다.

라후 맞아, 맨 먼저 자네를 알아버린 사람이 나였지.

패롤리스 경, 어쩌다 제 신세가 요 모양 요 꼴이 됐을까요? 제발 한 번만 더 기회를 주십시오.

라후 닥쳐라! 이 주리를 틀 놈아! (트럼펫 소리가 들려온다) 폐하가 납신다. 나중에 오너라. 그러잖아도 어젯밤에 네 얘길 했다. 멍청이에다 악당이지만 밥은 먹여줘야겠지. 자, 따라와. (바쁘게 떠난다)

패롤리스 고맙습니다. (따라간다)

제 3 장 로실리온. 백작부인 저택의 한 방

왕, 백작부인, 라후, 귀족들, 신사들, 호위병들 등장.

왕 과인이 보석과 같은 여성을 잃고 보니 이제 재산도 몹시 줄고 말았소. 부인의 아들은 우둔한데다 분별심이 없어 인연이 된 여성의 됨됨이를 알지 못했던 것 같소.

백작부인 폐하, 황공하오나 이미 지나간 일이옵니다. 청년의 뜨거운 혈기가 저지른 자연의 반역이니 너그럽게 보아주시옵소서!

왕 백작부인, 이미 다 용서를 하고 잊어버렸소. 한때는 괘씸한 생각이 들어 엄중히 처벌할 작심으로 기회를 노리기도 했었소.

라후 신이 한 말씀 아뢰고자 합니다. 바라옵건대 먼저 말씀드리는 걸 윤허하여 주소서. 그 젊은 백작은 폐하에게도, 그의 모친에게도, 아내에게도 큰 죄를 지었습니다. 더구나 스스로에게 큰 환난을 입혔습니다. 그 부인의 뛰어난 미모는 높은 심미안을 지닌 사람도 놀라게 하였고, 화술은 만인의 귀를 황홀하게 하였고, 완벽한 성품은 남에게 시중드는 것에 모멸감을 느끼는 사람일지라도 공손하게 "새아씨!" 하고 부르고 싶도록 만드는 그런 분이었습니다.

왕 이미 떠난 사람을 칭찬하는 건 추억을 더욱 뼈아프게 할 뿐이오. 그래, 그를 이 자리에 부르시오. 노여움은 풀렸소. 그의 대죄도 숨을 거두고 말았으니. 이제 죄인으로서가 아니라 낯선 사람으로서 그를 맞도록 하겠소.

신사 분부대로 거행하겠사옵니다. (퇴장)

왕 (라후에게) 경의 여식에 대해선 그가 뭐라고 하였는가?

라후 모든 것을 어명에 따르겠다고 하였습니다.

왕 그럼 두 사람을 정혼시키도록 합시다. 그를 칭찬한 편지도 있소.

버트람, 문가에 서서 부름을 기다리고 있다.

라후 그것으로 그 사람의 면목도 서겠습니다.

왕 (버트람에게) 나의 마음은 그다지 청명하지 못하다. 햇빛이 비칠 수도 있고, 바로 우박이 쏟아질 수도 있다. 그러나 밝은 햇살이 비치면 구름은 흩어져 버리는 법이다! 자, 앞으로 나오너라. 이젠 날씨가 맑게 겠구나.

버트람 (왕 앞에 무릎을 꿇으며) 폐하! 신의 잘못을 깊이 뉘우치고 있습니다. 부디 용서해주시옵소서.

왕 모든 건 끝났다. 사소한 일보다 대사를 결정하는 데 신경을 쓰도록 하자. 난 이제 나이가 나이이니만큼 아무리 급하게 명령을 내려도, 그것이 이뤄지기도 전에 안식의 시간이 찾아들지도 모르는 일! 라후 경의 규수를 기억하는가?

버트람 존경스러운 분이시죠, 폐하! 첫눈에 그 여성을 마음속에 새겨두었습니다. 그러나 그때는 저의 심정을 감히 털어놓을 용기가 없었습니다. 제 마음속에 그녀의 인상이 너무도 깊이 아로새겨졌기 때문에 이후로는 어떤 미색도 소름끼치는 추물로 보였습니다. 그래서 만인이 침이 마르도록 칭찬한 헬레나까지도 눈에 박힌 티끌처럼 여겨졌던 겁니다.

왕 참으로 그럴듯한 변명이로다. 그 여성을 사랑했다는 한 마디로 수십 가지 죄가 삭감될 정도이니 말이다. 그러나 때늦게 깨달은 사랑은 때늦게 전달된 특사령 같아서 "착한 사람이 이 세상에서 사라졌노라"고 개탄하며 통한의 슬픔을 느끼게 할 뿐이다. 인간은 원래 경솔하고 무모하기 때문에 손에 쥔 보물을 소홀히 여기다가 그것을 무덤 속에 넣고 나서야 그 진가를 깨닫는 법이지. 이것을 가련한 헬레나에 대한 애도의 조종소리로 삼고 그녀를 잊도록 하자. 그리고 그대의 사랑의 선물을 아름다운 미스 모들린에게 보내도록 하여라. 모두가 다 합의를 하였으니 이젠 아내가 죽은 자의 재혼날을 기다릴

뿐이다.

백작부인 오, 하늘이여! 첫 번째보다 두 번째 결혼이 더 행복하게 해주십시오. 그러지 못하겠다면 그들이 만나기 전에 이 목숨을 끝장 내주소서!

라후 자, 이제 나의 가문의 이름을 몸속에 삼키게 된 사위와 딸의 마음에 생기를 주어 단숨에 이곳으로 달려오게 할 사랑의 선물을 주오. (버트람, 반지를 빼준다) 이 늙은이의 백발 한 올 한 올을 걸고 맹세하나니, 고인이 된 헬레나는 정말이지 현숙한 부인이었소. 궁중에서 마지막 떠날 때, 그녀의 손가락에 이런 반지를 끼고 있는 걸 보았던 것 같습니다.

버트람 이것은 그녀의 반지가 아닙니다.

왕 어디 좀 보자. 실은 아까 얘기를 하면서도 그 반지에 줄곧 눈길이 끌렸다. (왕은 라후에게서 반지를 받아 손가락에 낀다) 이 반지는 원래 내 것이었다. 헬레나에게 마음의 징표로 이걸 건네주었을 때 말했지. 불운이 덮쳐 힘겨울 때 이걸 증거로 보이면 반드시 도와주겠다고. 그녀에게 생명처럼 소중한 이 반지를 네가 훔친 게 아니냐?

버트람 황공하옵니다만 이 반지는 그녀의 것이 아니옵나이다.

백작부인 아들아, 이 어미도 그 애가 끼고 있는 걸 똑똑히 보았다.

라후 저도 그 여성이 낀 것을 분명히 보았습니다.

버트람 (라후에게) 잘못 보신 것 같습니다. 어머니께서 그것을 보았을 리가 없습니다. 그 반지는 플로렌스의 명문가의 이름을 적은 종이에 싸여 창문에서 내던져진 것입니다. 그 여자는 명문가의 규수인데, 저를 독신으로 알았던 것 같습니다. 그래서 제가 사정을 밝히며 명예를 위해서라도 그녀의 뜻을 받아들일 수 없다고 했더니 그녀는 슬픈 얼굴로 체념을 하였습니다만 이 반지만은 받으려고 하지 않았습니다.

왕 자연의 법에 정통한 재물의 신 플루터스보다도 난 이 반지를 잘 알고 있다. 이 반지는 내 것이자 헬레나의 것이기도 하지. 누가 너에게 주었든 간에 너는 네 자신이 한 행동을 잘 알고 있을 터이니, 어떻게 이것을 강탈하게 되었는지 있는 그대로 밝혀라. 그녀는 여러 성자들의 이름을 걸고 맹세하기를 첫날밤에 그 반지를 신랑에게 주기 전에는 절대로 손가락에서 빼지 않겠다고 하였느니라. 한데 너는 신방에 들지 않았지 않은가! 그리고 위급한 경우 그녀가 이 반지를 너에게 보내기로 맹세했느니라.

버트람 그녀는 그 반지를 본 일조차 없습니다.

왕 너는 거짓말을 하고 있다. 왠지 무서운 억측이 솟아오르는 걸 보니 필경 네가 몸서리치는 짓을 범했다고밖에 생각되지 않는구나. 설마 그럴 리 없겠지만…… 그러나 알 수 없는 일이로구나. 너는 헬레나를 몹시 미워했다. 그리고 그녀는 죽었다. 이 반지를 보니 내 손으로 그녀의 눈을 감겨준 것처럼 그녀의 죽음이 확실해졌다. 저자를 끌어내라. (호위병, 버트람을 잡는다) 이렇게 증거가 드러난 이상 나의 억측이 허황된 것이 아님이 확실하다. 그 자를 끌고 가라. 과인이 엄중히 신문하겠다.

버트람 그 반지가 틀림없이 그녀의 것이라면 신이 플로렌스에서 동

침한 사람은 그녀가 확실합니다. 그러나 그녀는 플로렌스에 오지 않았습니다. (호위병에게 붙잡힌 채 퇴장)

왕 불길한 생각이 자꾸만 머릿속을 복잡하게 하는구나.

신사가 등장하여 문서를 바친다.

신사 폐하! 여기 플로렌스의 한 부인이 올리는 청원서를 가지고 왔습니다. 그 부인이 직접 올려야 마땅한 일이오나 네댓 역 정도 뒤처져 오고 있기 때문에 제가 전달하게 된 것입니다. 부인의 용모나 말씨로 보아 귀한 가문의 여성이 분명하여 그 청원자의 간청을 받아들이게 된 것입니다. 아마 지금쯤 그 부인도 여기에 도착했을 겁니다. 안색으로 미루어 보아 매우 중요한 용건 같았습니다. 폐하와 그분 자신에 관한 일이라는 말을 하셨습니다.

왕 (문서를 읽는다) 「부인이 죽으면 결혼해주시겠다고 수차 맹세하셨으므로 부끄러운 말씀이오나 소녀는 그분의 간청에 몸을 허락했습니다. 홀아비가 되신 로실리온 백작은 저의 정조만 짓밟아놓고 맹세는 지키지 않았습니다. 그러고는 작별인사도 없이 플로렌스를 훌쩍 떠났습니다. 그래서 정당한 재판을 받기 위해 그분 뒤를 쫓아왔습니다. 오, 폐하! 소녀의 간절한 청을 들어주시옵소서. 모든 일은 폐하의 손 안에 있사옵니다. 이 일을 그대로 덮어두면 유혹한 자는 언제 그랬느냐는 듯 활개를 치고, 처녀에게는 파멸만 남습니다.

다이애나 캐퓰릿 올림」

402

라후 다른 사윗감을 시장에 가서 사고 저 사람은 팔아야겠습니다.

왕 라후 경, 하늘이 그대를 도왔소. 모든 사실이 낱낱이 밝혀졌으니 말이오. 청원자들을 데리고 오너라. (신사 퇴장) 백작도 데리고 오고. (백작부인에게) 백작부인, 헬렌은 어쩌면 비명에 목숨을 잃었을지 모르오.

백작부인 범법자를 엄벌로 다스리소서!

버트람, 호위병들에게 호위되어 다시 등장.

왕 정말 모를 일이다. 너는 아내들을 물건 다루듯 하며 남편이 되어주겠다고 맹세하고는 달아나버린 뒤 다시 장가들기를 원하느냐!

신사, 과부와 다이애나를 대동하고 다시 등장.

저 여자가 누구냐?

다이애나 폐하! 지금은 몰락했지만 한때는 번창했던 유서 깊은 캐풀릿 가문의 후손으로, 플로렌스에서 왔습니다. 바라옵건대 소녀를 불쌍히 여기시어 억울한 사정을 들어주시기 바라나이다.

과부 저는 이 아이의 어미이옵니다. 이번 일로 이 늙은이의 몸과 마음이 이만저만한 고통을 당한 게 아니옵니다. 폐하의 도움이 없으면 목숨과 명예가 한꺼번에 요절나게 생겼사옵니다.

왕 백작! 이 여자들을 아는가?

버트람 폐하, 알고 있는데 어찌 모른다고 아뢰겠습니까! 한데 신에 대한 송사가 또 있사옵니까?

다이애나 (버트람에게) 당신은 아내를 보고도 어째서 모르는 척하는 건가요?

버트람 폐하, 이 여잔 절대로 신의 아내가 아니옵니다.

다이애나 당신이 결혼을 원하신다면 이 손을 내드렸겠지만 이 손은 제 것이에요. 하늘에 두고 맹세를 하겠지만, 그 맹세도 제가 하는 거예요. 그리고 당신 몸 역시 제 것이에요. 왜냐하면 백년가약 때 맹세한 대로 나와 당신은 일심동체이니까요. 그러니 당신과 결혼하는 여자는 바로 이 몸과도 결혼해야 합니다. 어쨌든 우리들 두 사람과 결혼하든가, 그러지 않으면 하지 않든가 양단간에 하나예요.

라후 (버트람에게) 당신의 행실이 천하에 공개됐으니 어쩌다가 내 딸애를 차지한다 해도 절대 그 애 남편이 될 수는 없다.

버트람 폐하! 이 여자는 신이 웃음거리로 삼아왔던 우둔하기 그지없는 사람이옵니다. 폐하께오서는 신이 이런 미천한 여자에게 빠져 명예를 더럽힌다고 사료하지 마시옵소서.

왕 너에게 잘못이 없었다는 것을 행동으로 보여주기 전에는 내 생각이 네 편이 되지는 않을 것이다. 내가 생각하는 이상으로 명예로운 인간이란 걸 어디 증명해보여라.

다이애나 폐하, 소녀의 정조를 빼앗은 일이 없다고 맹세할 수 있는지 물어보아주십시오.

왕 어디 대답해보아라.

버트람　저 여자는 뻔뻔하기 그지없습니다, 폐하! 저 계집은 막사에 드러나는 창녀일 뿐입니다.

다이애나　아, 이런 치욕을 받다니! 만약 소녀가 그런 여인이라면 헐값으로 제 살값을 치렀을 겁니다. 오, 이 반지를 보소서! 이렇게 고귀하고 값비싼 것은 이 세상에 하나뿐입니다. 그런데 이걸 막사에 드나드는 천인에게 주었다니 있을 수 있는 일일까요?

백작부인　아들의 얼굴이 붉어진 걸 보니 모든 것은 진실입니다! 저 반지는 육대조부터 대대로 전해져 온 가보랍니다.

왕　(다이애나에게) 이 궁중 내에 증인이 될 만한 사람이 있다고 했지?

다이애나　네, 폐하! 그러나 그 못된 인간을 증인으로 내세우기가 꺼려집니다. 패롤리스란 자입니다.

라후　그 사내를 오늘 만났습니다. 그런 자도 사내라면 말이지요.

왕　(라후에게) 찾아서 이리 데리고 오너라. (라후 퇴장)

버트람　그 자를 왜 찾으시나이까? 그 자는 세상의 악덕이란 악덕은 모조리 갖춘 천하제일의 거짓말쟁이이옵니다. 진실을 입에 담기만 해도 속이 메스꺼워진다는 자입니다. 있는 말 없는 말 제멋대로 주절대는 그놈의 말로 신을 판가름하시려 하나이까?

왕　저 여잔 너의 반지를 갖고 있다.

버트람　청춘이 주는 정욕으로 저 여자를 좋아하여 지분거린 건 사실입니다. 저 여자는 저를 낚아챌 심보로 일부러 쌀쌀하게 굴어 저의 열정을 미친 듯 흥분시켰습니다. 애욕은 방해를 받을수록 더 불타오르게 마련! 이 여자는 조금 뛰어난 용모와 요살을 떠는 잔꾀로 저를 꾀었고, 저는 제값을 주고 샀습니다. 그래서 저 여자가 제 반지를 갖게 된 것이며, 그 대가로 저는 허섭쓰레기를 손에 쥐게 되었던 것입니다.

다이애나 참을 수밖에 없군요. 그처럼 훌륭한 첫 번째 부인을 소박한 분이니 저를 홀대하는 건 당연한 일이겠죠. 하지만 부탁이 하나 있어요. 당신 반지를 도로 가져가도록 사람을 보내세요. 그리고 제 걸 도로 주세요.

버트람 가지고 있잖아.

왕 너의 반지는 어떤 것이냐?

다이애나 폐하께서 끼고 계신 것과 똑같은 것이옵니다.

왕 이 반지를 알고 있느냐? 아까까지 저 사람이 끼고 있던 것이다.

다이애나 소녀가 동침했을 때 저분에게 드린 것이옵니다.

왕 창문에서 던져졌다는 얘기는 거짓이로군!

다이애나 소녀는 사실을 아뢰었습니다.

라후가 패롤리스와 함께 다시 들어온다.

버트람 폐하! 그 반지는 분명 저 여자 것이 틀림없습니다.

왕 잽싸게 물러났군. 새털 하나만 움직여도 놀라는 것 같다. 저 사람이 아까 말하던 사람이 맞는가?

다이애나 그렇습니다, 폐하!

왕 (패롤리스에게) 여봐라! 짐의 명령이니 네 주인과 저 여인에 관해

406

서 아는 바를 모두 말해 보아라.

패롤리스 폐하! 소인의 주인 나리는 훌륭한 신사입니다. 그래서 신사가 으레 갖는 장난을 하고 싶은 마음도 있었을 것입니다.

왕 여봐라, 요점만 말해라. 네 주인이 이 여인을 사랑하였더냐?

패롤리스 네, 사랑했었습니다. 그런데 어떻게 했냐 하면……

왕 그래, 어떻게 사랑하였느냐?

패롤리스 신사가 여자를 사랑하듯이 했었습니다.

왕 그게 무슨 말이냐?

패롤리스 말하자면 사랑인 듯하지만 사실이 아닌 것 말입니다.

왕 네가 악당이면서 악당이 아닌 것처럼 말이냐? 참 알 듯 모를 듯 말을 둘러대는구나!

패롤리스 미천한 소인 어명대로 따르겠습니다.

라후 폐하, 저 사람은 소리가 잘 나는 북입니다만 말재간은 없는 자입니다.

다이애나 당신은 저분이 제게 결혼 약속을 한 걸 아시죠?

패롤리스 알다 뿐이겠습니까? 입 밖에 낼 수 없는 일까지도 알고 있지요.

왕 그럼 알고 있는 사실을 모두 고하거라.

패롤리스 폐하께서 소망하신다면 아뢰겠습니다만. 말하자면 전술을 하듯이 소인이 두 분의 중매쟁이 노릇을 했답니다. 그리고 분명한 것은 주인이 저 여잘 사랑했다는 사실입니다. 정말 미칠 정도로 사랑했답니다. 마왕 사탄이니, 지옥의 변방이니, 복수의 여신이니 제가 알아듣지 못하는 소릴 마구 지껄이면서 빠져 있었습니다. 그땐 두 분으로부터 신용을 잃지 않았던 때라 동침한 일이며, 기타 결혼을 약속한 일 등은 물론 원한을 살 만한 일들도 알고 있습니다. 그러나 입 밖에 내면 제 입장이 매우 난처해지기 때문에 그만두겠습니다.

왕 결혼 당했다는 말은 하지 않았지만 너는 이미 모든 걸 말하지 않았느냐. 그런데 너의 증언은 갈피를 잡을 수가 없구나. 그럼 물러가 있거라. 한데 이 반지는 아가씨의 것이라고 했겠다?

다이애나 네, 그러하옵니다.

왕 어디서 이걸 샀느냐? 그러지 않으면 누구한테서 얻었느냐?

다이애나 얻은 것도 산 것도 아닙니다.

왕 그렇다면 빌렸단 말이냐?

다이애나 빌리지도 않았습니다.

왕 이것도 저것도 아니라면 어떻게 그 반지를 백작에게 주었느냐?

다이애나 전 주지 않았습니다.

라후 폐하, 이 여자는 헐렁한 장갑이나 마찬가지입니다. 제멋대로 꼈다 뺐다 씨부렁대니 말입니다.

왕 이 반지는 원래 내 것이었는데 저 백작의 첫 번째 부인에게 준 것이다.

다이애나 어쨌든 폐하의 것이거나 첫 번째 부인의 것이거나 할 것입니다.

왕 이 계집을 내쫓아라! 이젠 꼴도 보기 싫으니. 저기 저자도 함께 하옥하라. 그리고 어디서 이 반지를 입수했는지 고하지 않으면 한 시간 이내에 참수형에 처할 것이다.

다이애나 그건 죽어도 말씀드릴 수 없습니다.

왕 저 계집을 끌어내라.

다이애나 폐하, 보석으로 보증인을 세우겠습니다.

왕 그러고 보니 넌 창녀 같구나.

다이애나 (라후에게) 가당치 않은 말씀이옵니다. 소녀가 남자를 만났다면 그건 당신일 것입니다.

왕 넌 어찌하여 저 사람을 고발하였는가?

다이애나 그분은 죄가 있기도 하고 없기도 하니까요. 저분께선 소녀가 처녀가 아니라고 맹세하실 것이지만 소녀는 맹세코 처녀이옵니다. 한데 저분은 그 사유를 모르고 있습니다. 폐하, 소녀는 결코 매춘부가 아니옵니다. 소녀가 저 영감님의 아내가 아닌 것이 분명하듯이 말입니다.

왕 무엄한 계집이로다. 옥에 가둬라!

다이애나 어머니, 보석 보증인을 데리고 오세요. (과부 퇴장) 폐하, 그 반지를 가졌던 보석상을 데리러 갔습니다. 그분이 소녀의 보증인이 되어줄 겁니다. 백작께선 저를 모욕했습니다만 결코 해를 끼치지는 않았기에 고소를 취하하겠습니다. 백작은 저의 처녀성을 짓밟았다고 생각하실 겁니다. 그런데 그때 그분의 부인께서는 회임을 했습니다. 비록 부인은 돌아가셨지만 그분 뱃속에는 아기가 놀고 있었습니다. 여기에 모든 수수께끼가 있사옵니다. 돌아가신 분이 살아 계시니까요. 잠시 후면 모든 사실이 밝혀지게 될 것입니다.

과부와 헬레나 함께 등장.

왕 아니, 이게 어찌된 일이냐? 나의 눈을 속이는 마법사라도 나타났단 말이냐?

헬레나 (버트람에게) 여보, 당신이 보고 계시는 건 아내의 그림자에 지나지 않아요. 이름만 있을 뿐 실체는 없어요.

버트람 (무릎을 꿇는다) 아니오. 명실공이 이름도 있고 실체도 있소. 오, 용서해주시오!

헬레나 제가 이 처녀라 칭하고 나타났을 때 어쩌면 그렇게도 다정하셨어요? 거기 있는 것이 당신의 반지예요, 그리고 이것은 당신의 편지고요. 이렇게 씌어 있네요. 「내 손가락에서 이 반지를 빼내어 내 자식을 잉태하였을 때……」. 이제 모든 게 이뤄졌어요. 두 가지 다 말씀대로 됐으니 이젠 당신은 제 남편이 되어주시겠습니까?

버트람 폐하, 어떻게 된 일인지 설명해주시면 저는 아내를 언제까지나 영원히 사랑하겠습니다.

헬레나 이 일이 허위임이 증명된다면 저는 당신과의 인연을 영영 끊어버려도 좋습니다. 오, 어머님! 그동안 안녕하셨습니까?

라후 양파 냄새가 눈에 들어갔나보다. 마구 눈물이 쏟아질 것 같아. (패롤리스에게) 야, 북치기 선생! 손수건 좀 다오. 음, 고맙다. 집에 가서 기다려다오. 너하고 재미나는 놀이나 해야겠다. 절은 하지 마라. 그렇게 허리를 꾸부리면 먼지가 나지.

왕 자, 이 일의 자초지종을 빠뜨리지 말고 들려다오. 진상을 알게

410

될 것을 생각하니 기쁘기 한량없구나. (다이애나에게) 아가씨가 아직
도 순결한 꽃봉오리를 간직하고 있다면 신랑감을 고르도록 하시오.
내가 모든 결혼비용을 댈 것이니. 처녀의 기지로 현숙한 한 여성이
아내의 신분을 되찾게 되었고, 아가씨도 처녀성을 간직할 수 있었다
고 생각하오. 모든 전말은 시간이 흐르면서 세세히 밝혀질 테지. 어
쨌든 만사 끝이 좋으면 다 좋게 되는 법이니 기쁘기 한량없구나. 씁
쓸한 지난 일은 다 지났으니 앞으로 달콤하기 그지없는 일들만 찾아
올 것이니라.

화려한 트럼펫의 연주. 왕이 앞에 나와 폐막사를 한다.

폐막사

극이 끝나면 왕은 거지꼴이 됩니다. 여러분이 흡족하도록 하려는 저
의 소원이 성취되면 모두 좋게 끝난 셈이 되니 그것이 여러분에 대한
보답이라고 할 수 있겠습니다. 더욱 노력하여 정진하겠습니다. 여
러분이 인내하시면 저희들의 연기가 향상하니. 아무쪼록 박수를 쳐
서 힘을 주시면 감사하겠습니다. (모두 퇴장)

SHAKESPEARE

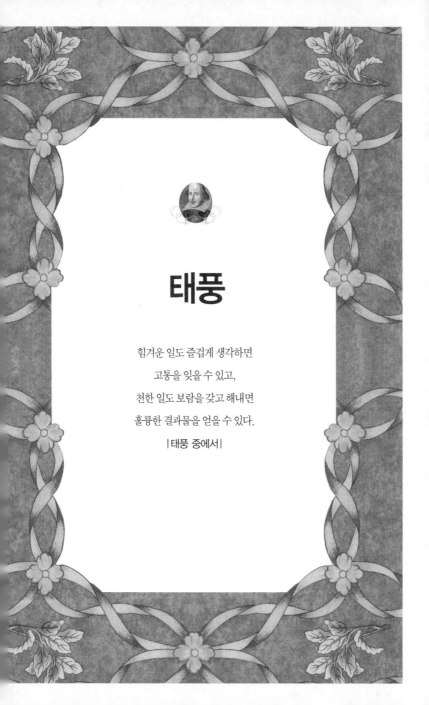

태풍

힘겨운 일도 즐겁게 생각하면
고통을 잊을 수 있고,
천한 일도 보람을 갖고 해내면
훌륭한 결과물을 얻을 수 있다.

| 태풍 중에서 |

■등장인물

알론조	나폴리의 왕
시베스천	알론조의 동생
프로스페로	밀라노의 공작
안토니오	밀라노 공작의 지위를 빼앗은 프로스페로의 동생
퍼디넌드	알론조의 아들
곤잘로	알론조의 정직한 대신
애드리안	
프란시스코	나폴리 왕국의 귀족
캘리번	프로스페로에게 구조되어 노예가 된 야만적인 괴물
트린큘로	나폴리 왕의 어릿광대
스테파노	주정뱅이 요리장
선장	
갑판장	
선원들	
미란다	프로스페로의 딸
에어리얼	정령, 공기의 요정
아이어리스	
시어리즈	
주노	
물의 요정들	요정들이 분한 것들
풀베는 난쟁이들	

■장소

무인도

414

■줄거리

셰익스피어 최후의 희곡인 『태풍』의 집필 연대에 관해서는 여러 설이 구구하나 일반적인 것은 1611년인 것으로 추정되고 있다.

학문을 좋아했던 프로스페로는 12년 전, 밀라노의 영주였던 동생 안토니오에게 국사를 맡기고 자신이 좋아하는 학문에 몰두하였다. 야심가인 동생은 나폴리 왕과 합심하여 영주의 자리를 빼앗고 형 프로스페로와 두 살짜리 어린 조카 미란다를 작은 배에 태워 바다에 띄워 보낸다.

생각지도 못한 불행을 당한 프로스페로는 마녀에게서 터득한 마술로 요정들을 해방시켜주고 에어리얼과 마녀의 아들 캐리반 등을 부하로 거느리고 섬을 지배하게 된다. 그러던 중 원수를 태운 배가 섬 근처를 지나간다는 정보를 입수하고 복수를 하기 위해 배를 섬으로 끌고 온다.

한편 나폴리 왕과 그 측근은 프로스페로의 명을 받은 에어리얼의 계략으로 왕의 동생 세바스찬과 밀라노의 후작 안토니오 이외에는 모두 잠들고 만다. 안토니오는 세바스찬을 충동질하여 국왕과 충신을 살해하려 하였으나 에어리얼의 제재로 반역은 미수로 끝난다.

암굴 앞에 모인 궁정인들 앞에 프로스페로는 예전의 밀라노 후작의 모습으로 나타나 그들 한 사람 한 사람의 과거의 죄과를 따지고, 충신 곤자로에게는 감사의 말을 한다. 죄과를 뉘우친 나폴리 왕은 그 벌로 사랑하는 아들을 잃었다고 슬퍼했다.

이때 프로스페로가 암굴의 문을 열어보이자 젊은 남녀가 정답게 체스 놀이를 하고 있었다. 나폴리 왕과 퍼디난도 부자는 재회를 기뻐했다.

제1막

제1장 바다 위의 선상. 뇌성, 번개와 태풍과 파도 소리

배의 갑판 위로 파도가 밀려와 부서진다. 선장과 갑판장 등장.

선장 갑판장!

갑판장 네, 선장님. 상황이 심각한가요?

선장 선원들한테 정신 바짝 차리라고 일러! 여차 잘못하면 암초에 걸린단 말야. 어서 서둘러. (선장, 선미의 키 쪽으로 돌아온다)

선장이 부는 호루라기 소리가 들리자 선원들, 선미에 등장.

갑판장 모두들 기운을 내라고! 그리고 꼭대기 돛을 내리고 선장님의 호각소리를 잘 들어. 바람아 불어라, 네놈의 숨통이 끊어질 정도로 불어봐라! 바다가 이기나 네가 이기나!

알론조, 시베스천, 안토니오, 퍼디넌드, 곤잘로, 기타 선원들 갑판으로 나온다.

416

알론조 갑판장! 선장은 어디 있는가? 신경 좀 쓰게. 부탁일세.

갑판장 제발 선실에 내려가 계십시오.

안토니오 갑판장, 선장은 어디 있나?

갑판장 말씀 못 들으셨습니까? 일에 방해가 되니 선실로 가 계세요. 이러시면 오히려 폭풍에게 힘을 보태줍니다.

곤잘로 거, 너무 성내지 말게나.

갑판장 바다가 성이 나 있습니다. 어서들 내려가세요! 성난 파도는 임금이고 뭐고 가리지 않는다고요.

곤잘로 이보게, 이 배에 어떤 분이 타고 계신지 잊어서는 안 되네.

갑판장 제 몸뚱어리보다 소중한 것이 뭐가 있을까요? 공작께선 고문관이시라는데 어디 한바탕 호령을 해서 성난 풍랑을 재워보시지요. 그럼 저희들은 다시는 밧줄에 손을 안 대겠습니다. 만약 그게 통하지 않으시면 여태까지 살아 계신 걸 고맙게 생각하시고 선실로 내려가시어 만일의 경우를 대비하십시오. 어서 비켜서라니까. (선미 쪽으로 달려간다)

곤잘로 저 친구의 말을 들으니 마음이 놓이는군. 물에 빠져 죽을 낯짝은 아니야. 교수대에서 죽을 상이지. 운명의 여신이여, 저놈을 교수대에서 죽게 해주시고 그때까진 저놈 교수형의 밧줄이 우리들의 닻줄이 되게 해주십시오. 이 배의 밧줄은 믿을 만한 것이 못 되옵니다. 저놈이 교수형을 당할 팔자가 아니라면 우린 무참한 꼴을 당할 거다. (갑판장, 선미에 나타난다. 승객들 그의 앞을 지나 선실로 퇴장.)

갑판장 꼭대기 돛대를 내려……. 그래, 더 내려. 더! 큰 돛을 써보

잔 말이야. 빌어먹을! 폭풍이 내 호령보다 더 크잖아……

시베스천, 안토니오, 곤잘로 등장.

아니, 또예요? 지금까지 하던 일 다 때려치우고 빠져 죽으란 말씀인 가요? 바다 속에 빠지고 싶으시다 이 말씀인가요?

시베스천 입 닥치지 못해? 발칙한 놈아! 어디다 대고 함부로 주둥 아릴 놀려! 이 개자식이!

갑판장 그럼 어디 잘해보시지.

안토니오 이 주리를 틀 놈아. 반드시 네놈 목을 매달아줄 것이다. 여기가 어디라고 이리도 까부느냐! 네놈이나 빠져 죽는 걸 무서워 하지, 우린 당당하다.

곤잘로 이 녀석은 절대로 물에 빠져 죽을 놈이 아니오. 설사 이 배 가 호두껍데기보다 약하고 약하디 약한 여자의 오줌줄기처럼 물이 새어 들어오더라도 말이오.

갑판장 뱃머리를 돌려라! 앞돛과 큰돛을 올려! 바다로 나가자!

배가 암초에 부딪힌다. 선원들 흠뻑 젖어서 등장.

선원들 글렀어, 다 글렀어! 이제 기도나 드리자고!

갑판장 (주머니에서 천천히 술병을 꺼내면서) 그럼 우리들의 입술도 얼음 장처럼 차갑게 되겠군?

곤잘로　왕과 왕자께서는 기도중이시오. 우리도 함께 기도합시다. 이젠 다 같은 운명이라고 할 수 있으니까.

시베스천　이제 더 이상 참을 수가 없다.

안토니오　주정뱅이들한테 목숨을 맡긴 것이 애당초 잘못이지. 이 육포를 떠 먹을 놈! 네놈의 목을 이 밀물에다 한 열흘 담가놓고 싶다!

곤잘로　저놈은 어쨌든 교수형감이오. 설령 바닷물 한 방울 한 방울이 온통 저놈의 교수형을 반대하고, 입을 크게 벌려 저놈을 삼키려고 한다고 해도 말이오.

아래쪽에서 아비규환의 소리 '살려 주세요'란 소리와 함께 배가 산산조각이 난다.

안토니오　우리 모두 전하와 함께 침몰하게 될 것 같군요.

시베스천　국왕께 마지막 작별인사를 올립시다.

곤잘로　아, 비록 불모의 한 치 땅이라도 좋으니 망망대해와 바꾸고 싶다. 잡초와 갈색 가시금작 나무 따위가 무성한 황무지라도 상관없다. 하느님 뜻이라면 거역할 수 없지만 육지에서 죽고 싶다!

한 떼의 사람들이 갑판으로 나와서 번쩍이는 불꽃 사이를 뚫고 배 측면으로 달려가자 별안간 불이 꺼지며 사람들의 울부짖는 소리가 들린다.

제 2 장 섬

상하 2단으로 되어 있는 절벽의 하단에는 녹색 잔디가 자라고 있고, 거기서부터 오솔길을 따라 상단의 절벽으로 나오면 그 안쪽으로 큰 동굴이 있다. 동굴의 입구는 휘장으로 가려져 있으며, 그 안에서 미란다가 바다를 응시하고 있고, 마법사의 망토를 입고 지팡이를 든 프로스페로는 동굴에서 나온다.

미란다 정말 아버지가 마법의 힘을 빌려 저렇게 바다를 성나게 하셨다면 다시 잔잔하게 해주세요. 파도가 치솟아 하늘의 뺨을 때리고 있어요. 저 번갯불을 꺼버리지 않는다면 지금 당장 악취 나는 검은 찌꺼기라도 퍼부을 것만 같아요. 아! 사람들이 고통당하는 걸 보고 있자니 저도 괴로워요. 훌륭한 배였어요, (소곤거리듯 작은 소리로) 틀림없이 지체 높으신 귀한 분도 타고 계셨을 텐데! 모두 산산조각이 났어요. (흐느껴 운다) 나에게 신과 같은 힘이 있었다면 바다를 땅 속으로 침몰시켜버렸을 텐데! 그랬으면 저 배를 탄 분들을 바다가 삼키지는 못했을 거예요.
프로스페로 그 착한 마음에 일러줘라, 별일 없었다고.
미란다 아, 얼마나 처절한 일이 있었는데요!

프로스페로 아무 일 없다는데도. 이 모든 건 널 생각해서 한 일이란다. 내 딸아, 너는 네가 누구인지도 모르는 철부지야. 내가 예전에 어떤 신분이었는지도 모르지? 나는 거저 평범한 백성일 뿐이며, 이 볼품없는 동굴의 주인이자 그저 그런 아비로만 알았겠지?

미란다 알려고 마음 쓰지도 않았어요.

프로스페로 이젠 너한테 알려야 할 때가 왔다. 애야, 네 손으로 이 마법의 옷을 벗겨다오. 됐다. 마법이여, 거기서 좀 쉬어라. 애야, 눈물을 닦고 웃어라. 저 끔찍스런 침몰 광경을 보고 네 마음이 저미도록 아팠다지만 사실은 내가 미리 마법을 써서 문제 없도록 해놓았다. 배 안의 사람들은 한 사람도 죽지 않았다. 아니, 머리카락 한 올 다치게 하지 않았다. 배가 네 눈앞에서 침몰하고 비명이 들려오긴 했지만 말이다. 앉거라! 할 얘기가 있다.

미란다 아버진 계속 제 신분 얘길 시작하시려다가 그만두길 몇 번째였어요. 제가 궁금해서 여쭤보면 "기다려라, 아직은 일러." 라는 말씀을 맺으셨죠.

프로스페로 이젠 애기할 때가 됐느니라. (그가 옆의 바위에 앉자, 미란다가 그 곁에 앉는다) 넌 이 동굴로 오기 전의 일을 기억하니? 아마 기억나지 않을 거다. 그때 만 세 살도 안 되었으니까.

미란다 아뇨, 기억해요.

프로스페로 뭘 기억하니? 여기서 본 적이 없는 집이랑 사람들도 생각이 나니? 뭐든 떠오르는 것이 있거든 말해보렴.

미란다 까마득해요. 그저 꿈만 같아서 기억이 아련하지만…… 네댓 명의 여자들이 절 돌봐줬던 것 같은데요?

프로스페로 네댓 명밖에 못 봤다고? 그나마 기억이 난다니 신통하구나. 한데 깊은 늪 속에서 있었던 일은 생각나는 게 없니? 여기 오기 전의 일을 기억한다면 어떻게 여기 오게 됐는지도 생각이 날 게 아니니?

미란다 다른 건 기억이 안 나요.

프로스페로 미란다야, 12년 전에 너의 아버지는 밀라노의 공작이었다. 나는 새도 잡을 정도로 당당한 군주였지.

미란다 그럼 아버진 제 친아버지가 아니세요?

프로스페로 너의 어머니는 부덕이 높으신 분이었는데 네가 내 딸이라고 확실히 말해주셨다. 네 아버진 밀라노 공작이 확실하고 넌 무남독녀에다 짱짱한 가문의 영애였다.

미란다 그렇다면 뭔가 음모 때문에 그곳을 떠나야 했나요? 혹시 이리로 온 것이 다행이라는 건가요?

프로스페로 두 가지, 두 가지가 어우러진 거다. 네 말대로 음모로 쫓겨났지만 천만다행히 이 섬에 정착하게 됐느니라.

미란다 그때의 기억은 떠오르지 않지만 아버지가 저 때문에 고생하셨을 걸 생각하니 가슴이 찢어질 것 같아요. 아버지, 어떻게 된 건지 얘길 해주세요.

프로스페로 내 아우이자 숙부인 안토니오라는 자가…… 내 말 잘 들 거라…… 동기간인데 그런 배신을 할 줄 어떻게 알았겠니? 세상에 너 다음으로 사랑했던 형제라서 나랏일까지 맡겼었다. 그 당시 밀라노는 주변국들 중 첫째 가는 나라였고, 네 아버지는 그곳을 통치하는 공작이었다. 권세는 물론 학술, 문예 방면에도 나를 따를 자가 없었지. 그래서 난 학문에만 전념하느라 정사는 친동생에게 맡겨버렸지. 차츰 나랏일에서 멀어지게 되면서 마법연구에 몰두하게 됐단다. 그런데 검은 속을 가진 네 숙부가……

미란다 열심히 듣고 있어요.

프로스페로 정권을 장악하더니 청탁을 접수하거나 거부하는 법이며 사람을 등용하거나 내치는 법을 터득하게 되었지. 그러고는 내가 임용했던 사람들을 모두 내보내버렸어. 그렇게 인사권을 거머쥐게 되자 주위 사람들은 너도나도 듣기 좋은 말로 아첨을 떨게 되었지. 그리하여 결국 이 프로스페로라는 나무줄기를 덮어, 싱싱한 생명의 피를 빨아먹는 담쟁이가 되었단 말이다. 너 듣지 않는구나!

미란다 듣고 있어요, 아버지!

프로스페로 잘 들어라. 너도 알다시피 이제 나는 세상일을 등한히 하고 집안에 들어앉아 오직 마음의 수양을 닦는 일에 매진하고 있었다. 그런데 그 일이 세상에 알려지면서 흑심을 가진 네 숙부에게 나쁜 마음을 먹게 했어. 착한 부모가 나쁜 자식을 낳듯이, 내 신뢰와는 정반대로 네 숙부는 내게 커다란 사심을 품게 되었지. 그리고 군주 자리에 오른 네 숙부는 권력을 등에 업고 재물을 마구 긁어모았지. 거짓말을 밥 먹듯이 하는 자는 결국 자신을 속이고 그 거짓을 사실로 믿게 되는 법이지. 내 권리를 빼앗은 네 숙부는 자신이 공작이라고 생각하게 됐지. 그래서 야망은 증폭되고……. 듣고 있느냐?

미란다 그런 말씀에는 귀머거리도 귀가 뚫릴 거예요.

프로스페로 명분과 실리의 간극을 없애기 위해 그자는 밀라노 공작의 자리를 노렸지. 서재에만 틀어박혀 있는 내가 군주로서의 통치력이 없는 인간으로 생각한 모양이었어. 네 숙부는 권력을 위해 나폴리 왕에게 해마다 조공을 바친다, 신하의 예를 취한다 하며 밀라노의 공작 지위를 나폴리에 예속시켜버렸지. 아직 한 번도 외국에 굴복해 본 적이 없는 밀라노를…… 아아 가엾은 밀라노여! 그놈은 밀라노를 치욕적인 굴욕감에 빠뜨렸어.

미란다 어쩌면 그럴 수가!

프로스페로 그때 맺은 조약과 그 결과를 들어봐라. 그걸 듣고도 그녀석이 내 동생이라고 할 수 있는지 말을 해봐라.

미란다 할머니의 덕망을 의심해서는 안 되겠죠? 그러나 착한 어머니가 고약한 아들을 낳을 수는 있잖아요.

프로스페로 그런데 그 조약의 조건 말이다……. 원래 나폴리 왕은 나와는 철천지 원수였다. 그자는 내 동생에게 일정한 조공을 바치고 신하가 된다는 조약을 체결하면 우리 부녀를 추방하고 아름다운 밀라노와 함께 모든 명예를 내 동생에게 주겠다고 약속했지. 그래서 안토니오는 반란군을 징집한 후 미리 계획했던 대로 어느 날 한밤중에 밀라노의 성문을 열고 깜깜한 어둠을 틈타 울며불며 싫다는 널 성밖으로 내쫓았단다.

미란다 (눈물을 흘리며) 세상에! 가엾어라. 그때 어떻게 울었는지 기억이 나지 않으니까 지금 울겠어요.

프로스페로 내 얘길 좀 더 들으면 지금 우리에게 일어나려 하는 일을 알게 될 거다. 그걸 모르면 내 얘긴 결국 헛소리가 되고 만다.

미란다 왜 그때 적들이 우릴 죽이지 않았을까요?

프로스페로 내가 국민들의 존경을 받고 있으니 감히 죽이지는 못한 거다. 하지만 무서운 음모를 그럴싸하게 꾸몄지. 그자들은 우리를 서둘러 배에 태워 해변에서 20킬로미터쯤 떨어진 바다 가운데로 데리고 나갔단다. 그곳엔 닻줄도 돛도 돛대도 없는 썩은 배 한 척이 대기하고 있었다. 쥐조차도 달아나버리고 없는 다 썩은 배에 태워졌지.

미란다 이걸 어쩌나! 그때 제가 얼마나 애물단지였을까?

프로스페로 그렇지 않단다, 너야말로 날 수호해준 천사였어. 넌 하늘이 내려주신 용기를 지닌 미소를 띠고 있었단다. 짜디짠 눈물로 바닷물을 불리고 비통한 마음에 신음하다가도 너의 웃는 얼굴을 보면 사라졌던 힘이 되살아났지.

미란다 어떻게 육지에 상륙했나요?

프로스페로 하느님의 은혜를 입어서지……. 그때 약간의 식품과 음료수를 갖고 있었다. 곤잘로라는 나폴리 사람이 이 계획의 책임을 맡고 있었는데, 그는 우리를 동정해서 몰래 질 좋은 의류와 여러 가지 생활도구와 일용품을 마련해줬지 뭐니. 그뿐만 아니라 심성이 고운 그는 내 장서에서 내가 나라보다도 소중히 여기던 책을 몇 권 건네주었단다.

미란다 그 어른을 만나보고 싶어요.

프로스페로 이제 때가 왔다. 넌 내 이야기를 끝까지 들어라. 섬에 당도하자 나는 너의 선생 노릇을 하기 시작했다. 흔히 공주들은 헛되게 시간을 낭비하고, 또 선생들도 정성들여 가르치진 않는다.

미란다 정말 고마워요, 아버지⋯⋯. 전 아직도 가슴이 뛰고 있어요. 한데 아버지, 왜 태풍을 일으켰어요?

프로스페로 그럼 한 가지만 말해주마. 이상한 인연으로 예전에는 무자비했던 운명의 여신이 어느 순간 자비로워져 이번엔 내 편이 되어 원수들을 이 해안으로 끌어들였단다. 진실을 말하자면 이번의 결정은 상서로운 힘을 가진 별에 걸려 있다. 그 별의 힘을 받아들이지 않고 소홀히 한다면 내 운명은 내리막길을 치닫게 될 거다. 이젠 더 이상 묻지 마라. 아가야! 너 졸린 게로구나. 어서 자거라⋯⋯. 자지 않을 순 없을 거다. (프로스페로, 잔디 위에 마법의 원을 그린다.) 나오너라, 이 녀석아, 이제 다 됐다. 에이리얼 나와. (지팡이를 쳐들면서) 어서!

에이리얼, 공중에 나타난다.

에어리얼 안녕하세요, 주인님! 무슨 분부이옵니까? 하명만 하십시오. 하늘을 날고 물속을 헤엄치며 불 속에 뛰어들고, 뭉게구름을 타고 내려와서 인사를 합니다.

프로스페로 요정아, 지시한 대로 태풍을 일으켰느냐?

에어리얼 분부대로 거행했습죠. 무서운 불길이 되어 왕의 배에 뛰

426

어울라 뱃머리며 중갑판, 후갑판이며 선실 등에 나타나 간담을 서늘하게 해줬죠.

프로스페로　정말 잘했다, 나의 요정아! 제아무리 침착하고 냉정한 자라도 그런 분란 속에선 흔들리지 않을 수 없었을 것이다.

에어리얼　배가 미친 듯 불타오르자 선원들 이외에는 모두 거친 파도에 뛰어들었어요. 왕자 퍼디넌드는 갈댓잎처럼 머리카락을 곤두세워가지고 "악마들이 지옥을 텅 비워놓고 습격했다" 하고 외치면서 제일 먼저 바다 속으로 뛰어들었습니다.

프로스페로　으음, 잘했다. 과연 나의 요정이다. 이 해안 가까운 데에서 했지?

에어리얼　네, 바로 이 근처예요! 주인님.

프로스페로　그런데 에어리얼, 다들 무사한가?

에어리얼　머리카락 한 올 없어지지 않았어요. 파도에 흠뻑 젖은 옷은 더럽혀지기는커녕 더 깨끗해졌죠. 저는 주인님 명령대로 그분네들을 여러 패로 나눠 이 섬의 곳곳에 흩어놓았습니다. 그런데 왕자만은 홀로 상륙시켜 후미진 곳에 있게 했습니다.

프로스페로　왕이 탔던 배와 선원들은 어떻게 처치했지? 그리고 나머지 배들은 어떻게 했고?

에어리얼　왕이 탔던 배는 무사히 항구에 대놓았습니다. 언젠가 주인님께서 한밤중에 절 부르시고는 일 년 내내 폭풍이 부는 악마의 섬 버뮤다에서 이슬을 따오라고 하셨는데, 바로 그 섬 깊숙한 곳에 배를 감춰뒀습니다. 선원들을 모두 배 밑에 몰아넣고는 주문을 걸어 잠을 재워버렸죠. 그리고 분산된 배들을 다시 집결시켜 슬픔 속에서 나폴리를 향해하도록 했지요. 모두들 배가 난파되어 왕이 죽은 줄로만 알고 있지 뭡니까?

프로스페로 에어리얼, 네 임무를 멋지게 완수했다. 그렇지만 할 일이 남았다. 지금 몇 시지?

에어리얼 벌써 정오가 지났는데요.

프로스페로 (태양을 쳐다보면서) 두 시가 훨씬 지났을 거다. 지금부터 여섯 시까지는 아주 중요한 시간이다.

에어리얼 아니, 또 일이 남았단 말씀이세요? 저한테 뼈빠지게 일을 시키시려면 약속을 잊지 않으셔야 합니다. 아직 약속 이행을 안 하셨으니까요.

프로스페로 왜 이러지? 뾰로통해가지고. 그래, 약속이 뭐야?

에어리얼 자유죠.

프로스페로 기한도 되기 전에? 에이, 듣기 싫다. (지팡이를 올린다)

에어리얼 지금까지 정성껏 시중을 든 걸 기억해 주십시오. 제가 거짓말을 했습니까, 실수를 했습니까, 불평불만을 털어놓았습니까? 주인님께선 기한을 일 년 줄여주신다고 약속하셨잖아요.

프로스페로 얼마나 혹독한 고통에서 널 구제해주었는지 벌써 잊었느냐?

에어리얼 그렇지 않아요.

프로스페로 유난 떨지 마라, 쓸개에 쉬 쓸 놈아. 넌 고약한 시코랙스를 감쪽같이 잊어버렸니? 늙어 빠지고 악의에 찬 꼬부랑할망구가 된 마녀 말이야.

에어리얼　천만의 말씀입니다.

프로스페로　넌 잊어버렸어. 그럼 시코랙스는 어디서 태어났지? 말해봐.

에어리얼　아르지에서이옵니다.

프로스페로　아, 그랬지? 한 달에 한 번씩 너의 옛날 일을 가르쳐줘야겠다. 안 그랬다가는 넌 잊어먹는단 말이다. 그 간악스런 마녀 시코랙스는 온갖 포악질에다 듣기에도 끔찍한 마술을 쓴 죄로 아르지에서 추방되었다. 한 가지 잘한 일을 해서 목숨만은 살려줬지. 그 사실을 알고 있겠지?

에어리얼　네, 그러하옵니다.

프로스페로　눈자위가 파란 임신 중인 마녀할멈은 선원들에게 끌려와서 이 섬에 버려졌다. 지금은 네가 내 하인이지만 그때의 넌 마녀의 종이었단 말이다. 원래 넌 섬세하고 화사한 요정이었기 때문에 비천하고 치사스런 명령에 신물이 난 나머지 마녀의 중대한 명령을 거역했어. 그랬더니 그 마녀는 힘센 부하들의 힘을 빌려 소나무를 쪼개어 널 그 틈바구니에 넣어버렸어. 넌 그 틈에서 12년이나 고통을 받았지. 그동안 마녀는 죽고 넌 그대로 남아서 마치 물방울 소리처럼 쉴새없는 신음소리를 냈지. 그 당시 이 섬에는 마녀가 낳은 주근깨투성이인 괴물 딱지 아들 한 놈 외에는 사람의 그림자라고는 없었다.

에어리얼　맞습니다. 마녀의 아들 캘리번이죠.

프로스페로　얼간이가 알긴 아는 모양이로군. 내가 지금 부리고 있는 캘리번의 일을. 당시 네가 받은 고통은 네가 가장 잘 알 거다. 네 신음소리에는 늑대조차도 겁을 먹고 울부짖을 정도였고, 사나운 곰의 가슴도 갈가리 찢어놓을 정도였어. 지옥에 굴러 떨어진 죄인이 받는 고통이었다. 천하의 시코랙스도 그걸 풀 수 있는 주문을 몰랐었지. 그때 다행히 네 신음소리를 들은 내가 마법을 걸어 소나무를 쪼개고 널 끌어냈던 거야.

에어리얼　고맙습니다, 주인님.

프로스페로　또다시 뭐라고 투덜대기만 해봐라. 참나무를 쪼개 마디 투성이 속에 처넣고 열두 해 겨울을 울부짖게 하겠다.

에어리얼　주인님, 용서해주세요. 그저 명령에 복종하고 요정으로서의 신분을 잃지 않겠어요.

프로스페로　아무럼 그래야지. 이틀 후에는 너를 자유의 몸으로 만들어주겠다.

에어리얼　역시 우리 주인님이셔! 이제 뭘 할까요?

프로스페로　당장 바다의 요정으로 둔갑해라. 나한테만 보이되 다른 사람 눈엔 보여선 안 된다. 빨리…… 가봐. (에어리얼 사라진다. 프로스페로 미란다 위로 허리를 굽힌다) 일어나라, 아가야! 일어나래도. 푹 잤어. 이제 그만 일어나.

미란다　신기한 얘길 듣다 보니 그만 깜빡했어요.

프로스페로　자, 정신을 차려라. 캘리번 놈을 보러 가자. 그놈은 늘 뻣뻣하단 말이야. (두 사람, 바위 구멍으로 접근한다)

미란다　아주 돼먹지 못했어요, 아버지.

프로스페로　하지만 지금 형편으론 한 놈이라도 손이 아쉽다. 땔감을 해오거나 불을 때게 하거나 두루 부려먹을 수 있잖니……. (큰 소리로) 야, 이 흙덩어리 놈아! 대답 좀 해라.

캘리번　(구멍 속에서) 땔감은 안에 많다고요.

프로스페로　이리 나오라니까, 할 일이 또 있어. 굼벵이 거북아!

에어리얼, 바다의 요정으로 둔갑하고 등장.

야, 근사한데! 과연 에어리얼이군. 자, 내 말 잘 들어. (속닥속닥)

에어리얼　네, 주인님! 꼭 거행하겠습니다. (사라진다)

프로스페로　(캘리번에게) 이 박살을 낼 놈! 악마가 사악한 마녀에게서 나오게 한 놈아! 이리 나오지 못해?

캘리번, 무언가 씹으면서 구멍에서 나온다.

캘리번　우리 엄마가 썩은 늪에서 까마귀 깃으로 쓸어 모은 독이슬이 저 두 인간 머리 위에 쏟아져라. 남서풍아, 날아와서 저 사람들 온몸에 물두드러기를 내거라!

프로스페로　그따위 소릴 내뱉으면 오늘밤 근육이 뒤틀리고 옆구리가 걸려 숨도 못 쉬게 할 테다. 잠귀신들이 한밤중에 쏟아져 나와 널 못 살게 조질 거다. 벌집 쑤시듯 온몸을 쑤셔놓을 거야. 벌한테 쏘인 것보다 더 아프게 말이야.

캘리번 밥 먹는 사람을 왜 불러내는 거예요. 이 섬은 우리 엄마 시코랙스가 내게 준 섬인데 당신이 빼앗았어. 처음 왔을 때는 내 머릴 쓰다듬고 귀여워하며 열매 넣은 물도 줬지. 그리고 낮에 번쩍이는 큰 빛은 무엇이며 밤에 번쩍이는 작은 빛은 무엇인지 가르쳐주기도 하고. 그래, 난 당신이 좋아서 섬의 여러 가지 것들을 다 얘기해줬어. 맑은 샘, 소금물 구덩이, 불모지, 기름진 땅이 어디 있는지에 대해서 말야. 내가 바보였어! 우리 엄마의 모든 부적인 두꺼비, 딱정벌레, 박쥐가 당신에게 덮쳐라! 지금은 당신의 유일한 종이지만 그전엔 내가 임금이었다고. 그런데 당신은 날 이 딱딱한 바위굴 속에 처박아 놓고 섬을 몽땅 강탈해 갔단 말야.

프로스페로 이 거짓말쟁이야! 네게 필요한 것은 인정이 아니라 몽둥이찜질이다. 네놈은 더러운 놈인데도 불구하고 내가 불쌍하게 생각하고 내 바위굴 속에 재워 주었더니 내 딸을 겁탈하려고 했어.

캘리번 으하하! 분하고 원통해 죽겠어. 당신이 방해를 하지 않았다면 이 섬이 캘리번의 애새끼들로 꽉 찰 뻔했지.

프로스페로 고약한 놈, 넌 못된 짓은 도맡아 하고 좋은 일은 눈곱만큼도 하지 않는 놈이야. 난 널 측은히 여겨 애써 말을 가르쳐주는 틈틈이 세상의 이치를 가르쳤다. 너는 짐승처럼 울부짖는 것밖에 할 줄 모르는 바보였어. 네놈은 말을 배우기는 했지만 하도 악질이라 선량한 사람은 너하고 같이 살 수가 없단 말이다. 그래서 이 바위 속에 가둬두지 않을 수 없었다.

캘리번　말을 가르쳐준 덕택으로 욕지거리를 알게 됐지 뭐야. 말 가르쳐준 벌이다. 두 사람 다 염병에나 걸려라!

프로스페로　어서 꺼져, 이 마녀 종자야! 빨리 나무나 해와. 꾸물대면 좋지 못해. 또 할 일이 있다.

캘리번　(방백) 복종할 수밖에 없지. 저 사람의 마법은 굉장하거든. (신음하듯) 우리 엄마의 수호신 세티보스도 꼼짝달싹 못하게 하고 부하로 만들었으니까.

프로스페로　자, 이놈아! 빨리 일하러 가! (캘리번, 살금살금 도망친다. 프로스페로와 미란다 동굴 안쪽으로 물러선다.)

음악이 들려오는데, 그것은 에어리얼이 모습을 감춘 채 연주를 하며 노래를 부르고 있는 것이다. 퍼디넌드가 그 뒤를 따라 절벽 길을 내려온다.

에어리얼　(노래한다)

금빛 모래사장으로 와서
손에 손을 잡아라.
서로 인사하고 입 맞출 때
성난 파도는 고이 잔다.
발걸음도 가볍고 우아하게
춤추어라, 예쁜 요정들아!

음악에 맞춰 노래를 부르자. 들어라, 들어라!

(합창) 멍멍!

개들아, 짖어라. 멍멍!

(합창) 멍멍!

들어라! 들려온다!

거드럭대는 수탉 우는 소리가!

(합창) *꼬꼬댁 꼬꼬!*

퍼디넌드　저 노래는 어디서 들려오는 것일까? 하늘에선가 땅 속에선가? 이젠 안 들리네. 아마 이 섬의 신에게 바치는 노랜가보다. 바닷가에 앉아 부왕의 조난을 슬퍼하고 있을 때 저 음악이 파도를 타고 와서 감미로운 가락으로 내 슬픔을 달래줬어. 노래를 따라 아니, 노랫소리에 끌려 여기까지 오지 않았던가! 아, 뚝 그쳤네. 아니, 또 들려온다.

에어리얼　(노래한다)

그대 아버진 다섯 길 바닷물 속에 누우셨지

뼈는 산호가 되고

눈은 진주가 되었네.

육신은 썩지 않고

바다의 조화 속에

귀하고 신비한 보물이 되었지.

바다의 요정들아, 조종을 울려라.

(합창) 딩동댕!

들어라, 조종소리 딩동댕!

퍼디넌드 저 노래는 익사하신 아버님을 애도하는 노래다. 이건 사람의 것이 아니야. 저 목소리도 지상의 목소리가 아니야. 이번엔 머리 위에서 들려온다.

프로스페로 (미란다를 동굴에서 데리고 나온다) 얘야, 네 눈에서 술이 달린 장막을 걷어올리고 저기 무엇이 보이는지 말해보아라.

미란다 저게 뭐예요? 요정인가요? 여기저길 둘러보네요. 정말로 빼어난 미모를 가졌군요. 그래, 요정일 거야!

프로스페로 요정이 아니다, 아가야. 저건 먹고 자고, 눈도 코도 우리와 똑같은 것을 가지고 있다. 저 청년은 조난당한 사람이야. 아름다움을 좀먹는 슬픔에 수척해 있지만 미남자라고 할 만하다. 잃어버린 일행을 찾으려고 헤매는 거야.

미란다 제가 보기엔 천상의 사람 같아요. 저렇게 품위 있는 사람을 이 세상에서 본 적이 없어요.

프로스페로 (방백) 그럼 그렇지, 생각대로 되어가는군. 요정아, 잘했다. 그 상으로 내 너를 이틀 안에 놓아주겠다.

퍼디넌드 (미란다를 눈앞에 발견하고) 틀림없어. 아까 그 음악을 바친 여신일 거야. 당신은 이 섬에서 살고 계신 분입니까? 앞으로 어떻게 해야 좋을지 가르쳐주십시오. 아, 기적이 틀림없어! 당신은 정녕 이 지상의 처녀이십니까? 그렇지 않다는 건가요?

미란다 기적은 없어요. 저는 일반 처녀예요.

퍼디넌드 우리나라 말을 쓰시는군요! 이럴 수가…… 그 말을 쓰는 나라에서는 내가 가장 지위가 높은 사람인걸요.

프로스페로 뭐라고? 제일 지위가 높다? 나폴리 왕이 그 소릴 들으면 당신은 어떻게 될 것 같소?

퍼디넌드 이렇게 외톨이로 남았는데, 나폴리 왕의 얘길 듣게 되다니 뜻밖이군. 지금 왕이 그 말을 듣고 계십니다. 그러니 더욱 슬픕니다. 제가 바로 나폴리 왕입니다. 제가 직접 눈으로 부왕이 조난당하시는 걸 목격했거든요.

미란다 어머나, 가엾기도 해라!

퍼디넌드 네, 그렇습니다. 모든 대신들도 운명을 같이 했습니다. 밀라노 공작과 그분의 훌륭한 자제도요.

프로스페로 (방백) 진짜 밀라노 공작과 그의 훌륭한 딸은 그렇지 않다고 말해줄 수도 있지만 지금은 때가 아니지. 저것들이 첫눈에 서로 반한 모양이야. 장하다 에어리얼! 그 수고의 대가로 곧 놓아주마. (엄격히) 잠깐, 할 말이 있소. 당신 말은 믿을 수 없지만 한마디 하리다.

미란다 (방백) 왜 아버진 저렇게 쌀쌀하게 말씀을 하실까? 저분은 내가 세 번째 본 인간으로, 마음을 준 분인데. 제발 아버지가 부드럽게 대해주면 좋을 텐데.

퍼디넌드 (미란다에게) 만일 당신이 아직 아무에게도 애정을 준 적이 없는 처녀라면 그대를 나폴리 왕비로 맞고 싶습니다.

프로스페로   잠깐만, 한마디 물어볼 게 있소. (방백) 벌써 불타고 있군. 하지만 이렇게 서두르면 좋지 않아. 너무 쉽게 손에 넣으면 소중한 느낌이 쉬 없어지지. (퍼디넌드에게) 긴히 할 얘기가 있소. 내 말을 귀담아 들으란 말이오. 자넨 분수도 모르고 엉뚱한 이름을 사칭하고 이 섬에 간첩으로 들어오지 않았소? 이 섬의 주인에게서 섬을 강탈하려는 심보겠지?

퍼디넌드   절대로 그렇지 않습니다.

미란다   저렇게 기품 있는 분이 사악한 마음을 품을 리가 만무해요. 간악한 마음이 그처럼 아름다운 집을 지닐 수 있다면 착한 마음도 같이 살려고 애쓸 거예요.

프로스페로   저자를 두둔하지 마라. 저자는 역적이야. (퍼디넌드에게) 네 목과 발에 쇠고랑을 채우고 바닷물을 마시게 할 테다. 개울의 조개와 건초뿌리, 도토리 알맹이의 요람이었던 껍질을 먹이로 주마. 어서 따라와.

퍼디넌드   그런 대우는 받을 순 없다. 정 그렇게 하고 싶거든 날 이긴 후에 하라. (검을 뽑지만 마법에 걸려 움직이지 못한다)

미란다   아버지, 너무 거칠게 다루지 마세요. 이분은 무서운 분처럼 보이지 않아요.

프로스페로   아니, 내 수족이 날 가르치려 하다니? 칼을 집어넣어라, 이 역적아! 칼을 뽑았지만 절대 휘두르지는 못할 거다. 양심에 찔리니 말이다. 어서 그 자세를 풀어. 이 지팡이를 휘두르면 그 칼을

그 손에서 떨어뜨릴 수도 있다. (퍼디넌드의 칼이 손에서 떨어진다)

미란다 (아버지의 망토를 잡아당기면서) 아버지, 그만해두세요.

프로스페로 비켜라! 내 옷을 잡은 손을 놓아라.

미란다 용서해주세요. 제가 보증하겠어요.

프로스페로 입 닥치고 있어. 더 이상 입을 놀리면 혼쭐을 내주겠다. 협잡꾼을 두둔하고 나서다니! (미란다 훌쩍훌쩍 울기 시작한다) 조용히 해. 저자만큼 훌륭한 남자가 없다는 건 네가 만나본 사람이 이놈과 캘리번뿐이기 때문이야. 어리석은 것아, 다른 사람들과 견주어보면 이놈은 캘리번 같고, 다른 사람들은 이놈과 비교한다면 다 천사 같이 보일 거야.

미란다 그렇다면 제 소원은 지나치게 평범한가 봐요. 이 사람보다 더 훌륭한 사람은 만나고 싶지 않아요.

프로스페로 (퍼디넌드에게) 자, 내 말을 듣거라. 네 육신은 어린 시절로 되돌아갔어. 이젠 아무 힘도 못 쓴다.

퍼디넌드 정말 그렇군. 꿈속에 있는 것처럼 힘이 쭉 빠졌어. 아버님의 죽음도 친구들의 조난도 이 노인의 위협도 이제 아무렇지도 않아.

프로스페로 (방백) 잘 돼가는군. (퍼디넌드에게) 자 가자. (에어리얼에게) 잘 했다, 에어리얼. (퍼디넌드에게) 따라와. (에어리얼에게) 넌 또 할 일이 있다.

미란다 걱정 마세요, 아버진 말씀하시는 것보다 좋으신 어른이에요. 오늘은 다른 때와 다르군요.

프로스페로 (에어리얼에게) 산들바람처럼 자유롭게 해주마. 그 대신 내 명령을 꼭 받들어야 하느니라.

에어리얼 분부대로 거행하겠습니다.

프로스페로 (퍼디넌드에게) 자, 따라와. (미란다에게) 넌 이 자를 두둔하지 마라.

세 사람, 동굴로 들어간다.

제 2 막

제 1 장 섬의 다른 곳. 숲속

알론조 왕, 잔디 위에 누워 얼굴을 파묻고 있다. 곤잘로, 애드리안, 프란시스코 그 밖의 사람들이 왕 주위에 서 있다. 시베스천과 안토니오는 일행과 떨어져서 소리를 낮추어 이야기를 나누고 있다.

곤잘로 (왕에게) 폐하! 이젠 기뻐하셔도 될 줄로 아옵니다. 살아남은 것만도 다행 아니옵니까? 이런 비운은 세상에서 다반사로 일어나는 일입니다. 선원의 아내며 상선의 선장들은 허구한 날 저희들과 같은 환난을 겪습니다. 사실 기적이라고 할 수 있는 것은 목숨을 건진 사람은 백만 명에 몇 명이 안 되옵니다. 그러하오니 깊이 통찰하시어 지금의 기쁨으로 슬픔을 잊으십시오.

알론조 그만두시오! 듣기 싫소.

시베스천 (방백) 어떤 위로도 왕에겐 소 귀의 경 읽기야.

안토니오 (시베스천에게) 하지만 저자의 위로의 말은 쉽게 그치진 않을 것입니다.

시베스천 (안토니오에게) 보시오. 계속 지혜의 태엽을 감고 있잖소.

곧 종치는 소리가 날 거요.

곤잘로 폐하!

시베스천 (안토니오에게) 하나…… 어디 세어봅시다.

곤잘로 찾아오는 슬픔을 손님으로 맞아들여 진객처럼 환대하라. 그러면…….

시베스천 땡전 한푼이 생기겠지.

곤잘로 정말이지 눈물만큼의 동정이 생기죠. 생각하신 것보다 지당한 말씀을 하셨습니다.

시베스천 (곤잘로에게) 그게 아닌데 꿈보다 해몽이 좋구려.

곤잘로 (왕에게) 그러하오나 폐하!

안토니오 (방백) 젠장! 끝없이 조잘거릴 셈이군.

알론조 (곤잘로에게) 제발 닥치시오.

곤잘로 네, 닥치겠사옵니다. 하오나!

시베스천 (안토니오에게) 입이 근질근질해서 어디 다물고 있을라고.

안토니오 (시베스천에게) 저 친구와 애드리안 중에서 누가 먼저 울어 댈 것 같소? 우리 내길 합시다.

시베스천 늙은 장닭이지.

안토니오 햇병아리일 거요.

시베스천 한데 뭘 걸까요?

안토니오 이긴 자가 신나게 웃어젖히는 거요.

시베스천 좋소이다!

애드리안 (왕에게) 이 섬은 무인도 같습니다만…….

안토니오 하하하!

시베스천 그걸로 진 빚은 갚았소.

애드리안 사람이 살 수도 없고, 사람 발길이 닿지도 않은 곳 같군요. 어떻든 온화하고 달콤함 곳입니다.

안토니오 (방백) 달콤한 건 여인에게 어울리지.

시베스천 애드리안의 말처럼 좋은 공기 같습니다.

애드리안 그런데다 바람 또한 향기롭게 숨을 쉬는군요.

시베스천 (방백) 바람에게도 폐가 있나보군, 숨을 쉬다니! 폐가 썩은 모양이지.

곤잘로 여기는 살아가기에 필요한 것은 뭐든지 있습니다.

안토니오 (방백) 그렇지. 단지 살아갈 방도가 없는 게 문제지.

시베스천 (방백) 정말이지 전혀 없구면!

곤잘로 성성한 풀이 무성합니다! 얼마나 싱그러운 푸른빛입니까?

안토니오 (방백) 그래서 땅이 황토색이군그래.

시베스천 (방백) 하긴 눈곱만큼 푸른 데가 있긴 하지.

안토니오 그렇다면 정말 틀린 말은 아니군.

시베스천 아무렴. 다만 진실이 온통 거꾸로다 뿐이지.

곤잘로 사실 믿을 수 없이 신기한 것은 소신들의 옷이 바닷물에 흠뻑 젖었는데도 선명하고 윤기가 흐르지 않습니까! 소금물에 더럽혀지기는커녕 오히려 새로 물들인 것 같습니다.

안토니오 (방백) 저자의 주머니가 말을 한다면 거짓말 말라고 핀잔을 줄 텐데.

시베스천 아니, 저자의 거짓말을 알고도 슬쩍 주머니 속에 숨겨둘지도 모르지.

곤잘로 (시베스천에게) 우리의 옷이 클래리벨 공주님과 튜니스 왕과의 혼례식 날 처음 입었을 때와 같지 뭡니까?

시베스천 참으로 훌륭한 혼례식이었지? 덕택에 우리의 귀로가 이렇게 행복한 모양이지?

애드리안 튜니스에서 그렇게 훌륭한 왕비를 맞이한 건 이번이 처음이지요.

곤잘로 그래요, 미망인 다이도 왕비 이후 처음이지요.

안토니오 (방백) 미망인? 쾌씸한지고! 왜 그 미망인을 들먹거리는 거야?

시베스천 홀아비 이니아스까지 입에 올린다 해도 무슨 상관이오? 쓸데없는 일에 신경 쓰지 마시오!

애드리안 (곤잘로에게) 미망인 다이도라고요? 그러고 보니 생각이 납니다. 다이도는 카르타고의 여왕이지, 튜니스와는 관계없어요.

곤잘로 그 튜니스가 옛날엔 카르타고였어요.

애드리안 카르타고요?

곤잘로 그렇대도. 카르타고!

안토니오 (시베스천에게) 저 친구의 말은 신비한 하프 소리 이상의 힘을 가졌군.

시베스천 말 한마디로 성 하나를 쌓아올리고 집까지 만들었으니.

안토니오 다음엔 또 무슨 일을 식은 죽 먹듯 만들어낼지 모르겠군.

시베스천 이 섬을 몰래 주머니에 넣고 집으로 돌아가서 사과 대신 아들한테 선물로 줄 것 같은걸.

안토니오 그리고 그 씨는 바다에 뿌려 섬을 새끼 칠 것 같은걸!

곤잘로 폐하, 소신들은 저희들이 입고 있는 옷에 대해 말하고 있었습니다. 지금은 왕비가 되신 공주님의 혼례식 날 튜니스에서 입으셨던 옷이 여전히 새옷 같다고 얘기하던 참입니다.

안토니오 그런 훌륭한 왕비를 맞은 건 튜니스에서는 처음이라고요.

시베스천 이봐요, 미망인 다이도 얘긴 그만두시오.

안토니오 아, 알았어. 미망인 다이도!

곤잘로 폐하! 이 조끼는 처음 입었을 때와 같지 않습니까? 바라보기 나름입니다만.

안토니오 바라보기 나름이라니! 거 참, 잘 갖다 붙인다.

곤잘로 공주님 혼례식날 소신이 입었을 때처럼 말입니다.

알론조 (일어나 앉으며) 듣고 싶지 않소. 그런 말을 내 귓속에 다져 넣으려 하지만 소용없소. 딸아이를 그런 데로 출가시키지 말았어야 하는데. 거기서 돌아오는 길에 애들을 잃어버리지 않았는가. 딸아이 역시 잃어버린 거나 진배없어. 이탈리아에서 수천 마일이나 떨어져 있으니 만나기가 어디 쉬운가? 아, 나폴리와 밀라노를 이어받을 내 아들아! 지금 넌 어떤 물고기의 밥이 되었느냐?

프란시스코 폐하, 왕자님께선 살아 계실 겁니다. 왕자님께서 파도의 등에 타시는 걸 똑똑히 보았습니다. 산더미같이 밀려오는 파도를 가슴에 맞받으며 우람한 팔을 노 삼아 힘차게 헤엄쳐 가셨어요.

알론조 아니, 왕자는 죽었을 거요.

시베스천 (큰소리로) 폐하, 이 커다란 불행은 자업자득이십니다. 공주를 유럽으로 여의지 않으시고 아프리카에다 내던지셨기 때문입니다. 그러니 지금에 와서 눈물을 흘리시게 된 것도 무리가 아닙니다.

알론조 제발 잠자코 있게.

시베스천 그때 신들은 다시 생각하시기를 간청했습니다. 아리따운 공주께서도 그리로 출가하기 싫은 심정과 효성의 두 갈래에서 고민하셨습니다. 암만해도 왕자님은 세상을 뜨신 것 같습니다. 밀라노와 나폴리에는 이번 사고로 우리가 데리고 갈 남자보다 과부의 수가 더 많아질 겁니다. 이건 다 폐하의 잘못입니다.

알론조 이 불행은 짐의 탓이니라.

곤잘로 시베스천 공, 공의 말씀이 옳다 해도 말씀 속에 가시가 있는 듯합니다. 지금은 그런 말씀을 하실 때가 아닙니다. 상처엔 고약을 붙여드려야지 긁어 놓으면 아니 됩니다.

시베스천 어련히 알아서 했겠소.

안토니오 (시베스천에게) 과연 명의로다.

곤잘로 폐하께서 우울해하시면 소신들 마음도 어두워집니다.

시베스천 뭐라? 어두워진다고?

안토니오 컴컴하게.

곤잘로 만일 소신에게 이 섬을 맡겨주신다면 폐하!

안토니오 (방백) 쐐기풀 씨나 뿌리겠지.

시베스천 (방백) 아니면 소루쟁이나 아욱이겠지.

곤잘로 소신은 이렇게 할 것입니다.

시베스천 (방백) 술이 없으니 곤드레만드레가 되지는 않겠지?

곤잘로 이 나라에서는 뭐든지 정반대로 처리하겠습니다. 우선 상거래는 허가하지 않을 거고, 관리도 하지 않을 것이며, 학문도, 빈부의 차도 없애고 고용도 없앨 겁니다. 계약, 상속, 경계, 소유지, 논밭, 포도밭도 없앨 겁니다. 금속, 곡물, 술, 기름 사용도 금하고요. 직업도 없앨 겁니다, 남자고 여자고 전부 빈둥빈둥 노는 거지요. 순진무구하게 살 뿐입니다. 주권도 없습니다.

시베스천 (방백) 그런데도 왕이 되겠다 이거지.

안토니오 그놈의 국가론은 시작도 없이 결론만 있군.

곤잘로 만인의 생활필수품은 땀 흘리지 않아도 대자연이 제공해 줄겁니다. 반란 도둑도 없고 창, 칼, 총 같은 무기도 필요 없습니다. 대자연은 오곡을 모두 풍요롭게 해 주며 아이들처럼 순박한 백성들을 먹여 살린단 말씀입니다.

시베스천 백성들은 결혼도 안 하겠군.

안토니오 안 하고말고요. 모두들 빈둥빈둥 놀고 먹으니 창녀랑 건달들이 득실거리겠군.

곤잘로 흠 잡을 데 없는 정치를 한다면 태평성대는 문제없습니다.

시베스천 신이여! 이 군주를 지키소서!

안토니오 곤잘로 전하 만세!

곤잘로 폐하, 듣고 계시옵니까?

알론조 그만들 하오. 쓸데없는 얘긴 그만두시오.

곤잘로 지당한 말씀이십니다. 소신은 그저 하찮은 일을 재미있다고 웃어대는 귀족들에게 웃음거리를 제공했을 뿐입니다. 두 분 다극히 예민한 허파를 가지신 분들이라서!

안토니오 우린 공작 때문에 웃었소.

곤잘로 시시한 농담 갖고 어디 저 같은 사람이 명함이나 내밀겠습니까?

안토니오 한 대 얻어맞았군!

시베스천 그 정도면 다행이군.

곤잘로 공들의 용감한 기상을 잘 압니다. 만약 달님이 만월인 채로 5주일 동안 변치 않고 있다면 아마 궤도에서 달을 빼내기라도 하실 겁니다!

에어리얼, 투명한 모습으로 상공에 나타난다.

시베스천 아무렴. 그리하여 달을 횃불 삼아 박쥐사냥이라도 나갈게 분명하오. (곤잘로, 두 사람에게서 떨어진다.)

안토니오 그렇다고 너무 노여워하지 마시오.

곤잘로 노여워하다니요? 어리석게 분별없는 짓은 안 합니다. (숨는다) 두 분의 웃음소리로 이 사람을 잠들게 해주세요, 아, 마구 잠이 쏟아지는군.

안토니오 그럼 주무시구려! 그동안 우리들의 이야기를 들어보세요. (알론조, 시베스천, 안토니오를 제외한 모든 사람이 잠을 잔다.

알론조 아니, 금세 잠이 들었군. 나도 두 눈꺼풀이 무거워진다. 이 참에 이 괴로운 번민도 함께 잠들었으면 좋으련만. 아, 졸린다.

시베스천 졸리시면 어서 주무십시오. 잠은 슬픔을 달아나게 하며 마음에 위로를 줍니다.

안토니오 주무시는 동안 소신 두 사람이 경호를 하겠습니다.

알론조 고맙소……. 잠이 쏟아지는군. (잠든다. 에어리얼 사라진다)

시베스천 이상하군. 다들 몹시 졸린 모양이야!

안토니오 기후 탓일까요?

시베스천 그렇다면 왜 우리 눈꺼풀은 감기지 않지? 난 조금도 졸리지 않은데.

안토니오 나도 그래요. 정신이 갈수록 말똥말똥합니다. 저 사람들은 약속이나 한 것처럼 나자빠졌군요. 마치 벼락이라도 맞은 것처럼……. 어이구! 어떻게 될 것 같은가요, 시베스천 공작? 한데 공작의 얼굴엔 공작의 앞일이 선명히 나타나 보입니다. 천재일우의 기회가 공작에게 닥쳤습니다. 공작의 머리 위에 왕관이 씌워지는 것이 보입니다.

시베스천 무슨 소리요! 공은 지금 제정신으로 하는 말이오?

안토니오 제 말을 제대로 들었습니까?

시베스천 듣긴 했지만, 확실히 잠꼬대야. 공은 지금 꿈속에서 잠꼬대를 하고 있는 거요.

안토니오 시베스천 공작, 당신은 지금 행운을 잠재우고 계십니다.

아니 죽이고 있으시죠. 깨어 있으면서 눈을 감고 계십니다.

시베스천 확실히 코를 골고 계시군. 그런데 그 코고는 소리에 의미가 담겨 있어.

안토니오 난 어느 때보다 진지합니다. 그러니 공작께서도 진지하게 들어주십시오. 그러시면 현재의 세 곱은 더 위대한 인물이 되실 겁니다.

시베스천 하지만 난 괸 물에 지나지 않소.

안토니오 그럼 밀물이 될 방법을 가르쳐드리지요.

시베스천 부탁하오. 난 본래 게으름뱅이라 썰물밖에 잘 모른다오.

안토니오 원, 공작께서는 제 말을 농담거리로 삼으면서 실은 그 생각을 굳히고 계심을 인정하셔야 합니다. 원래 썰물을 타는 인간은 종종 있지만, 그들은 타고난 소심증과 게으름 때문에 물 밑바닥에 가라앉게 마련이죠.

시베스천 말을 계속하시오. 당신 눈의 표정이며 안색을 보아하니 무슨 중대한 일이 있는 듯싶은데…….

안토니오 (곤잘로를 가리키며) 실은 이렇습니다. 건망증에 걸린 이 자가 아까 폐하를 설복시키려 하지 않았습니까? 하긴 설복의 명수라 설복을 직업으로 삼고 있긴 하지만. 그는 왕자가 살아 있다고 설득했다는데, 그것은 절대 있을 수 없는 일입니다.

시베스천 음, 살아있다는 건 절대 있을 수 없는 일이오.

안토니오 그 '절대'에서 공작의 대망이 용솟음치게 되는 겁니다! 한쪽에 희망이 사라지면 다른 쪽에 대망이 생기게 되는 법이지요.

어떠한 야망도 감히 넘겨다볼 수 없을 정도의 대망이란 말씀입니다. 공작께서도 퍼디넌드 왕자의 익사를 믿으시겠죠?

시베스천 틀림없이 믿지.

안토니오 그렇다면 나폴리 왕의 계승자는 누구지요?

시베스천 클래리벨 공주.

안토니오 튜니스 왕비 말입니까? 그분은 일생을 걸려서도 도달할 수 없는 머나먼 곳에 떨어져 있는 분이죠. 나폴리에서 편지 한 장 받을 수 없는 분이에요. 태양이 우체부 노릇을 해준다면 몰라도. 달님 속에 사는 사람 갖고 말이 됩니까? 갓난아기 턱에 턱수염이 나서 면도칼을 쓰게 될 때까지 나폴리 소식을 듣지 못할 분 말입니까?

시베스천 가당치 않은 말이오. 왜 그런 말을 하시오? 사실 내 질녀는 튜니스 왕비이며 나폴리의 계승자요. 튜니스와 나폴리는 멀리 떨어져 있지만 말이오.

안토니오 그 긴 거리의 한 자 한 자가 이렇게 외치는 것 같군요. '클래리벨 공주가 어떻게 우리 등을 밟고 다시 나폴리로 돌아간단 말인가? 공주는 튜니스에 그대로 머물러 있게 하고, 시베스천이나 잠을 깨게 하시지' 라고 말입니다. (잠들어 있는 사람들에게) 가령 지금 막 잠든 이자들이 죽었다면 어찌 하겠습니까? 뭐, 저자들의 운명은 자고 있는 것과 진배없지요. 나폴리를 통치할 분은 자고 있는 저자들 외에도 있습니다. 저 곤잘로와 같이 시시한 이야기나 떠들어댈 귀족은 널려 있다고 할 수 있지요. 까마귀에게 떠들라고 해도 저자 못지않게 떠들어댈 것입니다. 공작도 나와 같은 생각을 갖고 있다면 얼마나 좋겠습니까. 저자들의 잠은 공작의 출세의 길잡이입니다. 제 말을 아시겠습니까?

시베스천 알 것 같소.

안토니오 그럼 손에 쥔 이 행운을 어떻게 하시렵니까?

시베스천 이제야 생각이 나는군. 공은 친형 프로스페로를 추방했었지?

안토니오 그렇습니다. 전에 입었던 옷보다 이 옷이 얼마나 잘 어울립니까? 공작인 형의 하인들은 내 동료들이었습니다만 이젠 하인이 되었습니다.

시베스천 그렇다면 공의 양심은?

안토니오 홍, 양심? 양심이란 게 있기나 하나요? 양심이 발의 동상 같은 거라면 부드러운 실내화라도 신겠소만 내 가슴속에 양심이라는 신은 없습니다. 나와 밀라노 공작 사이에 양심이라는 게 20개 정도 줄을 서 있다 해도 전혀 개의치 않을 것입니다. 스르르 녹아 없어질 거니까요. 여기 공작의 형이 누워 있습니다. 그는 그 밑에 깔린 흙덩어리나 진배없습니다. 그건 시체라고 할 수 있지요. 그걸 이 충직한 강철을 써서 (단검에 손을 대면서) 3인치만 쓰면 됩니다. 영원한 침상으로 쫓아버릴 수가 있습니다. 공도 이렇게 하시어 이 늙은이를 영원히 눈을 감게 해버리면 (곤잘로를 가리키며) 이 현자 나리께서 이러쿵저러쿵 힐난하고 나설 걱정도 없지요. 나머지 것들은 우유를 핥는 고양이처럼 우리가 하라는 대로 할 겁니다. 우리가 시키는 대로 종을 칠 패거리들입니다.

시베스천 그럼 난 공의 전례를 따르겠소. 공이 밀라노를 손에 넣었듯이 나도 나폴리를 거머쥐겠소. 자, 칼을 뽑으시오. 한칼로 공이 바치던 조공은 면제될 것이오. 난 왕이 되어 공을 총애하리다.

안토니오 그럼 같이 뽑읍시다. (두 사람 칼을 뽑는다) 내가 손을 쳐들면 공작도 곤잘로를 내리치십시오.

시베스천 잠깐, 한마디만. (두 사람 떨어진다)

음악소리와 함께 에어리얼, 투명 인간으로 나타나 곤잘로 위로 허리를 굽힌다.

에어리얼 우리 주인님께선 신통력으로 친구분의 신변이 위태로운 걸 아시고 날 보내셨어요. (곤잘로의 귀에 대고 노래한다)

코 골고 자는 동안
눈을 부라린 음모가
기회를 엿보나니
목숨이 아까우면
졸음을 떨쳐버리고 일어나 경계하라!
일어나라, 일어나라!

안토니오 자, 단숨에 해치웁시다.

곤잘로 (눈을 뜬다) 오, 천사들이여! 폐하를 보호하여주소서! (안토니오와 시베스천에게) 도대체 어떻게 된 겁니까? 폐하! 일어나십시오.
(알론조를 흔들어 일으킨다)

알론조 (안토니오와 시베스천에게) 왜 그렇게 무서운 얼굴로 칼을 빼들고 있지?

시베스천 폐하께서 주무시는 동안 경호를 하였는데, 들소며 사자 떼가 으르렁대는 무서운 소리가 들렸습니다. 혹시 그 소리 때문에 잠을 깨신 게 아니십니까?

알론조 난 아무 소리도 듣지 못했다.

안토니오 아니, 도깨비도 혼비백산할 만한 소리가 들렸는데 몰랐단 말입니까! 확실히 사자 떼가 으르렁대는 소리였습니다.

알론조 곤잘로 경은 들었는가?

곤잘로 소신은 가냘픈 콧노래 같은 것을 들었을 뿐입니다. 그래서 잠에서 깨어 폐하를 흔들어 깨웠습니다. 소신이 눈을 떠보았더니 두 분이 칼을 빼어들고 있지 않겠습니까? 아무튼 경계를 엄중히 하시는 것이 좋을 듯 사료되오니 될 수만 있다면 여길 떠나시는 것이 좋을 듯합니다. 자, 모두 칼을 빼십시다.

알론조 이곳을 떠나서 아들의 행방을 찾아보자.

곤잘로 맹수들로부터 왕자님을 보호해 주시옵소서! 왕자님은 틀림없이 이 섬에 계실 겁니다.

알론조 자, 앞장서시오.

에어리얼 (모두가 사라지는 것을 바라보며) 프로스페로 주인님께 제가 한 일을 알려드려야지……. 그럼 폐하, 염려 놓으시고 왕자님을 찾

으러 가십시오. (사라진다)

제 2 장 불모의 고지

캘리번, 나무를 잔뜩 지고 등장.

캘리번 태양이 웅덩이와 늪과 진창에서 빨아올린 모든 독기가 프로스페로 위에 쏟아져 온몸이 병투성이가 되어버려라. (번갯불이 번쩍인다) 그자의 앞잡이인 요정들이 들으려면 들으라지! 얼마든지 저주해줄 테다. (장작을 패대기친다) 그들의 앞잡이가 명령하지 않았다면 날 꼬집고 도깨비장난으로 놀려주고 수렁 속에 처박거나 도깨비불이 되어 날 어두운 밤에 길을 잃게 하진 않았을 거다. 어쨌든 사사건건 날 못 살게 괴롭힌단 말야.

트린쿨로 등장.

이크, 그 요정이 오는군. 땔나무를 늦게 가져온다고 날 혼내주려고 오는 걸 거야. 납작 엎드려야지. 눈에 띄지 않게.

트린큘로 제기랄! 여긴 비를 피할 덤불도 관목도 없군. 또 폭풍우가 몰려올 것 같은걸. 저 울부짖는 바람소리, 먹구름, 큰 구름은 지저분한 술자루처럼 당장이라도 뭔가 쏟아낼 것 같군. 아까처럼 천둥을 울린다면 머리를 어디다 감추지? 저기 저 구름 꼴을 보니 아무래도 장대 같은 비를 퍼부을 것 같아. (캘리번에게 걸려 쓰러질 뻔하면서) 이건 뭐야? 사람이냐, 생선이냐? 죽었나, 살았나? (냄새를 맡으며) 생선이다, 생선냄새가 난다. 잡은 지 오래 된 생선냄새야. 간을 한 대구를 오래 두어 상했구먼. 만일 지금 내가 영국에서 이 생선을 간판에 그려놓는다면 축제에 들든 얼뜨기들이 은전 한 닢쯤은 적선하겠지 뭐. 영국에서라면 이 괴물로도 한밑천 잡을 수 있을 거야. 영국이라는 데는 괴상한 짐승만 가지고 가면 한밑천 잡을 수 있는 나라니까. 적선은 하지 않아도 죽은 인디언을 구경하기 위해서는 은전 열 푼도 내놓는 곳이니까. (캘리번의 장의를 쳐들며) 아니, 사람처럼 발이 달려 있는데, 이 지느러미는 팔 같군그래. 어럽쇼, 따뜻한데! (깜짝 놀라 물러서면서) 아까 감정한 건 취소다. 더 이상 고집할 필요는 없지. 이건 생선이 아니라 이 섬사람인가 보다. 젠장! 폭풍우가 또 몰아치는군. 이놈의 장의 속으로 기어 들어가는 게 상책이겠다. (캘리번의 장의 밑으로 기어들어간다) 어디 피할 곳이 있어야지. 원체 궁기가 끼니까 묘한 것과도 동침하게 되는걸. (캘리번의 장의 자락을 잡아당겨 덮으면서) 비바람이 그칠 때까지 이렇게 뒤집어쓰고 있어야겠다.

스테파노 노래하며 등장.

스테파노 (노래한다)

다시는 바다로 가지 않을 테야.
죽을 바엔 차라리 뭍에서 죽겠어.

장례식에서 부르는 노래치곤 멍청하군. 그건 그렇고, 내 즐거움은
이거다. (술을 마신 후 다시 노래를 부른다)

선장과 청소부와 갑판장과 나도
포수와 그 조수도
몰과 멕과 마리언과 마저리에게 반했지만
누구도 케이트는 좋아하지 않는다네.
말괄량이 그녀는 사람을 난자하는 듯한 독설로
선원만 보면 "뒈져버려" 하고 소리를 치네.
타르와 니스 냄새가 싫다지만
양복재단사만 좋아해서 가려운 곳도 긁게 하네.
우린 선원일세. 바다로 가자, 말괄량이는 뒈져버려라.

이것도 멍청한 노래군. 내 즐거움은 이거다. (술을 마신다)
캘리번 아이고, 날 못 살게 굴지 마!
스테파노 뭐라고? 악마라도 있단 말이야? 이봐! 야만인과 인디
언놈들을 미끼로 날 골려먹자는 건가? 익사를 면한 내가 그 다리를

무서워할 줄 아나? 격언에도 있지 않은가! 이래봬도 난 네 다리로 다니는 인간한테는 지지 않는다는 평판이 자자하다고! 이 스테파노 나리께서 콧구멍으로 숨을 쉬는 동안은 절대로 지지 않지.

캘리번 아이고, 요정이 날 못 살게 구네.

스테파노 요건 네 발 달린 이 섬의 괴물이군. 아마 학질에 걸린 모양이야. 대관절 이자가 어디에서 우리나라 말을 배웠을까? 우리말을 하는 걸 보니 학질을 고쳐줘야겠다. 그러고는 나폴리로 데리고 가야지. 그러면 쇠가죽 구두를 신고 행차하시는 어느 황제에게도 멋진 선물이 될 거야.

캘리번 (얼굴을 드러내면서) 괴롭히지 마라, 부탁이야. 이제부터는 땔나무를 빨리 나를게.

스테파노 이자가 발작이 일어난 모양이군. 헛소리를 하는 걸 보니. 술 한 잔 먹여볼까. 술을 마신 일이 없다면 발작을 가라앉히는 데 큰 효험이 있을 거다. 학질을 떼어주고 길만 잘 들이면 크게 욕심을 부리지 않아도 좋은 값으로 팔 수 있겠지. (캘리번의 어깨를 붙든다)

캘리번 이자가 아직은 날 괴롭히진 않지만 곧 시작할 테지. 온몸을 사시나무 떨듯 떨고 있는 걸 보면 알 수 있어. 프로스페로가 마법을 걸었다는 증거야.

스테파노 자자, 이리와. (캘리번의 얼굴에 술자루를 갖다 대면서) 입을 벌려. 이걸 마시면 말을 하게 돼, 고양이야. 정말이야. (캘리번, 술을 마신다) 난 네 편이란 말이다. 자, 한 번 더 입을 벌려.

트린큘로 어디서 듣던 목소리다. 확실히 저 목소리는. 아냐, 그자는 빠져 죽었어. 그렇다면 이건 악마야. 오, 하느님, 살려주십시오!

스테파노 네 개의 다리에 두 가지 목소리라! 참 맵시 있는 괴물이 군. 앞쪽 목소리는 친구들을 소중히 생각하는 것 같은데, 뒤쪽 목소 리는 욕지거리만 내뱉는군. 이 술을 바닥이 나도록 먹여서 학질을 고칠 수 있다면 고쳐봐야지. 자, 마셔. 그 정도면 됐다. 또 다른 입에 다 부어줘야지.

트린큘로 스테파노!

스테파노 어떤 아가리가 날 불렀지? 아이고, 사람 살려! 이건 악 마지 괴물이 아니야. 삼십육계 뺑소니다! 나에겐 악마를 상대할 긴 숟갈이 없단 말씀이야.

트린큘로 스테파노! 자네가 진짜 스테파노라면 내 몸에 손을 대봐. 그리고 말 좀 해봐. 난 트린큘로야. 겁낼 건 없어. 자네의 친구 트린 큘로라고.

스테파노 자네가 정말 트린큘로라면 이리 나오게. (트린큘로의 발목을 붙들며) 작은 쪽 발을 잡아당겨보겠네. 어느 쪽인가가 트린큘로의 다 리라면 이쪽일 거다. 진짜 트린큘로로군. 아니, 어떡하다 이 화상의 똥노릇을 하게 됐지? 저 화상이 트린큘로를 내뿜었단 말인가?

트린큘로 (휘청휘청 일어서면서) 난 벼락을 맞아 죽은 줄 알았어. 하여 튼 죽지 않았구먼. 뇌우는 지나갔나? 뇌우가 어찌나 무서운지 이 죽은 괴물 같은 자식의 장의 속에 숨어 있었다고. (기쁜 나머지 스테파 노를 포옹하며) 그래, 자넨 살았단 말인가? 야, 스테파노! 그러고 보 니 나폴리 사람 중 우리 둘만 살았네그려!

스테파노   제발 빙빙 돌리지 말게. 속이 울렁거리네.

캘리번   (방백) 저것들이 요정이 아니라면 훌륭한 사람들인가봐. 대단한 신이야. 천국에서 만든 술을 갖고 있거든. 저 사람들 앞에 무릎을 꿇어야지.

스테파노   자넨 어떻게 살아났나? 어떻게 오게 됐는지 이 술자루에 맹세하고 말을 좀 해보게. 난 선원들이 내던진 술통을 타고 목숨을 건졌다네. 이건 내가 바닷가에 밀려와서 나무껍질로 만든 술자루야.

캘리번   (앞으로 나서며) 그 술자루에 맹세합니다. 앞으로 나리의 충복이 되겠습니다. 그 술은 이 세상 술이 아니거든요.

스테파노   이봐. 어떻게 살아났는지 말 좀 해봐.

트린큘로   오리처럼 헤엄쳐서 나왔지. 정말이라니까 맹세한다니까.

스테파노   그럼, 이 술자루에 키스해. (트린큘로, 술을 마신다) 자넨 오리처럼 헤엄을 친다지만 머리는 거위같이 돌대가리야.

트린큘로   이봐, 스테파노! 이것 좀 더 없나?

스테파노   한 통 가득 있지. 내 술광은 해변 바위굴 속이야. 거기다 감춰뒀다네. (캘리번을 엿본다) 이 괴물단지야! 학질은 어때?

캘리번   나리께선 하늘에서 내려오셨죠?

스테파노   암, 달에서 왔고말고! 옛날 옛적 난 달 속의 사람이었느니라.

캘리번   나리께서 달 속에 계시는 걸 봤다고요. 난 나리를 존경해요. 우리 아가씨가 나리와 나리 개와 싸릿대를 보여줬죠.

스테파노   그럼 거짓말이 아니라고 맹세해라. 이 신성한 술자루에

키스하고. 내 금방 새 술을 채워줄 테니. (캘리번, 트린큘로에게 등을 돌리고 무릎을 꿇는다)

트린큘로 (스테파노에게) 세상에 이런 바보천치가 어디 있담! 우스워서 배꼽이 빠지겠네. 정말 어리석은 괴물이야. 한 대 쥐어 박아볼까?

스테파노 자, 키스해. (캘리번이 스테파노의 발에 키스한다)

트린큘로 취했으니 칠 수도 없고. 넌덜머리가 난다, 이 괴물딱지야!

캘리번 좋은 샘물이 있는 곳을 가르쳐드리죠. 나무열매도 따 드리고, 생선도 잡아 오고, 땔나무도 해 오죠. 그동안 날 부려 먹던 놈은 염병에나 걸려 뒈져라. 이젠 그놈에겐 나무 한 개비도 안 갖다 줄 거야. 나리를 모시겠어요. 정말 훌륭한 분이셔요.

트린큘로 (방백) 참 모자란 괴물딱지군. 보잘 것 없는 주정뱅이를 신선처럼 떠받들다니!

캘리번 능금밭으로 안내해드릴까요? 이 긴 손톱으로 땅콩도 파드리죠. 그리고 언치새 둥지도 보여 드리고, 재빠른 원숭이를 잡는 방법도 가르쳐드릴게요. 개암나무 숲으로도 안내하고 바위에서 갈매기 새끼도 잡아다 드리죠. 같이 가시겠어요?

스테파노 그럼 잔말 말고 안내나 하라. 트린큘로, 왕과 다른 일행은 빠져 죽었으니 이 섬은 우리 차질세. (캘리번에게) 자, 내 술자루를 들어. (트린큘로의 팔을 잡으면서) 여보게, 트린큘로! 술자루를 다시 가득 채워야지.

캘리번 (술이 취해 노래한다)

나리와는 작별이다. 작별 작별!

트린큘로　괴물이 짖고 마신다.

캘리번 (노래한다)

다시는 생선을 잡지 않을 것이고
땔나무도 하지 않을 거야.
명령도 못 들은 척할 거고.
쟁반도 접시도 씻지 않을 테야.
캐 캐 캐 캘리번은
새 주인님을 만났으니
새 하인을 고용해야지.

자유다, 만세다! 만세다, 자유다! 자유다, 만세다!
스테파노, 멋진 괴물인데? 어서 안내하라. (모두 비틀거리며 퇴장)

제3막

제1장 프로스페로의 동굴 앞

퍼디넌드, 통나무를 매고 등장.

퍼디넌드 힘겨운 놀이도 즐겁다고 생각하면 고통을 잊게 되고 천한 일도 보람을 갖고 하다보면 훌륭한 결과를 가져오는 법! 내가 하는 이 천한 일도 예전 같으면 힘들고 짜증이 났겠지만 사랑하는 처녀를 위한 일이라 온몸에 생기가 돌고 고된 일이 오히려 기쁨을 주는군. 심통 맞은 아버지에 비하면 그 처녀는 열 배는 훌륭해. (앉는다) 수천 개의 통나무를 날라다가 쌓아올리되 그걸 어기면 불문곡직하고 혼찌검을 낸다고 하니 기가 막혀. 그 상냥한 처녀는 눈물을 흘리면서 이런 천한 일은 나같이 귀한 사람이 할 일이 못 된다고 했어. 깜빡 잊고 있었네. 이렇게 즐거운 생각을 하면 힘든 줄도 모르겠다는걸. 그래서 열심히 일할 때가 가장 흐뭇하단 말야.

미란다, 동굴에서 나오고, 프로스페로 뒷문 곁에 서 있다. 미란다와 퍼디넌드에게는 프로스페로가 보이지 않는다.

462

미란다 아이고, 가여우셔라. 제발 그런 힘든 일은 그만두세요. 쌓아올리라고 명령된 그 통나무에 벼락이 쳐서 모두 타버렸으면 좋으련만. 제발 그만하고 쉬세요. 우리 아버진 공부하시느라고 정신이 없으세요. 어서 쉬세요. 세 시간 동안은 염려할 것 없어요.

퍼디넌드 아가씨, 감사하지만 지시하신 일은 해가 지기 전에 해치워야 합니다.

미란다 쉬고 계시는 사이에 제가 통나무를 나르겠어요. 이리 주세요. 제가 쌓겠어요.

퍼디넌드 안 됩니다. 귀한 아가씨! 근육이 찢어지고 등뼈가 부서질망정 어찌 아가씨에게 이런 일을 시키겠습니까?

미란다 당신이 해내는 일이라면 저도 해낼 수 있을 거예요. 아마 제가 훨씬 수월하게 해낼걸요. 당신은 마지못해 하지만 저는 하고 싶어서 하는 거니까요.

프로스페로 (방백) 귀여운 것아, 단단히 사랑병에 걸렸구나. 이렇게 찾아오는 걸 보면 알 수 있어.

미란다 어머, 피곤해 보이시네요.

퍼디넌드 그렇지 않습니다. 아가씨만 옆에 계신다면 오밤중도 신선한 아침입니다. 자, 이름을 가르쳐주십시오. 기도를 올릴 때 아가씨 이름을 넣고 싶어서요.

미란다 미란다예요. 아버지 분부를 어기고 말을 해버렸네!

퍼디넌드 미란다, 멋진 이름이군요! 정말 아름다운 이름이에요! 이 세상에서 둘도 없이 귀한 보물이시오! 오늘날까지 많은 여인들이 내 눈길을 끌었고, 아름다운 목소리가 내 귀를 사로잡기도 했습니다. 하지만 내 혼까지 빼앗지는 못했습니다. 그러나 아가씬 인간의 장점을 완전무결하게 지니고 계십니다.

미란다　저는 여자는 그 누구도 몰라요. 여자 얼굴도 거울에 비친 제 얼굴밖에는 몰라요. 남자는 당신과 아버지 외에는 본 적이 없어요. 외부에 사는 사람들의 얼굴이 어떻게 생겼는지도 모릅니다. 제 정조를 걸고 맹세하지요. 당신밖엔 이 세상에서 같이 있고 싶은 사람이 없어요.

퍼디넌드　미란다, 사실 전 왕자예요. 아니, 어쩌면 왕일지도 모르죠. 그렇게 되길 원하진 않지만! 그래서 통나무를 나르는 고역은 쉬파리가 내 입속에 쉬를 스는 것처럼 참을 수가 없는 고통입니다. 내 영혼의 소릴 들어주세요. 당신을 처음 본 순간 내 마음은 당신 발밑으로 달려가 노예가 될 각오를 했습니다.

미란다　절 사랑하세요?

퍼디넌드　오, 하늘의 신이여, 땅의 신이여! 제 말의 증인이 되어주십시오. 제 말에 거짓이 없다면 더 큰 은총을 내려주십시오. 만일 거짓이라면 저에게 내리게 되어 있는 은총을 무서운 재앙으로 바꿔놓으셔도 좋습니다. 난 이 세상에서 누구보다도 당신을 사랑하고 존경합니다.

미란다　저는 바본가 봐요. 기쁜 일에 눈물을 흘리니 말예요.

프로스페로　(방백) 보기 드물게 순백하고 아름다운 두 사람의 만남이로군. 하늘이여, 두 사람의 앞날에 은총의 비를 내려주소서!

퍼디넌드   왜 우십니까?

미란다   제가 너무나 보잘 것 없는 존재라 드리고 싶은 게 있어도 용기가 없어 드리지 못해요. 그렇지만 다 쓸 데 없는 소리예요. 사랑은 감추려고 하면 할수록 더 크게 나타나고 말아요. 수줍어하는 마음아, 썩 없어져 다오. 티없이 깨끗하고 순진한 마음아, 할 말을 가르쳐 다오. 저하고 결혼해 주신다면 좋은 아내가 되겠어요.

퍼디넌드   (무릎을 꿇고) 예쁘고 귀여운 아가씨! 언제까지나 이렇게 무릎을 꿇겠어요.

미란다   그럼 제 남편이 되어주시는 건가요?

퍼디넌드   당연하지요. 노예가 자유를 얻은 기쁨으로. 자, 이 손을.

미란다   제 마음도 이 손과 함께. 그럼 반 시간 후에 다시 뵙겠어요.

퍼디넌드   안녕, 안녕, 안녕! (미란다 퇴장. 퍼디넌드도 통나무를 나르러 퇴장)

프로스페로   뜻밖의 행운을 만나 무척 기뻐하는군. 나는 저들과 같이 기뻐할 순 없지만 이런 기쁨은 처음인걸. 가서 마법책을 읽어야겠다. 저녁을 먹기 전에 해야 할 중요한 일들이 있으니. (동굴 속으로 들어간다)

제 2 장 바닷가 포구

한쪽은 육지로부터 완만하게 경사가 져 있고, 다른 쪽은 작은 동굴이 있는 절벽. 스테파노, 트린큘로, 캘리번이 동굴 입구 근처에 앉아서 술을 마시고 있다.

스테파노 잔소리 마. 술통이 비면 그땐 물이라도 마셔야지. 그전엔 물은 한 방울도 안 마실 테야. 그러니 어서 마셔. 이놈의 술통 다 해치워버려. 괴물 머슴, 날 위해 축배를 들어라.

트린큘로 괴물 머슴이라! (스테파노와 건배를 한다) 대체 이놈의 섬은 어떻게 된 거야! 이 섬에 사람이라고는 다섯 놈밖에 없다는데. 우리가 그중 셋이란 말씀이야. 나머지 두 놈의 머릿속도 우리와 같다면 나라 꼴이 말이 아니겠는걸.

스테파노 마시라면 마셔, 이 괴물아. 뭐야, 네놈의 두 눈깔이 이젠 이마빡에 박혀 있군그래.

트린큘로 이마빡 아니면 어디 박혀 있을 곳이 있나? 눈이 엉덩이에 달렸다면 참 희한한 괴물일 텐데.

스테파노 내 괴물 머슴 놈의 혓바닥을 술독에 담가버렸겠다. 나에 대해 말씀드리자면 바다도 날 익사시키지 못했다고 할 수 있지. 난

466

해변에 도착하기까지 175킬로미터나 헤엄을 쳤단 말이다. 이리 밀리고 저리 밀리면서. 이봐, 저 태양에 걸고 선언하지만 널 내 부관으로 삼겠다. 아니, 기수로 삼을까?

트린큘로 부관이 좋을걸! 몰골이 사나워 기수는 틀렸어.

스테파노 괴물 부관 나리, 우린 절대 달아나거나 뛰지는 못하는 거지요?

트린큘로 뛰기는 고사하고 걷지도 못하지. 개 모양으로 나자빠져선 제대로 짖어대지도 못할걸.

스테파노 이봐, 팔삭둥아! 뭐라고 한마디라도 해봐. 제대로 된 등신이라면.

캘리번 안녕하세요, 나리? 구두에 키스할깝쇼? 하지만 전 사람의 하인은 되지 않겠어요. 힘이 하나도 없는 겁쟁인걸요.

트린큘로 거짓말 마! 무식한 괴물 같으니. 유사시에는 순경하고도 맞붙을 수 있는 나야. 이 썩어 문드러진 생선아!

캘리번 홍, 날 얼치기로 아나보지! 나리, 저런 놈을 두고 보고만 계십니까요?

트린큘로 '나리'라고 했겠다! 타고난 천치치곤 제법인걸.

캘리번 저것 좀 보세요! 물어뜯어서 죽여버리세요, 나리.

스테파노 트린큘로! 입 좀 그만 놀려!

캘리번 나리, 고맙습니다. 아까 부탁했던 것 한 번 더 들어주세요.

스테파노 좋아, 들어주지. 무릎을 꿇고 다시 말해 봐. 난 서 있지. 트린큘로도 서 있어. (캘리번, 무릎을 꿇는다. 스테파노와 트린큘로, 비틀비

틀 일어선다)

에어리얼 등장하지만 눈에는 보이지 않는다.

캘리번 아까 말한 대로 저의 주인은 악당으로 마법사랍니다. 술법을 써서 저한테서 이 섬을 빼앗았어요.

에어리얼 거짓말 마.

캘리번 (트린큘로를 돌아다보며) 당신이나 거짓말 마! 이 광대 원숭이야. 천하장사인 우리 나리가 너 같은 녀석을 다진 고기가 되도록 때려줬으면 속이 후련하련만. 난 거짓말하지 않아.

스테파노 트린큘로, 더 이상 저 녀석 말을 방해하면 이빨을 분질러 놓을 테다.

트린큘로 왜 이래? 난 아무 말도 안했는데.

스테파노 그럼 입 닥치고 있어. (캘리번에게) 어서 계속해봐.

캘리번 마법을 써서 이 섬을 차지했다니까요. 나한테서 빼앗았다고요. 나리 같으시면 복수할 수 있을 거예요. 하지만 저 사람은 어림반푼어치도 없죠.

스테파노 그야 물론이지.

캘리번 그렇다면 나리께서 이 섬의 왕이 되세요. 전 신하가 되어 모시겠어요.

스테파노 그렇다면 네가 모시고 있는 놈에게 날 안내해봐라!

캘리번 나리, 녀석이 자고 있는 곳으로 안내해 드리죠. 잠자는 놈의

468

대가리에 못을 박아버리세요.

에어리얼 어림도 없어.

캘리번 이 맹물단지 얼룩아! 걸레 같은 어릿광대야! 나리, 저놈을 요
절내 술자루를 뺏어주세요. 술자루가 없으면 저잔 짠물밖엔 못 마실
거예요. 맑은 샘물이 나오는 곳을 절대 가르쳐주지 않을 테니까요.

스테파노 트린큘로, 그쯤 해두는 게 신상에 좋을걸. 더 이상 괴물한
테 방해를 하면 절대 봐주지 않겠어. 북어대가리처럼 두드려팰 테
야.

트린큘로 뭣이? 내가 뭘 어쨌다는 거야? 이제부터 저만큼 떨어져
있어야겠군.

스테파노 이 녀석보고 거짓말을 했다고 그러지 않았나?

에어리얼 거짓말 마.

스테파노 뭐? 내가 거짓말을 했다고? 이거나 먹어라. (트린큘로를
때린다) 이게 또 먹고 싶거든 한 번 더 거짓말쟁이라고 해봐.

트린큘로 거짓말쟁이란 말 하지도 않았어. 자네 돌았나? 이젠 말
을 알아듣지도 못하는군. 빌어먹을 술자루 같으니! 그놈의 술 때문
이야. 이 괴물아, 염병에나 걸려라. 그놈의 손가락은 악마한테나 물
어 뜯겨라!

캘리번 히히히, 꼴 좋다!

스테파노 자, 얘길 계속해. (트린큘로를 위협하면서) 자넨 저만큼 가 있
어.

캘리번 늘씬하게 패주십쇼. 나도 패줘야지.

스테파노　저만큼 가 있으래도. 자, 계속해 봐.

캘리번　아까 말씀드린 대로 그놈은 오후만 되면 잠자는 버릇이 있거든요. 그때 놈의 마법책을 빼앗은 뒤 골통을 부수란 말이에요. 통나무로 머리통을 산산조각내 버릴 수도 있고, 끝이 뾰족한 막대기로 뱃구레를 찌를 수도 있고, 식칼로 멱을 따놓을 수도 있어요. 어쨌든 잊지 말고 마법책을 빼앗아야 돼요. 책을 뺏기면 그놈도 별 수 없다고요. 요정 하나 어쩌지 못할걸요. 요정들도 나처럼 그놈을 죽어라 미워하거든요. 그나저나 그놈의 책은 태워버려야 해요. 그놈은 멋진 가재도구를 가지고 있어요. 집을 지으면 그걸로 집 안을 장식하려는 거예요. 그리고 가장 중요한 것은 그놈의 딸이 미인이라는 점이죠. 그놈은 자기 딸이 천하에 둘도 없는 미인이라나요. 난 여자라곤 우리 어머니 시코랙스하고 그 계집애밖엔 몰라요. 그런데 우리 어머니와 그 계집애는 하늘과 땅만큼 차이가 나요.

스테파노　계집애가 그렇게 예쁜가?

캘리번　그렇다고요. 나리 이불 속엔 안성맞춤일걸요. 아주 근사한 아이들을 낳아줄 거예요.

스테파노　괴물아, 내 그 애비를 없애버리겠다. 난 이 섬의 왕이 되고, 그놈의 딸을 왕비로 삼겠다. 대왕 폐하 만세다! 트린큘로와 넌 정승을 시켜주마. 내 생각이 어떠냐, 트린큘로?

트린큘로　좋아.

스테파노　자, 손을 이리 주게. 아깐 손찌검을 해서 미안하네. 하지만 앞으론 각별히 말조심해야 하네.

캘리번　이제 반 시간만 있으면 그놈은 잠들 거예요. 그때 해치우시겠어요?

스테파노　당연히 그래야지.

에어리얼　(방백) 우리 주인한테 연락해야 되겠는걸.

캘리번　신난다. 재미있어. 자, 기분을 냅시다. 아까 나한테 가르쳐주신 돌림노랠 불러주시겠어요?

스테파노　괴물아, 네 부탁인데 안할 순 없지. 이치에 맞는 일이라면 뭐든 해주마. 이봐, 트린큘로! 노랠 부르세. (노래한다)

조롱하세 놀려주세
놀려주세 조롱하세
생각은 자유라네.

캘리번　가락이 안 맞네요.

에어리얼, 작은 북과 피리로 반주한다.

스테파노　저건 무슨 소리야?

트린큘로　(주위를 둘러보면서) 우리 돌림노래의 가락이야. 소리는 들리는데 몸통이 안 보이는군.

스테파노　(주먹을 흔들면서) 이봐, 네가 사람이거든 모습을 보이고, 악마거든 멋대로 하거라!

트린큘로 오, 이놈의 죄를 용서해주십시오!

스테파노 죽어버리면 죄도 빚도 있을 게 뭐야. 자, 덤벼라. (갑자기 기가 죽는다) 제발 살려주십시오.

캘리번 나리, 무서워요?

스테파노 천만에! 무섭긴 뭐가 무서워.

캘리번 겁낼 것 없어요. 이 섬엔 별 이상한 소리가 다 나고, 아름다운 음악소리가 들립니다요. 기분이 좋으면 좋았지 해될 건 없습니다요. 어떤 때는 온갖 잡소리가 내 귀 바로 옆에서 울리기도 하고, 또 어떤 땐 한잠 늘어지게 자고 깼는데도 또 잠을 재우는 노랫소리가 들리지 뭐예요. 꿈을 꾸면 하늘이 활짝 열리고 보물이 마구 쏟아질 것만 같단 말씀이에요. 그러다 눈을 떴을 땐 다시 꿈의 세계에 있고 싶어 울음을 터뜨리기도 했지요.

스테파노 이 섬은 멋진 왕국이 되겠는걸. 공짜로 음악을 들을 수 있으니 말야.

캘리번 프로스페로만 해치우면 문제가 없어요.

스테파노 당장 해치울 거야. 네 얘긴 잊지 않았어.

트린큘로 소리가 멀어지는군. 저걸 따라가게. 일은 후에 하고.

스테파노 괴물아, 어서 앞장서라! 우리도 따라갈 테니. 북 치는 놈 좀 봤으면 좋겠는데. 참 잘하는군.

트린큘로 자넬 뒤따라 가겠네, 스테파노. (모두 에어리얼을 따라 포구 쪽으로 올라간다)

제 3 장 프로스페로의 동굴 위

알론조와 그의 일행이 피곤에 지쳐 절망한 모습으로 숲속을 걷고 있다. 그들 뒤를 곤잘로가 가고 있다.

곤잘로 도저히 더 이상 걷지 못하겠습니다. 뼈마디가 쑤셔서. 어찌나 길이 미궁 같이 꼬부라져 있는지 말입니다. 황공하오나 소신은 좀 쉬어야겠습니다.

알론조 나이가 있으니 무리도 아니지. 나도 정신이 혼미해지는 것 같소. 자, 앉아서 쉬시오. 이젠 아들을 찾을 희망을 버리리다. 듣기 좋으라고 하는 소리에 희망을 걸지는 않겠소. 우리가 찾아다니는 왕자는 익사했음이 틀림없소.

안토니오 (시베스천에게) 전하께서 단념하니 마음이 놓입니다. 공작, 한번 실패했다고 실망하지 마시고 결정하신 대로 실행하셔야 됩니다.

시베스천 (안토니오에게) 다음 기회는 절대로 놓치지 않겠소.

안토니오 (시베스천에게) 오늘밤이 기회요. 모두들 걸어 다니느라고 지쳐 있어요. 그러니 원기가 왕성할 때만큼 경계를 못할 겁니다.

시베스천 (안토니오에게) 좋아요, 오늘밤으로 하지.

엄숙하고 신비로운 음악과 함께 프로스페로가 절벽에 나타나지만 일동에게는 보이지 않는다.

알론조 이건 무슨 소리요? 모두들 귀를 기울여보시오!
곤잘로 신비롭고 아름다운 음악이옵니다!

기이한 모습을 한 이들이 향연을 베풀 식탁을 들고 나타나 그것을 에워싸고 춤을 춘 후 공손히 절을 하면서 왕과 그 일행에게 식사를 하라고 권유하는 시늉을 하고 사라진다.

알론조 하늘이여! 우릴 보호해주소서. 저것들은 뭐요?
시베스천 살아있는 꼭두각시인가 봅니다. 이쯤 되면 외뿔 짐승들이 있다는 것도 믿고 싶어집니다. 아라비아엔 불사조가 서식하는 나무가 있는데, 지금도 불사조 한 마리가 나무 옥좌에 앉아서 군림한다는 게 사실인지 모르겠습니다.
안토니오 소신은 둘 다 믿습니다. 외뿔짐승도 불사조도 있습니다. 그밖에 믿을 수 없는 일들을 제게 묻는다면 사실이라고 단언하겠습니다. 나그네들 얘기는 절대로 거짓이 아닙니다. 그 얘길 못 믿는 건 나라 밖에 나가본 적이 없는 우물 안 개구리들뿐입니다.
곤잘로 나폴리에 가서 이러이러한 섬사람들을 봤다고 하면 믿을까요? 그건 틀림없이 섬사람들일 겁니다. 보기엔 괴상하지만 그 몸가짐이 얼마나 점잖습니까? 우리 인간사회에서는 좀처럼 볼 수 없을 정도의 우아한 몸가짐이었습니다.

프로스페로 (방백) 과연 훌륭한 분이시군. 말씀 한번 잘하셨소. 저기 있는 자들 중엔 악마보다도 더 못한 인간이 있소이다.

알론조 참으로 경탄스러울 뿐이오. 그 모습이며 거동, 음악…… 그런데다 혀를 쓰지 않고서도 의사 표현을 하다니…….

프로스페로 (차갑게 웃으면서, 방백) 칭찬은 마지막에나 하시지.

프란시스코 참으로 희한하게 사라져 버렸습니다.

시베스천 아무래도 좋아. 먹을 것을 남겨놓고 갔으니 허기가 지는군. 뭘 좀 드시지 않으시겠습니까?

알론조 안 먹겠다.

곤잘로 폐하, 너무 심려 마십시오, 저희가 어렸을 땐 들소처럼 목에 고기 주머니가 늘어진 산사람들이 있다는 걸 믿기나 했습니까? 또 가슴에 머리가 달린 인종이 있단 말도 곧이들었습니까. 그런데 이젠 미지의 나라에 여행을 나갔다 무사히 돌아오는 데 다섯 갑절의 내기를 걸고 떠나는 여행가들도 생겨나고 하니 많은 것이 사실로 드러나고 있습니다.

알론조 먹어보자. 이것이 나의 마지막 식사가 되더라도 좋다. 내 인생은 이미 기울어졌으니. 아우야, 그리고 밀라노 공작도 과인과 같이 식사를 드십시다. (알론조, 시베스천, 안토니오 식탁에 앉는다)

천둥과 번개가 치면서 에어리얼이 이상한 새의 모습으로 등장하여 날개로 식탁을 친다. 그러자 순식간에 잔칫상은 사라져 버린다.

에어리얼　너희들 죄 많은 세 인간들아! 이 속세와 그 속에 있는 모든 것을 지배하는 운명의 여신이 아무리 퍼먹여도 게걸대는 저 바다조차도 너희놈들을 토해놓게 하셨다. 네놈들을 이 무인도로 유인한 것은 너희들같이 악한 놈들이 인간사회에 살기에 적합지 않기 때문이야. (알론조, 시베스천, 안토니오 칼을 뽑는다) 내 말을 듣고 드디어 돌았나보다만 그런 광증이 인간으로 하여금 목매 죽거나 물에 빠져 죽게 하는 거다. (세 사람은 덤벼들려고 하나 마법으로 움직이지 못한다) 이 얼간이들아! 나와 내 동료들은 운명의 신이 보내신 사자다. 속세의 쇠붙이로 만든 너희들의 이 무딘 칼로는 내 날개의 부드러운 깃털 하나 잘라낼 수 없다. 게다가 내 동료들 역시 불사신이다. 설혹 해칠 마음을 갖고 있다 하더라도 칼이 너무 무거워서 너희들 힘으로는 들어올릴 수도 없을 거다. 너희 세 사람은 밀라노에서 선량한 프로스페로를 추방한 후 바다에 내다 버리지 않았더냐. 그 죄 없는 딸과 함께 말이다. 이번의 조난은 그 때문에 당한 바다의 복수다! 그런 흉악한 죄를 지은 너희들을 어찌 신들이 용서하겠는가! 좀 늦은 감은 있지만 잊지 않으시고 바다와 육지를 격분시키고 성나게 하여 너희들을 혼내준 것이다. 알론조여, 네 아들은 신이 빼앗아 갔느니라. 그러니 신의 선언을 들어. 이제부터 서서히 좀먹어가는 파멸이 너희들 생애의 순간순간을 따라다닐 거다. 하늘의 노여움을 면하는 단 하나의 방법은 진정으로 참회하고 깨끗한 생활을 영위하는 길밖에 없느니라.

에어리얼, 천둥 속으로 사라진다. 이윽고 조용한 음악소리가 들리며 괴이한 모습의 요정들이 다시 등장하여 입을 일그러뜨리며 조롱하는 시늉을 하고 춤을 추면서 식탁을 들고 나간다.

프로스페로 (방백) 에어리얼, 하늘의 괴조역은 참 잘했다. 음식을 채가는 장면도 근사했고. 대사도 한 마디 빠뜨리지 않고 잘 했다. 단역의 요정들도 생동감을 줬고 말이야. 내 강력한 마법의 힘이 발휘되어 내 원수놈들이 모두 광기로 몸부림치고 있다. 이젠 모두가 내 손아귀에 있다. 잠시 이놈들을 저 꼴로 내버려두고 그 사이 놈들이 익사했다고 믿고 있는 젊은 퍼디넌드를 보고 오자. (퇴장)

곤잘로 폐하, 뭘 그렇게 넋을 잃고 찔러보고 계시옵니까?

알론조 참으로 괴이하도다. 파도가 나에게 죄과를 추궁하는 것 같았어. 바람도 노래를 하듯 말하는 것 같았고, 천둥은 공포스런 저음으로 프로스페로의 이름을 부르며 내 배신의 죄를 울려대는 것 같았어. 내 아들은 틀림없이 갯바닥에 묻혔을 거야. 차라리 저 측량용 납덩이조차도 닿을 수 없는 깊은 바닷속으로 찾아 들어가서 아들과 함께 갯바닥에 묻히고 싶다. (바다 쪽으로 달려간다)

시베스천 한 놈씩만 덤벼라. 악마놈은 얼마든지 해치워주겠다.

안토니오 나도 거들겠소이다. (시베스천과 안토니오, 발광한 모습으로 칼을 빼든 채로 퇴장)

곤잘로 세 분 다 제정신이 아니군. 한참 지난 뒤에 효력이 발생하는 독약처럼 예전에 범한 그들의 대죄가 지금에 와서 그 혼을 물어뜯기 시작한 거야. 여러분! 부탁드립니다. 저보다 다리가 성한 분들이 빨리 뒤쫓아가서 말리십시오. 모두들 제정신이 아니니 무슨 일을 저지를지 모릅니다.

애드리안 그럼 뒤를 따라오십시오. (모두 발광한 세 사람을 쫓아간다)

제 4 막

제 1 장 프로스페로의 동굴 앞

프로스페로가 퍼디넌드, 미란다와 함께 동굴에서 나온다.

프로스페로 내가 자네를 너무 매몰스럽게 대했는지는 모르지만 그 보상으로 내 생명의 3분의 1, 아니 내 삶의 전부인 딸아이를 자네에게 맡기겠네. 지금까지 자넬 괴롭힌 것은 자네의 사랑의 깊이를 시험해 본 것이었네. 자넨 그 시험을 멋지게 이겨냈네. 여보게, 퍼디넌드! 딸자랑한다고 날 비웃지 말게. 자네도 두고 보면 알겠지만 아무리 칭찬을 해봐도 모자랄 아이니 말일세.

퍼디넌드 설령 사실이 그렇지 않다 해도 그 말씀을 믿겠습니다.

프로스페로 그렇지만 신성한 혼례식을 올리기도 전에 내 딸의 처녀성을 무너뜨리는 날이면 신들은 결코 감로수를 내려주시지 않을 걸세. 오히려 서로를 증오하여 자식을 낳지도 못하고 불화만 커져 두 사람의 신방엔 꽃 없는 잡초가 뿌려져서 동침하는 것을 꺼리게 될 걸세. 그러니 결혼의 신 하이멘이 화촉을 밝혀주실 때까지 각별히 조심해야 하네.

퍼디넌드   저의 소망은 지금과 같은 사랑을 유지하며 영특한 자녀를 낳고 오래오래 살고 싶을 뿐입니다. 따라서 아무리 으슥한 장소에서 부글거리는 욕정의 유혹이 일어나더라도 다가올 축복의 기쁨을 흐리게 하는 일이 없게 하겠습니다.

프로스페로   훌륭한 말이로다. 그럼 딸애하고 얘길 하게. 이미 자네 것이니까. (두 연인은 약간 떨어져서 앉는다. 프로스페로가 마법의 지팡이를 쳐든다) 야, 에어리얼! 나의 충복 에어리얼!

에어리얼 등장.

에어리얼   주인님, 부르셨습니까? 여기 대령했습죠.

프로스페로   너는 물론이거니와 너의 부하인 요정들도 훌륭하게 임무를 완수했다. 그런데 한 가지만 더 부탁한다. 그 패거리들을 데리고 오너라. 이 젊은 두 남녀에게 내 환상적인 마법을 보여주려 한다. 약속을 했거든.

에어리얼   지금 당장요?

프로스페로   그래! 눈 깜빡할 사이에!

에어리얼   '어서 갔다오너라' 란 말씀이 끝나기도 전에 얼굴을 씰룩거리면서 달려올 겁니다. 그런데 말입니다, 주인님! 절 귀여워하시는 겁니까? 아니면 절 싫어하시는 건가요?

프로스페로   귀여워하고말고! 에어리얼, 내가 부를 때까진 오면 안 된다.

에어리얼 네, 알겠습니다. (사라진다)

프로스페로 (퍼디넌드를 향하여) 자넨 약속을 지켜야 하네. 정에 빠져 고삐를 늦춰선 큰일나지. 정욕의 불꽃 앞에선 제아무리 굳은 맹세도 지푸라기와 같다네.

퍼디넌드 염려놓으십시오. 저의 심장에 쌓인 눈처럼 희고 차가운 동정이 욕정의 불길을 꺼줄 겁니다.

프로스페로 좋아! 그럼 부탁한다, 에어리얼. 모자라는 것보다는 남아 돌아가는 것이 좋다. 부하들을 여러 명 데려 오너라. 속히 나타나라! 입 다물고 잘 보게나. 조용하라고. (조용한 음악)

가면극

주노 신에게 시중을 드는 무지개의 화신 아이어리스라는 신으로 분장한 요정이 나온다. 아이어리스가 주노 신의 명을 받아 대지의 신 시어리즈를 불러낸다.

아이어리스 풍요의 여신 시어리즈여! 밀, 귀리, 보리, 제비콩 등이 풍성한 그대의 밭이나 양떼가 풀을 뜯는 잔디 깔린 산이나 건초가 산더미처럼 쌓여 있는 한가로운 목장이나 갈대와 사초가 우거진 둑, 순결한 숲의 요정들에게 씌울 꽃으로 만든 면류관을 만들어주려고 4

월이 피워낸 꽃밭이며, 연인에게 버림받은 총각이 깊은 한숨을 짓는 나무그늘, 포도가 주렁주렁 달린 포도원, 바닷가 바위 그늘……. 하늘의 여왕께선 무지개다리를 놓는 이 아이어리스를 사자로 보내시어 모든 것을 떠나 여왕과 함께 이곳 잔디밭으로 나와서 즐기라고 분부하셨어요. 여왕의 수레를 끄는 공작새들이 쏜살같이 이리 날아오고 있습니다. (주노 여신의 수레가 하늘에서 나타난다) 풍요의 여신 시어리즈여, 빨리 나와서 여왕을 영접하라.

시어리즈 등장.

시어리즈   안녕하세요, 주피터 신의 왕비님을 시중드는 일곱 가지 색깔의 옷을 나부끼는 무지개 신이여! 그대의 여왕께서 무슨 일로 이 푸른 잔디밭으로 절 오라 하셨나요?

아이어리스   두 연인들에게 진정한 사랑의 서약을 축복해주고 많은 선물을 주기 위해서입니다.

시어리즈   하늘의 활이신 무지개 여신이여! 말씀해 주소서. 비너스의 여신과 그의 아들 큐피드는 지금도 주노 여신을 모시고 있나요? 그들 모자의 책략으로 내 딸 프로스피너를 그 흉측한 염라대왕 아디스 신에게 빼앗긴 이래 나는 비너스와 그 눈먼 아들하고는 불명예스러운 대면을 하지 않기로 맹세했어요.

아이어리스   비너스를 만날 걱정은 마세요. 비너스 여신은 구름을 가르며 고향 페이포스로 떠났답니다.

주노 여신이 수레에서 내린다.

시어리즈 어머나! 지고하신 주노 여왕의 행차시군요. 걸음걸이를 보면 알아요.

주노 대지의 여신인 나의 동생! 잘 있었느냐? 나와 함께 저 두 남녀가 행복한 가정을 꾸리고 자식도 쑥쑥 낳도록 축복해 주자.

(노래한다)

명예와 부귀가 따르는 백년가약의 행복!
그대 위해 모든 것 영원하여라
기쁨에 넘친 나날이 되길
주노는 그대 위해 축복의 노래를 하리!

시어리즈 (노래한다)

넉넉한 수확을 거둬
오곡은 곡창에 가득 차고
포도송이는 가지가 휘도록
주렁주렁 열렸네.
가을걷이 지나면
봄이 오나니!

보릿고개는 없을지어다.

시어리즈는 그대 위해 축복의 노래를 하리.

퍼디넌드 참으로 장엄한 환상곡이다. 내 마음을 사로잡는 저 아름다운 음악, 확실히 이것들이 요정일까요?

프로스페로 요정이네. 나의 신묘한 생각들을 마법으로 상연시키려고 저들의 처소에서 불러낸 걸세.

퍼디넌드 여기서 영원히 살고 싶습니다. 신통력을 가지신 장인 어르신네와 소중한 아내와 함께 산다면 이 섬은 낙원이 될 것입니다.

(주노와 시어리즈 속삭이고, 아이어리스를 심부름 보낸다)

프로스페로 쉿 조용히! 주노와 시어리즈가 심각한 얼굴로 속삭이고 있어. 무슨 일이 있는 모양이니 조용히 해. 안 그러면 내 마법이 깨지고 마니까.

아이어리스 꾸불꾸불 개울에 살며, 향부잣잎의 관을 쓰고 순결한 얼굴을 한 나이애즈라는 이름의 요정들이여! 잔물결 이는 개울을 떠나 여기 푸른 잔디밭으로 오너라. 여신의 분부이시다. 청초한 요정들이여, 빨리들 오너라. 진실한 사랑의 맹세를 함께 축복하자.

요정들 등장.

8월의 따가운 햇볕에 타고 지친 농부들아, 논밭을 떠나 하루를 즐겨라. 밀짚모자를 쓰고 어여쁜 젊은 요정들과 춤을 추어라.

벼 베는 농군들이 등장하여 요정들과 함께 아름다운 춤을 춘다. 춤이 끝날 무렵, 프로스페로가 깜짝 놀란 태도로 말문을 열자 텅 빈 것 같은 기묘하고도 혼란스런 소리와 함께 침울한 분위기 속에 일동은 사라진다.

프로스페로 (방백) 깜빡 잊었군, 짐승 같은 캘리번하고 그 패거리들이 나를 죽이려 한다는걸. 드디어 끔찍한 음모의 시간이 다가왔어.

퍼디넌드 이상하군. 당신 아버님께서 몹시 역정이 나셨는데?

미란다 저렇게 노하신 모습을 보이신 적이 여태껏 없었어요.

프로스페로 자네 표정을 보니 몹시 놀란 게로군. 걱정할 것 없네. 여흥은 끝났어. 아까도 얘기했네만 이 배우들은 모두 요정들일세. 이젠 엷은 대기 속으로 사라져 버렸지. 이 대지에 뿌리를 내리지 못한 것처럼 저 구름 위에 솟은 탑도 호사스런 궁전도 장엄한 신전도 흔적도 남기지 않고 사라질 걸세. 우리 인생은 꿈과 같은 것이며, 결국 허망한 긴 잠으로 막을 내리게 되지. 내가 지금 심약하여 신경이 곤두서 있는 걸 용서하게. 잠시 산책을 하며 불편해진 마음을 진정시켜야겠네.

퍼디넌드
미란다 ⎤ 그럼 편안히 다녀오세요.

프로스페로 에어리얼, 내 마음에 너의 모습이 깃들면 즉시 나타나라.

에어리얼 다시 등장.

에어리얼 한시도 주인님의 마음에서 떠난 적이 없습니다. 뭘 해야 하나요?

프로스페로 캘리번을 상대할 준비를 해야 한다.

에어리얼 네, 주인님!

프로스페로 그 악당들을 어디다 두고 왔다고 했지?

에어리얼 아까도 말씀드렸습니다만 그자들은 술에 만취해 기세등등해서 하늘에 주먹질을 하기도 하고 땅바닥을 치기도 하면서 흉계를 계속 꾸미고 있었거든요. 그래서 제가 작은북을 치니까 그자들은 길들이지 않은 망아지처럼 코를 씰룩거리면서 음악소리를 냄새로 맡으려는 듯했습니다. 그래서 제가 그자들의 귀에 마법을 걸었기 때문에 어미 소를 따르는 송아지처럼 제 음악소리에 이끌려 가시덤불이며 가시금작화 등을 쏘다니면서 온몸이 가시에 찔려 엉망이 됐습죠. 그러고는 그자들을 이 바위굴 저쪽에 있는 잡초로 덮인 웅덩이 속에 패대기쳤지요. 그놈들은 자기들의 더러운 발 못지않게 썩은 냄새가 코를 찌르는 웅덩이 속에 턱밑까지 빠져 있습니다요.

프로스페로 나의 귀염둥이들, 그것 참 잘했다! 투명 상태에서 바위굴 속에 있는 화려한 옷을 꺼내 오너라. 그 도둑놈들을 잡는 미끼로 써야 하니.

에어리얼 네. (퇴장)

프로스페로 악마놈, 그놈은 악마야. 아무리 해도 그놈의 천성은 고

486

칠 수 없단 말야. 내가 수고를 아끼지 않았건만 모두가 허사야. 아주 허사가 되어버렸어. 그놈은 나이를 먹을수록 얼굴도 흉측해지더니 마음도 썩어 들어가네. 그놈들을 모두 한바탕 혼쭐을 내줘야지. 복장을 찢고 울어대도록 괴롭혀줘야겠어.

에어리얼, 번쩍이는 옷을 걸치고 등장.

자, 그 옷을 이 참피나무에 걸어놓아라.

에어리얼, 옷을 나무에 걸어놓는다. 캘리번, 스테파노, 트린쿨로 옷이 흠뻑 젖은 채 등장.

캘리번 살금살금 걸어요. 눈먼 두더지 귀에도 안 들리게. 동굴에 다 왔어요.

스테파노 괴물아, 네가 말한 요정은 못된 짓을 안 한다더니 우릴 이렇게 혼냈잖아.

트린쿨로 이 괴물아, 난 온몸의 말오줌 냄새 때문에 콧님이 진노하셨다.

스테파노 내 코도 그래. 이봐, 내 말 듣고 있어? 만약 내 비위만 건드렸단 봐라. (칼을 뺀다)

트린쿨로 괴물이 고태골 간단 말야.

캘리번 (엎드려서) 나리, 그렇게 역정 내지 마시고, 좀 참으시라니까요. 제가 앞으로 눈이 번쩍 뜨일 굉장한 걸 보여드릴 거예요. 그걸 보시면 이만한 고생쯤은 잊어버리시게 될 거예요.

트린큘로 술자루를 웅덩이 속에 빠뜨리다니 원!

스테파노 그건 망신을 당한 정도가 아냐. 큰 손실이지.

트린큘로 이건 정말 물에 빠진 생쥐 정도가 아니라니까. 몇 배 큰일이야. 그런데도 뭐 너희들 요정들은 못된 짓은 안 한다 이거냐?

스테파노 술자루를 찾아와야겠다. 귀까지 빠져도 꺼내고 말 테다.

캘리번 나리, 제발 조용히 좀 하세요. (동굴로 기어 올라가면서) 보세요, 저게 굴 입구예요. 소리 내지 말고 들어가세요. 신명나게 해치우세요. 그럼 이 섬은 영원히 나리 것이 될 거예요.

스테파노 자, 악수다. 잔인한 걸 생각하니 구미가 당기는걸.

트린큘로 (참피나무에 걸려 있는 옷을 알아보고) 오, 스테파노 폐하! 멋진 의상실이옵니다!

캘리번 놔둬, 이 먹통아! 그건 넝마다.

트린큘로 이 괴물딱지야. (장의를 입어보면서) 쓰레기에서 장미가 나오는 법이야. 스테파노 폐하!

스테파노 냉큼 그 옷을 벗게, 트린큘로. 그건 내가 입어야 돼.

트린큘로 (억지로 벗으며) 네, 네, 폐하께 진상하겠나이다.

캘리번 수종에나 걸려라, 이 멍청아! 그까짓 너절한 걸 탐내서 어쩌자는 거야? 집어치워. 그놈이 눈을 뜨는 날이면 머리에서 발끝까지 우리 몸뚱어리를 마구 꼬집어 뜯어서 두 번 다시 보기 싫은 괴물로 만들어 놓는다니까.

스테파노 입 닥쳐, 이 괴물아! 참피나무님, 이건 제 털조끼죠? 참피나무 아래 털조끼라. 자, 털조끼씨! 바깥이 너무 더워 시원한 대머리가 될 것 같소.

트린큘로 좋고 좋고! 대머리 공짜 좋아 한다던데, 피장파장이 아니오이까, 폐하.

스테파노 그 익살이 그럴 듯하구나. 상으로 이 옷을 준다. 내가 이섬의 왕으로 있는 동안 익살 잘 부리는 놈한테는 반드시 상을 줄 테다. '대머리 공짜 좋아한다' 라. 근사한 말이다. 자 또 하나 받아라.

트린큘로 괴물아, 손에 끈끈이를 묻혀서 나머지 옷들을 나무에서 끌어내 갖고 가라.

캘리번 난 안 가져요. 이렇게 꾸물거리다가 모두 바보 기러기가 되거나 납작이마의 꼬리 없는 원숭이가 되고 말 거예요.

스테파노 괴물아, 좀 거들어. 이걸 내 술통 있는 데로 가져가. 말을 안 들으면 내 왕국에서 쫓아버리겠다. 어서 가져가.

트린큘로 그래, 이것도. (두 사람이 캘리번에게 짐을 지운다)

여러 요정들이 각종 맹견과 사냥개로 둔갑하여 나타나 세 사람에게 덤벼든다. 프로스페로와 에어리얼이 개들의 이름을 부르면 달려들게 부추킨다.

프로스페로 자, 덤벼!

에어리얼 실버…… 그쪽이다, 실버야!

프로스페로 퓨어리, 퓨어리! 타이어런르! 거기다. 쉿! (캘리번, 스테파노, 트린큘로 쫓기어 퇴장) 어서 요정들한테 저놈들 팔다리 마디마디를 맷돌에 갈 듯 심줄을 잡아당겨 늙은이 허리처럼 구부리고, 살쾡이의 자줏빛 바둑점보다 더 푸르딩딩한 멍이 들게 꼬집어라.

에어리얼 들어보세요. 저렇게 아우성을 치는데요?

프로스페로 혼꾸멍을 내 주어야지. 원수놈들은 모두 내 손아귀에 들어와 있다. 조금 있으면 내 일도 끝날 것이다. 그땐 너도 자유다. 조금만 더 내 곁에서 날 도와다오. (동굴로 들어간다)

제 5 막

제 1 장 프로스페로의 동굴 앞

프로스페로와 에어리얼 동굴에 들어갔다가 잠시 후에 마법의 옷으로 갈아입고 나온다.

프로스페로 이젠 내 마법은 빈틈이 없고, 요정들은 순종하고, 시간은 무거운 짐을 짊어지고도 가볍게 날아가는구나. 몇 시냐?

에어리얼 여섯 시가 가까워졌는데요. 여섯 시엔 일을 끝내시겠다고 말씀하셨잖아요.

프로스페로 처음 태풍을 일으켰을 때 그렇게 말했지. 여봐라! 왕과 그 일행은 지금 어떻게 됐지?

에어리얼 분부하신 대로 한 군데다 처박아 뒀는걸요. 저쪽 동굴의 바람을 막아주는 참피나무 숲속에다 모아놓았습니다. 마법을 풀어주시기 전에는 꼼짝도 못합니다. 왕과 왕의 동생, 주인님 동생 셋 모두 실성해 있는데, 사람들은 그걸 보고 비탄에 잠겨 어찌할 바를 몰라 하는군요. 주인님께서 칭찬해 마지않으시는 곤잘로라는 노인은 추녀 끝에 매달린 고드름이 녹아내리듯 하염없이 눈물을 흘리고 있습니다. 마법의 효력이 너무 드센가봅니다. 그자들의 꼴을 보신다면 주인님께서도 불쌍한 마음이 드실 거예요.

프로스페로 정말 그렇게 생각하느냐?

에어리얼 제가 인간이라면 불쌍하게 생각할 거예요.

프로스페로 나 역시 그래야겠지. 한갓 공기에 지나지 않는 너까지 그자들의 고통을 보고 가슴 아파하는데, 같은 감각을 가진 내가 너보다 동정심이 없을 수가 있겠느냐? 그자들의 지난 횡포는 내 골수에 사무친다만 난 분노를 억제하고 맑은 이성에 따를 생각이다. 원수를 덕으로 갚는 것이 군자의 도리가 아니겠느냐. 그자들도 회개한 이상 내가 목적하는 바는 이뤄진 셈이니 더 괴롭힐 생각은 없다. 에어리얼, 이제 마법을 풀어 제정신으로 돌아가게 해라.

에어리얼 이리로 데리고 오겠습니다. (사라진다)

프로스페로 (마법의 지팡이로 원을 그리며) 언덕과 개울과 잔잔한 호수와 숲의 요정들이여! 모래에 발자국도 남기지 않고, 썰물과 밀물에 쫓기며 파도를 타고 노는 요정들이여! 너희는 미력한 자들이긴 하지만 너희들의 도움을 받아 때로는 대낮의 태양을 어둡게 하고, 때로는 엄청난 바람을 일으켜 푸른 바다와 푸른 하늘 사이에 진동하는 싸움을 일으킨 일도 있었다. 바다로 튀어나온 절벽을 진동시켜 소나무와 삼나무를 뿌리째 뽑아버린 일도 있었다. 내 명령에 무덤이 입을 열었고, 그 속에 잠자고 있던 망자들을 마법의 힘으로 끌어낸 일도 있었다. 모든 것을 마법의 힘으로 할 수 있었다만 오늘로서 그 모든 것을 그만두겠다. 이제 천상의 음악을 들려주어 그들을 제정신으로 돌아오게 하여 나의 목적하는 바를 이루면 이 지팡이를 부러뜨려 몇십 피트 밑의 땅속에 깊이 묻을 테다. 이 마법책은 측량용 납덩이가 내려가 닿아본 적이 없는 심해의 수심 속에 가라앉히겠다. (장엄한 음악)

에어리얼이 등장한 다음 알론조가 곤잘로의 부축을 받으며 등장. 시베스천과 안토니오도 같은 모습으로 애드리안과 프란시스코의 부축을 받으며 등장. 그들은 프로스페로가 그려놓은 마법의 원 안으로 들어와 마법에 걸린 채 서 있다. 프로스페로가 그들을 유심히 관찰하다가 말한다.

장엄한 음악만큼 어지러운 마음을 위로해주는 건 없다. (알론조에게) 이 음악은 흐트러진 마음을 가라앉히고 쓸데없이 들끓고 있는 당신의 그 머릿속을 맑게 할 것이다. 그대로 서 있으라! 마법에 걸렸으니 꼼짝도 할 수 없을 것이다. 덕망 높은 곤잘로여! 내 눈에서도 울고 있는 경에게 화답하여 동정의 눈물이 흐르오. 마법은 곧 풀릴 것이다. 마치 아침 햇살이 세상을 녹이며 스며들 듯이 감각은 회복되고 맑은 이성을 덮고 있던 몽롱한 안개를 쫓기 시작할 것이다. 은인이며 충신인 곤잘로 경! 당신의 은혜를 갚겠소. 알론조, 그대는 우리 부녀에게 너무나 잔인한 짓을 했느니라. 그리고 그대의 동생은 형의 악행을 방조했다. 시베스천, 당신은 크나큰 양심의 가책을 받고 있겠지. 피를 나눈 내 아우야, 넌 야욕 때문에 자비와 인정을 헌신짝처럼 패대기치고는 시베스천과 공모하여 왕을 죽이려고 했어. 인류을 저버린 패륜아이긴 하지만 너도 용서해 주마. 저들의 분별력도 차차 회복되어 가나보다. 아직은 혼탁하지만 이제 곧 밀물이 이성의 둑을 가득 채우게 될 거다. 아직 누구 한 사람 날 보지도 못하고 있거니와 보아도 알아보지 못할 것이다. 에어리얼, 동굴로 가서 내 모자와 검을 가져오너라. 나는 마법의 옷을 벗고 지난날의 밀라노 공작으로 나타나겠다. 에어리얼, 빨리 도와다오. 널 곧 풀어주마.

에어리얼 퇴장했다가 주인의 옷을 한아름 안고 다시 등장.

에어리얼 (노래한다)

꽃송이 속에 누워
벌과 함께 꿀을 빨고,
밤이면 부엉이 우는 소리를 듣네
박쥐 등에 타고
여름을 따라가며 즐겁게 지나세.
나뭇가지에 달린 꽃그늘 밑에서
즐겁게 지나세.

프로스페로 참으로 멋진 녀석이로다. 널 해방시켜주고 나면 난 몹시 섭섭할 것 같다. (옷 갈아입는 것을 에어리얼이 거든다) 자, 투명한 모습 그대로 왕의 배로 가봐라. 선원들이 배 밑에서 자고 있을 거다. 스테파노와 트린큘로는 눈을 뜨고 있을 테니 이리 끌고 오너라. 자, 어서.

에어리얼 바람을 가르며 날아가서 주인님의 맥박이 두 번 뛰기 전에 돌아오겠나이다. (사라진다)

곤잘로 이곳은 온갖 고통과 시련, 두려움이 가득 찬 곳이다. 하늘이여! 이 무서운 섬에서 우릴 구해주소서.

프로스페로 알론조여, 학대 받았던 밀라노 공작 프로스페로를 보십시오. 제가 살아서 말을 하고 있다는 증거로 폐하를 포옹하겠습니다. 그리고 진심으로 여러분을 환영합니다.

알론조 그대가 밀라노의 공작인지 조금 전까지 마법으로 날 괴롭힌 환상인지 난 통 모르겠소. 하지만 그대의 맥박이 산 사람같이 뛰고 있군. 그대를 만난 후 내 마음의 고통이 힘을 잃고 있소. 고통 때문에 실성을 했던 게 사실이오. 이곳은 정말 신기한 곳 같구려. 그대의 영토는 다시 돌려드리리다. 나의 모든 잘못을 용서해주기 바라오. 그건 그렇다 치고 프로스페로, 당신 어떻게 이 섬에 왔소?

프로스페로 고결한 친구여, 먼저 노구를 포옹하겠습니다. 경의 덕망은 무한합니다.

곤잘로 이게 꿈인지 생시인지 분간을 할 수가 없습니다.

프로스페로 아까 이 섬의 환상적인 요리상 앞에 앉아 있더니 확실한 것도 믿으려 하지 않으시구려. 여러분, 잘 오셨습니다! (시베스천과 안토니오에게 방백) 자네 두 사람은 역모자라는 증거를 들어 왕의 처단을 받게 할 수도 있다만 지금은 잠자코 있겠다.

시베스천 (안토니오에게 방백) 악마가 씌워져 하는 소리야.

프로스페로 천만에! (안토니오에게) 넌 천하의 악당으로, 동생이라고 부르기엔 내 입이 더러워질 것 같지만 네 죄를 용서해주겠으니 영지를 반환해라. 내 말에 순종해야 한다.

알론조 그대가 진정 프로스페로라면 자초지종을 말해주시오. 어떻게 살아나게 됐고, 어떻게 우리와 여기서 만나게 됐는지를 말이오. 세 시간 전에 우리는 이 해변에서 조난당했고, 불행히도 나는 그 생각을 떠올리는 것만으로도 가슴이 찢어질 것 같아! 아들 퍼디넌드를 잃어버렸소.

프로스페로 애통한 일입니다.

알론조 다시는 돌이킬 수 없는 끔찍한 일이라서 인내의 힘으로도 견딜 수가 없구려.

프로스페로 아니, 인내의 도움을 구하지 않으신 모양이군요. 이 몸도 그와 똑같은 불행을 인내의 힘을 빌려 위로하고 있지요.

알론조 나와 같은 불행이라니요?

프로스페로 저 역시 폐하 못지않게 큰 불행을 당했습니다. 하오나 그 불행을 감내하느라 폐하보다 훨씬 더 어려움이 컸습니다. 이 사람은 딸을 잃었습니다.

알론조 규수를? 애통하도다! 두 사람이 살아 있다면 나폴리의 왕과 왕비가 됐을 텐데! 그들을 위해서라면 내가 바다 속 해초가 되어도 상관없다. 따님은 언제 잃으셨소?

프로스페로 좀전의 태풍 속에서지요. 저는 공들이 이렇게 해후하게 된 것을 보고 놀라서 이성을 잃고 말았답니다. 사람의 말이 참다운 인간의 숨결이라고 믿지 않는 모양이군요. 그러나 여러분들이 분별을 잃었건 아니건 간에 저는 틀림없는 프로스페로요, 밀라노에서 추방당한 공작입니다. 그런데 신기하게도 여러분이 조난당한 바로 그 해안에 상륙해서 이 섬의 주인이 된 것입니다. 그 얘긴 후에 하기로 합시다. 이 바위 동굴이 제 궁전입니다. 시종이라야 한둘 있을 뿐입니다. 동굴을 구경하십시오. 저의 영토를 도로 돌려주셨으니 저도 그만한 보답을 하지 않을 수가 없군요. 적어도 영토를 돌려받는 기쁨 못지않게 만족할 만한 신기한 것을 드리겠습니다.

이때 프로스페로가 휘장을 젖히자 퍼디넌드와 미란다가 장기를 두고 있는 것이 보인다.

미란다 전하! 아니 되십니다, 속이셨어요.

퍼디넌드 속이다니요, 내 사랑! 난 온 천하를 다 준다 해도 속이진 않아요.

미란다 하지만 수많은 왕국을 차지하기 위해서라면 훌륭한 수라고 말하겠어요.

알론조 이것도 이 섬의 환영이라면 나는 사랑하는 아들을 두 번 잃는 셈이 되지 않겠소?

시베스천 참으로 놀라운 기적 아닌가!

퍼디넌드   바다가 하얀 이빨을 드러내고 으르렁대지만 자비심도 있군요. 알고 보니 괜히 바다를 저주했습니다. (무릎을 꿇는다)

알론조   이 아비의 축복을 몽땅 네게 내려주마. 자, 일어나라! 어떻게 이곳에 오게 됐느냐?

미란다   어머나 신기하기도 해라! 훌륭한 분들이 이렇게 많이 계시네! 인간이 이렇게 아름다운 줄 정말 몰랐어. 이렇게 많은 사람들이 살고 있다니, 참으로 신기하고 멋진 세상인 것 같아.

프로스페로   네겐 신기할 거다.

알론조   너와 장기를 둔 규수는 누구냐? 상륙 후에 알게 된 사이라면 세 시간밖에 안되었을 텐데, 우리들을 갈라놓았다가 다시 만나게 해 준 여신이 아니냐?

퍼디넌드   아버지, 이 규수는 인간입니다. 하오나 신의 섭리로 저의 아내가 되었습니다. 이 여자를 아내로 맞이할 땐 아버님이 살아 계신지 몰랐으므로 아버님의 허락도 받지 못했습니다. 저의 아내는 저 유명한 밀라노 공작님의 따님입니다. 공작님의 존함은 일찍이 들었습니다만, 이렇게 만나 뵙게 된 것은 이번이 처음입니다.

곤잘로   소신은 마음속으로 울고 있었기 때문에 아무 말도 못하고 있었습니다. 신이여! 이들 두 사람에게 은총의 관을 내려주십시오. 저희들을 이곳으로 인도해 주신 것은 하늘에 계신 신들이기 때문입니다.

알론조   아멘! 곤잘로여, 나도 기도하리다.

곤잘로   밀라노 공이 밀라노에서 추방당한 것은 그 손자를 나폴리 왕으로 만들려 했기 때문이었던가요? 오, 이 넘쳐흐르는 기쁨! 이 기쁨을 대리석 기둥에다 순금의 문자로 이렇게 새깁시다. 「여기 한 번의 항해로 클래리벨 공주는 튜니스에서 남편을 맞았고, 그 오라버니 퍼디넌드 왕자는 익사를 면한 곳에서 아내를 맞았도다. 그리고 프로스페로 공작은 무인도에서 영토를 되찾았고, 우리 일행은 모두 정신을 잃었다가 다시 되찾았노라.」

알론조 (퍼디넌드와 미란다에게) 손을 이리 내라. 이 두 사람의 불행을 바라는 자들에겐 하늘이여, 슬픔을 내려주소서!

곤잘로 소신도 그렇게 기도하겠습니다.

에어리얼 등장. 그 뒤로 선장과 갑판장 어리둥절하여 따라 들어온다.

오, 저길 좀 보십시오. 우리 일행이 또 오는군요. 육지에 교수대가 있는 한 저자는 물에 빠져 죽을 놈이 아니라고 예언하지 않았습니까. 이봐! 배에선 신께 불측한 욕지거리만 늘어놓더니, 육지에 올라오니 입심이 딱 죽었느냐? 그래, 무슨 소식을 들었느냐?

갑판장 무엇보다도 기쁜 소식은 폐하와 여러분이 무사하신 일입니다. 다음은 세 시간 전만 하더라도 부서진 것으로만 알고 있었던 배가 처음 출항했을 때와 다름없이 탄탄합니다.

에어리얼 (프로스페로의 귀에 대고) 그건 제가 가서 다 고쳐놓았죠.

프로스페로 (에어리얼에게 방백) 참 잘했다!

알론조　이건 정말이지 심상치 않은 일이다. 갈수록 신기한 일만 일어나는군. 그래, 너희들은 어떻게 이리로 왔느냐?

갑판장　제가 깨어 있었다면 확실하게 자초지종을 아뢰겠습니다만, 그만 곯아떨어져서 저도 모르는 사이에 배 아래칸에 처넣어져 있었습니다. 그런데 조금 전 이상한 소리가 막 뒤엉켜나는 바람에 깨어났지요. 뭔가가 으르렁대고 악을 쓰고, 쇠사슬이 부딪치는 소리와 함께 무시무시하게 시끄러운 소리가 나서 잠을 깼답니다. 깨고 보니 자유의 몸이었다니까요. 배도 원상태로 고장 하나 없이 그대로였지요. 선장은 그걸 보고 좋아서 막 뛰었습니다. 저는 꿈을 꾸는 듯한 상태에서 갑자기 다른 사람들과 떨어져 어리둥절해서 이리로 온 것입니다.

에어리얼　(프로스페로의 귀에 대고) 어떻습니까, 제 솜씨가?

프로스페로　(에어리얼에게 방백) 잘했다. 부지런한 요정아, 이젠 널 놓아주지.

알론조　세상에 이처럼 불가사의한 일이 또 있겠는가! 틀림없이 여기엔 인간의 힘으로 풀기 어려운 뭔가가 있을 것이다.

프로스페로　폐하, 이 일이 신기하다고 그렇게 감탄하실 건 없습니다. 기회가 되는 대로 자초지종을 아뢰겠습니다. 들으시면 납득이 가실 줄로 믿습니다. 어찌하여 이런 일이 연달아 일어났는지를. 그때까지 기운을 내시고 만사가 제대로 되어가고 있다고 통촉해주십시오. (에어리얼에게 방백) 이리 오너라, 요정아. 캘리번과 그 일당의 마법을 풀어주어라. (에어리얼 퇴장) 기분은 어떠십니까? 잊어버리고

계신지 모르겠지만 일행 중에서 하찮은 친구 한두 명은 아직 보이지
않습니다만.

도둑질한 옷을 입은 캘리번과 스테파노, 그리고 트린쿨로를 에어리
얼이 몰고 등장.

스테파노   사람은 타인을 위해서 노력해야지 자신만 생각해선 못 쓴
다. 세상만사가 팔자소관이렷다. 자 기운을 내, 이 괴물아!

트린쿨로   내 머리에 붙은 이 두 눈이 진짜로 사물을 볼 수 있는 거라
면 굉장한 구경거릴 텐데.

캘리번   아, 세티보스 신이여! 굉장한 요정들이군. 우리 주인님도
근사하게 차리셨는걸! 암만 해도 날 혼찌검 낼 것 같다.

시베스천   하하! 안토니오 공! 대체 저것들은 뭘까요? 돈으로 살
수 있는 물건들이오?

안토니오   그럼요. 저것들 중의 하나는 틀림없이 생선이군요. 살 수
있고말고요.

프로스페로   여러분, 이자들이 걸치고 있는 옷만 보셔도 정체를 아
실 겁니다. 이 병신 놈의 어미는 마녀였습니다. 달을 조종해서 조수
의 간만을 마음대로 조절할 수 있는 신통력을 가지고 있었답니다.
그나저나 이들 세 놈이 내 물건을 훔쳤습니다. 이 악마의 반쪽이 ―
하긴 아비 없는 자식이지만 ― 저놈하고 공모하여 제 목숨을 노렸습
니다. 저 두 놈은 잘 아실 겁니다. 부하가 아닙니까? 이 흉측한 놈

은 내 하인이고요.

캘리번 이젠 꼬집혀 죽었다.

알론조 저자는 주정뱅이 선장 스테파노가 아닌가?

시베스천 지금도 취해 있습니다. 술이 어디서 났을까?

알론조 트린큘로도 술이 취해 갈짓자 걸음을 하고 있군. 대체 어디서 만병통치의 보약을 찾아내 저렇게 얼굴이 홍당무가 됐단 말이냐?

트린큘로 요전에 뵌 후로 줄곧 푹 절여져 있었습죠. 뼈에 소금이 배도록요. 이젠 쇠파리가 슬 염려는 없죠. (스테파노, 신음소리를 낸다)

시베스천 야, 스테파노! 어떻게 된 거냐?

스테파노 아이고! 건드리지 마십시오. 난 스테파노가 아니라 풍에 걸린 고깃덩어리라니까.

프로스페로 이 녀석, 너 이 섬의 왕이 될 생각을 했겠다!

스테파노 그랬더라면 매콤한 왕이 됐겠죠.

알론조 (캘리번을 가리키며) 저자는 내 생전 처음 보는 기묘한 괴물이군.

프로스페로 몰골도 사납지만 마음도 배배 꼬인 놈입니다. 이봐, 동굴로 가! 그놈들도 데리고 가. 용서를 빌고 싶거든 깨끗하게 청소를 한 뒤에 해.

캘리번 네, 그러지요. 앞으로 좀 더 약게 굴 것이니 용서해주시와요. 난 참으로 얼뜨기였어. 이런 주정뱅이를 신이라고 생각했으니!

프로스페로 어서 가봐.

알론조 냉큼 가버려! 그 옷들은 찾아낸 곳에 갖다뉘라.

시베스천 찾아낸 곳이 아니라 훔친 곳 말이죠. (캘리번, 스테파노, 트린
쿨로 어슬렁거리며 퇴장)

프로스페로 폐하와 배행하신 분들을 누추한 곳이나마 동굴로 모시
겠습니다. 거기서 하룻밤 쉬시기 바랍니다. 이 섬에 온 이후의 생활
과 몇몇 사건에 대해 아뢰겠습니다. 날이 새면 배로 안내해 나폴리
로 모시고 돌아가 저 두 사람의 혼례식이 엄숙히 거행되는 것을 보고
싶습니다. 그리고 저는 밀라노로 돌아가서 여생을 보내겠습니다.

알론조 공작의 과거지사가 몹시 궁금하오.

프로스페로 하나부터 열까지 다 아뢰겠습니다. 약속하겠습니다만
돌아가시는 뱃길은 순풍을 안고 먼저 떠난 배들을 따라가게 될 것이
옵니다. 에어리얼! 야, 이건 네가 마지막 할 일이야. 그 일이 끝나
면 넌 공중으로 자유롭게 날아가거라. 잘 가거라. (모두에게 절을 하면
서) 자 이쪽으로. (모두 동굴 속으로 들어가자 그들 뒤로 휘장이 쳐지고 프로
스페로만 남는다)

에필로그

프로스페로 등장하여 말한다.

이제 저의 마법은 무너졌습니다.
이제 저 자신에게 남은 힘은
미약하기 그지없습니다.
이제는 저를 이 섬에 유폐하시든 나폴리로 보내주시든
여러분 마음대로 하십시오.
이제 저는 영지를 되찾았고
절 속인 자들도 이미 용서하였으니
제발 여러분의 마법으로 절 이 무인도에 잡아두질랑
마십시오.
부디 여러분의 박수갈채로
이 몸의 족쇄를 풀어주시기 바랍니다.
여러분의 상냥한 숨결이
제가 탄 배의 돛을 배부르게 해주지 않는다면
저의 기도는 실패로 끝날 것입니다.
여러분을 즐겁게 해드리려던 기도 말입니다.
이렇게 말씀드리는 것은 이제 저는 부릴 요정도 없고, 신통력도 없
습니다.

504

여러분의 기도로 구원받지 못한다면
이 몸은 절망의 나락에 떨어질 수밖에 없습니다.
저의 기도는 하늘에 도달하여 신의 자비심을 동하게 하였고
이 몸이 범한 과오를 모두 용서해줄 겁니다.
여러분도 죄에서 용서받고 싶어질 터인즉
저를 관대하게 놓아주십시오.

셰익스피어 연보

1564년	4월 26일 출생. 영국 스트랫퍼드어폰에이번에서 아버지 존 셰익스피어와 어머니 메리 아든의 장남으로 출생함.
1568년	아버지가 에이번의 시장으로 선출됨.
1577년	가세가 기울어져 학업을 포기함.
1582년	8세 연상인 앤 해서웨이와 결혼함.
1583년	장녀 수잔나 출생함.
1585년	쌍둥이인 아들 햄릿과 딸 주디스 출생함.
1590~1591년	〈헨리 6세 2부·3부〉
1591~1592년	〈헨리 6세 1부〉
1592~1593년	〈리처드 3세〉·〈실수의 희극〉
1592년	페스트로 런던 극장이 폐쇄됨. 본격적인 활동 시작함.
1593~1594년	〈티투스 안드로니쿠스〉·〈말괄량이 길들이기〉
1594~1595년	〈베로나의 두 신사〉·〈사랑의 헛수고〉·〈로미오와 줄리엣〉
1595~1596년	〈리처드 2세〉·〈한여름밤의 꿈〉
1596~1597년	〈존왕〉·〈베니스의 상인〉
1597~1598년	〈헨리 4세 1부·2부〉

1597년	스트랫퍼드어폰에이번에다 호화저택인 뉴플레이스를 사들임.
1598~1599년	〈헛소동〉·〈헨리 5세〉
1599~1600년	〈줄리어스 시저〉·〈뜻대로 하세요〉·〈십이야(十二夜)〉
1599년	글로브 극장 신축함.
1600~1601년	〈햄릿〉·〈윈저의 즐거운 아낙네들〉
1601~1602년	〈트로일루스와 크레시다〉
1601년	아버지 존 사망함.
1602~1603년	〈끝이 좋으면 다 좋다〉
1602년	부동산에 관심을 갖고 스트랫퍼드어폰에이번의 땅을 사들임.
1603년	3월 24일, 엘리자베스 여왕 서거. 전염병으로 글로브 극장 폐관함.
1604~1605년	〈법에는 법으로〉·〈오셀로〉
1604년	글로브 극장 개관함.

1605~1606년	〈리어왕〉·〈맥베스〉
1606~1607년	〈안토니와 클레오파트라〉
1607~1608년	〈코리올라누스〉·〈아테네의 타이몬〉
1607년	장녀 수잔나 결혼함.
1608~1610년	〈페리클레스〉·〈심벨린〉
1608~1591년	어머니 메리 사망함.
1610~1611년	〈겨울 이야기〉
1611~1612년	〈폭풍우〉
1612~1613년	〈헨리 8세〉
1612년	동생 길버트 사망함.
1613년	동생 리처드 사망함. 화재로 글로브 극장이 불에 탐.
1614년	6월 글로브 극장 재개함.
1616년	4월 23일 사망함.
	스트랫퍼드어폰에이번의 트리니티 교회에 묻힘.